明代曲论叙事观研究

刘玲华 著

中国社会科学出版社

图书在版编目 (CIP) 数据

明代曲论叙事观研究/刘玲华著 . —北京：中国社会科学出版社，2021.5
ISBN 978 - 7 - 5203 - 8323 - 3

Ⅰ.①明⋯　Ⅱ.①刘⋯　Ⅲ.①古代戏曲—叙述学—研究—中国—明代
Ⅳ.①I207.37

中国版本图书馆 CIP 数据核字（2021）第 072958 号

出 版 人　赵剑英
责任编辑　刘志兵
责任校对　李　剑
责任印制　李寡寡

出　　　版　中国社会科学出版社
社　　　址　北京鼓楼西大街甲 158 号
邮　　　编　100720
网　　　址　http://www.csspw.cn
发 行 部　010 - 84083685
门 市 部　010 - 84029450
经　　　销　新华书店及其他书店

印　　　刷　北京明恒达印务有限公司
装　　　订　廊坊市广阳区广增装订厂
版　　　次　2021 年 5 月第 1 版
印　　　次　2021 年 5 月第 1 次印刷

开　　　本　710×1000　1/16
印　　　张　17.5
插　　　页　2
字　　　数　278 千字
定　　　价　98.00 元

序　言

　　刘玲华的《明代曲论叙事观研究》一书付梓在即。一个月前，刘玲华告知我这一消息，并谈了她近几年做学术研究的体会和下一步的研究计划，我感到她现在出版这部书，是个很好的决定，对她今后的学术研究定向定位有重要意义。之所以这么说，是因为刘玲华的学习经历比较特殊，她硕士学习阶段和博士学习阶段的专业方向差别很大。这部书稿是她在博士学位论文的基础上修改和充实而成。

　　刘玲华攻读硕士学位时的导师是文学所理论室的金惠敏研究员，专业方向是西方文论。硕士毕业论文的题目是"消费社会与超现实——鲍德里亚的两个思想主题"。在刘玲华硕士研究生毕业之时，大约十六年前，这一论题在西方文论研究领域算是颇为"前卫"的。所以，当得知她想报考我名下的博士研究生时，我着实感到意外。后来，她和我谈了专业转换的缘由和以后的打算，我想到，经过较为系统的理论训练是她的优长，进到古代戏曲研究领域，若坚持努力，也许将来会有一种不同的学术研究格局。

　　刘玲华是 2011 年考入中国社会科学院研究生院文学系，跟我读博士学位的。入学后，我和刘玲华，还有金惠敏老师，不约而同地想到，她可以把研究方向定在古代戏曲理论这一块，这样可以发挥她的长项。于是入学后，她便从读戏曲理论史的材料入手，开始了解熟悉古代戏曲的文献。当然，读古代戏曲理论的资料，需要同步读很多古代戏曲作品，这不可避免，不能绕开，否则戏曲理论资料里的很多内容根本看不懂。之后的两年，通过较为广泛的文献阅读，刘玲华把关注点放到了明代曲论上。她注意到明代戏曲理论与元代曲论的差别，于是就从元明两代戏曲理论的差异、明代曲论的特点及其形成原因着眼，逐步深入明代戏曲理论的诸多问题中。

2014年春天，刘玲华拿出博士毕业论文的最初构想以及部分初稿。记得那次她交给我的文稿，主要欠缺是对贯穿明代戏曲理论的重要问题认识不够清楚，即没有找好架构起明代戏曲理论基本框架的有效支撑点。的确，面对古代曲论纷繁零散的存在状态，要提纲挈领地归结问题，再条分缕析地分析问题，工夫不到确实难以做到。我对刘玲华谈了看法后，只过了一年，刘玲华就再次交来了文稿。这次她把论题集中到了明代戏曲理论中的叙事观上。梳理明代曲论中叙事观的形成发展的历史脉络，并分情节论、人物论、审美论等几个方面展开论述，自然而然涉及了前人讨论、研究较多的"关目""本色""虚实"等问题。现在这部书稿的框架和主要内容，在论文的那一稿里已呈现出来。

当时，我对刘玲华的速度有些惊讶，因为她是把前一年写的内容全部推倒，重新构架，重新撰写的。我想，能做到这样，除了得力于好的领悟力和理论概括能力之外，更主要的，还是在钻研文献上下了苦功夫。同时也说明，尽管硕士阶段所学专业与博士阶段攻读的中国古代戏曲专业似乎没有关联，但理论训练的效果和优势总会显现，终会发挥作用。这样，在2015年文学所的博士毕业论文答辩会上，与会评委对刘玲华的毕业论文给予了较好的评价。记得那天答辩会结束后，文学所一位研究古代文学的同事笑着对我说，刘玲华的论文"挺唬人的"。虽是开玩笑的口吻，我还是把这句话看作从论文架构的角度对论文的肯定。

刘玲华告诉我，博士毕业后的几年里，她在整理和修改论文的过程中，认真思考了当年评审专家们对论文提出的意见，例如对明代曲论家的个案研究，理论问题与文本研究结合等。最终，她决定这本书还是从大处着眼，着重理论思辨，实现她当初的设想。她为这部书设定的目标是解决三个问题，即："以丰富的明代戏曲理论资源作为理论基础，是否能够构建明代曲论叙事观的体系？如何总结明代曲论叙事观的内容？如何评价明代戏曲叙事观的理论地位？"现在统观这部书稿，一些章节的论点和论述能做到大中见小，小中见大，互为支撑。虽然重在理论阐释，但论述并不空泛。例如第一章讨论明代曲论叙事观变化的原因，既关注时代风气、社会思潮的影响，也讨论"坊刻兴起"、戏曲剧本大量刊刻对戏曲叙事变化所起的作用，联系具体的社会现象及经济状况进行分析。应该说，这部书在建构明代曲论叙事观的理论框架、概观明代曲论叙事观的内容、评价明代曲论叙事观的理论价值和历史地位等几个方面，都是成绩显著、富有创见的，这也是这部书的学术价值所在。

我知道，刘玲华近几年还做了几项古代戏曲研究之外的项目，这不能说不好。能做好不同领域的研究课题，说明了学术上的实力。现在大家常说做学问是有气象、有格局的。大的格局，更可能有高度。的确，研究领域太窄未必好，不必画地为牢。但是格局大，不能大到宽泛的地步。在一个研究领域，必是深入到一定程度，才可能有所发现，有所创新的。若要兼及不同的研究领域，理想的状态是这些领域相互有关联，探寻其间能触类旁通，左右逢源。这里谈这些想法，并非只针对刘玲华。也是因为这些年来，我在研究论题选择时不断思考这个问题。

最后，我祝贺刘玲华的专著出版！也期望她在今后的学术道路上，继续发挥自身的优势，相信她会不断取得新的成绩。

中国社会科学院文学研究所研究员　李玫
2021 年 4 月 28 日于北京

目　　录

绪　　论

以丰富的明代戏曲理论资源作为理论基础，是否能够构建明代曲论叙事观的体系？如何总结明代曲论叙事观的内容？如何评价明代戏曲叙事观的理论地位？对这几个问题进行探讨总结，构成本书的研究内容。

第一节　研究现状综述

一　文献整理成果

展开明代戏曲理论的研究，需要依靠丰富的文献资料作为平台。明、清两代留存下来大量的文献资料，为戏曲理论的研究展开做好了文献准备。

中国古代戏曲理论资料的整理开展，始于20世纪初叶。1917年，董康所辑《诵芬楼读曲丛刊》，汇集了《录鬼簿》《南词叙录》、《曲律》（魏良辅、王骥德各一）、《衡曲麈谭》《顾曲杂言》《剧说》共七种古典戏曲论著，成为第一部戏曲理论资料的汇集。此后，学界对戏曲理论资料的整理日益勃兴，诸种古代曲论集相继问世。

从20世纪初期到40年代末期，戏曲理论的资料整理以编辑和汇录作为重点。许多曲论资料集得到了汇刻与出版。1921年，陈乃乾编成《曲苑》，之后不断完善，于1925年增补为《重订曲苑》。1940年，任讷再编《新曲苑》，共收录35种论著，几近将明清戏曲理论的重要著作网罗殆尽。20世纪50年代以后，中国古代戏曲理论的资料整理方向出现了分化。从现有资料整理的现状来看，一方面是剧本文献的辑录不断扩大，出现了辑录内容丰富的大型文献资料集成。例

如，上海商务印书馆先后影印了《古本戏曲丛刊初集》（1954）、《古
本戏曲丛刊二集》（1954—1955）、《古本戏曲丛刊三集》（1957）、
《古本戏曲丛刊四集》（1959），将现存明传奇基本上收罗其中，为戏
曲研究提供了相当厚实的文本和理论资料。谈及它的嘉惠学林之功，
郑振铎先生曾如此慨叹："今有此巨秩，陈之案头，搞晚明戏曲的人
当不会再有书阙有间之叹了。"① 另有《中国古典戏曲论著集成》卷
帙浩瀚②，全书 10 册，是曲论文献集成中最具代表性的一套丛书。它
收录了唐、宋、元、明、清五个朝代的 48 种戏曲理论资料，极大地
方便了戏曲理论研究的展开。2006 年，俞为民、孙蓉蓉又接力前人
累积成果，在已有文献基础上继续扩容，辑成《历代曲话汇编：新编
中国古典戏曲论著集成》③，成为古代戏曲理论研究不可或缺的重要
文献资料之一。另一方面，随着戏曲理论研究的深入，戏曲理论资料
的整理又以研究资料的汇编作为整理方向上的侧重点。进入 20 世纪
80 年代以来，这一趋势更加明显，不仅编撰刊行了一批专题资料集，
例如以整理戏曲序跋为专题的《中国古典戏曲序跋汇编》④《中国古
代戏曲序跋集》⑤；也出现了大批研究成果资料的汇编，例如同由上
海古籍出版社出版的毛效同《汤显祖研究资料汇编》（1986）、徐扶
明《牡丹亭研究资料考释》（1987）等。这类研究资料的汇编，对研
究戏曲史论和曲家曲作具有重要参考价值，有利于就曲论中的具体问
题展开细化研究。迈入 21 世纪，戏曲理论资料的整理又注入了新的
时代因素，多元吸收了民俗学、宗教学、人类文化学和比较文学的研
究成果，形成研究资料汇编新的走向。

明代戏曲理论作为中国古代戏曲理论的重要组成部分，在资料整
理收集方面，与古代戏曲理论的资料整理方向呈现出一致性，同样取
得了璀璨成就和卓荦进步。论其分类，大致可以概述为四个方面。

---

① 郑振铎：《古本戏曲丛刊二集·序》，上海商务印书馆 1955 年版。
② 中国戏曲研究院编著：《中国古典戏曲论著集成》，中国戏剧出版社 1959 年版，
1980 年重印，2020 年再印。
③ 俞为民、孙蓉蓉：《历代曲话汇编：新编中国古典戏曲论著集成》（元、明、清、
近代编），黄山书社 2006—2009 年版。
④ 蔡毅：《中国古典戏曲序跋汇编》，齐鲁书社 1989 年版。
⑤ 吴毓华：《中国古代戏曲序跋集》，中国戏剧出版社 1990 年版。

　　第一，戏曲理论文献全集。明代戏曲理论的文献包含在古代戏曲理论文献的整体架构之内，是其中的重要内容之一。董康辑刊《诵芬楼读曲丛刊》，收录 7 种论著，其中 5 种是明代论著。《中国古典戏曲论著集成》凡 10 册，其中明代部分计论著 17 种①，占据了三、四、五全集以及二、六集超过半数的论著比例，极大地方便了明代曲论研究的展开。《历代曲话汇编》明代部分凡三集，囊括序跋、书信、日记、论著等多种理论形态成分。通过这些整理，既可透视中国古代戏曲理论文献的形成、流传和藏存状态，也能发掘戏曲理论在研究趋势上的走向。

　　第二，戏曲理论专题汇编。专题汇编不以单纯的文献整理作为目的，其中往往掺杂着整理者的主观意图，是具有中心主题的研究资料汇编。伴随戏曲研究在戏曲观念上的曲、剧分化，学人将清晰的曲、剧概念之分透过资料整理的分类体现出来。由于具有更加明确的主题对象，因而在资料收集的内容上体现出专题性的特点。例如，秦学人、侯作卿所编《中国古典编剧理论资料汇辑》② 以"编剧理论"为主题词，辑录了元、明、清至近代 68 家古典编剧理论，并收录有作者生平及相关著作。明代部分在其中占有重要比例，涉及的明代曲家曲作众多。陈多、叶长海所编《中国历代剧论选注》③ 按年代先后分为四编，亦以"剧论"为中心主题，但在选录上有所取舍，收录戏曲理论著作中具有代表性的篇目共计 138 篇，明代部分是其中的第二编，共有 43 篇入目。

　　第三，具体理论形态的资料汇编。其一是以内容为标准进行辑录。比如蕴含丰富曲论思想的戏曲序跋、评点等，一直是戏曲理论资料编撰的重点内容。由于针对性非常强，故而这类资料对戏曲研究尤显重要。蔡毅所编《中国古典戏曲序跋汇编》是序跋资料汇编的开

---

　　① 这 17 种论著是：贾仲明《续录鬼簿》、朱权《太和正音谱》、徐渭《南词叙录》、李开先《词谑》、何良俊《曲论》、王世贞《曲藻》、王骥德《曲律》、吕天成《曲品》、沈德符《顾曲杂言》、徐复祚《曲论》、凌濛初《谭曲杂劄》、张琦《衡曲麈谭》、魏良辅《曲律》、沈宠绥《絃索辨讹》和《度曲须知》、祁彪佳《远山堂剧品》和《远山堂曲品》。
　　② 秦学人、侯作卿：《中国古典编剧理论资料汇辑》，中国戏剧出版社 1984 年版。
　　③ 陈多、叶长海：《中国历代剧论选注》，上海古籍出版社 2010 年版。

创之作，共收录序跋条目 272 条，涉及曲家 80 余人，作品 110 余篇。其中明代部分收录杂剧家 23 人，作品 143 种，序跋条目 259 条（无名氏作品、序跋条目另计），收录传奇曲家 6 人，作品 103 种，序跋条目 312 条。吴毓华所编《中国古代戏曲序跋集》以明代戏曲序跋为辑录对象，集中收录明代 149 人所写序跋。在序言里，吴先生开篇即点明辑录意图："历代戏曲著作的序、跋（还有包括一些总评、题词、弁言、小引、凡例等），是研究戏曲史、戏曲理论，特别是研究戏曲理论批评史的重要文献资料，是戏曲理论遗产的主要组成部分"①，强调戏曲序跋此类专题文献所具有的重要作用。其二是以文体作为标准，贯串起同一文体形态中的戏曲理论资料，以散见于笔记、评点、日志等其中的理论资料为主。例如，吴晟辑注《明人笔记中的戏曲史料》②，就是其中的整理成果之一。该书通过广泛的收集和细致的爬梳，以"笔记"专题体例，辑录了明代戏曲史料多种，具有很高的学术参考价值。

第四，研究资料的汇编。研究资料的汇编与戏曲研究的现状紧密相连。研究资料既作为前提准备惠利研究本身，又紧随研究现状汇集研究成果而成为更加完善的资料汇编，或者成为一个全新的资料集。汇编内容既可以通过对某一类研究成果的整体面貌加以整理而成③，还可以通过对全新史料、资料的汇辑与整理，启发戏曲理论研究新的方向。④ 以上几种资料整理，在宏观范围内为明代曲论的研究展开提供了相对翔实可靠的资料准备，也对研究的推进起到了不可或缺的方

---

① 吴毓华：《中国古代戏曲序跋集》，"序言"第 1 页。

② 吴晟：《明人笔记中的戏曲史料》，江西人民出版社 2007 年版。

③ 例如，侯百朋《琵琶记研究资料汇编》，书目文献出版社 1989 年版；陲荑、吴毓华《古典戏曲美学资料集》，人民邮电出版社 1992 年版。亦可以通过对曲论资料重新加以订正，形成更加完善的版本。黄裳《远山堂明曲品剧品校录》（上海出版公司 1955 年版），傅惜华《古典戏曲声乐论著丛刊》（音乐出版社 1957 年版），汪效倚《潘之恒曲话》（中国戏剧出版社 1988 年版），吴书荫《曲品校注》（中华书局 2006 年版），陈多、叶长海《〈曲律〉注释》（上海古籍出版社 2012 年版）等曲论校注单行本的问世即是此类。

④ 例如，邓长风《明清戏曲家考略》（共三编），上海古籍出版社 1994 年版，极具规模地辑录了流落于美国国会图书馆的全部戏曲文献史料，对国内研究学者来说，其中很多都是带有拓荒性的全新资料，不仅扩宽了研究者的眼界视野，也为明代戏曲的研究注入了新的生命力。

向导引和文献实证作用。

二　学术研究建树

明代曲论研究既已有如此详备丰厚的资料基础，那么依托于文献平台而展开的明代曲论研究又是一种什么样的面貌呢？

明代曲论叙事观是明代曲论的重要组成部分，也是明代曲论研究的一个分支。近一个多世纪以来，梳理明代曲论叙事观研究的现有成果可以发现，它正在逐步成为一个新的研究角度，并且越来越受到学人的关注。20 世纪 80 年代以后，更呈现出不断升温的趋势。现以研究内容作为关键词，择取部分重要研究成果，分而述之。

第一，现有研究探讨了明代戏曲叙事理论的演进轨迹。面对零星分散却又错综复杂的明代曲论思想，不同研究者从不同的关注角度，围绕着戏曲叙事这一主题展开了多层次阐述。以戏曲叙事的整体逻辑演进作为研究角度，是其中的一个重要方面。专著《明清文人传奇研究》①《明清叙事思想发展研究》等②，分别从叙事的技巧、艺术、发展、影响方面，勾勒出明代戏曲的叙事概貌。立足于具体文本进行叙事逻辑的具体研究，是研究内容中的另一个重要体现。黄贤忠《从〈西厢记〉的变迁看戏曲叙事艺术的演进》③、郭庆财《冯梦龙传奇的双线平行叙事》④、李昕欣《晚明至清初传奇叙事结构的演变》⑤ 等一批论文，分析阐述了明代具体戏曲作品何以叙事的逻辑，同时还部分地廓清了传奇叙事在结构、技巧层面的演进轨迹。

---

① 郭英德：《明清文人传奇研究》，北京师范大学出版社 2001 年版。
② 赵炎秋、陈果安、谭桂林：《明清叙事思想发展研究》，湖南师范大学出版社 2008 年版。另有胡健生《中国古典戏剧叙事技巧研究》，博士学位论文，中山大学，2009 年；刘志宏《明清传奇叙事艺术研究》，博士学位论文，苏州大学，2008 年；郭英德《叙事性——古代小说和戏曲的双向渗透》，《文学遗产》1995 年第 4 期，等等。
③ 黄贤忠：《从〈西厢记〉的变迁看戏曲叙事艺术的演进》，《戏剧文学》2012 年第 10 期。
④ 郭庆财：《冯梦龙传奇的双线平行叙事》，《戏曲艺术》2011 年第 3 期。
⑤ 李昕欣：《晚明至清初传奇叙事结构的演变》，硕士学位论文，华东师范大学，2007 年。

第二，现有研究在个例探讨的基础上揭示了部分明代曲论家的曲论主张。作为明代曲论研究的内容分支之一，叙事观也相应地得到了揭示。这类研究的特征多表现为，戏曲叙事以章节的形式出现在曲论著作的内容部分。发表最早的研究成果当推柴葵珍《凌濛初戏曲观初探》①，此文虽提及凌濛初的戏曲叙事观，但尚未形成详论。索俊才《王骥德〈曲律〉探微》②是这一研究方向中的代表性专著，此书在整体论述《曲律》曲论思想之时，将王骥德对叙事理论的阐述列为其中一个章节进行了细致考察。由于论述主题更具系统性和集中性，故而曲论家的个例研究或者曲论观的整体研究，更容易受到博士、硕士学位论文选题的青睐。进入 21 世纪以来，选取戏曲理论作为论题来进行撰写的学位论文，有不少即选用此类研究作为主要方向。③

第三，现有研究对明代戏曲叙事观的内容进行了理论梳理和体系构建的尝试。严格来说，对明代戏曲叙事观进行专题研究，迄今为止仍是一片有待开垦的领域。现有研究呈现出较为集中的研究方向，也即在总结中国古代剧论的基础上，将明代曲论作为其中的内容之一进行阐述。自 20 世纪 80 年代始，谭帆便围绕中国古典剧论这一主题，将剧论从曲论研究的母体中剥离开来，使之成为一个独立的研究方向。《中国古代编剧理论的宏观体系》④《中国古代戏曲理论的逻辑演进》（与齐森华合著）⑤《中国戏剧叙事学渊源考析》⑥《类型化：古典戏剧人物理论的逻辑趋向》⑦《关于中国古典剧论的两点思考》⑧

① 柴葵珍：《凌濛初戏曲观初探》，《湖州师专学报》1988 年第 1 期。
② 索俊才：《王骥德〈曲律〉探微》，内蒙古大学出版社 2004 年版。
③ 例如，杨艳琪《祁彪佳与〈远山堂曲品·剧品〉研究》（中国戏剧出版社 2007 年版）、涂育珍《墨憨斋定本传奇研究》（博士学位论文，华东师范大学，2009 年）都涉及曲家曲作中与戏曲叙事相关的研究内容。
④ 谭帆：《中国古代编剧理论的宏观体系》，《戏剧艺术》1986 年第 2 期。
⑤ 齐森华、谭帆：《中国古代戏曲理论的逻辑演进》，《社会科学战线》1987 年第 2 期。
⑥ 谭帆：《中国戏剧叙事学渊源考析》，《华东师范大学学报》1990 年第 2 期。
⑦ 谭帆：《类型化：古典戏剧人物理论的逻辑趋向》，《文学遗产》1992 年第 5 期。
⑧ 谭帆：《关于中国古典剧论的两点思考》，《社会科学战线》1993 年第 6 期。

《中国古代曲论研究的历史回顾与展望》① 等论文，从宏观视野辨明了"剧论"体系构建过程中的思考方向。以成熟的理论思考作为前提，谭帆、陆炜《中国古典戏剧理论史》② 明确以"曲学""叙事理论"和"剧学理论"作为关键概念，划分出了中国古代戏曲理论的三大体系。这两位研究者从戏曲史视角厘清了古代戏曲理论演进的脉络，其中一条就是关于"戏曲叙事理论"体系的建构，具体地说，从"虚与实"的表现形态、"寓言"的本体观念、"奇"的情节追求和"类型"的人物审美理想四个方面，勾勒出中国古典戏剧叙事理论的大体框架。无独有偶，1989 年蔡钟翔《中国古典剧论概要》③ 出版，此书就戏剧理论的基本问题例如"题材""情节""结构""人物"等进行了详细介绍，为剧论体系的构建奠定了理论基础。刘二永《中国古典剧论中的叙事理论研究》④ 对中国古典戏曲理论中"杂""散"的叙事成分进行了剖析、推衍与融合，较系统地总结了古典戏曲的叙事观念。然而遗憾的是，这几部专著高屋建瓴，却并未将明代曲论的叙事观从中单独拆分，而是将其蕴含在中国古典戏曲叙事理论的体系架构之内。

　　第四，现有研究发掘出了有关曲论叙事观的理论要素。20 世纪80 年代，顾仲彝《古典戏曲编剧六论》⑤、李晓《比较研究：古剧结构原理》⑥ 着眼于戏曲叙事的结构特征，对古典戏曲的结构规律提出了颇为成熟的看法。从具体戏曲作品的角度进入，郭英德专著《明清传奇戏曲文体研究》⑦ 立足于明清传奇文体，在剧本体制、抒情方式等诸方面，揭示了明清传奇叙事结构的历史发展进程。从现有研究成果的形式来看，以学术论文类最为普遍，它们如线串珠，多角度、多层次地挖掘出了叙事观中的重要主题。论文不同于专著，因为篇幅限制，所以主题更显集中，故而能够从一系列相关的论文中，较为明确

① 谭帆：《中国古代曲论研究的历史回顾与展望》，《文艺研究》2000 年第 1 期。
② 谭帆、陆炜：《中国古典戏剧理论史》，中国社会科学出版社 1993 年版。
③ 蔡钟翔：《中国古典剧论概要》，中国人民大学出版社 1989 年版。
④ 刘二永：《中国古典剧论中的叙事理论研究》，中国社会科学出版社 2019 年版。
⑤ 顾仲彝：《古典戏曲编剧六论》，中国戏剧出版社 1986 年版。
⑥ 李晓：《比较研究：古剧结构原理》，中国戏剧出版社 1989 年版。
⑦ 郭英德：《明清传奇戏曲文体研究》，商务印书馆 2004 年版。

地提炼出建构曲论叙事观的要素焦点，例如《冯梦龙论戏曲情节》①
谈戏曲情节结构的研究、《浅谈祁彪佳的戏曲人物论》② 谈人物塑造
论的研究、《中国戏曲的叙事逻辑》谈叙事逻辑③、《古代戏曲叙事结
构中的叙事线索》谈戏曲叙事的结构特征④等。若从一系列的相关论
文中提炼出研究主题，就可以在综合的基础上发掘出关于曲论叙事观
的组成要素。

　　另外，明代丰富的叙事观内容成分，也或隐或显地存在于序跋、
评点、书信、日记等多种文本形态之内。对这些资料进行收集整理，
并以之作为理论基础生成新的学术研究点，是当下许多研究者热衷的
研究方式。戏曲序跋是曲论叙事观的重要来源，李志远《明清戏曲序
跋研究》⑤ 对序跋进行了细致分类，是这一研究方向极具代表性的研
究成果。戏曲评点的研究也是研究叙事观的重要内容之一。2004 年
朱万曙《明代戏曲评点研究》⑥ 出版，第一次将明代戏曲评点作为一
个有机整体进行了全面多方位的探讨。在他之前，也有朱东润《中国
文学批评史大纲》⑦、孙琴安《中国评点文学史》⑧ 等提及了明代戏曲
评点形式，但并非关于明代评点的专论之作。2007 年，徐国华、涂
育珍《临川戏曲评点研究》⑨ 出版，被认为是集中分析明代汤显祖
"临川四梦"文本评点的研究选题。

　　第五，现有研究将明代戏曲叙事作为古典戏曲批评的一个组成部
分进行了阐释。夏写时《中国戏剧批评的产生和发展》⑩ 论述了自先
秦至明代中叶戏曲批评的发展线索，并研究了李卓吾、王骥德等人的
戏曲批评理论，打开了明代曲论研究的新窗口。另有刘奇玉《古代戏

---

① 人弋：《冯梦龙论戏曲情节》，《湖南大学学报》2001 年第 3 期。
② 陆林：《浅谈祁彪佳的戏曲人物论》，《知非集——元明清文学与文献论稿》第一
辑，黄山书社 2007 年版。
③ 叶志良：《中国戏曲的叙事逻辑》，《戏曲研究》2001 年第 1 期。
④ 韩军：《古代戏曲叙事结构中的叙事线索》，《戏曲艺术》1999 年第 1 期。
⑤ 李志远：《明清戏曲序跋研究》，知识出版社 2011 年版。
⑥ 朱万曙：《明代戏曲评点研究》，安徽教育出版社 2004 年版。
⑦ 朱东润：《中国文学批评史大纲》，开明书店 1944 年版。
⑧ 孙琴安：《中国评点文学史》，上海社会科学院出版社 1999 年版。
⑨ 徐国华、涂育珍：《临川戏曲评点研究》，中国戏剧出版社 2007 年版。
⑩ 夏写时：《中国戏剧批评的产生和发展》，中国戏剧出版社 1982 年版。

曲理论创作与批评》① 就戏曲创作现象专题阐述了更为具体的戏曲批评观。在此书中，明代戏曲叙事理论被纳入戏曲批评体系之中，并作为其中的一个发展进程，得到了较为系统的论述。单独以"明代"为时间限制而进行的戏曲批评研究，有敬晓庆《明代戏曲理论批评论争研究》②，对从事叙事批评的曲家、曲论、曲作、流派等进行了详细梳理。

　　综合以上五个方面可发现，明代戏曲叙事的研究从未停滞。从事古典曲论研究的学人在一个世纪以来的探索过程中，将研究目光主要集中于叙事观史料的整理、辑录、校注与出版，以及叙事观基本问题和基本理论形态的探讨之上。以 20 世纪 80 年代作为分水岭，80 年代以前与 80 年代以后的学术研究在主题选择上有所区分。前期多注重文献的整理与钩沉，后期多侧重拓展曲论研究的方法和角度。进入 21 世纪以来，受到当代理论的渗透影响，新的学术生长点在不断呈现，例如着重关注受众地位，以及结合中、西理论进行跨学科的交叉研究，等等。绾结而言，明代戏曲叙事的研究方向呈现出鲜明的特点，即：研究专著多以建构体系或者发掘新的方法论作为主要内容，期刊论文主要致力于揭示叙事观的理论要素，学位论文则多聚焦某一曲论家或某一时期的叙事主张和叙事理念。以上三种成果的结合，初步建构了明代曲论叙事观研究的体系框架和方法论。

第二节　研究缘起及背景

一　研究不足及必要性

　　从上述现有研究成果来看，一方面，经过多年的整理钩沉，迄今为止，大批的明代戏曲文献得到了卓有成效的发掘、收集、整理和考订；另一方面，经由前辈学人的不断探索，曲论叙事观的研究领域在不断拓新，挖掘出了古代曲论传统研究之外多个新的学术生长点。这

---

① 刘奇玉：《古代戏曲理论创作与批评》，中国社会科学出版社 2010 年版。
② 敬晓庆：《明代戏曲理论批评论争研究》，人民出版社 2010 年版。

些收获对全面考察明代曲论总貌，厘清明代曲论叙事观的脉络，起到了补充、完善和重新审视的多重作用。然而在成就中也体现出某些缺憾，就明代曲论叙事观的研究而言，前人的整理与研究并未梳理出一条完整、清晰的发展脉络。尽管研究角度涉猎广泛，不足之处却也显而易见：在关注明代曲论发展全貌的同时，对叙事观的研究和挖掘未达到应有的深度；在专题论述某一曲家曲论观的同时，对其中叙事观的承继和发展有所忽略。

因而，依托丰赡的文献资料，在总结前人的研究成果基础上，进一步填充研究中的不足与空缺非常必要。

首先，"前人栽树，后人乘凉"，前人的整理成果提供了丰赡的可供学术研究开展的文献基础，极大地便利了现有研究的进行。如果以整理财产作为比喻，目前来看，清点"家底"的工作做了很多，积淀了很多理论财富。但是，如同整理财产并不能发展财富一样，仅仅注重与强调对现有戏曲文献资料的整理，并不能使研究推进，更遑论深入。就研究现状而言，与明代曲论文献资料的整理相比，关于叙事观的学术研究还处于相对滞后的状态，甚至可以说，至今未能出现一项真正意义上以明代曲论叙事观作为研究对象的专题研究。有鉴于此，本项研究即以补充古代曲论的研究空缺、丰富古代曲论的研究内容作为基本目的。

其次，在中国古代戏曲理论的研究范畴里，关于叙事理论的研究力度还处于一个较为薄弱的位置。梳理现有成果，在"大文论"与"整体文学史"的理想光环照耀下，个体文学史或者说个体文学理论史的叙述模式，与其说未得到重视，不如说是遭到了忽视，仍有待深入发掘。虽然叙事理论在 20 世纪 60 年代以来不断被提及，但是仔细加以考察可以发现，从研究焦点来看，它仍然备受限制：在梳理中国古代叙事观的脉络历程中，虽突出了"叙事"这一概念的历时变化，但对"叙事"文体不加区分；强调叙事在小说文体中得天独厚的优越条件，一一阐述小说叙事的方式、特征、内容衍变、艺术特点等，却对庞杂、疏散而难以进行梳理的叙事文体，例如戏曲，有意或无意地避而不论。

"避而不论"明显带来了研究对象的不平衡，并导致研究处于不良循环的状态之中：第一，相比于小说叙事在研究上的系统成熟，戏曲叙事的学术研究显然贫乏得多。第二，戏曲叙事理论史的研究还处于相对空白的状态，既缺少整体理论史，又缺少以时间为限定的断代理论史。以明代曲论叙事观作为研究对象的理论史，目前仍然未能呈现较为系统的研究成果，即是一个例证。针对明代曲论叙事观展开的专题研究，在现有的研究格局里，要不仅仅局限在单个曲论家的曲论观中，"犹抱琵琶半遮面"地以单独章节出现，篇幅不甚丰富；要不仍与小说叙事理论牵连在一起，未能得到独立的阐述。第三，以时间作为标准，明代曲论叙事观一直处于研究对象未能得到区分的尴尬状态之中。在论及戏曲叙事的宏观体系里，明、清叙事总是粘连在一起，论清必以论明作为理论铺垫，论明必以论清作为理论收尾。研究者尽管也承认明代曲论中确实具有丰富的叙事观，却始终未能整理出一条独立明晰的发展线索，未能就此开辟出一个独立的研究领域。第四，叙事观在明代曲论中的重要地位尚未受到足够重视。就戏曲的研究对象而言，始终存在着一个明显的事实：研究焦点多集中于论"曲"，包括"曲"的文辞与音韵、创作与欣赏等。这与传统戏曲研究以"曲学"作为研究主体的观念固然有关。自元代周德清《中原音韵》发端，"曲学"观便成为探讨戏曲文体观念的中心论题。一直到近代，吴梅《顾曲麈谈》《曲学通论》仍以研究曲学为主体。"曲学"中心的研究范式，很大程度上限制了或者说延缓了对戏曲其他文体属性比如"文"与"剧"等特征的探讨。事实上，明中叶以后，一方面"曲学"发展仍在深入；另一方面随着戏曲评点的出现，戏曲中"剧"的观念也在逐步形成与发展。当明传奇的创作日益兴盛并成为明代戏曲创作的主要对象之后，叙事的观念也得到了更为全面的探讨。有明一代，针对"事""剧"和"戏"等戏曲属性而展开的理论辨认一直未曾停歇，始终处于发展和完善之中。正是有了明代的充分准备，才能最终形成以"叙事"为中心的清代剧论体系，出现像李渔《闲情偶寄》等一系列叙事理论的巨著。作为"剧论"的理论基础，明代曲论中的叙事观，说是承上启下的思想过渡也好，说是有待成熟的理论形态也好，都理应在研究领域受到足够重视。

以上种种，怎能不造成中国古代戏曲叙事理论研究的相对薄弱？面对一个在研究现状中仍存有空白的研究课题，对于研究者来说，既是一个面临挑战的研究难题，也是一种崭新的研究尝试。

二 研究意义与可行性

中国古典戏曲是一个极富诗意的文学意象，在当下已经成为传统文化遗产的代名词之一。自近代以降，古典戏曲逐渐与现实生活相脱离，最终形成了一个倾向于纯粹研究的文化现象。研究者将研究目光投注到古典戏曲这个对象上，投身于阐析曲唱、叙事、剧论等戏曲要素的学术研究中，书写他们对于古典戏曲研究的理解与体会。近年来，其研究和批判的锋芒主要针对曲论研究的薄弱之处，在弥补研究空缺、拓展研究视角以及重估研究格局诸方面做出了努力，由此建构了推进曲论研究的良好氛围。作为古典戏曲理论体系的一支，曲论中的叙事观研究正在成为一个回应研究现状的学术生长点。①

明代是戏曲史上的第一个理论高峰，也是真正意义上曲论的发端和肇始。作者、作品之多，戏曲演出之盛，远丰于元杂剧。戏曲理论亦如是，"触角已伸向戏剧的功能、特点等本质问题和剧本创作、舞台演出的各个方面，初步建立了我国戏曲理论的体系"②。的确如此！明王朝历时近三百年，留存下来极其庞博丰富的曲论思想，直接体现为戏曲理论著述众多、戏曲评点热闹非凡；间接体现于在相关的诗文理论里还蕴含着零碎的曲论思想，或许只言片语，出现的频率却非常高。再者，隐藏于评点、序跋、书信等书写形态中的曲论思想，杂乱

---

① 张颖：《中国古代戏曲叙事理论的回顾与反思》，《新世纪剧坛》2015 年第 6 期；刘二永：《论中国古典戏曲叙事联贯理论》，《中华戏曲》2016 年第 2 期；刘二永：《中国古典戏曲叙事理论研究述论》，《中华戏曲》2016 年第 4 期；刘二永：《古典戏曲叙事详略观念探微》，《吉林艺术学院学报》2016 年第 4 期；王昊：《中国古代叙事文学研究》，安徽师范大学出版社 2017 年版；杜桂萍：《古典戏曲的"叙事"与"抒情"》，《视界》2018 年第 2 期；吕茹：《叙事时间的一致：话本小说与戏曲的互动》，《浙江学刊》2019 年第 4 期。

② 金宁芬：《明代戏曲史》，社会科学文献出版社 2007 年版，第 3 页。

而隐微，短小而精辟，极富理论价值。诚如钱锺书先生认为的，中国古代的文论大量存在于"诗、词、随笔里，小说戏曲里，乃至谣谚和训诂里，往往无意中三言两语，说出了精辟的见解，益人神智，把它们演绎出来，对文艺理论很有贡献"①。基于文献学基础，从明代曲论纷繁零杂的浩瀚资料中梳理出"戏曲叙事"的专题材料，并进行学术意义上的阐述与研究，显然是一项非常棘手的工作，但无疑也是一项充满了可能性的尝试。在棘手和挑战的背后，同样孕育着新的研究契机。

　　首先，在浩瀚纷杂的明代曲论资料中，找出自身研究所需要的材料，并厘清其中的发展脉络，对于研究者来说，是一个很直接的诱惑。其次，对纷繁复杂的材料进行整合与分析，并试图进行理论意义上的体系建构，更令研究者兴奋而冲动。最后，更重要的是，站在新的研究视角对已有的古代资料进行考察，使之生发出全新的现代意义，在当下的学术环境里自然也是一个十分贴合学术现实的课题。

　　本书选取明代戏曲理论叙事观作为研究对象，既是专题研究，又是断代研究，亦属于古代文论新阐释的方法论研究范畴。这一研究对象的确定，在一定意义上，是对当下戏曲研究现状的回应，也是当下研究问题意识的映射。近几年来，厚重丰富的文献整理进一步推进，例如《中国古典戏曲理论类钞》多角度地整理了有关创作与改编、题材与题旨、关目与结构、角色与演员等重要理论资料②；《稀见明代戏曲丛刊》大规模搜集整理了明代戏曲文献，收录《六十种曲》《盛明杂剧》《孤本元明杂剧》《古本戏曲丛刊》等大型曲籍以外的稀见明代戏曲及佚曲达 79 种、230 种之多，其中有三分之一的剧本是海内孤本或某一版本的仅存存本③；《中国古典戏曲论著集成》（全十册）再次大规模重印④等。在此基础上，研究者能够得以顺利地在戏

① 钱锺书：《读〈拉奥孔〉》，《七缀集》，上海古籍出版社 1994 年版，第 33 页。
② 宋子俊：《中国古典戏曲理论类钞》，中国社会科学出版社 2016 年版。
③ 廖可斌：《稀见明代戏曲丛刊》（八册），东方出版中心 2018 年版。
④ 中国戏曲研究院：《中国古典戏曲论著集成》（全十册），中国戏剧出版社 2020 年版。

曲与小说等叙事问题的关系中①，审慎地考察古代戏曲叙事理论的内涵与框架，立足于具体文本和曲家②、叙事主题（报恩、受难、才子佳人等）及叙事理论形态（情梦观、戏中戏、评点等）③诸研究视角，深入拓展明代戏曲叙事研究的思路与方法，并从学术参照高度引导着博、硕学位论文的研究方向。④ 形形色色的研究视角成为学者研究与反思当下研究现状的镜子，共同映射着曲论研究回应文化现实的发展趋势。不言而喻，这些学术成果对当下的明代戏曲叙事观研究产生了重要影响，进一步提供了就此开展专题研究的可能性。

明代曲论叙事观，在一定意义上浓缩了戏曲叙事的复杂形态，形成或组织了各类重要话题：传承与发展、个人与群体、雅与俗、现实与审美、事与剧等关系。重新梳理、审视和建构明代曲论叙事观的有序性和承继性，并将研究视角聚焦于揭示曲论中的叙事观要素，意在呈现戏曲家与戏曲作品、戏曲作品与戏曲作品、戏曲家与戏曲理论、戏曲理论与戏曲理论等相互交织与呼应的复杂关系，尽力发掘中国戏曲理论所隐含的前瞻性视点。因而首先，就学术意义而言，既补充叙事观的明代曲论断代史，又以叙事观的体系建构作为研究目的，不仅是一个可行的研究领域，而且是一个必要的研究论题，可为当下研究格局下的曲论发展趋势提供积极的理论参照。

---

① 徐大军：《中国古代小说与戏曲关系史》，人民文学出版社 2010 年版。康宝成：《观念、视野、方法与中国戏剧史研究》，学苑出版社 2017 年版。宋常立：《瓦舍文化与通俗文体的叙事生成》，人民出版社 2017 年版。

② 叶长海：《汤显祖与临川四梦》，上海古籍出版社 2016 年版；俞晓红：《论戏曲文本在非线性叙事中的构成——以〈牡丹亭〉为考察中心》，《戏曲研究》2018 年第 2 期；刘二永：《李贽戏曲叙事结构及理论史意义》，《戏曲艺术》2020 年第 4 期。

③ 王永恩：《明清才子佳人剧研究》，上海古籍出版社 2014 年版；李有军：《我国古典戏曲"情梦"观叙事艺术略述》，《戏曲艺术》2016 年第 1 期；黄霖：《文学评点论稿》，凤凰出版社 2017 年版；胡建生：《戏剧创作艺术纵横谈》，中国书籍出版社 2017 年版。

④ 王德兵：《明清戏曲美学范畴研究》，博士学位论文，扬州大学，2014 年；范辉：《王骥德〈曲律〉戏曲叙事理论研究》，硕士学位论文，安徽大学，2015 年；郑倩茹：《明传奇科介研究——以〈六十种曲〉为例》，硕士学位论文，兰州大学，2017 年；王琦：《汤显祖戏曲文本叙事研究》，博士学位论文，江西师范大学，2017 年；吴昊：《王骥德古典戏曲美学结构思想初探》，博士学位论文，中国戏曲学院，2017 年；刘赫：《石巢四种曲的叙事艺术研究》，硕士学位论文，吉林师范大学，2019 年；魏永梅：《戏曲序跋与明代戏曲理论》，硕士学位论文，上海戏剧学院，2020 年。

再者，从传承文化遗产的理论与现实高度来审视，在明代曲论中单独开辟叙事观空间，有助于我们把握明代戏曲理论的全貌，了解明代戏曲创作之盛并探究其盛之因，既有利于勾勒戏曲发展的轨迹、规律，探寻戏曲发展与社会文化、政治等的关系，也有利于传播和发扬传统优秀文化遗产。

第三节　研究内容与方法

一　研究对象界定

明代曲论叙事观研究的具体对象，是以明代为时间关键词，考察有明一代（1368 年建朝至 1644 年清军入关明灭）两百余年间的重要曲家及其叙事观主张。

明代曲论的叙事观从何处得以体现？

叙事观是曲家在戏曲创作和戏曲评鉴中体现出来的一种曲学思想和意识，主要以戏曲作品和戏曲文献作为载体。学者赵炎秋在《中国古代叙事理论研究刍议》一文中指出，"中国古代叙事理论"可以有两种理解：一种是指研究中国古代文论中所包含的叙事理论成分；一种是指通过研究古代的叙事作品，总结出古代的叙事思想，提炼出相关的叙事理论。① 按照这一断定，叙事观的体现也有两种方式：一是研究者通过总结曲家曲作中关于人物塑造、情节设置、结构安排等叙事主张所建构的叙事观念。例如，通过"临川四梦"来研究汤显祖的叙事观。二是创作者自身表述和呈现的叙事观念，通过不同的戏曲理论形态保存下来。这一形态是多样化的，除曲论专著外，大量的叙事观内容还埋藏在各种形态的文献之中：书信、杂记、序跋、凡例、评点、杂论等。当然，戏曲叙事观的呈现必须倚恃原始的戏曲文献，研究者通过研究进行整理和总结的叙事观，始终无法脱离这一文献基础。

明代曲论叙事观的阐述如何展开？

广义地说，叙事理论的称谓来源于西方叙事理论的学科概念。西方文论中的叙事理论不仅是一种文学研究方法，而且是具备理论术语

---

① 赵炎秋：《中国古代叙事理论研究刍议》，《中国文学研究》1998 年第 1 期。

和理论框架的体系。中国文学早在诞生之初就有着叙事传统的存在，然而在实践和理论方面，却未能比肩西方叙事学，形成理论体系。在全球化的背景下，随着西方叙事学的浪潮不断推进、影响并冲击到中国本土的研究现状，研究者在研究视角上就如何展开中国叙事学的研究这一问题，也在不断进行反思、借鉴和调整。中国古代戏曲，毫无疑问是叙事文学的分支，具备叙事文体的特征。但与西方叙事理论所不同的是，它还隐藏于曲论体系的整体构架之中，有待于进行独立挖掘和阐明。因此，西方叙事理论的框架和话语作为"他山之石"，提供的启示主要表现为，在整理和建构明代曲论体系时，既应该挖掘其中丰富的叙事传统，也需要将叙事思想的零星贡献提升到理论体系的高度。当然，构建戏曲叙事观，并不是对西方叙事学的理论概念进行"拿来"，而是在具备叙事理论形态的文本里，对戏曲本身的叙事特征进行理论概括。鉴于明代戏曲叙事观的资料仍处于零散状态，有的还被遮蔽，因此在论述时，不免需要借鉴西方叙事理论的研究视角，以帮助揭示其中的叙事要素。

明代曲论叙事观的主要内容是什么？

"中国古代的叙事作品存有三种形态：文本叙事、舞台叙事和民间口头叙事。"① 戏曲文体的叙事比较特殊，不仅需要作为阅读底本的剧本，而且还需要考虑到舞台叙事的要素，同时它与民间口传文学又有着深深的血缘关系，因此是三种叙事形态俱备的文体。更重要的是，中国古代的戏曲文本既有故事，又有曲子，是曲辞和故事的合体，从文本特征而言，既是文学创作的产物，又是舞台演出的底本。本书所论述的有关叙事观的理论内容，严格意义上来说，仅停留于文本叙事层面，不包含曲律部分，也不包含剧演部分。若其中涉及曲律、剧演与叙事之间的理论关系，或者出于理论背景的论述需要，则会适当进行简略阐述。

概括性地说，研究明代曲论叙事观所需要的文献基础，首先，这个文献的时间限定于明代；其次，是具有指定对象的文本。王季思认为，研究中国戏曲史，首先要集中戏曲作品原著、各家论述戏曲的专

---

① 刘宁：《中国叙事理论的发展及研究评价》，《西安文理学院学报》2005 年第 4 期。

著、散见于各家诗文集中有关戏曲的篇章这三个方面的资料。① 有鉴于此，本研究所涵括的著作，以叙事作为关键词，主要指以下三种：戏曲理论专著；蕴含叙事观的著作，例如戏曲评点、戏曲序跋、戏曲笔记等；与叙事观的表达和研究相关的具体戏曲剧本。

二　研究方法概言

戏曲作品是再现性的叙事作品，通过剧本再现给读者，通过舞台再现给观众，人物和情节在其中不可或缺。而既然有情节和人物，便会存在结构问题、真实性问题、人物形象塑造问题，以及品评视角问题、审美鉴赏问题等。这些问题与明代戏曲剧本相结合的研究，构成本书将要论述的重要内容。情节和人物的论述与叙事创作相关，视角和审美的论述与叙事接受相关。研究戏曲著作中的情节和人物，实则是研究叙事的创作观念；研究戏曲叙事的视角体现和审美理解，实则就是研究叙事题材的世代传承现象，探讨同一叙事在不同剧本中的差异，例如情节结构的变动与人物形象衍化，以及回答明代曲论的叙事观产生了何种文学影响、形成了何种文学反馈等。

明代是一个文学思想纷呈的时代，尤其进入明代中后期，伴随着心学的流行、商品经济的发展，一些"异端"思想也随之出现。它们狂放大胆、新奇怪异，对文学观念的发展和演变产生了很大的冲击和影响。通俗文学发展迅速，尤其戏曲文学的创作十分兴盛，戏曲批评极其热闹，曲论的探讨也非常活跃。各种主张粉墨登台，你方唱罢我登场，呈现出热烈争鸣的场面。这些思想有的承上启下，一脉相承，有的各执一词，针锋相对，有的中庸调和，不偏不倚。谁提出了何种观点，谁接受了谁的观点，谁发展了谁的观点，谁批驳了谁的观点……将这些处于流动、生成和发展过程中的纷杂叙事观作整体梳理，分析其各自思想的出发点、立足点，以及各方关系等，是对曲论研究的拓展。

总结而言，研究明代曲论中的叙事观，一是阐述戏曲剧本如何展开叙事的研究，二是指导戏曲剧本如何进行叙事的研究。在明代曲论

---

① 王季思：《历代咏剧诗歌选注》，书目文献出版社 1988 年版，"序言"。

的宏观背景下，立足于戏曲叙事观，在详尽整理原始资料的基础上，以章节论述的形式，从戏曲理论发展史的角度，具体探究戏曲评点、曲论专著及其他笔记资料等理论形态中所蕴含的叙事观，旨在探索明代戏曲叙事观的构建、特征、演变脉络，探求叙事观所涵括的结构及形态组成，是本书研究的重要内容。

第一章　明代曲论转型与叙事观走向成熟

中国古代戏曲理论的产生肇始于元代，这是不争的事实。元代以前尽管也有对于戏曲的看法，但是还没有达到理论的高度，只能称之为曲论的萌芽。元代是戏曲创作的极盛期，其杂剧成就在中国文学史上绽放出了璀璨夺目的光芒，然而，元代却并不是戏曲理论与批评的黄金时代。虽有钟嗣成《录鬼簿》、燕南芝庵《唱论》、陶宗仪《南村辍耕录》、周德清《中原音韵》或品评戏曲作家作品，或论及声乐唱法，或旨在收集曲唱史料，或意在探讨作曲技巧，已经开始出现一些关于戏曲理论与批评方面的尝试，但综观而言，在这些著作中，它们还处于相对零碎的状态，远不足以系统和成熟来称谓。

戏曲理论和批评的高潮出现在明代。元、明两朝丰富的戏曲创作实践，催生了戏曲批评和戏曲理论首轮高潮的出现。自明初朱权《太和正音谱》发端，诸多戏曲理论和批评著作便相继成书。尤其在明中叶到清初这一时期，古代曲论著作的问世盛况空前，蔚为大观。从篇幅上说，长有专著，短有序跋；既有评点，亦有曲话。与元代曲论相比，明代曲论在深度和广度上发生了很大的变化，其一表现为涉猎范围大大拓展，在戏曲创作、戏曲文体特征、戏曲批评鉴赏以及戏曲史方面均有论述；其二体现于随着探讨的深入，零碎、分散的戏曲理论形态开始走向综合化、系统化。曲家开始广泛探索一些关于戏曲创作的技巧，有意将其系统化，并试图挖掘和明确戏曲文体本身的独有属性。

在明代各种戏曲理论形态的文献材料中，存在诸多关于戏曲文体属性的内容。明人对戏曲属性的理论思考，与当时的戏曲创作现实始终紧密相连。在经历了一场场针对"时文风气"的理论论争，一次次或授受相沿、或驳斥交流的理论扬弃后，"戏曲"终于缓慢地从诗文传统中脱离出来，成为理论探讨中的一个独立对象。它并非一蹴而就，而是一个缓慢演变和发展的过程。

本章从明代曲论聚焦的中心主题切入，整合来自明代曲论中灵活却零散的理论表述形态，据此梳理一条关于曲论在有明一代的演进线索，并探究演进发生的相关原因。

第一节 从曲学到剧学：明代曲论的演进脉络

若以时间为横轴，以内容为纵轴，在辨认戏曲本质属性的过程中，明代曲论主题的演进坐标大致如斯：

一 "曲"学核心：元末至明初正德年间

元末至明初正德年间，曲论沿袭元代体制，重在论"曲"。

元杂剧重唱，因而元代曲论多以"曲"为核心要素，着重探讨戏曲音乐、格律和音韵的问题。元代重要的曲论专著，如燕南芝庵《唱论》、周德清《中原音韵》，主要以"曲"（音律）为观照角度来对戏曲理念进行总结和陈述。胡祗遹提出杂剧"九美说"，论及舞台表现仍以"唱"为先。钟嗣成《录鬼簿》专论作家，多以"通音律""谐音律""明音律"为尺度来对作家进行品评。夏庭芝《青楼集》是戏曲表演专著，张鸣善为之作叙，表明"兹记诸伶姓氏，一以见盛世芬华，元元同乐"[1] 是其著述目的，一则反映了元杂剧在当时的演出盛况，二则体现了曲学家对于"曲"唱表演的关注。

元杂剧在体制上来说，具有四折一楔子的成熟结构，又依托完整曲折的故事情节以文本作为表演的基础，但缘何编剧艺术成熟后，在曲论上的探讨却距"剧"甚远？究其原因，在于元杂剧以"唱为主，

---

[1] 夏庭芝：《青楼集叙》，《中国古典戏曲论著集成》（二），中国戏剧出版社 2020 年版，第 6 页。（下文引用该书时，省略出版信息）说明：本书所引古代文献多为明人著述，少量涉及其他朝代。鉴于参考文献或者正文中已有交代，为简洁起见，注释中不再一一标注作者所属的朝代。

白为宾"①，主要用"曲"来传达人物的主观意图，渲染人物的复杂心境，宾白则多用于辅助叙述戏曲情节，"言其明白易晓也"②。就整体艺术而言，元杂剧的宾白之重要性无法与"曲律"相媲美。故而，以"曲"为标准的衡量尺度促使元人生成了重要的戏曲观念：曲可歌，并能根据曲之优劣对曲家和剧作进行高低评定。元人论曲，其理论对象是非常明晰的。例如，《中原音韵》总结了北曲系统的音韵声律规则，《唱论》对唱法技巧进行了梳理。同时，论曲的理论意图也是十分明确的。周德清作《中原音韵》，是使"初学之士"对韵、音、声调能有所效法③；钟嗣成作《录鬼簿》，是让杂剧家可唱之佳作能"作不死之鬼，得以传远"④。对象和意图二者结合起来，反映到戏曲理论之中，便是曲家十分注重"曲唱"的技巧性总结，表现为论曲内容趋向于以论"曲"为主。

元杂剧的兴盛繁荣在明初依然具有强烈的影响力，"国初词人仍尚北曲，累朝习用，无所改更，至正德之间特盛"⑤。加之元人对北杂剧地位的鼎力推崇，导致明初的曲论沿袭了重"曲"的特点，大致上是元代曲论的"余音"。其一，元代曲论以著录为主，主要是收集、整理元时的曲作、曲谱资料。明初曲论延续了这一点，在整理元代资料著录上大有建树。贾仲明《录鬼簿续编》仍依《录鬼簿》旧制，进一步著录元代曲家曲作，并为《录鬼簿》所录曲家按其特点和成就补写"吊词"。朱权《太和正音谱》是明代第一部曲论专著，聚焦于对元杂剧剧目进行整理，并对其曲谱、音律进行整理划分。整体而言，自明开国直至明正德年间，在百余年的时岁里，曲论以整理北曲为主要内容。需要注意的是，由于明初"禁戏"令的推行，"士

---

① 徐渭：《南词叙录》，俞为民、孙蓉蓉编《历代曲话汇编：新编中国古典戏曲论著集成》（明代编）第一集，黄山书社 2009 年版，第 490 页。（下文引用该书时，仅标明集数和页码）

② 徐渭：《南词叙录》，第一集，第 490 页。

③ 虞集：《中原音韵序》，吴毓华编《中国古代戏曲序跋集》，中国戏剧出版社 1990 年版，第 7—8 页。（下文引用该书时，省略出版信息）

④ 钟嗣成：《〈录鬼簿〉自序》，《中国古代戏曲序跋集》，第 17 页。

⑤ 张羽：《古本〈西厢记〉序》，《中国古代戏曲序跋集》，第 58 页。

大夫耻留心辞曲，杂剧与旧戏文本皆不传，世人不得尽见"①，加之北杂剧创作渐趋衰落，南戏、传奇亦在发展之初，戏曲创作上的衰颓也导致了戏曲批评的水波不兴，处于相对沉寂的时期。其二，元人尽管将杂剧和散曲分开而论，却一直奉行曲本位的曲学观。在认识戏曲属性的过程中，戏曲艺术的"曲"之特征或者说杂剧重"唱"之表现，被看作戏曲的本身属性。明初继续尊北曲（北杂剧），"一方面将元曲的源头追溯为上古歌谣或两汉乐府，从诗歌史的角度建立元曲与前代音乐文学之间一脉相承的谱系；另一方面则是从礼乐传承的角度论定北曲乃先代雅乐之遗脉，视其为'正音'或'正声'"②。从理论形态的留存状况来看，朱权《太和正音谱》只论北曲，其他隐蔽于戏曲序跋和戏曲上、下场诗中的零碎批评，也主要为"正音"发声。一直到明嘉靖年间，徐渭《南词叙录》才将南曲"新声"作为理论对象来进行审视。

尽管一直在沿袭元代轨迹，但相较而言，明初曲论也表现出一些较为明显的发展特征。

首先是社会背景倡导的"风化"思潮强化了戏曲批评的"风教"主题。入明以后，戏曲创作的导向意识逐渐明确化。明初曲坛上自统治者下至"文人"创作者，均以引导戏曲走向"风教"之道为己任。其中，统治者的大力倡导居于力度之首。明代开国皇帝朱元璋"好南曲"，尤为欣赏《琵琶记》，为着"不关风化体，纵好也枉然"的教化目的，称其为"贵富家不可无……由是日令优人进演"③。明初的其他几位帝王如朱棣等，也喜看戏、品戏，堪称戏曲内行。明初虽"禁戏"，但唯对教化主题戏加以大肆弘扬，所以不仅宫廷演剧兴盛，社会上的演剧之风也未曾停歇。论其所演内容，则不出弘扬太平盛世、讴歌忠孝伦理的范围。宫廷文人率先对此政策进行拥护，如朱权呼吁"盖杂剧者，太平之胜事，非太平则无以出"④，朱有燉阐释戏曲有"兴观群怨"之功用，邱濬、邵璨扬"五伦全备"、赞"忠臣孝

① 何良俊：《四友斋丛说·词曲》，第一集，第464页。
② 程芸：《明代曲学复古与元曲的经典化》，《文艺理论研究》2014年第2期。
③ 徐渭：《南词叙录》，第一集，第483页。
④ 朱权：《太和正音谱·群英所编杂剧》，第一集，第57页。

子重纲常，慈母贞妻德允臧，兄弟爱慕朋友义，天书旌异有辉光"①，无一例外地将教化目的引入戏曲创作和戏曲批评之中。元人虽也谈及戏曲的教化功用，例如杨维桢《朱明优戏序》称戏曲不同于百戏"徒一时耳目之玩"，故"优谏之功，岂可少夫"②，但这种主题倾向是微弱的，并不十分明显。从明初的戏曲理念来看，这一主题倾向却不断强化并放大，直至逐渐成为明代曲论一以贯之的审美典范之一。

其次，创作主体的身份上移也促进了戏曲观念的广度提升。由元入明，戏曲创作的主体身份发生了很大的改变。明初恢复科举取士后，从事戏曲创作的文人越来越多。与元杂剧"书会才人"相比，明初的创作主体在身份上逐渐提升，被置换成真正意义上具备一定文学素养的文人群体。学识上的素养提高，致使戏曲创作的文人气息较为浓厚。此一时期的文人戏曲创作融才华与抱负于一体，不仅作品质量较之元杂剧有了大幅度提高，同时在推崇北曲的过程中，又展开了关于戏曲属性的进一步探索。尽管元代周德清曾主张"文律兼美"，钟嗣成亦强调"辞韵立传"，然而，这些认识的广度和深度远远不及对曲律地位的认知。明初《太和正音谱》不仅划分出"杂剧十二科"和"乐府体式十五家"，首次按作品内容对元杂剧进行了分类研究，而且有意识地加入了作家、作品、风格、题材和流派等分类内容。其他如戏曲序跋、凡例等，也零星地对作剧意图和主题选择进行了说明或者论断。这也表明，在倡导曲本位的曲学观中，明初的戏曲批评也注意到题材选择、立意等其他技巧问题，拓展了对戏曲属性的认识。

整体言之，明初对戏曲属性的体认，是按"作乐府，切忌有伤于音律"③ 的"曲学观"为主体思路来展开的，戏曲理论形态主要集中于专著及曲作序跋中（例如贾仲明、朱有权、朱有燉等人的专论或序跋）。曲家在延续推崇北曲为尊的过程中，同时掺杂了对"曲"意、曲题选择等问题的辨析，初步具有了对"曲"之外其他戏曲属性进

---

① 邵璨：《香囊记》终场诗。
② 杨维桢：《〈优戏录〉序》，《中国古代戏曲序跋集》，第 20 页。
③ 周德清：《中原音韵·正语作词起例》，《中国古典戏曲论著集成》（一），第 231 页。

行理性思考的色彩。

二　从"曲"学向"事"学过渡：明嘉靖至万历年间

明嘉靖至万历年间，曲论主题从论"曲"向叙"事"进行转型过渡。

明代嘉靖朝后，以探讨曲律为基础问题①，曲家对戏曲属性的认识产生了分流。一边是顺曲学观而下，一边是拐向戏曲观所包含的其他内容。受到资本主义萌芽、市民阶层崛起和"心学"思潮冲击的多重影响，相较于明初，这一时期的曲坛呈现出三大转折现象。

第一，戏曲创作一反明初时期的衰退景象，由南戏发展而来的传奇进入繁盛时期，形成了"博观传奇，近时为盛。大江左右，骚雅沸腾；吴、浙之间，风流掩映"②的盛况，并且出现了四大声腔的分化与流播。最终，由魏良辅改革的昆山腔在声腔的博弈中成为赢家，取代北曲而成为曲坛声腔的主体。依昆山腔而作的传奇，就体制而言，无论是结构还是音律，都与元杂剧有着迥异之处。例如，传奇剧本分出并加上出目，且普遍运用了南北曲合套的形式等。

第二，与戏曲创作的兴盛相呼应，戏曲理论也随之繁荣发展。元代及明初的戏曲理论主要以北曲为观照对象，进入明中期，由于传奇继而代兴，曲论批评的对象又加入了南戏和传奇在内，内容更加具体、丰富。明传奇的前身系南戏，因多出于"书会才人"之手，整体显露出质朴通俗的特征。文人作剧之风盛行后，首先带来了剧作的层出不穷，以至于"学究、屠沽，尽传子墨"③，热闹非凡。其次也不可避免地带来了弊端，一是文人因急于摆脱南戏的鄙俚无文而在"文"上大做文章，掀起了"组织餖饤学问"的堆垛之风；二是由于文人素养有高有低，导致了创作水准上"黄钟、瓦缶杂陈，而莫知其

---

① 参见田守真《明代曲论概观》，《四川师范大学学报》1988 年第 6 期。此文认为明代几乎所有的曲论都要讨论曲律这一基调问题，曲律成为明代曲论的大背景。从内容角度而言，这一论断是切中明代曲论现实的，曲律的比重经历了由多至少的转变过程。

② 吕天成：《曲品卷上・右具品》，第三集，第 86 页。

③ 祁彪佳：《远山堂曲品・叙》，第三集，第 537 页。

是非"[1] 的良莠不齐。面对创作盛况和弊端俱在的双重表征，这一时期的曲论和戏曲批评也呈现出双向发展的趋势。一方面，由于传奇创作的极盛以及对叙"奇"审美的重视，戏曲理论再也不能对作品中逐渐独立的叙事艺术视而不见。关于传奇题材、人物、情节和美学价值的思考在戏曲批评中日益增多，内容涵盖了剧本创作、批评鉴赏的各方面。另一方面，为纠偏"组织饾饤学问"的时文之风，恢复元杂剧的原生态审美文化，曲学界又掀起了复古运动，以北曲为参照，展开了南、北曲之间的优劣相较。写成于嘉靖（1522—1566）时期的曲论著作，例如《词谑》（李开先）、《曲论》（何良俊）、《南词叙录》（徐渭）和《曲藻》（王世贞），基本上都在探讨同一问题，那就是戏曲本色的问题。何、王率先掀起了《琵琶记》《拜月亭》谁高谁低的"名剧之辩"，从何谓"本色"与"当行"的语言辨析入手，将众多曲家相继卷入这场论争旋涡。进入万历时期，曲学界的思想争鸣极为活跃，戏曲理论的创作也达到了前所未有的高潮。不仅出现了汤显祖、沈璟这样的曲学大家，也问世了被美誉为"明代双璧"的曲论专著——《曲律》（成稿于万历三十八年）和《曲品》（成稿于万历三十年）。其他如李贽、徐复祚、臧懋循等人的曲学成就，也在同时绽放璀璨光芒。"本色"之辩在汤显祖与沈璟之间发酵成"汤沈之争"，不仅催生了具体的"意法之辩""情理之辩"，而且还形成了各自为营的临川派与吴江派。双方在各自授受相沿的传承之中继续发展，但两派之间的争论交流又呈现出针锋相对的局面。这一场论争的规模之大，几乎将这一时期的所有曲家都裹挟其中。既有派系双方在意法、情理上的不同观点，也出现了诸如王骥德"以临川之笔协吴江之律"，吕天成"合之双美"的两全之说。有传承，有发展，有驳斥，有交流，有对抗，有包容，大大推进了曲论对戏曲属性的进一步深入思考。

第三，伴随着戏曲创作和戏曲理论的繁荣，从事戏曲表演的家班开始兴盛，并对演出技巧提出了更高要求。职业演员和职业戏班在元代就已经出现，但私蓄优伶进行演出的家班，始见于明弘治、正德年

---

① 祁彪佳：《远山堂曲品·叙》，第三集，第 537 页。

间，并于嘉靖、隆庆、万历年间进入繁荣期。此一时期，多数曲家本身既是戏曲创作的主体，同时对戏曲表演又非常熟悉，其中还不乏拥有自家家班者。何良俊《四友斋丛说》卷十八对李开先家班有所描述："有客自山东来者，云李中麓家戏子几二三十人，女妓二人，女童歌者数人。"① 卷十三又自云："余家自先祖以来即有戏剧……又有乐工二人教童子声乐，习箫鼓弦索。余小时好嬉，每放学即往听之。"② 家班演出之盛以及表演之精，在潘之恒《鸾啸小品》、张岱《陶庵梦忆》等作品中也能找到印证。家班对戏曲表演的艺术水准要求甚高，一来竞争激烈所致，二来与曲家或家班主人的自身素养密不可分。为着自娱、交际和艺术实践的目的③，很多曲家也亲自参与到戏曲表演中去。例如，汤显祖不仅在《宜黄县戏神清源师庙记》中全面论述了戏曲表演艺术的规律性问题，还经常亲自参加宜伶（宜黄海盐腔艺人）的排戏和演出活动。毫无疑问，家班之兴大大推动了戏曲创作与表演的艺术提升。

　　明嘉靖至万历年间，曲论内容折射出过渡性的特征。承上而言，它延续了明初时期戏曲理论和批评的方式方法。关于作"曲"的技巧性总结，在这一时期的曲论内容中仍然占据着较重比例。例如，徐渭《南词叙录》对南曲创作进行了梳理，何良俊《曲论》坚持以北曲声律为创作规范，王骥德《曲律》用大幅篇章论述"曲律"，等等。和明初重视戏曲的风教功用一致，嘉靖至万历期间的曲家，同样强调戏曲感化人心的力量。自徐渭言"夫曲本取于感发人心，歌之使奴、童、妇、女皆喻，乃为得体"④ 始，采取何种方式来达到"感人"效果，经由曲家群体的共同探索，不仅接续了风教理念的传统，而且又从戏曲的"风教"观中衍生出"情教"的理念。何良俊"情辞动听"，王世贞"风情动人"，汤显祖"至情"，郑之珍、倪道贤以

---

① 何良俊：《四友斋丛说·杂纪》，第一集，第461页。
② 何良俊：《四友斋丛说·史九》，第一集，第455页。
③ 参见赵山林《中国戏曲传播接受史》，上海人民出版社2008年版。该书第七章《明代的家班》第二节《士大夫家班的功能》将明代家班的功能分为自娱、交际和艺术实践三大方面进行了论述。
④ 徐渭：《南词叙录》，第一集，第486页。

情"劝善"，沈璟"警戒贪淫，大裨风教"① 等，是探索中比较典型的"情教"观体现。启下而言，它为戏曲理论和批评注入了新的血液——"事"，使之呈现出崭新的气象，并对后来的曲论产生了引导性的重大影响。作为承上启下的总结性著作，王骥德《曲律》的地位十分引人注目。其一，《曲律》强调"于曲，则在剧戏，其事头原有步骤"②，对"事"的开端、发展、高潮、结局等提出了谋篇布局的要求。其二，"《曲律》中最具有理论价值的篇章是《论剧戏》，其中突出地论述了戏剧的整体结构问题，这是中国戏剧理论史上一件真正带有开创性的大事"③。关于剧本叙事特征的探讨，自《曲律》问世后便逐渐成为曲论关注的重要内容。其三，《曲律》还提出了"词藻工，句意妙，如不谐里耳，为案头之书，已落第二义"④ 的戏曲批评标准，重新思索了戏曲底本叙事与舞台的关系问题。

　　进入嘉靖年间，戏曲创作最显著的特点在于，完成了由南戏向传奇的转变，并且明确了叙"事"技巧和审"事"鉴赏的重要性。明传奇弥补了南戏在戏曲情节和结构安排方面的不足。因南戏最初"即村坊小曲而为之，本无宫调，亦罕节奏，徒取其畸农、市女顺口而歌而已"⑤，并未在理论层面对情节提出更高要求。元代统一后，南北文化相互交融，南戏在与北杂剧的融合中，吸收了杂剧体制之长且增加了篇幅，戏曲叙事承载复杂情节的能力因而也大大加强。然而，"旧戏无扭捏巧造之弊，稍有牵强，略附神鬼作用而已"⑥，叙事效果并不令人如意。加上自《香囊记》发端，"三吴俗子，以为文雅，翕然以教其奴婢，遂至盛行"⑦，因追求文辞的过度雕饰，不免又使叙

---

① 沈璟：《致郁蓝生书》，第一集，第 727 页。沈璟用此评语来评论吕天成传奇作品的道德观。
② 王骥德：《曲律·论章法第十六》，第二集，第 81 页。
③ 余秋雨：《戏剧理论史稿》，上海文艺出版社 1983 年版，第 85 页。
④ 王骥德：《曲律·论剧戏第三十》，第二集，第 96 页。
⑤ 徐渭：《南词叙录》，第一集，第 483 页。
⑥ 凌濛初：《谭曲杂劄》，第三集，第 193 页。
⑦ 徐渭：《南词叙录》，第一集，第 486 页。

事效果大打折扣。面对"南戏之厄，莫甚于今"①的现状，曲家一边力求纠偏，一边总结经验教训，从而形成了具有创新意义的戏曲理念。

首先，传奇顺应戏曲叙事的要求，在体制上分出标目和分卷，更加有利于情节的扩展和结构复杂度的安排。如何构建合理的且波澜起伏的戏曲情节，成为传奇创作首要考虑的问题。戏曲自身的发展要求与文人审美趣味的双重结合，体现于曲论和批评中，就是对传奇合理有序地构建情节的重视。其次，在探讨传奇叙事之法的过程中，为达到创作与表演的最优效果，曲家辨析了文辞、意法、情理的关系孰轻孰重，虚与实的创作关系如何处理，以及文本与"场上"演出如何协调等问题，进一步推动并延续了"本色之争"的论题。万历时期，随着戏曲创作和表演上的新一轮活跃，传奇创作和表演的叙事特性也因此得到了更为积极的探讨。对戏曲属性的认识，突破了"曲本位"的固化思维，从传奇体裁出发，辐射到语言、题材、人物、情节、结构、构思、审美、表演等各方面的探讨与评述层面。当零星的探讨汇聚成诸如《曲律》《曲品》这样的系统总结，曲论的焦点也从曲学本位转向对传奇题材、人物、情节、结构等叙事观的重视。最后，为使传奇既满足文人作剧的雅兴，又符合场上表演的要求，曲家们从各方面进行了锲而不舍的探索努力，如徐渭重创作，何良俊重鉴赏，王世贞、汤显祖重扬"情"，王骥德、杨慎、胡应麟等则在演出领域提出了代言体的准则。此外，这一时期还产生了曲论批评的新形式——评点。"戏曲评点是一种紧附于戏曲文本的批评形态"②，因而更能据此衡量戏曲剧本的优劣、得失等。曲家对戏曲创作、表演和审美等诸方面的总结，或细节探讨，或高屋建瓴，涉及内容、情节、搬演、音律、文辞、构思等众多内容，均在戏曲评点中有所体现。

经由此一时期的多方探讨，曲家已在作剧、品剧或观剧的实践中，对戏曲属性进行了深入的思考。究其原因，主要在于传奇的创作之盛，不仅为曲论的多元呈现提供了厚实的文本基础，也为理论之果

① 徐渭：《南词叙录》，第一集，第 487 页。
② 朱万曙：《明代戏曲评点：批评话语的转换》，《文艺研究》2007 年第 10 期。

的长成培育了肥沃的土壤。尽管在定义"曲"与"剧"的概念区分上仍然有所含混，但曲家对戏曲叙事日益重视的走向是明晰的，尤其在叙事的总结、评定与拓新层面收获颇丰。

三　叙事观走向成熟：明万历以后

万历以后，曲论"叙事"观进一步成熟，并逐步向"场上"剧学倾斜。

万历以后，明朝日薄西山，进入最后一个发展阶段。以万历为时期界限，是因为自万历末年开始，虽然明传奇创作的盛势仍在继续，昆山腔也依然承续"四方歌曲必宗吴门"的余波，然而，在发展势头上却缓慢了下来。万历时期是资本主义萌芽的时代，也是俗文学蓬勃发展的黄金时期。商品经济的发展，催生了新的市民阶层出现，也成全了追名逐利思想的合法化、大众化。与此同时，阳明心学在对抗程朱理学的发展中，收获了文人的肯定与追逐，成为晚明社会的思想主潮。以社会现实和文化环境的双重变化为契机，俗文学因为能够迎合市场化的商业需求和市民尚奇的心理需求而进入广阔的发展空间。随着话本小说的出现与兴盛，晚明曲论一方面要适应戏曲与小说在叙事性上的区分，一方面又要满足戏曲自身发展的需要进行叙事技巧的总结和提升。

趋缓的发展态势，并不意味着止步不前。相反，正因为开展了更加从容的思考与探索，进行了更加理性的品评和鉴赏，才建构了更趋向于成熟、系统的晚明叙事观体系。

晚明曲论叙事观的典型特点之一，在于以汤显祖"至情"为起点，顺应整个社会对"童心""真情"等主张的倡导，展开了对"情"的高扬。反对封建礼教，标举自然人性，是扬"情"主题的重要内容。对"情"的多角度观照，有详论，也有概说；有评点，也有专论，呈现出多样化的理论形态。至明末清初，孟称舜、袁于令、李渔等人也加入其中进行补充和发挥，联合织成了一个全面、绵密的尚"情"之网。崇情，既成为剧情构思的主题思路，亦构成塑造可感人物形象的最终意图。在此一体系中，"情正"观来自陈继儒、王思任，"以情释理"说来自孟称舜，"情痴"观来自张琦，"曲以悦性达情"① 之"情教"观来自冯梦龙。此外，孟称舜还主张选剧"以辞足达情为最，而协律者次之，可演之台上，亦可置之案头"②，又从情感叙事层面进行了补充。

晚明曲论叙事观的典型特点之二，是热衷于对"法"进行自觉总结。技巧层面的总结探讨，审美层面的咀嚼寻味和场上"代言"属性的探索关注，构成了晚明曲论叙事观的创作、审美、接受三"法"。明人戏曲之最大贡献，即在传奇。传奇，传"奇"也，是以选奇事、述奇人、构奇思，成为曲论对传奇叙事技巧加以总结的首要内容。晚明论"奇"，更重视人为设奇，并有意针对设奇之技法进行补充和拓新。祁彪佳提出脱俗创新，冯梦龙提倡推陈致新，阮大铖善用误会之法等，构成了设奇的丰富内容。其次，"言传奇，不可不言传奇之规矩；言传奇之规矩，所以明传奇之结构也"③。从创作领域对传奇之格局、结构安排加以总结，成为晚明叙事之"法"不可或缺的重要内容。继臧懋循将"关目紧凑之难"列为"作曲三难"之一后，祁彪佳亦言"作南传奇者，构局为难，曲白次之"④，继而凌濛初提出"戏曲搭架，亦是要事，不妥则全传可憎矣"⑤，冯梦龙强调"凡传奇最忌支离"⑥。这类多面总结，对清代曲论产生了非常重要的影响。李渔剧论体系的重要贡献之一，即承明人而标举"结构第一"，将戏曲结构推至戏曲创作理论的中心位置。再者，如何合理安排事件、情节与结构之间的关系，尤其是艺术虚构与历史真实之间的关系，也得到了充分探讨。祁彪佳云："传情者，须在想象间，故别离之境，每多于合欢"⑦，点明了情感表达与想象虚构的关系。屠隆认为"世间万缘皆假，戏又假中之假也"⑧，又将戏曲的艺术表现与文学表达联系起来。实际上，在此之前，就已有胡应麟提倡"谬悠而

---

① 冯梦龙：《风流梦小引》，第三集，第37—38页。
② 孟称舜：《古今名剧合选自序》，第三集，第467页。
③ 卢前：《明清戏曲史》，岳麓书社2011年版，第20页。
④ 祁彪佳：《远山堂曲品·具品·玉丸》，第三集，第610页。
⑤ 凌濛初：《谭曲杂劄》，第三集，第193页。
⑥ 冯梦龙：《风流梦总评》，第三集，第38页。
⑦ 祁彪佳：《远山堂剧品·雅品·崔氏春秋补传》，第三集，第648页。
⑧ 屠隆：《昙花记序》，第一集，第587页。

亡根""颠倒而亡实",谢肇淛主张"戏与梦同""虚实相半",吕天
成倡导"有意驾虚,不必与实事合",王骥德宣扬"剧戏之道,出之
贵实,而用之贵虚"等虚实观作为基础,从叙事的不同角度切入,确
认了戏曲作为虚构性文学的本质特征。尤其汤显祖"四梦"的巧设
之奇,对晚明曲论的发展产生了十分重要的影响:"不仅在于突出了
情在剧情结构中的重要地位与梦在戏曲构思中的决定意义,更重要的
是对传统的戏曲观念注入更多的文学内质,有力地促使了曲学理论向
剧学理论的演进与转换。"① 无可否认,极力设"奇"是传奇之盛与
传奇广受欢迎的重要缘由,然而当设奇开始走向对"奇"的过度追
求,以至于"今世愈造愈幻,假托寓言,明明看破无论,即真实一
事,翻弄作乌有子虚"②,"传奇至今日,怪幻极矣"③ 的怪诞现状便
成为晚明曲坛的一个偏颇现象。以直面现实作为文化使命的明代曲
人,由是又开始了新一轮的批判反思和纠偏拨正:反对为奇而奇,反
对不合常理的怪诞。争鸣因人而异,互相之间既彼此借鉴,又辨析论
争。这也意味着戏曲叙事观在晚明逐渐走向周密、客观与成熟。

晚明曲论叙事观走向成熟的理论表征之一,体现为曲论在长达
300 余年的不停摸索与探讨中,将戏曲文体的叙事特征与其他叙事文
体区别开来。

首先是区分了曲与诗词的文体特征。探讨诗词与曲之关系,是贯
穿在明代曲论中的一条主线,既包括诗文传统对曲的影响和融合之总
结,也包括对戏曲独特属性之揭示。明初论曲,主要关注曲对诗文传
统的承继以及二者之间的共同性④:一方面从"戏曲乃诗之别流"观
切入,将戏曲曲词的文学性作为诗歌与曲的关联点,找寻诗歌与戏曲
之共同特征,顺理成章地做出戏曲即诗的论断;另一方面则强调戏曲
的叙事功用与诗歌相同,在秉承教化的宗旨上与之殊途同归。直到嘉

---

① 吴瑞霞:《中国古代戏曲理论与批评·导论》,中国社会科学出版社 2012 年版,第
19 页。

② 凌濛初:《谭曲杂劄》,第三集,第 193—194 页。

③ 张岱:《答袁箨庵》,第三集,第 521 页。

④ 现有多数研究论文已经梳理了这一传统,论及戏曲的本体意识。文中不再赘述。参
看陈友峰《古代戏曲本体意识的三种类型及其演变》,《戏曲艺术》2007 年第 4 期,等等。

靖时期，这一论断才被"本色"之争所打破。何良俊、李开先、王世贞等曲家从戏曲语言与文采的角度，区分出戏曲与诗歌的不同特征。徐渭对语言本色之"俗"的内涵阐发，在后继者沈璟、汤显祖、王骥德、吕天成那里得到了继承和拓展，并一直延续到了晚明清初曲家曲论的认识之中。如王骥德称"世有不可解之诗，而不可令有不可解之曲"①；李渔云"曲文之词采，与诗文之词采非但不同，且要判然相反"② 等。这一认识存在一个清晰的轨迹：明初"本色"之争首先是针对文采而发，之后在探讨的过程中，又相继加入了对其他戏曲问题的探讨。明中期，面对极力推崇文辞的华丽之风，曲家论"本色"主要针对此"时文风"提出了尚俗主张，以情感真挚、情节合理为理想状态，体现出对戏曲关目、结构等叙事要素的重视。至晚明，"本色"观进一步取得了突破，其中最引人注目的扩充，当推吕天成对"本色"与"当行"概念的区分。吕天成批评了"本色"专指语言的偏颇，提出"当行兼论作法，本色只指填词"这一主张，认为"当行""此中自有关节局概，一毫增损不得"③，正式将"作法"提到与"填词"相并列的位置。这也表明，晚明曲论在区别戏曲与诗歌叙事的特征时认可的是戏曲的"剧戏"特征，强调了戏曲代言体叙事特点的独树一帜。

其次是戏曲与小说的叙事特征。入晚明，社会风气发生了巨大转变：生活上追逐去朴从艳，知识上推崇慕奇好异，文艺上追求异调新声。在社会转型的刺激下，加上书坊兴盛带来的坊刻繁荣，与戏曲一样，通俗小说也借着平民文学具有无限生机的时代东风而迅速发展起来。据统计，从万历二十年（1592）至泰昌元年（1620），短短20余年就新出了50余种通俗小说，大大超出从嘉靖元年（1522）至万历十九年（1591）70年间仅出 8 种的数目。④ 作为晚明"俗文学"的两个分支，通俗小说与戏曲在明人的理论视野里关系密切，"原因

---

① 王骥德：《曲律·杂论第三十九上》，第二集，第 114 页。
② 李渔：《闲情偶寄·词曲上·词采·贵浅显》，《李渔全集》卷三，浙江古籍出版社1991 年版，第 17 页。
③ 吕天成：《曲品·右具品》，第三集，第 86 页。
④ 参见陈大康《明代小说史》，上海文艺出版社 2000 年版，第 365 页。

即在于两者本是同根所生的事实"①。就构建情节、塑造人物、生发艺术效果等叙事内容而言，明人认可戏曲与小说的共同性。例如，李贽评点所运用的"化工""画工"概念，起初原用于戏曲批评中，后来也在小说评点中使用，打破了二者之间的文体界限。张无咎也曾指出戏曲与小说在文体上的共通性："尝辟诸传奇，《水浒》，《西厢》也；《三国》，《琵琶记》也；《西游》则近日《牡丹亭》之类矣。"②然而，明人也看到了两者在表达方式、审美批评等方面的不同之处，体现出难能可贵的文体辨认意识。

在曲论发达于小说理论的现状下③，戏曲涉及的叙事空间比小说更广阔。孟称舜称"迨夫曲之为妙，极古今好丑、贵贱、离合、生死。因事以造型，随物而赋象"④。臧懋循也认为曲能"随所妆演，无不模拟曲尽，宛若身当其处，而几忘其事之乌有"⑤。故而，其一，戏曲叙事体现出科白、代言等戏曲文体的独特特征。通俗而言，戏曲叙事要兼顾舞台的需要，以文字为载体来描述一连串的唱白和动作，体现出剧本的代言意识和演出的动作性。杂剧、传奇皆如此。戏曲文本在叙事中始终会放置一个戏台前提，正如程羽文在《盛明杂剧序》中指出："当知曲以诠情性之微，不为曲解；戏以节作止之序，不同戏观：乐其可知矣。"⑥"作止"指人物的动作举止，"节"和"序"则点明戏曲语言是具有节奏化的叙事。如果将小说看作一种纯粹的叙事文本，作者只负责叙述故事，在读者的阅读过程中即可完成整个叙事过程，那么，戏曲剧本则远超叙事文本的范畴，还需要考虑并体现演员的舞台表现、观众对舞台表现的观赏接受。因此，戏曲叙事与小说叙事最大的一个不同，就在于前者具有强烈的舞台接受意识。即便戏曲剧本最终未必登场，仅仅留置案头以供玩味吟咏，"代言"意

①　徐朔方：《徐朔方说戏曲》，上海古籍出版社2000年版，第50页。
②　张无咎：《批评北宋三遂新平妖传叙》，《中国历代小说序跋选注》，曾祖荫、黄清泉、周伟民、王先霈选注，长江文艺出版社1982年版，第86页。
③　参见许建平《古代小说理论不及曲论发达原因初探》，《河北师范大学学报》1992年第1期。
④　孟称舜：《〈古今名剧合选〉序》，《中国古代戏曲序跋集》，第198页。
⑤　臧懋循：《〈元曲选〉后集序》，《中国古代戏曲序跋集》，第148页。
⑥　程羽文：《盛明杂剧序》，第三集，第424页。

识却始终不会缺席。王骥德将此总结为"引子须以自己之肾肠，代他人之口吻"①，其重要性正如孟称舜所称"当行家之为尤难也"②。其二，与小说相比，一般而言，戏曲承载叙事内容的篇幅要短得多，因此在情节结构的设置方面，曲家们提出了"主脑说""忌支离""一人一事"等集中性叙事的观点，彰显了戏曲不同于小说范式的叙事特征。

晚明曲论叙事观走向成熟的理论表征之二，体现为编剧理论的日渐成熟、系统。理论具有继承性，这是必然的。然而，理论唯有继承而不求发展，就无法走向深入与成熟。晚明戏曲理论与批评对戏曲叙事的关注，既因袭前人的观点，又进行了纵深突破。

其一，戏曲叙事的"风教"功用，自元末周德清、高则诚始，一直被反复讨论，但随着时间的推移，其广度和深度已经不可同日而语了。一方面，戏曲风教的正面影响犹在，且基调更加明朗化，在晚明体现得尤为明显。例如，王骥德称："令观者藉为劝惩兴起，甚或扼腕裂眦，涕泗交下而不能已，此方为有关世教文字。"③祁彪佳、吕天成也分别将"有裨风教""合世情，关风化"等主张，视为戏曲优劣的重要品评标准。冯梦龙、孟称舜、张琦、张大复等曲家也积极响应，热情宣扬戏曲"风教"的巨大影响力。例如，冯梦龙改《灌园记》为《新灌园》，即称："自余加改窜，而忠孝志节种种具备，庶几有关风化，而奇可传。"④然而，另一方面，明中叶以后，相较于明初，曲家不仅将戏曲看作"风教"手段的意识要淡化许多，对"道学气"的抨击也越来越激烈。在直面个性解放的现实前提下，晚明曲家对于情理关系的探讨，逐步走向统合情理的道路。概而言之，这是一条从"以情反理"到"以情释理"最终走向"情理合一"的曲折线路。受到王氏心学的影响，曲家对推动反理思潮发展有着重要贡献。李贽在戏曲创作上倡导以"真"为主旨，对"岂非以假人言

---

① 王骥德：《曲律·论引子第三十一》，第二集，第97页。
② 孟称舜：《古今名剧合选自序》，第三集，第465页。
③ 王骥德：《曲律·杂论第三十九下》，第二集，第120页。
④ 冯梦龙：《〈新灌园〉叙》，《中国古代戏曲序跋集》，第277页。

假言，而事假事、文假文乎"① 的所谓"伪文学"乃至"伪道学"展开了激烈批判。汤显祖崇尚"至情"论，言"如明德先生者，时在吾心眼中矣，见以可上人之雄，听以李百泉之杰，寻其吐属，如获美剑"②，旗帜鲜明地反对"理"之弊，与明中叶以来以反理学思潮为标志的思想解放运动一脉相通，具有强烈的时代意义。祁彪佳与汤显祖有相同看法，直言"戏场中安容道学套头"③，对道学传统表示出深恶痛绝之感。面对晚明声色犬马、名利横流的社会现状，随着文人社会责任感的增强，王思任、孟称舜、陈洪绶等以拨正之笔，将"情至"观发展为"情正"观，意在建构"情"与五伦之间的和谐关系。拨正力度之重当推孟称舜，其云："情与性而咸本之乎诚，则无适而非正也"④，以"贞正"彰显"情诚"，祁彪佳赞其"而且以先生之五曲作五经读，亦无不可也"⑤，与理学家弥漫着腐朽之气的道学传统有着截然不同的面貌。在如此步步推进的认识过程中，情理关系也从对抗走向了融通。

其二，论及戏曲情节和结构在戏曲叙事中的重要性，晚明曲论蹈袭前人的东西也很多，但是加以比较，却并非简单意义上的继承。从因袭而言创新的典型表现是，自李贽最早论及戏曲结构，其后"结构"成为明代曲家论及剧作情节安排的重要概念。王骥德等进一步提出了"剧戏"的概念，内涵包括阐明戏曲结构的重要性，品评戏曲作品的结构优劣，勾勒曲家"炼局""搭架""剪裁"概念的概貌，总结结构技巧演变的脉络等。这些内容有的属于情节结构的一般技巧，如"炼局""搭架""贵剪裁""立主脑""密针线"等，有的则属于较强的专业性要求，如凌濛初认为"戏曲搭架"要避免将"真实一事，翻弄作乌有子虚"，以免让"演者手忙脚乱，观者眼暗头昏"⑥ 等。从线性发展的脉络来看，王世贞首先从曲辞"造语"角度

① 李贽：《童心说》，第一集，第 537 页。
② 汤显祖：《答管东溟》，《汤显祖集全编》诗文卷四四《玉茗堂尺牍之一》，徐朔方笺校，上海古籍出版社 2016 年版，第 1295 页。
③ 祁彪佳：《远山堂剧品·具品·庳国君》，第三集，第 671 页。
④ 孟称舜：《二胥记题词》，第三集，第 501 页。
⑤ 祁彪佳：《孟子塞五种曲序》，第三集，第 676 页。
⑥ 凌濛初：《谭曲杂劄》，第三集，第 194 页。

来认识剧情结构，从王骥德论"章法"发展到凌濛初论"搭架"，经历了一个从单一主题逐步走向全面、整体的认知过程。再者，从探讨"结构"与其他因素之间的关系来看，程羽文、张琦、张岱、卓人月、袁于令、爱莲道人等，分别论述了剧本创作的心理机制、动机、词曲关系、真实与虚构的关系以及悲剧观等问题。概而言之，从多层面、多角度来审视戏曲结构论，是晚明曲论叙事观在发展过程中逐渐走向成熟的体现之一。

晚明戏曲叙事观走向成熟的理论表征之三，体现为曲家对曲论主题的观照从"叙事"向"演事"发生了倾斜。

万历时期，戏曲家班已经进入发展的繁荣期。万历之后，其规模更加蔚为大观。一些高水准的家班，普遍都形成了自己的特色，或有优秀剧目，或具极佳演技。张岱曾如此描写阮大铖家班之长："阮圆海家优，讲关目，讲情理，讲筋节，与他班孟浪不同。"① 又描摹了自己观看阮氏家班所演《十错认》《摩尼珠》《燕子笺》三剧的效果："其串架斗笋，插科打诨，意色眼目，主人细细与之讲明。知其义味，知其指归，故咬嚼吞吐，寻味不尽。"② 阮氏家班对戏曲情节的重视与锤炼，可谓明代演剧之风盛行的一个缩影。与此同时，演戏之风的盛行，使得观戏亦成一时风尚，甚至成为许多文人的一种生活方式。在观剧中获得消遣，抒发感慨，对晚明文人而言，不仅可以自我陶醉，而且还能激情寄怀。观剧的具体行为有两种：一为观案头之剧本，二为观场上之表演。从戏曲代言体的认识角度出发，明人作剧，已经充分注意到戏曲的代言体属性，无论案头之本还是"登场"之剧，都以王骥德所说"我设以身处其地，模写其拟"为创作前提。在剧本创作的过程中，曲家既重视文本的可读，也重视演出的可演，并以达到"登场"演出为最终创作目的。清初李渔所云"填词之设，专为登场"，即是承继明代曲论的精练总结。

从王骥德要求"须以自己之肾肠，代他人之口吻"③ 开始，晚明

---

① 张岱：《陶庵梦忆·阮圆海戏》，第三集，第519页。
② 张岱：《陶庵梦忆·阮圆海戏》，第三集，第519页。
③ 王骥德：《曲律·论引子第三十一》，第二集，第97页。

曲论的"剧"学意识迈出了关键性的第一步，并在相当短的时间里迅速得到了提升。天启、崇祯年间，冯梦龙《墨憨斋定本传奇》汇集古今传奇并加以删改，又更易名目，旨在服务"场上"演出。王思任、沈际飞亦以"登场"为准隼，着重对戏曲人物塑造进行理论分析与实践探索。孟称舜承其后，进一步突出人物塑造的重要意义，加快了剧评家重视人物分析的脚步。随着剧学意识的不断发酵，晚明时期基本上已经具备了曲论（音律、词采等）向剧论转型之条件。首先，晚明曲家对于填词作剧一般具有较高的文学修养，在审音辨律的风雅中，会自觉依照曲情、曲理去合理安排情节与构思结构。不仅如此，他们对品剧、观剧同样具有丰富的经验和深厚的学识基础。情节是否紧凑、格局是否合理、人物形象刻画成功与否等，都隶属考评之列。作剧与观剧，就共同的审视对象——叙"事"——而言，本质上是相通的。叙"事"的存在，缝合了填词作剧和品剧观剧之间的行为分离。从方法论角度来说，登台演出实则也是戏曲叙事方式的一种，只不过这种方式是通过践行之动态化体现出来。经由胡应麟、谢肇淛、王骥德、凌濛初、祁彪佳、冯梦龙、张岱、潘之恒、邹迪光等众多曲家的阐述与论证，文本叙事与"登场"之间的主次关系逐渐向后者发生倾斜。邹迪光《观演戏说》就是一个例证。此文"从演出出发，阐述了戏曲人物、表演特点、戏曲内容、戏曲的虚构和与社会现实的关系的诸多问题，是一篇不可忽略、不可多得的演剧论"[1]。清初李渔又在明人理论的基础上进一步推进，在《闲情偶寄》的《词曲部》《演习部》中，他以剧本演事为主线，以"登场"为中心，以观众接受为目的，对戏曲叙事和演出进行了重要的理论总结。李渔的登场，正式宣告了中国古代戏曲叙事和演出理论体系的成熟，体现出中国古代戏曲"剧学"转型的成功。

晚明戏曲叙事观走向成熟的理论表征之四，是戏曲评点技巧日臻成熟，评点群体不断扩大。

戏曲评点在晚明得到极大发展，就原因而论：

---

[1]　江巨荣：《明清戏曲：剧目、文本与演出研究》，上海古籍出版社 2014 年版，第283 页。

一是技巧上的日趋成熟受益于其他文体评点的成熟。一般认为，文体之间的影响是相互存在的，尤其当一种文体的成熟要晚于另一种文体之时，先成熟的文体一定会影响到后成熟的文体。戏曲评点之于诗文绘画评点就是如此。诗文、绘画评点的成熟远远早于戏曲评点，因而其中一些具有感悟、印象式特征的概念，也被戏曲评点借鉴使用，例如"关键""血脉""关节""画工"和"化工""机趣""本色""当行""传神写照""声口毕肖"……作为晚明戏曲品评的典范之作，《曲品》《远山堂曲品》和《远山堂剧品》在样式和体例上均成功借鉴了诗、文、画之传统。吕天成《曲品·自叙》说得很明白："仿钟嵘《诗品》、庾肩吾《书品》、谢赫《画品》例，各著论评，析为上、下二卷，上卷品作旧传奇者及作新传奇者，下卷品各传奇。"① 当然，晚明戏曲评点重点突出的是戏曲的文体属性：凸显"场上"观念，并且采用了删改、边改边评等新的践行方式。

二是戏曲评点的迅速勃兴，还得益于当时戏曲创作之盛以及书坊兴起后通俗文学传播速度之快。在评点中总结传奇的创作经验，是这一时期戏曲理论与批评的一个重要内容。徐渭开戏曲评点之先，对《西厢记》进行了释义和"改抹"，审正了文本中的情节不合理之处。真正意义上现存较早的戏曲评点本，当推明万历八年（1580）徐士范刊行的《重刻元本题评音释西厢记》。此本采用了典型的"释义兼评"方式：以释义为主，间插题评，且正文内有夹批、眉批、总批，在戏曲界引起了巨大反响。金陵世德堂趁评点蔚然成风之热，仍然采用"释义＋题评"的方式，集中刊刻了一批戏曲曲本②，形成了引人注目的评点现象。这类早期评点，多采用"释义评注"的方式来进行，因还处于初始阶段，批评水平难免有所局限。③ 戏曲评点进入繁盛时期的新开端，以李贽作为代表。李贽评点本现存16种之多，其

① 吕天成：《曲品·自叙》，第三集，第81—82页。
② 这些戏曲曲本是：《新锲出像附释标注赵氏孤儿记》《新刊出像附释标注拜月亭记》《新刊重订出像附释标注裴淑英断发记》《新刊重订出像附释标注裴度香山还带记》《新刊重订出像附释标注赋归记》《新刊重订附释标注出相伍伦全备忠孝记》《新锲重订出像附释标注惊鸿记题评》与《新锲重订出像注释李十郎霍小玉紫箫记题评》等。
③ 参见朱万曙《明代戏曲评点的形成与发展》，《东南大学学报》2000年第4期。

中虽有"托名"之作，但认为其开创了戏曲评点的纯粹形式，这一点是毫无异议的。自李贽起，戏曲评点家愈加注重评点与剧本的密切结合，尤为关注编剧经验的总结和拓新。李贽曾评《红拂》，曰："此记关目好，曲好，白好，事好"①，明确将"事"与曲、白并列，并将"关目"放置在品评首位。汤显祖《焚香记总评》也写道："作者精神命脉，全在桂英冥诉几折，摹写得九死一生光景，宛转激烈"②，将品评角度转向"事"之"宛转"。其他如"事"之"波澜"、繁简、合理、脱窠臼等编剧技法，都在戏曲评点视角得到了精辟阐释。在李贽等人的启迪和影响下，万历以降，戏曲评点的形式受到曲家的热烈追捧，并迅速成为明代中晚期占据通俗文学批评主流思潮的理论形态。在一如既往地重视"品""评"等意会、感悟特征外，晚明戏曲评点在形式上由早期的"释义兼评"转向"先注后评"方式，并在运用上表现得更加灵活自如。除了常规的序跋、题词等评点方法，还使用了考订兼评（例如凌濛初考评《西厢记》）、改评（例如臧懋循《玉茗堂四梦》、冯梦龙《墨憨斋定本传奇》、盘薖硕人《西厢定本》等）、摘句评论结合理论阐释（例如吕天成《曲品》，祁彪佳《曲品》《剧品》等），创作与评点相结合（例如孟称舜《娇红记》题名为"陈洪绶评点"）等诸多评点形态。

　　晚明时期，传奇风行于世，由此戏曲评点主要以戏曲传奇作为观照对象。传奇多叙"事"写"情"，故而戏曲评点旨在以论"事"展现一种纷繁的剧作全貌，加之评点以感性品评为特征，因此又常常在细节上将感性印象具体化。具体化的角度非常全面，从"事"之题材、情节到结构、章法再到人物、审美之体悟，从考证故事来源到从观照编剧技巧之优劣，从"咀嚼"戏曲文本到品评戏曲观念，全都有所提及。对评点者而言，戏曲的"趣味"已不再局限于衡量"填词""度曲"之高低优劣，而在于揭示"关目""波澜""转""关笋"等与叙"事"演"事"紧密相关的问题。

　　评点虽然是个体展开，但评点现象却是整体行为的反映。将个体

---

① 李贽：《红拂》，第一集，第542页。
② 汤显祖：《焚香记总评》，第一集，第607页。

评点集中到一起，就形成了群体性的评点现象，并呈现出新的面貌特征。

体现之一：零碎中可见整体。代表晚明戏曲评点从个体走向整体化的代表作，当属孟称舜于崇祯六年（1633）编刻的《古今名剧合选》。对于收入选本中的每部杂剧作品，孟称舜都进行了详细的批点。卷首有序言，各剧之首有总评，剧作文本里有圈点、眉批、夹批、回评，建构了一个完整的评点体系。再从群体性评点现象来看，评点群体由单个曲家联合组成，不同的评点各自独立但又不仅仅是简单的并列存在，而是集合了情节、结构、人物、虚实雅俗等审美以及搬演技巧等内容，并由此罗织而成的相近、相连、相较、对立之关系网。以《牡丹亭》评点为例：曲家皆因汤显祖《牡丹亭》才情双全而视之为曲界标杆，歌咏之、品味之，晚明时即已形成以袁宏道评本、陈继儒评本、冯梦龙评本、王思任评本、臧懋循评本等多种版本聚合的评点群体现象，并因此构建了一个全面的《牡丹亭》评点系统。

体现之二：细节处可见周密。一般而言，戏曲叙事传统崇尚大团圆结局，即便在情节安排上有波折起伏，最终也会以花好月圆、破镜重圆、科举高中等皆大欢喜之结局作为审美理想。晚明叙事观却在悲剧观内容上萌生了新的见解。卓人月曾自述《花坊缘》之创作缘起："友人有唐解元杂剧，易奴为佣书，易婢为养女。余为反失英雄本色，戏为改正"①，意在纠正孟称舜《花前一笑》对现实的逃避。在他看来，唐寅就应该被卖为奴，而唐寅所追逐之女也只能是使女身份。卓人月的创作则彰显出他对传奇传统结局的不同看法，其言："今演剧者，必始于穷愁泣别，而终于团圆宴笑。似乎悲极得欢而欢后更无悲也，死中得生，而生后更无死也，岂不大谬也！"②肯定了悲剧结尾的合理性，对戏曲悲剧的审美范畴有所扩充。此外，晚明曲家在阐述评点意图之时，已经站在超越功利的角度，以接受者和品评者的姿态来寻求与创作者的深层沟通。《快活庵批评红梨花记》云："奇快秦

---

① 卓人月：《〈花舫缘〉〈春波影〉二剧序》，《中国古代戏曲序跋集》，第304页。
② 卓人月：《〈新西厢〉序》，《中国古代戏曲序跋集》，第298页。

川有之，当行则让武林也。予以评章如此，不知两家以我为知音否？"① 以"知音"自谓，从接受和理解的角度弥补了戏曲评点者自我品鉴的不足，突破了一直以来评点者站在旁观者而非沟通者的角度对戏曲文本加以"指划"的局限。

　　进入晚明，从事戏曲评点的群体不断扩大，主流文人、戏曲家、民间布衣文人都参与其中，又以文人最为普遍。臧懋循、冯梦龙、汤显祖、王思任、沈际飞、茅暎、陈继儒、徐奋鹏、袁于令等，都为坊刻曲作撰写过序跋或评点，是晚明戏曲评点的重要代表。他们的主张和见解，既丰富了戏曲叙事观的内涵，也取得了令人瞩目的理论贡献。引人注意的是，这一时期的评点群体还有新鲜血液——女性评点者的加入，为戏曲叙事增添了新的审视角度。俞二娘、冯小青、王端淑、黄媛介等，皆是晚明末期较为著名的女性评点人。晚明张大复《梅花草堂笔谈》中就记载有俞二娘评点《牡丹亭》之事。陈同等人《还魂记序》也有类似记载："宜昔闻小青者，有《牡丹亭》评跋，后人不得见。"② 女性评点最初大多不传世，或较小范围地传阅于闺阁与亲友中。随着文艺创作与商品化的联系日益紧密，女性戏曲评点也开始顺应市场需求进行出版，传播范围因此大大拓宽，由小众关注走向公众视野。③ 李渔《比目鱼》传奇收录有王淑端序，就是其中的一个典例。④ 此外，民间布衣文人群体的评点表现在此一时期也可圈可点。例如，刊刻于崇祯二年（1629）的《盛明杂剧》中收录有高达 20 多位布衣文人的评点见解。这些文人有的阙名，有的借名，有的则仅仅署明堂（室）号，如西湖竹笑居士、栩庵居士、古越醉鹤居士等，但在各抒己见中均散发出了璀璨的思想光芒。

　　综合而言，在心学推崇个性解放、商品经济发展以及坊刻书籍的繁荣等多方面的影响下，明代戏曲理论与批评逐渐推动了由"曲"学经叙"事"到"剧"学的主题转型。对戏曲叙"事"的认可，促

----

① 佚名：《快活庵批评红梨花记·总评》第 1 册，国家图书馆藏明刻本。

② 陈同、谈则、钱宜：《〈还魂记〉序》，《中国古代戏曲序跋集》，第 411 页。

③ 参见张筱梅《从小众传播走向公众视野——论明末清初的女性戏曲评点》，《徐州工程学院学报》2012 年第 5 期。

④ 王端淑，王思任之女，与当时众多曲家均有交往，是当时较为著名的职业女文人。

使叙事观在曲家长期的总结和摸索中逐步走向成熟。与明初和明中期的状况相比，晚明的戏曲叙事观如上文所述，已经形成了一个相对独立的系统，为剧学体系在清代最终完成建构做好了深厚的理论积淀。作为明代曲论的一个重要部分，叙事观的理论地位必然要加以重新审视。当然，由于时代和研究的限制，这一时期的曲论内容不免也有缺陷之处，主要表现在：其一，重沿袭，轻创新。晚明曲论的思路线索，大致上来说，是明初和明中期的延续，例如本色论之争的余温至晚明仍在继续；又例如，戏曲品评仍主要以文本作为主要对象，较少关注曲家理念；还例如，关于叙事观的呈现主要偏向于展示对情节、结构的要求，对思想和艺术成就则缺少整体性的评价。其二，重雅，轻俗。晚明文人重雅，在文辞上讲究字斟句酌，使得创作与评鉴均笼罩着浓厚的崇雅拒俗的审美趣味。"曲诗原是两肠"，戏曲在晚明更是"俗文学"的代表之一，若一味将杂剧、传奇进行雅化，这与戏曲本身的俗文学特征不免存有抵牾之处。

第二节　明代曲论叙事观走向成熟的原因探寻

明代经历了社会思潮从理学式微到心学大盛的大转型，也经历了经济大潮从小农经济走向资本主义萌芽的大洗礼，从而发生了具有时代转折意义的变化。中晚明以后，社会更是"天崩地解"，"它把一个旧时代送终，却又使一个新时代开始。它在超现实主义的云雾中，透露出现实主义的曙光"①。这种变化反映到戏曲理论上，一方面体现为，戏曲创作及戏曲批评中涵盖了具有鲜明时代性的现实内容，例如重利轻义、崇尚个性自由等；另一方面也勾勒出戏曲创作在传统与非传统、保守与进步、现实主义与浪漫主义、美与丑、真与俗等关系处理上的变化轨迹。

在社会转型的大背景下，明代曲论的中心主题也相应发生了重心转移。戏曲叙事不断强化，促使曲论中的叙事观不断走向成熟，整体来看，主要基于以下三种因素的合力。

---

① 嵇文甫：《晚明思想史论》，东方出版社 2013 年版，第 1 页。

一　传奇文本凸显叙事强化

以叙事为视角，相较于明杂剧，客观而论，明传奇具有更为突出的艺术表现。这一点毫无疑问。

从体制来看，明传奇在传达复杂的叙事情节方面具有得天独厚的文体条件。吕天成将杂剧和传奇之间的区别精辟地表述为："杂剧但摅一事颠末，其境促；传奇备述一人始终，其味长。"① 这一论断可以从三个层面进行解读。

"摅"与"备"。杂剧与传奇在叙事篇幅上，存在着简与详之分。在叙事题材的选择上，明传奇的关注视角更加多元化。梳理明传奇的剧种类目可以发现，教化剧、历史剧、风情剧、社会剧、爱情剧、公案剧等诸多剧种的区分，基本将叙事范围辐射到社会生活的方方面面。即便是在单一剧本中，容纳的内容也可以非常全面。如《牡丹亭》一剧，既可叙皇帝叛军、情事战事等朝堂庙宇之事，亦可见仙界花神、冥界阎王、人间道姑等上天入地之人，无所不包，范围极广。从题材来源来看，明代传奇几乎继承了源自宋元杂剧中的所有叙事题材。例如，同写"男女生死离合之情"，先后有汤显祖《牡丹亭》、梅孝己《洒学堂》、冯梦龙《楚江情》等作品问世。明代传奇不仅承继了元杂剧中的大多爱情题材，而且还在同一题材的基础上，将它们发展成以"梦"、误会巧合、传递信物等为典型情节的爱情叙事模式。② 不仅如此，明代传奇还将叙事题材的来源扩容化，将蓝本视野向前延伸至元代以前的文学作品之中。略举几例：梁辰鱼《浣纱记》取材于《史记·吴越世家》，顾大典《青衫记》据白居易长诗《琵琶行》改编而成，曹植《洛神赋》则为汪道昆《悲洛水》提供了叙事启发。

"一事颠末"与"一人始终"。杂剧与传奇在叙事内容上，存在单线建构与网状结构之分。"一事颠末"指专叙单一事件的始终，"一人始终"则指以反映一人为主而串联诸多事件。传奇的魅力在于

---

① 吕天成：《曲品》卷上，第三集，第84页。
② 参见孙书磊《论明清之际戏曲叙事的类型化》，《齐鲁学刊》2004年第6期。

能够张弛有度地讲述一个相当长的复杂故事，这个故事从开端至结局，中间高潮迭起，冲突不断，给观众带来强烈的情感与审美体验。不同于杂剧，传奇叙事以双线结构贯穿整个叙事文本，两条线索齐头并进，同时讲述一个故事，用以强化曲折起伏的叙事效应。为了避免在头绪众多的事件中产生叙述不明的情况，明传奇摒弃了杂剧的单线叙事和片状结构，转而采用有利于突出复杂叙事情节的生旦双线叙事范式和网状结构。

"境促"与"味长"。 杂剧与传奇在叙事效果上，存在有限品鉴和无穷回味之别。传奇与杂剧创作，在题材的选择上，不是互相冲突的关系，反而总是多有重合之处。延伸到内容中再加以比较，在同一题材的叙事表达上，传奇对题材的拓展比杂剧更为深入，在叙事的细节化展示层面，体现出十分明显的优势。譬如，元人宋梅洞曾以北宋宣和间申纯、王娇娘二人实事为题材撰写小说《娇红传》。以此作为题材来源，明初刘东生撰成杂剧《娇红记》（全名《金童玉女娇红记》），孟称舜则作传奇《娇红记》（又名《鸳鸯冢》）。两者所撰，题材相同，故事情节也大体一致。两相比较下，杂剧《娇红记》就表现出一些缺憾来："关目排场，单纯平板，冗曼不足观。"① 传奇《娇红记》全剧则分上、下两卷，共50出，在内外、聚散、远近、断续的叙事张力下，通过谱写二人争取婚姻自由的曲折过程，刻画了人物情感缠绵委婉的变化曲线。时人陈洪绶曾评其中第五十出〈仙圆〉曰："泪山血海，到此滴滴归源，昔人谓诗人善怨，此书真古今一部怨谱也"②；马权奇也称此作"能道深情，委折微奥，一一若身涉之"③。因传奇中蕴含有起承转合带来的无穷韵味，今人王季思也极为欣赏，将其列入"中国古代十大悲剧"之列。

从叙事形式来看，明传奇具有集中凸显叙事技巧的重要特征。

一是传奇标题即体现出叙事性。列举明传奇标题，例如《邯郸记》《娇红记》《浣纱记》《南柯记》《紫钗记》等可发现，传奇多以

---

① ［日］青木正儿：《中国近世戏曲史》，王古鲁译，商务印书馆1936年版，第141页。

② 陈洪绶：《娇红记》第五十出〈仙圆〉眉批，《中国十大古典悲剧集》，上海文艺出版社1982年版，第488页。

③ 马权奇：《〈鸳鸯冢〉题词》，《中国古代戏曲序跋集》，第215页。

叙事特征明显的"××记"为题。在传奇剧目中，此类标题占据多数比例（杂剧标题则无此明显痕迹）。以李修生《古本戏曲剧目提要》为例，此书汇录明传奇 202 种，其中以"××记"作为标题的，数目多达 136 种。

二是"缩长为短"的叙事方法，避免了叙事情节的过度扩张，有助于提升叙事技巧。明代传奇大多篇幅漫长，因而剧本在体制上采用分卷，且分出标目的形式。每本传奇的长度，通例大约在 31—50 出，超出 50 出的传奇创作也为数不少。如此篇幅对于案头阅读来说，不至于存在太大问题，但是对于舞台搬演而言，便显得太过于冗长散漫，费时费事。据潘允端记载，《荆钗记》全本串演之时共演了两天，第一天仅演二出，第二天又"自午演至暮"（《玉华堂日记》）。臧懋循也曾记述"予观《琵琶记》四十四折，令善讴者一一奏之，须两昼夜乃彻"。（臧懋循改本《牡丹亭》批语）时间之长，不仅令演者难熬，也令观者疲惫。如此耗费，不仅大幅削弱了戏中之"事"的艺术魅力，也让叙事效果在长时间的演出与观赏疲惫中消失殆尽。为解决剧本创作和剧本演出之间的矛盾，对传奇拖沓、冗长的不足做出补救，渐渐地便在戏曲创作实践上进行了一些变通。"缩长为短"这一技巧受到了曲家群体的一致认可，基于改良目的，他们或压缩改删原著，或主动避免创作上的篇幅过长。去除不必要的人物设置，删减过于枝蔓斜出的情节，是最经常采用的创作方法。臧懋循、冯梦龙等曲家都不约而同地删改过长传奇，例如，臧懋循、冯梦龙均以结构紧凑、线索分明为标准，将《牡丹亭》全本 55 出删改成可供观众最优接受的 35 出。沈璟则在创作中有意识地将文本篇幅控制在 30 出上下的范围之内，其所作传奇，例如《博笑记》全本 28 出，篇幅最长的《埋剑记》也只有 36 出。这类有意为之，且经过精心构思后的缩短尝试，较之长篇巨制，因情节凝练而收到的叙事效果更为理想。茗柯生评《博笑记》，曰："每一事为几出，合数事为一记，既不若杂剧之拘于四折，又不若传奇之强为穿插能使观者靡不仰面绝缨、掀髯抚掌。"① 客观地说，经过曲家费心地"缩长为短"或创作或删改的

---

① 茗柯生：《刻〈博笑记〉题词》，《中国古代戏曲序跋集》，第 172 页。

明传奇作品，不仅方便场上演出，对于剧本阅读而言，在提升叙事效果、提高叙事技巧方面，也收到了更好的审美体验。

从叙事内容本身来看，明传奇崇"奇"尚"奇"。对"奇"的有意追求，成为明代戏曲叙事内容的主旨构建。

传奇，传"奇"也。明代曲家对此形成了共识。倪倬云："传奇，纪异之书也，无奇不传，无传不奇。"① 茅暎言："传奇者，事不奇幻不传。"② 王思任称："事不奇不传，传其奇而词不能肖其奇，传亦不传。"③ 削仙□亦称："传奇，传奇也，不过演奇事，畅奇情。"④ 吕天成在《曲品》中随处点明"××事，奇""××事，甚奇"等评判尺度，如评《还魂记》"杜丽娘事，甚奇"，评《明珠记》"无双事，甚奇"等。

传奇之"奇"，首先在于"事奇"，即内容多新奇、怪诞，十分吸引人的注意力，祁彪佳所言"可喜可怪"之事，吕天成言"××事，奇"等皆属此类。前者如《还魂记》，以杜丽娘"死而复生"为奇；后者如《博笑记》，共敷演了 10 个故事以记录市井生活里的奇人奇事，也即不同于常人、不同于事情常态的人和事。事"奇"，又可分为故事之奇与情节之奇。《博笑记》带有客观成分，强调故事不同于常事之处，是为事"奇"；此外，又在事奇的基础上进行"奇异"情节的安排和组合，形成奇异之"关目"，是为主观构思之"奇"。经过主观设"奇"，关目经常会与某些超现实的奇异力量，如鬼魂、神仙帮助、梦、巧合等相配合，营造关于奇而又奇的审美境界。如《焚香记》（王玉峰）中关于灵魂不灭、阴阳交通、死而复生、因果报应等关目的"奇幻"安排，得剑啸阁主人（袁于令）评曰：

> 其始也，（王魁）落魄莱城，遇风鉴操斧，一奇也；及所联之配，又属青楼，青楼而复出于闺帏，又一奇也；新婚设誓奇

---

① 倪倬：《〈二奇缘〉小引》，《中国古代戏曲序跋集》，第 231 页。
② 茅暎：《题〈牡丹亭记〉》，《中国古代戏曲序跋集》，第 162 页。
③ 王思任：《西厢记序》，第三集，第 47 页。
④ 削仙□：《〈鹦鹉洲〉小序》，《中国古代戏曲序跋集》，第 157 页。

矣；而金垒套书，致两人生而死，死而生，复有虚讦之传，愈出愈奇，悲欢沓见，离合环生。读之卷尽，如长江怒涛，上涌下溜，突兀起伏，不可测识。①

从中可见焦点所论即是《焚香记》中"愈出愈奇"之情节。

设"奇"乃是传奇吸引读者或观众的关键。好的"关目"安排对于描述奇事大有裨益，可以大大增强"奇"之叙事效果。以"奇"为首要标准，若事不达极奇，创作者就会刻意安排一些巧合、误会等情节来人为设"奇"，以至于一味求"奇"，不论其他，最终走向逐"幻"追"诞"的极端。有的作品为求"奇"而出现生硬造"奇"现象，有的作品甚至出现了不合逻辑之处。这类一味求奇逐幻的极端创作现象，自然又会遭致曲家曲论的诟病、批评甚至强烈反对。祁彪佳云："但我辈有情，自能穷天罄地，出有入无，乃借相思鬼、缊缊使作合，反觉着迹耳"②；张岱言："传奇至今日，怪幻极矣！生甫登场，即思易姓；且方出色，便要改妆。兼以非想非因，无头无绪，只求热闹，不论根由，但要出奇，不顾文理"③，均为切中肯綮之语。刻意设"奇"的主观行为，一方面使得情节、结构甚至章法上的叙事技巧大幅得以提升，一方面也为叙事观走向完善增加了批判和反思的维度。

传奇之"奇"，其次在于"意奇"。为迎合市民"尚奇"趣味，传奇创作千方百计地追求立意之奇。有明一代，文人作剧最为普遍。明中叶以后，传奇大兴，一大批有名的文人曲家，如汤显祖、汪廷讷、陈与郊、叶宪祖、徐复祚、吴炳、阮大铖、袁于令、沈自晋等，无一不尚"奇"逐"奇"，在传"奇"的创作道路上积极前行。文人曲家纷纷讲奇事、述奇事、写奇文，如汤显祖所说："天下文章所以有生气者，全在奇士。士奇则心灵，心灵则能飞动，能飞动则上下天地，来去古今，可以屈伸长短，生灭如意，如意则可

---

① 袁于令：《〈焚香记〉序》，《中国古代戏曲序跋集》，第 193 页。
② 祁彪佳：《远山堂剧品·能品·相思谱》，第三集，第 658—659 页。
③ 张岱：《答袁箨庵》，第三集，第 521 页。

以无所不知。"① 以传"奇"求"奇"为创、评定位，那么如何在传奇中贯穿对"奇"的追求，就成为明代戏曲批评和戏曲理论不断探索的一个重要问题。在创作实践上，以嘉靖为分水岭，对于题材和情节的创新有所不同。嘉靖之前，戏曲文学的创作多有改编旧戏的传统。② 嘉靖以后，大批文人不再满足于对旧戏进行改编，转而更加推崇叙奇新编，匠心独运地进行新的戏曲题材创作。即便是旧的题材，也注重在技巧上写出新意来。王骥德主张"他人所道，我则隐避"，冯梦龙提出"脱落皮毛，掀翻窠臼"等，表明明代曲家已经开始形成有意识的叙"新"自觉。明中期以后，曲家曲论更加注重从日常生活中挖掘平"奇"之处。在"以奇为美"的戏曲主张下，即便是寻常的家长里短，也要借助巧合、误会、信物等推进情节的技巧，来突出"奇幻"的特征，以求增强叙事效果。于是，在传奇体制发展的自身需要和文人曲家不断探索叙"奇"之技的双重影响下，戏曲叙事观也在不断走向成熟。

传奇创作的兴盛成为曲论叙事观最为坚实的文本基础。明杂剧的创作虽然也在发展之中，在速度、深度和广度上，却始终未能超越传奇的脚步。当然，这并不是说杂剧和传奇在叙事层面是互相对立的，相反"无杂剧则孰开传奇之门？非传奇则未罄杂剧之趣也"③，它们之间的区别只在于，以叙事而论，传奇在角度、力度、深度和广度层面有着更明显的优势。由此，曲家曲论在叙事理论中更多地以传奇作为观照对象，自然成为一种理论偏好。

二 心学高昂更新叙事趣味

明初思想以程朱理学为主导，各种文学思潮均深受其影响。在统治阶级的推动下，理学在明初发展至巅峰。至明中叶，心学之芽悄然

---

① 汤显祖：《序丘毛伯稿》，《中国美学史资料选编》，于民主编，复旦大学出版社2008年版，第360页。
② 参见郭英德《明清传奇史》，人民文学出版社2012年版。据郭英德《明清传奇史》统计，从明初到嘉靖年间，共有知名戏曲创作者37人，作品74种。在这些作品中，又可统计出68种为独创新剧和改编旧剧，而其中直接来源于宋元旧戏和金元杂剧的作品多达41种。
③ 吕天成：《曲品》，第三集，第84页。

萌发，开始强烈冲击理学的思想统治地位。以陈献章创立江门心学为发端，以王守仁开创姚江学派为标志，明代思想开始从理学向心学发生转型：

> 原夫明初诸儒，皆朱子门人之支流余裔，师承有自，矩矱秩然。曹端、胡居仁笃践履，谨绳墨，守儒先之正传，无敢改错。学术之分，则自陈献章、王守仁始。宗献章者曰江门之学，孤行独诣，其传不远。宗守仁者曰姚江之学，别立宗旨，显与朱子背驰，门徒遍天下，流传逾百年，其教大行，其弊滋甚。嘉、隆而后，笃信程、朱，不迁异说者，无复几人矣。①

心学转型带来的直接影响表现为，长期受到压制的人的个体意识开始回归。对主体性的张扬，在明代尤其在中晚明，比以前任何一个时代都要表现得更加鲜明。陈献章高呼"天地我立，万化我出，而宇宙在我矣"②，为个性自由和精神解放大刀阔斧地开辟出一片新的天地。此后，经由王守仁"我的灵明，便是天、地、鬼、神的主宰"③加以补充发展，"我"的主体身份越来越得到彰显。万历中期，官至刑部侍郎的吕坤，面对"毕竟是谁家门户？"之问，豪迈地答曰："我只是我。"④ 以"异端"著称的李卓吾，也称"自幼倔强难化，不信学，不信道，不信仙、释"⑤ 与"我只是我"的主张形成了呼应。自南宋末年至明中叶，理学发展日渐僵化，织就了一张以死板、陈旧作为关键特征的道学大网。程朱理学更甚，已强调无条件地遵守三纲五常，倡导以"天理"为尊，而不论个人意愿。心学的崛起，好似一把利剪，在这张让个体之人透不过气来的大网上剪开了崇尚思想自

---

① 《明史·儒林传》卷二百八十二列传第一百七十，中华书局1974年版，第7222页。

② 陈献章：《与林郡博书》，《陈献章集　王阳明集　王廷相集》，李敖主编，天津古籍出版社2016年版，第7页。

③ 王守仁：《传习录》下《黄以方录》，叶圣陶点校，北京时代华文书局2018年版，第81页。

④ 吕坤：《呻吟语·卷一·谈道》，岳麓书社2016年版，第64页。

⑤ 李贽：《阳明先生年谱后语》，《王阳明全集》第六册，吴光等编校，浙江古籍出版社2011年版，第2119页。

由的裂口。它倡导个性的解放，号召以自由、自然之精神来对抗"天理"，由此与理学"字字而比，节节而较"的迂腐格套形成了强烈对比。概而言之，心学的核心主张认为，"我"既是一种身份，亦是一种精神。前者是对个体的自我认同，后者则是对精神禁锢主义的批判。

心学主张成为扬"情"的理论基础。"情者，心之精也"①，"情"由"心"生，故而"心"的概念极为重要。王守仁说，"心不是一块血肉，凡知觉处便是心，如耳目之知视听，手足之知痛痒，此知觉便是心也"②，认可"心"是一种主观精神，"不是一块血肉"，而是一种"知觉"。并且，"心"又与身体感官相连，是"视听""痛痒"等身体感官的反应。以"心"为理论基础，王氏心学提炼出"良知"与"知行合一"的核心主张。他认为，"良知"没有死格，同便听其同，异便听其异，并奉行用"我的灵明"来检验以往的"圣贤至理"。无论"良知"还是"知行合一"，从中都可以看出王氏"心"学弘扬的是一种自由主义和现实主义精神。王氏门下又以泰州一派最为知名，其中的重要代表人物当推王艮。泰州学派提倡一种自我中心主义，在自我认同的基础上，又提高了日常生活的地位，如王艮所言："人能宏道，是至尊者身也"③。何为道？"百姓日用即道。"这一主张因与百姓的世俗生活息息相关，故而迅速扩大了王学的影响范围，使其得以在民间广为流传。

以汲取心学为营养，明代中期的李梦阳、徐祯卿等曲家，开始看重"情"的影响力，十分强调曲作的情感特征和个性色彩。以袁宏道、钟惺为首的公安派、竟陵派，在尊"情"的基础上提出了"性灵"主张，影响了几乎整个中、晚明代的文人群体，为明代文坛注入了一股求"真"和尚"本色"的新风。首先，曲家们热衷于践行以"情"表"心"之主张。徐渭即称："人生堕地，便为情使。聚沙作

① 徐祯卿：《谈艺录》，《明人诗话要籍丛编·诗评卷》，陈广宏、侯荣川编校，复旦大学出版社 2017 年版，第 2334 页。
② 王阳明：《传习录》下《黄以方录》，第 373 页。
③ 《明儒学案·泰州学案一·处士王心斋先生艮》，《四朝学案》，世界书局 1936 年版，第 314 页。

戏，拈叶止啼，情防此已"①，认为"为情使"乃人"堕地"就具备的本心。李贽提倡"童心"说，称"童心"乃"最初一念之本心"，唯凭此"本心"才能作天下之"至文"。汤显祖亦云"情不知所起，一往而深"②，其所倡导的"情之动"显然来自王氏心学的"意之动"一说。冯梦龙则以"情僧"自称，言"生生而不灭，由情不灭故"③，认可"情"给人带来的巨大力量。在一批代表性曲家的大力倡导下，各阶层文人曲家竞相响应。写情，成为他们的叙事主题；传情，成为他们的叙事意图。其次，在言"情"之同时，曲家亦不忘知行合一，本着发扬现实主义的精神，纷纷以笔为矛，将矛头刺向伪道学的虚伪和僵化，以及蕴藏于人性中最丑恶的一面。李贽为失意文人代言，倡导以"不平则鸣"宣泄情绪："当其时，必有大不得意于君臣、朋友之间者，故借夫妇离合因缘以发其端。"④ 徐复祚大肆抨击了明前期曲作《香囊》和《五伦全备记》所充斥的"道学气"，认为"纯是措大书袋子语，陈腐臭烂，令人呕秽"⑤。陈继儒亦如此，他认可《琵琶记》揭示道学之"虚伪"，称："从头到尾无一句快活话，读一篇《琵琶记》，胜读一部《离骚》经。纯是一部嘲骂谱。"⑥

　　心学主张也成为认可"欲"之合理存在的理论支撑。"欲"者，指满足温饱之外的额外需求，如李贽所概括："穿衣吃饭，即是人物伦理；除去穿衣吃饭，无伦物矣。"⑦ 王氏视"吾心良知"为普遍人性，意即在"良知"层面，圣人和普通人之间不存有高下之分。个人所认可的"良知"可以是忠孝道德，也可以是私欲己利，甚至可以是算计欺骗。从"穿衣吃饭"过渡到"欲"的生成，固然不能离开个体自我意识的高昂，但也离不开资本主义商品经济飞速发展带来的影响。自成化年间开始，明代的商品经济就进入迅速发展的阶段，

①　徐渭：《〈选古今南北剧〉序》，《中国古代戏曲序跋集》，第67页。
②　汤显祖：《〈牡丹亭还魂记〉题词》，《中国古代戏曲序跋集》，第88页。
③　冯梦龙：《情史序》，《冯梦龙全集》卷七，江苏古籍出版社1993年版，第1页。
④　李贽：《杂说》，第一集，第536页。
⑤　徐复祚：《三家村老曲谈·香囊记以诗语作曲》，第二集，第257页。
⑥　陈继儒：《〈琵琶记〉总评》，《中国古代戏曲序跋集》，第160页。
⑦　李贽：《焚书·卷一·答邓石阳》，《焚书·续焚书》，夏剑钦校点，岳麓书社1990年版，第10页。

为"欲"的存在提供了充分的物质支撑。文人王锜（1433—1499）曾做如此记载："正统、天顺间，余尝入城，咸谓稍复其旧，然尤未盛也。迨成化年间，余恒三、四年一入，则见其迥若异境，以至于今，愈亦繁荣。闾檐辐辏，万瓦甃鳞，城隅濠股，亭馆布列，略无隙地。舆马从盖，壶觞罍盒，交驰于通衢。……"① 城市的繁华之象，从中可窥一斑。在商品经济义利观的刺激下，明人也丝毫不掩饰个体对于功名利益的追求。急功近利的浮躁之风盛行于明代社会转型期间，嘉靖以后表现得尤为明显。李贽之论，是为明证。他承认自己有"悦己"之私，称："大凡我书，皆为求以快乐自己，非为人也"②；又说："天下曷尝有不计功谋利之人哉？若不是真实知其有利益于我，可以成吾之大功，则乌用正义明道为耶？"③ 所谓"性而味，性而色，性而声，性而安适，性也"④，故而"如好货，如好色，如勤学，如进取，如多积金宝，如多买田宅为子孙谋，博求风水为儿孙福荫，凡世间一切治生产业等事，皆其所共好而共习，共知而共言者，是真迩言也"⑤。明人同样也不掩饰自己对于世俗化享乐主义的追求。文人是对社会生活体会最为细微且反应最为敏感的群体，社会风气的变化、社会思潮的更替，都会对他们的心理和创作产生巨大影响。晚明文人视享乐为人生乐事，热衷于观戏、听戏，喝酒、品茶，甚至徜徉于声色犬马之中。吕天成《曲品》卷上对此现象有所记述，如谈沈璟，称其"妙解音律，兄妹每共登场；雅好词章，僧、妓时招佐酒"⑥。评屠隆，言其"偃恣于娈姬之队，骄酣于仙佛之宗"⑦。不仅文人放荡不羁的行为司空常见，就连他们的创作理念和审美评判也日益倾向于世俗化。这种世俗化趣味的基本特点就是，多以日常生活作为戏曲选题，又以崇尚率真自然作为叙事风格。写"时俗"、写物

---

① 王锜：《寓圃杂记·谷山笔麈》卷五《吴中近年之盛》，中华书局1997年版，第220页。

② 李贽：《焚书·卷二·寄京友书》，《焚书·续焚书》，第69页。

③ 李贽：《焚书·卷五·读史·贾谊》，《焚书·续焚书》，第199页。

④ 何心隐：《寡欲》，《何心隐集》，容肇祖整理，中华书局1981年版，第40页。

⑤ 李贽：《焚书·卷一·答邓明府》，《焚书·续焚书》，第15页。

⑥ 吕天成：《曲品·右具品》，第三集，第87页。

⑦ 吕天成：《曲品·右具品》，第三集，第91页。

欲、写性情，既扩大了题材范围，又更新了审美观念。

明代心学思潮的兴起和商品经济的发展，必然带来社会结构的变化，也必然导致文化思潮发生相应变化。首先，商品经济的发展催生了新兴市民阶层的崛起。市民群体迅速扩容，文人群体也被囊括其中。明中叶以后，文人改而从商者，为数亦不少，尤其是落魄文人为生计而主动汇入市民阵营内。市民化的进程在文化表现上有两大新变：一方面是文人的市民化，也即文人曲家为追求作品在市场上的接受度，使其满足世俗化的时代要求，而主动对传奇的内容、风格和趣味进行调整；另一方面是读者的市民化，也即市民在阅读、观赏、审美层面的心理需求和阅读期待，又将影响到叙事题材、叙事内容及叙事技巧、叙事审美的因时变化。故而，"文人的市民化和市民化读者群的形成，自然地改变了文学作品的面貌"[1]。其次，伴随着商品化经济的迅速发展，文化也被卷入经济大潮之中。将附有商品价值的文化产品打造成日常百姓乐于消费的畅销品，是明代文学世俗化的一大特点。在明代，很多文人可能并未出仕，但他们依然恃才傲物，个性张扬。究其原因，就在于商品经济繁荣之后，文学开始褪去"神圣"色彩，不再高居于殿堂之上，而是成为待价而沽的商品之一。商品经济影响下"文化权力的下移"[2]，有效地促成了俗文学地位的提高。就戏曲而言，文人作曲、作剧以媚俗作为出发点之一，一定程度上成为他们的自发选择。其一，表示出对于俗文学之戏曲的偏好与重视。《万历野获编》及《市井艳词序》中记载有李开先、李梦阳、何景明等公开宣称喜好民间小曲之事。此外，一些并不善作戏曲的文人如王世贞、胡应麟、沈德符等也都在其著作中品评戏曲功用。其二，自觉丰富俗文学创作的理论内涵。"宋元以前，由于长篇叙事作品并不发达，故有关塑造人物形象的理论也比较缺乏。明代戏曲、小说的繁荣，促使人们对于有关人物塑造和性格刻画的问题予以关注。"[3] 例

---

① 袁行霈：《中国文学史》第四卷第七编《明代文学》，高等教育出版社 2003 年版，第 3 页。
② 参见郭英德《明清戏曲史》，凤凰出版社 2001 年版。
③ 袁行霈：《中国文学史》第四卷第七编《明代文学》，高等教育出版社 2003 年版，第 17 页。

如，王世贞提出要"各肖其人"，徐渭提出要"传神"，孟称舜提出
要"为其人写照"等主张，逐步丰富了叙事人物观的理论内涵。其
三，以"俗"为前提，供己娱乐、供人谈笑的戏曲叙事功用被放大。
自娱如徐复祚所论："夫余所作者词曲，金元小技耳，上之不能博高
名，次复不能图显利，拾文人唾弃之余，供酒间谑浪之具，不过无聊
之计，假此以磨岁月耳，何关世事！"① 亦如王骥德所说："余尝谓澹
翁：若毋更诗为，第月染指一传奇，便足持自愉快，无异南面王
乐。"② 娱人则如王九思所言："罢官后，间尝命笔，直以取快一时
耳，非作家手也，乃对山康子持去刻诸梓云。"③ 亦如阮大铖所说：
"兹编也，山樵所以娱亲而戏为之也。……要之皆娱，故曰娱也。"④
其四，寻求演剧之热闹，以吸引大众注意力。王骥德称："插科打诨，
须作得极巧，又下得恰好。如善说笑话者，不动声色，而令人绝倒，
方妙。大略曲冷不闹场处，得净、丑间插一科，可博人哄堂，亦是剧
戏眼目。"⑤ 屠隆亦言："世人好歌舞，余随顺其欲……投其所好，则
众所必往也。"⑥ 由此可见，在重视市民审美需求和迎合市民阅读需
要的文化背景下，能够发现这样一种趋向：曲家在叙事题材上倾向于
选择反映时代特征的情、欲内容，在叙事风格上亦自觉向市场和消费
大众的审美趣味靠拢。

"我"的意识、"情"的高扬、"欲"的合理和"俗"的选择，
杂糅出一个呼唤自由却又沉醉于声色犬马的奇异世界，也酝酿出特定
时代下的曲学叙事趣味：既彰显出个性解放、思想自由的灵动之美，
又充斥着沉醉于竞奢享乐、追名逐利的世俗之乐。

三　坊刻之兴促成叙事转换

刻印技术的发展是影响明代戏曲迅速发展的另一大因素。且不论

---

① 徐复祚：《三家村老曲谈·钱侍御》，第二集，第 268 页。
② 王骥德：《曲律·杂论第三十九下》，第二集，第 142 页。
③ 王九思：《书〈宝剑记〉后》，《中国古代戏曲序跋集》，第 49 页。
④ 阮大铖：《〈春灯谜记〉自序一》，《中国古代戏曲序跋集》，第 205 页。
⑤ 王骥德：《曲律·论插科第三十五》，第二集，第 100 页。
⑥ 屠隆：《〈昙花记〉序》（残篇），《中国古代戏曲序跋集》，第 102 页。

刻印的发展如何印证明代戏曲的繁荣之象，单就它对于明代戏曲文本的出版问世而言，就起到了扩大传播范围的重大作用，据最新研究成果统计，"包括现存本、已佚本和翻刻本在内，明代坊刻戏曲共有572 种"①。明代坊刻戏曲的发展有着这样一个历程：明初至正德时期，因受到禁戏令导致戏曲创作萧条的影响，戏曲刻本数量极少。嘉靖时期，刻印开始勃兴，并呈现出快速发展之势，至万历中期，则发展成为影响明代社会最为重要的一种传播媒体。明代刻书在类型上有官刻、私刻、坊刻之分，又以坊刻最为普及。万历中期以后，坊刻之书，蔚为大观。各类读物几乎都有刊刻，面向所有读者群，其中通俗读物的刻印更是达到了前所未有的炽热程度。

　　刻书之风的盛行，导致书坊、书肆如雨后春笋般地出现于人口密集的城市之中。胡应麟曾做如此记载："今海内书，凡聚之地有四，燕市（北京）也，金陵（南京）也，阊阖（苏州城）也，临安（杭州）也。"② 除此四地外，湖州、徽州、建阳等都是当时全国知名的刻书中心，诸多著名的书坊从中崛起，走向全国。其中专以刊刻戏曲为对象的书坊，著名者有容与堂、富春堂、师俭堂、文林阁、墨憨斋等。杭州武林的容与堂以专刻李贽作品而名誉全国，建阳师俭堂（坊主萧腾鸿）则以"鼎镌"两字作为标志，因其所刻曲作一般都带有"鼎镌"之名，且多由陈继儒进行评点。这些书坊不仅刻印传奇经典，例如《牡丹亭》《拜月亭》《琵琶记》《红拂记》等，而且偏向于刻印那些受到市场和大众欢迎的剧本。经典剧本不断被翻刻、重刻后，大多畅销不衰。例如，据《刻李王二先生批评北西厢序》记载，加入李贽评点后的《西厢记》，"鸡林购求，千金不得，慕者遗憾"③；又例如，王骥德版《新校注古本西厢记》因在书市上大受读者欢迎，而被毛以燧形容为"流布海内，久令洛阳纸贵"④。

---

① 参见廖华《明代坊刻戏曲考述》，《山西师大学报》2014 年第 2 期。

② 胡应麟：《少室山房笔丛》卷四《经籍会通四》，上海书店出版社 2001 年版，第 41 页。

③ 陈旭耀：《现存明刊〈西厢记〉版本综录》，上海古籍出版社 2007 年版，第 100 页。

④ 毛以燧：《〈新校注古本西厢记〉序》，《中国古代戏曲序跋集》，第 140 页。

刻印之兴也带来了图书市场之兴。晚明时期已经出现了成熟的图书市场，也培养出了一大批精通业务的出版商、书商。书商的身份多样，与之前大不相同的是，很多著名的文人，包括戏曲家在内，在身份上也都与书商存在着千丝万缕的联系。有的文人亦是书商，如凌濛初、臧懋循、袁于令、毛晋、胡文焕、周之标、汪廷讷等，都身兼文人和商人两重身份。其中，凌濛初是书坊刻印凌家最为著名的书商之一，能够与之比肩的唯有冯梦龙墨憨斋的影响力。这类具有双重身份的文人，自己参与戏曲编写，同时也参与刻印过程，既是作手，也是刻书家。例如，同为书商身份的许自昌改订了《节侠记定本》，臧懋循改定了《紫钗记》《牡丹亭还魂记》，冯梦龙也将自己的传奇改定本合编为《墨憨斋定本传奇》。此外，也有部分文人选择为书商服务，并被书商所倚重。例如，一些科举之路艰难的落魄文人，自身才华横溢，但因生计所迫，愿意为书商们提供稿源以求取谋生之资。在市场需求与消费思潮的濡染下，书坊多以"利"字为先，加之书本最后将作为商品出售，因此直接影响到书商在刻印对象与刻印方式上的选择意向。为追求利益最大化，书商、执笔文人为推动书籍的刊刻与流通殚精竭虑，不仅主动放下身份迎合市场，更是千方百计地采用各种手段来促成书籍的畅销。

文人与书商的理念趋同，由此导致戏曲在叙事选择的创、评层面带有明确的目的性。能够最先被市场所接受的曲作，一定是能够满足大众阅读趣味的曲作。对"事"奇的追求，如上文所述，成为书商和大众在时代要求下彼此认可的追逐热点。吕天成自称对市面上新出现的传奇曲本怀有极大兴趣，称："每入市见传奇必侠之归。笥渐满。"① 茅元仪也声称自己对新奇之作怀有满腔热情，云："耳目无久玩，新者入我怀。"② 一边是新奇之作广受关注，一边是头顶名人光环之作也大受追捧。借助名人效应，如请名流题序，请名家甚至亲自

---

① 吕天成：《〈曲品〉自序》，《中国古代戏曲序跋集》，第119页。
② 茅元仪：《观大将军谢简之家伎演所自述〈蝴蝶梦〉乐府》，《历代咏剧诗歌选注》，赵山林选注，书目文献出版社1988年版，第228页。

操刀进行戏曲的改编翻新等，成为书商们迎合市场审美的常用手段。当时热门的文人、曲家、评点家迅速"香饽饽"化，成为坊刻主与书商竞相热捧的对象。为牟利计，有的甚至托伪出版，托名某某名士文人所写、所编、所校、所评的书籍数目并不少。例如，广受读者欢迎的戏曲评点本，多托名李贽、叶昼、冯梦龙等知名文人曲家进行刻印、出版。盖因如此，便可在曲家知名度的刺激下，增加书籍在市场上的销售量。

刻印技术发展带来的流通速度加快，又进一步强化了曲作的市场择取需求。

第一，对书商本人而言，首先是追求占有市场先机，抢先进行刻印出版。一部受到书商青睐的作品，很快便会投入刻印和出版的过程之中。例如，徐渭改定杂剧《昆仑奴》（梅鼎祚），几乎是作品刚成，便即刻付梓。王骥德将此描述为："吾师徐文长先生复加润色，手墨尚新。友人刘迅候业授梓以传。"① 其次是书商有意识地引导作品创作倾向，以符合大众所需为必要选书条件。刻印以"情"作为主题的娱人作品自然很多，此外，对叙事内容进行道德观的引导，在这些刻本中也占据了相当大的比例。

> 夫危言极谏，不□□成书贾之设譔，巧辟广喻，不捷于优孟之请封。何者，迎好之投易，而肖貌之动人实也。则夫理学之所不能喻，诗文之所不能训且戒者，词曲不有独收其功者乎，焉得小之，刻之以传可也。②

息机子是明代著名的书籍编、刻者，从上述话语中，可以感知其刻"词曲"以"危言极谏"为旨的态度非常明确。

> 半埜主人博古好奇，罗布剞劂氏于庑下，日出秘籍行于四方，而于部曲首梓《义侠》，诚有感于李老子之快论，而识先生

---

① 王骥德：《〈昆仑奴〉题词》，《中国古代戏曲序跋集》，第139页。
② 息机子：《刻〈杂剧选〉序》，《中国古代戏曲序跋集》，第100页。

风世之意远也。①

《义侠》即《义侠记》，为沈璟所作。沈璟好"奇"，首梓《义侠》，乃是与"剞劂氏"（指出版商）达成"风世之意远"的共识所致。故而，吕天成对此进行总结并评议曰："先生诸传奇，命意皆主风世，曷尽梓行，以啖蔗境何如。"②

> 刻是传者，地在晟溪里，其室曰隆恩堂。主人梦迷生曰：……则若曲者，正当与三百篇等观，未可以雕虫小视也。③

上引"是传"，即汤显祖所作《邯郸梦记》。为其作小引者闵光瑜（生平不详），言及的正是书坊隆恩堂主人对戏曲刻本"与三百篇等观"的价值观。曲家冯梦龙亦有类似描述。作为文人创作型的书商，他的引导又多以亲身践行作为体现。在谈及《人兽关》的具体叙事情节时，冯梦龙称："今移〈大士〉折于〈赠金设誓〉之后，为〈冥中证誓〉张本，线索始为贯串。且戒世人莫轻睹咒，大有关系"④，意即其有意调整叙事情节的行为，是出于追求获得剧作可"戒世人"的价值观这一考虑。谈及《新灌园》的改窜，他也说："自余加改窜，而忠孝志节种种具备，庶几有关风化，而奇可传矣"⑤，非常明确地将"关风化"作为作品"可传"的前提。

第二，对于执笔者而言，同样存在叙事观念择取层面的双重选择。自产自销型的书商类文人，也是执笔文人中的一类，因以获"利"为出发点，加上他们也并未失却文人本心，故而在戏曲出版物编撰立场的选择上，既带有商人式的眼光，亦以文人素养保全作品质量。进入刻印视野的书籍就一定是充满铜臭味的吗？并不尽然。事实上，铜臭与书香可以统一起来，表现为一些刻本在质量上秉承精益求

---

① 吕天成：《〈义侠记〉序》，《中国古代戏曲序跋集》，第119页。
② 吕天成：《〈义侠记〉序》，《中国古代戏曲序跋集》，第119页。
③ 闵光瑜：《〈邯郸梦记〉小引》，《中国古代戏曲序跋集》，第164页。
④ 冯梦龙：《〈人兽关〉总评》，《中国古代戏曲序跋集》，第274页。
⑤ 冯梦龙：《〈新灌园〉叙》，《中国古代戏曲序跋集》，第277页。

精的态度。如孟称舜所刻印《古今名剧合选》，即以此为前提："予此选去取颇严，然以辞足达情为最，而协律者次之，可演之台上，亦可置之案头，赏观者其以此作文选诸书读可矣。"① 张琦所刻《吴骚合编》也做了类似说明："是集也，余始搏收之，今仲弟旭初严核之，惟其词弗计其人，课其法斯收其曲，非他刻泛泛比也。"② 凌濛初虽也刻有一些粗制滥造之作，但其所刻小说、戏曲却极为精致，时人称其"至于《水浒》、《西厢》、《琵琶》及《墨谱》、《墨苑》等书，反覃精聚神，穷极要眇"③。"选"精，"刻"亦精。陈继儒谈及凌、闵二家所刻，大加赞扬说："吴兴砾评书籍出，无问贫富好丑，垂涎购之"④，并有"闵氏三变而为砾评书日富亦日精"之评。"书香"之味还表现为，商人针对大众有意加以引导，特别是刻本在"事"的选择上，多以"风世"道德之作作为主题选择上的偏好。

　　商人看中戏曲作为俗文学的自身活力，也看重文人才华在刻本流通中的重要作用。书商愿意为文人慷慨解囊，也愿意成全他们追逐风雅之心。陈继儒曾指出："新安故多大贾，贾喥名，喜从贤豪长者游。"⑤ 实际上商人惠及文人，也有求于文人，文人亦有求于商人，并同样惠利商人。商人对文人的倚重，也使得文人乐于同商贾打交道。⑥ 自明中叶起，文坛名士如王世贞、归有光、汪道昆、李维桢、袁中道、钟惺等，都写过赞美"良贾"的文章。例如，袁宏道就与徽商吴龙田十分交好，曾提及自己"爱其贞淳，有先民风，与之往还"⑦。与"良贾"交好，一来因为商人愿意以真金实银兑现其才情，二来也因为诸多文人本身为生计所需。鬻文而生者，多为布衣之士，或因为家道中落，或因为出生寒素之家，迫于生计而受聘于书商，或

---

① 孟称舜：《〈古今名剧合选〉序》，《中国古代戏曲序跋集》，第 200 页。
② 张琦：《〈吴骚合编〉小序》，《中国古代戏曲序跋集》，第 213 页。
③ 谢肇淛：《五杂俎》卷十三事部一，《古典小说资料书序跋选编》，朱一玄编，山西人民出版社 1986 年版，第 61 页。
④ 陈继儒：《史记钞序》，闵振业刊印本。
⑤ 陈继儒：《晚香堂小品》卷十三《冯咸甫游记序》，明崇祯间刊本。
⑥ 参见夏咸淳《明代后期文士与商人的关系》，《社会科学》1993 年第 7 期。
⑦ 袁中道：《坷雪斋集》卷十七《吴龙田生传》，上海古籍出版社 1989 年版，第 739 页。

者主动寻求为书商所用，以求著作刊行。二者之间的关系，即"富者余訾财，文人饶篇籍，取有余之訾财，拣篇籍之妙者而刻传之，其事甚快，非惟文人有利，富者亦分名焉"①。如此，商人和士人之间既互惠互利，又互相需求。故而在选"事"、叙"事"、品"事"、观"事"等理念体现上，异术而同心，殊途而同归。

书籍作为商品并大量生产之后，与社会其他条件相配合，就会促成一个大众阅读群的兴起，从而凸显出创作与接受之间的关系。当文人创作与受众接受在审美上趋向于世俗化的同一，自然就带来了叙事视角的转变。

叙事视角的转变，体现之一在于，在曲、剧创作中蕴含着"取悦"受众的因素。

明人钱希言曾说："今人则鬻其所著之书为射利计，而所假托者，不过取悦里耳足矣"②，生动地描绘了创作与接受之间的关系，即，以"射利"与"取悦"点明"鬻著"与"假托"之因。"射利"是为计较利益的获得，"取悦"是为看重受众兴趣，二者最直接的关系体现为，"射利"必然导致"取悦"之媚俗。何谓媚俗？媚俗，即作曲、剧者为迎合大众的阅读兴趣，不惜改变创作取材，转移创作兴趣。媚俗，也即迎合，是为"取悦里耳"（钱希言），"谐于里耳"（冯梦龙）。首先，为满足大众（包括书商）的时代性审美需求，创作者自动进行了叙事内容包括题材、情节及主旨的调整。同时，为抓住市民的阅读心理，创作者也不乏以同理心进行角色代入，在对受众心理进行揣摩的基础上，设定并彰显叙事意图。在一些传奇的序跋中，这一点体现得较为明显，大多由创作者或评点者直接言明。屠隆在《〈昙花记〉序》里就指明："世人好歌舞，余随顺其欲，而潜导之"③，言及顺应世人歌舞之欲而作此《昙花记》的叙事意图。再者，为使"案头之曲"转换为"场上之曲"，被更大范围的大众所能见赏，创作者力主进行市民化叙事的主旨改编，有的甚至身践力

---

① 钟惺：《隐秀轩集·程次公行略》，《钟惺散文选集》，徐柏荣、郑法清主编，百花文艺出版社 2005 年版，第 247 页。
② 钱希言：《戏瑕·赝籍》，《丛书集成初编》，中华书局 1985 年版，第 52 页。
③ 屠隆：《〈昙花记〉序》，《中国古代戏曲序跋集》，第 102 页。

行。冯梦龙即是践行队伍中的一个代表人物。为使传奇作品能够登上大众舞台，让普通观众能够听得懂，并且听出兴趣，在剧本结构上，他对整体构思和情节安排提出了进一步的具体要求，例如以"大头脑"来告知观众主体情节，以"翻窠臼"更新俗套来赢得观众的关注度。此外，针对大众对"世情"生活的阅读兴趣，创作者也有意寻求世情题材进行艺术再现，以期形成并迎合市民化的叙事趣味。例如，汪廷讷作《狮吼记》，乃有意迎合明人喜谈惧妻之风，从而编排"强妇悍婢"顺从丈夫之事以博市民一笑，如其自云："乃采狮子吼故事，编为杂剧七出，欲使天下之强妇悍婢尽归顺于所夫。"① 概而言之，兴趣的转移，题材的开拓，印证的是一种叙事视角的转变。

叙事视角的转变，体现之二在于，作曲、作剧者非常重视受众的阅读期待。

作曲、作剧者在创作之初，首先会对受众预设一个阅读期待。阅读期待的预设，最常体现在情感表达之上，因曲、剧者最希冀能够与受众产生情感上的共鸣。朱京藩有"有知我者，余从而诵之、拜之、哭之、欣之、生之、死之。夫所谓知我者，不必其见我也"② 之论，十分明确地指出了创作者对于阅读者的阅读期待。柴绍然亦如此认为，在《〈风流院〉叙》中，他写道："余读《风流院》而不禁唏嘘太息、感慨流连也。读者然，而作者从可知矣。"③ 创作者对于受众提出了阅读期待，同时，受众对于创作者也并不是毫无所求，同样也存在一种期待视野。于受众而言，"作者极情尽态，而听者洞心耸耳"④，意即阅读者在揣摩、理解创作者的意图之时，会根据创作者的描写进行意会和领悟。一方面，受众的视角与创作者互相吻合，对创作者的叙事意图、情节安排、人物塑造和审美表达等，持一种欣然接受的态度。敬一子谓："今睹《鸳鸯绦记》，而独觉其惬于耳且惬

---

① 汪廷讷：《狮吼记小引》，《日本所藏稀见中国戏曲文献丛刊》第 11 辑，广西师范大学出版社 2006 年版，第 208 页。
② 朱京藩：《〈风流院〉叙》，《中国古代戏曲序跋集》，第 185 页。
③ 柴绍然：《〈风流院〉叙》，《中国古代戏曲序跋集》，第 186 页。
④ 孟称舜：《〈古今词统〉序》，《中国古代戏曲序跋集》，第 203 页。

于心也"①，以"惬耳""惬心"表达出自己对创作预设的认可与愉悦感。祁彪佳在描述阅读《全节记》的审美体验时也说："余且读且叹，因染翰及之。余以主人为作手。主人亦以余为知音"②，将作者与读者的关系形容为"主人"与"知音"。叶昼读《橘圃记》后，称自己与作者在审美上完美契合，由此生发出酣畅淋漓之感："读《橘圃记》罢，拍案大叫曰：'人耶，畜生；畜生耶，人。人畜生耶，劣畜生；畜生人耶，胜人畜生。胜人耶，畜生人；劣畜生耶，人。咳！'"③ 另一方面，受众的阅读期待也可能得不到满足，即自身的期待视野和创作者的预设期待产生了背离与抵牾之处。或因剧中情节、人物在阅读者看来不甚合理，难以经得起逻辑推敲。例如，冯梦龙在改定《女丈夫》时，认为"院子"此一人物实为赘述，故而在自己的改写本中未让院子露面。或因人物结局不如所料，难以满足阅读者的审美心理之需。例如，卓人月自述《花月舫》之创作缘起，乃是因为认为原作失却了"英雄本色"，故"戏而订正"。当受众与创作者之间的期待互不相合之时，从叙事视角而言，又有新的解读方式随之产生，而文本的美学意义可能也会相应地发生改变。例如，凌濛初不满张凤翼所作《红拂记》，谓："其最舛者，髯客耻居第二流，故弃此九仞，自王扶余"④，认为虬髯客未能出海建功立业的情节极度不合情理，以至于连作《红拂》《卫公》《虬髯翁》三剧以表达自己的纠偏之意。祁彪佳对凌濛初的见解同样不予认可，批评曰："凌初成既一传红拂，再传卫公矣，兹复传虬髯翁，岂非才思郁勃，故一传再传至三而始畅乎？"⑤ 概而言之，无论创作者与受众之间的期待视野是彼此吻合还是互相矛盾，均会因此产生叙事审美上的不同意义。创作者的设计期待与受众的阅读期待，在双向交流的互动中，促成了叙事视角的变化。

叙事视角的转变，体现之三在于，曲、剧品评者作为受众并没有

---

① 敬一子：《〈鸳鸯绦记〉叙》，《中国古代戏曲序跋集》，第 211 页。
② 祁彪佳：《〈全节记〉序》，《中国古代戏曲序跋集》，第 287 页。
③ 叶昼：《题〈橘圃记〉》，《中国古代戏曲序跋集》，第 147 页。
④ 凌濛初：《红拂杂剧小引》，第三集，第 330 页。
⑤ 祁彪佳：《远山堂剧品·雅品·正本扶余国》，第三集，第 641 页。

停留在阅读层面，而是作为积极受众参与到进一步探讨具有现实价值的理论建构之中。

　　在受众群体之中，论曲者如评点者、作序跋者、曲论提出者等人，处在一个极其特殊的位置上。具体地说，论曲者既是文本或演剧的一般受众，对曲、剧进行阅读品鉴，但又没有局限于普通受众的身份，因他们始终站在一个具有理论意识的观照高度，对作者、文本、受众以及创作批评的现象进行审视。首先，借助刻印传播的影响，论曲者站在指点、引导阅读群体的立场，对创作者的文本叙事作出评点，也对某一创作现象进行总结，并对当下的创作弊端以及之后的创作走向提出要求。例如，王骥德《曲律》对戏曲叙事提出了前后照应要求，指出要"毋令一人无着落，毋令一折不照应。传中紧要处，须重着精神，极力发挥使透"①；吕天成《曲品》则重在确立"关节局段，一毫增损不得"的叙事标准，指出叙事架构要以严谨合理作为前提。其次，论曲者也肩负着指导时人创作的责任，并在理论总结中将其发展为一种自觉的理论意识。在创作总结中，对于叙事之情节、格局、章法，人物塑造之真实、本色、类型化，以及审美之雅俗、虚实，他们均进行了自觉的理论探讨和驳斥争鸣。例如，谈及情节架构，凌濛初认为"戏曲搭架，亦是要事，不妥则全传可憎矣"，强调了结构的重要性；谈及人物，祁彪佳确立的是"为其人写照"的基本要求；谈及虚实，吕天成着重要求"有意驾虚，不必与实事合"，有意识地将生活与艺术的处理关系提升到理论高度。最后，论曲者也在文本或剧演接受中进行再度阐释，实现叙事视角的延续或改变。曲家对曲作所进行的删、改、续、评等此类行为，都属于再度阐释范围。概而言之，论曲者一方面对曲作进行阅读、领悟和品评，另一方面又超出这一接受范围，有意识地进行理论扩容与提升。在阅读鉴赏和理论提升的并行过程中，戏曲的叙事视角既获得了多角度展示，也成功地跻身于曲论关注的重点对象之中。

---

　　① 王骥德：《曲律·论剧戏第三十》，第二集，第96页。

第二章　情节观

　　戏曲是再现性的叙事文体，通过剧本再现给读者，通过舞台再现给观众。因为再现的叙事要求，情节在其中不可或缺。而既然有情节，便会存在如何选择叙事题材、如何安排叙事结构以及如何探讨叙事技巧等具体问题。

　　明代曲论针对情节的探讨，一方面是就具体剧本情节设置的特点与叙事逻辑进行分析与品评，一方面又不断探寻并总结关于戏曲情节架构的具体技巧。从形式来看，这两方面的相关探讨内容，主要散落在各曲家的曲论主张之中。因此，本章在厘清与"情节"相关的概念并梳理其发展脉络的基础上，分期详尽列举明代重要曲家所阐述的具体主张并加以整合，以期能够形成较为完整的情节观内涵，勾描出明代戏曲叙事的情节观面貌。

第一节　"情节"与"关目"概念的界定及演变

　　为了确定明代戏曲叙事中的情节观内涵，首先需要明确与叙事有关的"情节"概念。

　　《中国曲学大辞典》将"情节"概念解释为："一般指戏曲情节的安排和结构处理……有时也指戏曲的情节故事或情节的关键部分。"①

---

　　① 齐森华、陈多、叶长海：《中国曲学大辞典》，浙江教育出版社 1997 年版，第 707 页。"关目"释义也另见于其他曲学词典。《中国古代戏曲文学辞典》释义为："古代戏曲曲艺术语。泛指情节、结构、线索、细节等，往往多指关键性的、精彩处的情节或细节处理。"（邓绍基，人民文学出版社 2004 年版，第 210 页。）《中国戏曲曲艺词典》对这个条目的解释是："剧本的结构、关键情节的安排和构思。"（上海艺术研究所、中国戏剧家协会上海分会编，上海辞书出版社 1985 年版，第 34 页。）《中国大百科全书·戏曲曲艺》的解释是"泛指情节的安排和构思"。（张庚主编，中国大百科全书出版社 1988 年版，第 100 页。）……综合而言，大体意思均同。

其中含有两层意思，一为名词指称上的情节，另一为动词意义上的构思。与名词和动词的不同意思相对应，又形成两个实践性的区分：名称性区分，即区分"故事"与"情节"的不同指称；动词性区分，即区分"情节"与"结构"（构思与安排）的不同技巧。那么，明代曲论在讨论情节的过程中，是否也存在着概念上的两个对应区分呢？

从明代戏曲叙事聚焦重心的转移轨迹来看，曲家对情节概念的定义和认识是在逐步发展和演变的。

立足于叙事视角，明代曲论最先提到的情节概念是"关目"。"关目"是一个极其重要的叙事概念，始终贯穿在明代曲论的发展过程之中。就"关目"概念而进行的探讨与辨析，呈现出一个动态的演进过程。或者说，"关目"概念内涵的变化，实际上就是情节定义的演变脉络。

钟嗣成《录鬼簿》在批注《辜负吕无双》一剧时，言："与《远波亭》关目同"①，这是戏曲理论对"关目"一词的最早提及。考察其意，与其说是评论，不如说是对两剧共同之处所作出的说明，其含义等同于故事。贾仲明增补《录鬼簿》，吊词中多用"关目"来论曲，但已经不是用作说明，而是用于鉴赏与评论。他使用了"关目嘉"（挽王仲文）、"关目奇"（挽陈宁甫）、"关目真"（挽武汉臣）、"关目冷"（挽郑廷玉）等评语，概括出了不同作家的作品特点。其"关目"之意，与钟嗣成相同，大致相当于故事和事件。

钟嗣成之后，明代重要的戏曲家例如朱有燉、李贽、汤显祖、臧懋循、徐复祚、吕天成、王骥德、祁彪佳等，都运用过"关目"概念来品评剧本或者阐述创作方法。"关目"一词，随着认识的深入以及探讨的细化，也产生了相应的概念变化。

对"关目"概念使用最为频繁的曲家，当推明嘉靖年间的李贽。在他的各剧评点中，几乎都能见到"关目好""关目妙""无关目""少关目"等批语。例如，其评《拜月》，称："此记关目极好……首似散漫，终致奇绝。"②"关目"之意在此与单纯意义上的"故事"有

①　钟嗣成：《录鬼簿》，《中国古典戏曲论著集成》（二），第 111 页。
②　李贽：《拜月》，第一集，第 541 页。

所不同，已经变成了"情节"的同义词。安排"关目"并使之有趣，李贽之后，汤显祖也提出了自己的看法，将"关目"的认识又向前推进了一步。在评《西楼记》第三出〈检课〉时，汤显祖指出，此出"比他传训子者，更觉关目有趣"，在评第二十四出〈言祖〉时，又表明："此一段关目，最淡最紧"，既言及情节之"趣"，又言及情节之"情"。尽管李贽、汤显祖二人仍沿用"关目"一词作为称谓，但其含义已不再停留于钟、贾所说的"故事"层面。事实上，戏曲评点的理论探讨内容虽频繁涉及戏曲情节的创作技巧，但是在具体的评点表达上，仍然借助"关目"概念来对"情节"进行统称。

明万历以后，传奇创作蔚为大观。传奇剧本如何对情节加以处理，以及如何提炼的情节创作技巧方法，成为戏曲理论者所关注的重要问题。王骥德《曲律》中《论剧戏》《论章法》二篇，十分详尽地总结了情节安排的设置技巧。徐复祚也十分重视戏曲情节的安排，并将之作为戏曲优劣的品评标准之一。他称："《琵琶》、《拜月》而下，《荆钗》以情节关目胜"①，将"情节关目"加以并列，分离了"关目"在名词和动词上的双重含义；又称梁辰鱼《浣纱记》："关目散缓，无骨无筋，全无收摄"②，将"关目"概念明白地指向情节的设置安排这一含义范畴。由此可见，在类似的评语、评点中，"情节"概念指单独意义上的情节，"关目"则指情节的安排技巧。

"关目"概念在名词和动词上的含义分离，对万历之后曲家和曲论者的曲论思路产生了较大影响。伴随着曲论思考的进一步成熟，曲论者对戏曲"关目"的含义区分更加具体化，并因此渐渐出现了专论情节结构的概念称谓。"关目"一词于是演变为"情节"的同义称谓，仅存名词性意义。其中的动词性意义，被专论戏曲结构之法的"节""段""局""照应""伏""起"等更加具体化的概念所替代。冯梦龙言及情节，既称"关目"，又称"情节"，认为其意义等同，并进行交替使用。《万事足》评点中留有"关目""情节"交替使用的明显痕迹，如其评第二十八折〈高科进谏〉，云："此套关目甚好，

---

① 徐复祚：《三家村老委谈·荆钗记》，第二集，第256页。
② 徐复祚：《三家村老委谈·梁辰渔〈浣纱记〉》，第二集，第261页。

字字精神。"评第三十四折〈恩诏录孤〉，也云："此出情节妙。"又如在《风流梦》第二十三折〈最良遇寇〉眉批中，冯梦龙称："有此情节，转出陈老虚信许多关目，妙绝。"对他而言，"关目"与"情节"二词，称谓不同，意思相同。

因二者所指相同，以"关目"还是以"情节"概念来指称情节，则因戏曲家的选择不同而不同。吕天成多用"情节"概念，《曲品》中几乎不见"关目"字样，如称《绣襦》："情节亦新"①，《双珠》："情节极苦"②，《蕉帕》："此系撰出，而情节局段能于旧处翻新"③，等等。祁彪佳则偏好使用"关目"概念，在《远山堂曲品》中，其评《旗亭》，称："铺叙关目，犹欠婉转"④，评《合屏》，称："惟此关目更自委婉"⑤ 等，探讨的都是具体文本的情节特征。

"关目"作为情节而论，既与事件概念产生了分离，也与结构概念区分开来。在当代叙事学理论中，故事与情节之间存在着概念上的差异。"故事"指的是作品叙述中按实际时间顺序出现的所有事件，"情节"则指在作品中出现的因果关系事件。因为体现因果关系，"情节"中又蕴含着对事件进行安排的技巧手法。明代戏曲理论虽未明白地定义"故事"和"情节"概念，但在具体指称时仍对二者进行了实际区分，也即二者在指称对象上有所不同。"事"与"关目"各有所指，前者多指题材，后者多指情节。即便以当代叙事学理论体系作为标准，二者间的实际区分，也可以被认为是明确的概念划分。早从李贽开始，"事"与"关目"的区分就已经有所呈现。李贽评《红拂记》，即云："此记关目好，曲好，白好，事好"⑥，将"关目"与"事"相并列。吕天成《曲品》在评曲标准中援引孙月峰（孙钅广）所言："凡南戏，第一要事佳；第二要关目好……"⑦ 也对"事"与"关目"进行了清晰区分。臧懋循也指出："而填词者必须

① 吕天成：《曲品卷下·绣襦》，第三集，第153页。
② 吕天成：《曲品卷下·双珠》，第三集，第137页。
③ 吕天成：《曲品卷下·蕉帕》，第三集，第128页。
④ 祁彪佳：《远山堂曲品·旗亭》，第三集，第558页。
⑤ 祁彪佳：《远山堂曲品·能品·合屏》，第三集，第590页。
⑥ 李贽：《红拂》，第一集，第542页。
⑦ 吕天成：《曲品卷下》，第三集，第110页。

人习其方言，事肖其本色，境无旁溢，语无外假，此则关目紧凑之难"①，揭示了"关目"与"事"指称的不同对象。

"关目"处理如何才能得当？李贽、吕天成要求"关目好"，臧懋循虽反论"关目紧凑之难"，实则仍与"关目好"同义。那么，何谓"关目好"？

所谓"关目好"，不仅指情节选择得好，也指情节结构的安排周密得当。"淡处做得浓，闲处做得热闹"，"角色分得匀妥"② 均可助力表现"关目好"，若不然，则将走向"局段甚杂，演之觉懈"③ 的反面。在明初至嘉靖之前的很长一段时期里，由于戏曲题材囿于道德教化之围，戏曲叙事观对题材的情节探讨也显得十分沉寂。虽然视野已经触碰到情节的设置层面，例如朱有燉称《继母大贤》"关目详细"④，陆容《菽园杂记》称"关目"的设置可左右人的情感⑤，但重点多倾向于对作家作品的特征进行品评。直到嘉靖万历年间，关于戏曲结构的概念才得到真正意义上的讨论。究其原因，第一，因为传奇创作极其繁盛，大量作品相继涌现，层出不穷。这些作品未必本本都是佳作，即便是优秀作品，每一本中的每一出"关目"也未必都是精品。作品之所以良莠不齐，在于很多传奇剧本未能在漫长的篇幅里进行情节的合理安排，也未能对结构进行精心处理，从而导致了烦冗拖沓、人云亦云等毛病的出现。如何进行情节结构的处理，成为当时传奇发展的切实需要。第二，因为很多戏曲理论者本身也是戏曲创作者，源于理论自觉，为获得叙事创作的理想效果，他们认为优秀剧本的创作需要总结经验，需要摸索技巧，并为此不断进行努力。第三，也因为戏曲作品累积到一定程度后，势必形成一定的情节程式和结构规范。以它们作为理论基础，至嘉靖年间，基本上已经具备进一步挖掘更具体的理论探讨对象的条件，从而在戏曲理论丰饶的沃土上

---

① 臧懋循：《元曲选后集序》，第一集，第 620 页。
② 吕天成：《曲品卷下》，第三集，第 110 页。
③ 吕天成：《曲品卷下·鹦鹉洲》，第三集，第 138 页。
④ 朱有燉：《清河县继母大贤引》，第一集，第 200 页。
⑤ 陆容：《菽园杂记》，第一集，第 217 页。原文："高宪副宗选论今人于人物是非不公，臧否失当者，譬之观戏，有观至关目处，或点头，或按节，或感泣，此皆知音者。"

开拓出了关于结构概念的新领地。

怎样安排关目之间的连接，在戏曲创作之思中占据着重要地位。关目之间的连接实则就是情节的安排，也称之为结构。结构，一指宏观意义上的谋篇布局，二指微观意义上的创作技巧。前者所述，如王骥德言："作曲者，亦必先分段数，以何意起，何意接，何意作中断敷衍，何意作后段收煞，整整在目，而后可施结撰"①；其他如祁彪佳称："作南传奇者，构局为难，曲白次之。"② 凌濛初言："戏曲搭架，亦是要事，不妥则全传可憎"③；吕天成云："当行不在组织饾饤学问，此中自有关节局段，一毫增损不得。"④ 在以上理论主张中，王氏论"段数"、祁氏言"格局"、凌氏说"搭架"、吕氏提及"关节局段"，都非常明白地表述了戏曲谋篇布局的必要性。后者关于戏曲情节的创作技巧，则在戏曲评点中得到了大量体现。由于评点具有贴近戏曲作品细节的特点，因而它主要提炼出可供借鉴和操作的具体见解。其中既有整体观照，如李贽《荆钗记总评》："传奇第一关棷子全在结构，结构活则节节活，结构死则结结死，一部死活只系乎此。"⑤《鸣凤记总评》："凡传奇之胜，乃在结构玲珑，令人不测。"⑥又有具体评析，如陈继儒《拜月亭总批》，曰：

> 《拜月》曲都近自然，委是天造，岂曰人工！妙在悲欢离合，起伏照应，线索在手，弄调如无。兴福遇蒋，一奇也，即伏下贼寨逢迎、文武并赘；旷野兄妹离而夫妻合，即伏下拜月缘由。商店夫妻离而父子合驿舍，而子母夫妻俱合，又进前旷野之离、商店兄弟合，又起下文武团圆、夫妻兄妹总成奇逢结局。岂曰人力，盖天合也，命曰《天合记》。⑦

---

① 王骥德：《曲律·论章法第十六》，第二集，第 81 页。
② 祁彪佳：《远山堂曲品》，第三集，第 610 页。
③ 凌濛初：《谭曲杂劄》，第三集，第 193 页。
④ 吕天成：《曲品·右具品》，第三集，第 86 页。
⑤ 李贽：《荆钗记总评》，第一集，第 543 页。
⑥ 李贽：《鸣凤记总评》，第一集，第 550 页。
⑦ 陈继儒：《拜月亭总批》，第二集，第 230 页。

曰"总评",实则为整剧"结构"之评,其具体操作与"关目"紧密相连,涉及"起伏照应""伏""应""起"等具体创作技巧的揭示。从明初至明中叶,提及如何进行情节创作的曲家,包括李贽、汤显祖、王骥德、臧懋循、凌濛初等诸多戏曲巨擘在内。进入晚明后,祁彪佳、吕天成又在前人的建树上,提出了更加具体的结构设置之法,并且初步搭建了"关目结构"的理论框架。可以从祁彪佳《远山堂曲品》和吕天成《曲品》中摘取一组互相照应的有关概念进行例证:

(一)

局段谨严,先后贯串;曲折映带;层叠点缀;渐入佳境;排场转荡;避实击虚;情境激畅;简紧,变幻;婉转;热艳;穿插;无意结构,凑簇自佳;贯串如无缝天衣;意局凌虚而出;寻常意境,层层掀翻,一波未平,一波又起。

(二)

曼衍;松懈;凑杂;庞杂;枝蔓;散漫;结构过幻;头绪太繁;凿孔出奇;布置过紧,阅者不解;一味铺叙,详略失宜;情节阔大,而局不紧;极紧切处,反按以极缓之节;结末只宜收拾全局,皆峰峦迭起,未免反致障眼。①

从这些概念可知,戏曲文本以"节"(情节)、"段"(事件)和"局"(全局)作为结构单元,且以"贯串""曲折""避实击虚""婉转"等作为具体操作技巧,并以"佳境""情境"和"意境"作为艺术灵魂,共同建构了有关戏曲叙事情节观的基本框架。其他类似的方法技巧,散见于不同的评点和理论文献(含专著、序跋、书信等)之中,以关键词而论,仍围绕着情节的流畅、贯串、紧凑,以及如何设立"头脑",情节如何不落窠臼等层面展开(这些曲论家提到的情节和结构主张,将于本章第三节进行详尽论述)。尽管此类主张

---

① 参见李昌集《中国古代曲学史》中的归纳统计。李昌集:《中国古代曲学史》,华中师范大学出版社1997年版,第508页。

并不能称为严格意义上的理论定义，但显然已经形成了一些关于戏曲情节认知的共识。

明代戏曲的情节概念从"事"切入，经由事件和情节、情节和结构的分离之后，才真正获得情节的本来意义。这个过程是动态发展的过程，表明了明代曲论在情节辨认理论意识上的提升，也彰显出中国古代曲论在理论探讨上的自我特色。与西方叙事学体系中的情节论相比较，两者之间既有不同之处，亦有相同之点，可从异同两个方面进行对应参照。

首先，明代曲论与西方叙事学确实属于两种不同的阐释体系。今人皆谓包含明代曲论在内的中国古代曲论是崇尚感悟式体验的阐释方式，而西方叙事学是以逻辑概念来建构的有理有据的系统框架。中国古代曲论将创作论、鉴赏论和批评论结合在一起，尤其与创作的结合更为紧密。明代大多数戏曲理论者既是理论家，又是创作家，其理论思想的表达，大多蕴含在对若干具体问题的评论之中。"他们既有丰富的创作经验，又有较高的艺术造诣，知之深，言之切，所发议论能深入精微，多真知灼见，即使片言只语，也能得其环中"[1]，反映了明人表达叙事理念的一大特色。因为曲论观来源于具体创作的经验总结，所以它产生的最直接的理论效果是，经由"片言只语"概括出来的创作理论具有可操作性，极富实践意义。西方叙事学则以实证法为基础，立足于整体文学现象进行理念综合和归纳，具有条理性、概括性和系统性的特点。虽然明代曲论与西方理论分属于两种不同的解释体系，但在致力于揭示曲论本身的内涵和特点上是殊途同归的。20世纪80年代以后，西方文论大量进入中国，致使中国古代文学的研究格局发生了很大的变化。在现有研究中，常有研究者套用西方理论来对中国古代的"片言只语"进行阐释，或者给中国古代叙事的创作行为贴上西方的理论标签，并试图进行中、西方叙事理论二者之间谁优谁劣的比较。事实上，不同的阐述方式具有不同的阐述效果，能够体现出理论对象的不同特点。就明代曲论叙事观这一具体对象而

———————

[1] 齐森华：《曲论探胜·前言》，华东师范大学出版社1985年版，第3页。

言，不顾对象的特殊性而进行贴标签的理论阐述方式，显然是有失妥当的。

其次，明代曲论叙事观与西方叙事学能够进行理论意义上的对话。如上所言，明人对情节结构的理论探讨，已经形成现代叙事学意义上的共知概念，例如，情节要流畅，要有主要情节的描述，结构要紧凑，等等。俄国形式主义的代表人物什克洛夫斯基认为，情节是作家对素材的艺术处理，故事是事件的本来面目①，这与明代曲论讨论情节的主张不谋而合。又例如，西方戏剧的古典结构理论，有关于"三一律"的规定，即要求剧本创作必须遵守时间、地点和行动的一致。自亚里士多德提出这一规定后，"三一律"便成为一种规则，一直规范着西方戏剧的创作实践。法国古典主义戏剧理论家布瓦洛（D. N）将它解释为"要用一天、地、一天内完成的一个故事，从开头直到末尾维持着舞台充实"②，这是为了避免结构上的松散而对戏剧情节提出的高度集中要求。明人如臧懋循提出"关目紧凑"、王骥德要求"勿太蔓"、冯梦龙要求避免"头绪太繁"等，也对情节集中提出了真知灼见。由此可见，就具体操作而言，不同话语之间依然具有中西、古今关系上的可通性。当然，重视对理论著作的解读，本身就是叙事学关注的角度之一。明代曲论对情节观的揭示，建立在具体剧本的基础之上，若借助西方叙事学的相关文本理论来进行理解和分析，可以对其形成更加系统的认识。

通过以上两处的对应参照，能够如此加以总结：对中、西方的叙事学观念加以比较，本是文学研究中常见的论题，但若一味纠缠于谁优谁劣的定位，便失去了比较研究的目的。如同审视明代曲论叙事观中"关目"概念的动态演变，可以借助西方叙事学的概念来加以理解，但不能依靠它的理论系统作为衡量标准，否则容易流于表面研究，也即容易忽视对具体对象内涵进行深入展示。

---

① 参见［苏］维克托·鲍里索维奇·什克洛夫斯基《散文理论·前言》，刘宗次译，百花洲文艺出版社1994年版。

② ［法］布瓦洛：《诗的艺术》（修订版）第三章，范希衡译，人民文学出版社2009年版，第34—35页。

第二节 明代戏曲叙事的尚"奇"策略

戏曲叙事非常重视情节之"奇",所谓"无传不奇,无奇不传"(倪倬)、"事不奇不传"(茅暎)等,都是对情节求"奇"这一特征的强调。传"奇",是戏曲叙事审美的整体追求。明中叶以后,崇"真"尚"奇"构成了戏曲文学创作文风的重要特征。① 绘奇事,描奇人,抒奇情,写奇文,形成一股戏曲传奇创作的文学浪潮。无论是创作还是评论,"奇"既是戏曲叙事的出发点,又是目的。只有立足于叙"奇"这一基本要求,才能彰显出以"奇"为美的戏曲叙事之魅力。

一 叙"奇":戏曲叙事题材的三重解读

饮食起居、布帛菽粟、男婚女嫁、生意买卖,这些都是常见的日常生活内容,一一加以铺叙,不免平淡无奇。就戏曲叙事而言,若要超越平淡,尤其是面对登台演出的需要,则必然要求将无奇可叙变为有奇可传。"天下有奇品,然后有奇见闻,即见闻之奇,而寓于言,斯足以骇人耳目,传今古为不磨"②,传"奇"之意,指的是有"奇"事可写、可传、可看,但又源自日常生活,具备"一种隽永之味,如太羹玄酒,如布帛菽粟,令人于冲淡中愈咀嚼,愈觉有味"③。

何谓"奇"?明代曲家在讨论之时,其心同,言则有异。"奇"之意,在明代曲论的内容组成中有着多重解读。概括而言,又可划分为"新奇""幻"与"真"三大内容。

(一)"奇":推崇别开生面之叙"新"写奇

在现存最早的南戏作品《张协状元》中,以"奇"为美就有所体现:"精奇古怪事堪观,编撰于中美,此段新奇差异,更词源移宫换羽"(第二出〈烛影摇红〉)。钟嗣成《录鬼簿》也多以"奇"作

---

① 参见萧萐父、许苏民《明清启蒙学术流变》(上篇)五(三),人民出版社2013年版,第130—140页。

② 夏尚忠:《〈彩舟记〉序》,《中国古代戏曲序跋集》,第107页。

③ 无名氏:《〈谢金莲诗酒红梨花〉评语》,《中国古代戏曲序跋集》,第253页。

为标准来评论曲家曲作，如评范康"编《杜子美游曲江》，一下笔即新奇"①，评陈宁甫"《两无功》锦绣风流传，关目奇……天下皆传"②，认可它们的写奇、选奇之处。入明以后，曲家对戏曲叙事的尚"奇"追求一直在延续。李贽强调选事之奇，言《玉合记》："韩君平之遇柳姬，其事甚奇"③，秽道比邱亦称《橘浦传奇》选题："异哉，泾阳传书之事也。"④"奇"和"异"，其意相同。"韩君平之遇柳姬"奇在韩君平落魄之时娶得美人归，"泾阳传书"则奇在传书对象为神话传说中的龙女。与日常生活相比，这些叙事题材以破除"司空见惯"为特点，而以事件的新奇作为审美追求。戏曲叙事强调选材新奇，意味着戏曲叙事将"奇"事看作日常之事的夸张变形或者诗意再现。或叙写远远脱离于日常生活的神奇之事，或以经历之奇来展示事件的奇特之处。

对日常之事进行夸张处理，寻求中间令人感觉新奇的不同之处，是叙奇的方法之一。同写男女热恋之情，昼思夜想、茶饭不思即是平常，但是《西厢》叙述张生跳墙和莺莺自荐就充满了新奇。同写痴儿怨女之事，双双殉情即是平常，《牡丹亭》叙述杜丽娘为情死又为情生却能让人抚掌大叹，连称新奇。对叙事性文学而言，事件与情感是融为一体的。写事为表达情感，情感又映衬出事件的与众不同。汤显祖叙写男女之情，极佳地将"奇"事和"奇"情结合到一起。在他看来，最能称奇之事莫过于"情之至"。其言："天下女子有情宁如杜丽娘者乎"⑤，有意为"世之男子不能如奇妇人者"⑥ 大唱赞歌，并断言："生而不可与死，死而不可复生者，皆非情之至也"⑦，致力于揭示柳、杜爱情的生死不渝。张元徵在《〈盛明杂剧三十种〉序》中高度回应了汤显祖的此番主张，称："情至如柳郎故事，生可之死，

---

① 钟嗣成：《录鬼簿》，《中国古典戏曲论著集成》（二），第 120 页。
② 钟嗣成：《录鬼簿》，《中国古典戏曲论著集成》（二），第 201 页。
③ 李贽：《〈玉合记〉序》，《中国古代戏曲序跋集》，第 70 页。
④ 秽道比邱：《〈橘浦传奇〉叙》，《中国古代戏曲序跋集》，第 146 页。
⑤ 汤显祖：《〈牡丹亭还魂记〉题词》，《中国古代戏曲序跋集》，第 88 页。
⑥ 汤显祖：《〈董元卿旗亭记〉序》，《中国古代戏曲序跋集》，第 94 页。
⑦ 汤显祖：《〈牡丹亭还魂记〉题词》，《中国古代戏曲序跋集》，第 88 页。

死复可之生，此即宇宙间一种奇绝文字，庸非不朽。"① 潘之恒对此亦有同感："余友临川汤若士，尝作《牡丹亭还魂记》。是能生死死生，而别通一窦于灵明之境，以游戏于翰墨之场。"② 孟称舜则以创作实践来呼应"至情"主张，撰成传奇《娇红记》，并将"至情"之意解读为："性情所种，莫深于男女，而女子之情，则更无藉诗书理义之文以讽谕之，而不自知其所至，故所至者若此也。"③ 张琦之论，又将"至情"之奇普遍化，称"情之为物"，力量能够"役耳目，易神理，忘晦明，废饥寒，穷九州，越八荒，穿金石，动天地，率百物，生可以生，死可以死。死可以生，生可以死。死又可以不死，生又可以忘生"④。因"至情"能入"生而死，死而生"之境界，故而"至情"之事总是能够轻易触动人的情感，勾起人对"至情"之事的好奇，引发人对奇事、奇情的感同身受。

　　以新奇作为戏曲叙事的重要标准之一，吕天成、徐复祚、祁彪佳、陈继儒等曲论者对此进行了积极响应。戏曲评点作为载体，在凸显"奇"的主题进程中，起到了非常重要的作用。在各种大量存在的戏曲评点中，评点人纷纷以"奇"作为评点文本的切入角度之一，正是崇尚"奇"事的心态反映。吕天成《曲品》中评论杂剧和传奇多发"事奇""事佳"之叹，均以事件本身为"奇"，如称"郭飞卿事奇"⑤ "无双事奇"⑥ "本传虽俗而事奇，予极赏之"⑦ 等。品曲"十要"中，有两项与他提倡的"奇事"有关："事佳"与"脱套"。"事佳"指事情本身所具备的传奇因素，"脱套"指反对因循守旧，矫正导致传奇不奇的创作弊端。徐复祚的看法与吕天成如出一辙，如其诟病《昙花》《彩豪》之弊，称二者："肥肠满脑，莽莽滔滔，有资深逢源之趣，无捉襟露肘之失。"⑧ "肥肠满脑"与新奇相抵牾，指

---

① 张元徵：《〈盛明杂剧三十种〉序》，《中国古代戏曲序跋集》，第187页。
② 潘之恒：《亘史·情痴》，第二集，第185页。
③ 孟称舜：《〈娇红记〉题词》，《中国古代戏曲序跋集》，第200页。
④ 张琦：《情痴寱言》，第三集，第353页。
⑤ 吕天成：《曲品·埋剑》，第三集，第119页。
⑥ 吕天成：《曲品·明珠》，第三集，第122页。
⑦ 吕天成：《曲品·双卿》，第三集，第127页。
⑧ 徐复祚：《三家村老曲谈·屠隆传奇》，第二集，第262页。

因油滑而失却新奇和清新，此处意在反对戏曲叙事刻意迎合世俗趣味之风。祁彪佳则于肯定层面对展现"新奇"、写出新意的曲作，表达出赞叹之意，如称《珠衲》："作者刻意求新，亦轻脱，亦织巧"①；《金合》："此亦传红线事，而与程君所作异。"② 陈继儒评点更进一步，扩大了"新奇"的范畴，将视角延伸至与事情相关的情节中去。如其评《红拂记》："事奇文亦奇"，感慨红拂夜奔、虬髯客出海等事件之奇，并慨叹："余读《红拂记》，未尝不啧啧叹其事之奇也。"③综合而言，曲论者从推崇叙事的新奇感和认为无"奇"就无新意等不同角度，解读了戏曲叙"奇"之意。

梦境作为凸显事奇的最佳手段，是叙写新奇的方法之二。"既曰梦，则无不奇幻，何异之足云"④，运用鬼魂和梦境这些文学要素来进行叙事技巧的处理，进一步叠加了"新奇"的感觉。日常之事叙来如若平淡无奇，借助梦境便可大幅增添"奇"的色彩。汤显祖推崇以梦写"奇"，如其所言，戏曲因能"生天生地生鬼生神，极人物之万途，攒古今之千变。一勾栏之上，几色目之中，无不纡徐焕眩，顿挫徘徊。恍然如见千秋之人，发梦中之事"⑤，故而能够展示出各种人、鬼、神、仙、梦等新奇事件。"梦"作为写"奇"的手法之一，尤为适合表达他所崇尚的"至情"故事。其在《牡丹亭记题词》中自述杜丽娘经历之奇，言："死三年矣，复能溟莫中求得其所梦者而生"⑥，认定此事乃为入梦还魂之奇，"即若士自谓，一生《四梦》，得意处惟在《牡丹》"⑦。王骥德同称："《还魂》妙处种种，奇丽动人"⑧，吕天成亦觉其"巧妙叠出，无境不新"而赞"真堪千古矣！"⑨ 在《玉茗堂传奇》其他三"梦"中，汤显祖均技巧娴熟地叙

① 祁彪佳：《远山堂曲品·珠衲》，第三集，第554页。
② 祁彪佳：《远山堂曲品·金合》，第三集，第583页。
③ 陈继儒：《红拂记序》，第二集，第231页。
④ 汤显祖：《〈异梦记〉总评》，《中国古代戏曲序跋集》，第95页。
⑤ 汤显祖：《宜黄县戏神清源师庙记》，第一集，第608页。
⑥ 汤显祖：《牡丹亭记题词》，第一集，第601页。
⑦ 王思任：《批点玉茗堂牡丹亭词叙》，第三集，第48页。
⑧ 王骥德：《曲律·杂论第三十九下》，第二集，第125页。
⑨ 吕天成：《曲品·还魂》，第三集，第122页。

写梦里梦外的新奇事件，自如地在梦境与现实之间交错替换，让事件似幻似真，奇感顿生。例如，《邯郸梦》即得沈际飞极高评价："临川公能以笔毫墨渖，绘梦境为真境，绘驿使、番儿、织女辈之真境为卢生梦境。临川之笔梦花矣。"① 可见，梦为"奇"增添强度，也为戏曲叙事效果和氛围的渲染锦上添花。梦梦生《〈樱桃梦〉题词》中也论及"梦境"手法的神奇力量："《樱桃记》也，假也，真也，梦也，觉也。然无真不即假，无觉不由梦。梦因假而觉亦假，假因梦而真亦梦也"②，意在表明奇事如"梦"，真真假假，假假真真，"奇"就在真与假的酝酿和揭示中得到展现。极"奇"还表现在能够以"梦境"搜罗各种奇事，如《梦境记》之奇即因"传黄粱梦多矣，惟此记极幻、极奇，尽大地山河、古今人物，尽罗为梦中之境"③。此外，神、鬼、仙题材也被看成梦境题材的补充，原因无他，皆因此类创作借助外界神奇力量而写"奇"，大大增加了"奇"之色彩。明末毛晋辑录《六十种曲》，其中收录表现神仙鬼怪的作品，大多写成于嘉靖至万历年间。据此可见，"神仙鬼怪"的题材也是传达奇事的重要载体之一。而无论是叙写梦境还是神仙鬼怪，就传"奇"手段来说，实则是叙"奇"的艺术处理方式之一。在它们的内容背后，体现的是一种以"奇"作为叙事取向的主观审美追求。

　　与日常之事进行比对，找寻其中出人意料的奇妙之处，是叙奇的方法之三。曲家的判"奇"标准在很大程度上推动了意外之"奇"的发展，这也使得"奇"的内涵进一步得到扩充。汤显祖称《焚香记》："所奇者，妓女有心；尤奇者，龟儿有眼"④，称《旗亭记》："伉俪之义甚奇……最所奇者，以豪鸷之兄，而一女子能再用之以济"⑤，都是以日常判断作为比对标准，对出人意料的事情流露出惊奇之感。曲家在心学大潮及个性自由思潮的熏陶下，将叙事视野投向离经叛道的广阔天地，将有悖于常理推断的事件看作"新奇"之事。

---

　　① 沈际飞：《题邯郸梦》，第三集，第444页。
　　② 梦梦生：《〈樱桃梦〉题词》，《中国古代戏曲序跋集》，第111页。
　　③ 祁彪佳：《远山堂曲品·梦境》，第三集，第542页。
　　④ 汤显祖：《〈焚香记〉总评》，《中国古代戏曲序跋集》，第96页。
　　⑤ 汤显祖：《〈董元卿旗亭记〉序》，《中国古代戏曲序跋集》，第94页。

"近者山东杂伍中，有妇人死节于其夫"，朱有燉"喜新闻之事，乃为之作传奇一帙"，论其创作之因，在于"彼乃良家之子，闺门之教，或所素闻，犹可以为常理耳。至若构肆中女童，而能死节于其良人，不尤为难也"①。朱有燉认为，良家女为亡夫守节乃为常理，而刘盼春出自"肆中"，其人并非良家女，却能为亡夫守节，因而成了新奇事件。逢明生也在《〈灵宝刀〉序》中指出："传中有府尹，有孙佛儿，不惮熏天炙手之权谋，而能昭雪无罪，又奇之奇者也。"②面对黑暗的官场，府尹等人"不惮"于权势而判林冲"无罪"，如此出人意料的事件经历，让评论者不由慨叹曰"奇之又奇者"。钟人杰评徐渭《四声猿》，谓："《渔阳》鼓快吻于九泉，《翠乡》淫毒愤于再世，木兰春桃以一女子而铭绝塞、标金闺，皆人生至奇至快之事，使世界骇咤震动者也"③，将祢衡阴间骂曹、月明和尚破色戒，外加木兰、春桃以女子行丈夫之事，解读为出人意料的"人生至奇至快之事"。

（二）"奇"：辨识过"奇"逐"幻"之弊

从万历至明代末期，"奇"的含义进一步扩展，并发展到概念上的认识极端。曲家对戏曲传"奇"的认识有了更为夸张的理解，一改徐渭、李开先以来以本色（"真"）为基础的尚"奇"新风，从强调奇特、新奇转而关注怪诞与奇幻，从尚"奇"逐渐转变成逐"幻"。

明代曲家、曲论首先确立的是何者为"幻"。明中期以来，戏曲创作走向鼎盛时期，明中期的传奇创作极为繁荣。一方面，传"奇"的优秀之作大为可观，但也避免不了部分作品刻意传"奇"，以至于出现"不论根由""不顾文理"（张岱）的失败之作。戏曲创作过分求"奇"的创作弊端由是接踵而至。另一方面，受到文化新潮的冲击，明人轻礼法、重性情、尚个性的一面被充分显示出来，在形成一股慕新好奇的审美思潮之余，也产生了各种奇谈怪论和奇思异想。戏

---

① 朱有燉：《〈刘盼春守志香囊怨〉序》，《中国古代戏曲序跋集》，第36页。
② 逢明生：《〈灵宝刀〉序》，《中国古代戏曲序跋集》，第111页。
③ 钟人杰：《〈四声猿〉引》，《中国古代戏曲序跋集》，第241页。

曲作为通俗文艺的代表，受此影响颇为深远。就当时的戏曲创作来说，尚"奇"的追求仍在继续，但在强度上逐渐走向"奇"的临界点，加之同时曲家还要以"媚俗"之心来迎合世俗审美趣味，故而开始出现一股以怪诞、荒诞等作为叙事特征的逐"幻"浊流。

在曲家看来，所谓"幻"，即指不顾文理、不顾逻辑，过分追求奇异而曲解了戏曲崇真本质的创作倾向。冯梦龙如此加以描述："数十年来，此风忽炽，人翻窠臼，家画葫芦，传奇不奇，散套成套。讹非关旧，诬日从先，格喜创新，不思乖体。"①"此风"即指为创新而不论其他的怪诞创作风气。张岱所论"怪幻极矣"（《答袁箨庵》）之风，指的也是同一种风潮。凌濛初在《谭曲杂劄》中说得更为明确，这种过分求奇的创作倾向日益违背了传"奇"的本来意图。如其所说，"愈造愈幻"的创作态势已经迫使传"奇"走向它的反面，成为"翻弄"子虚乌有的胡诌或者捏造②，脱离了应有的艺术真实。吕天成也客观地指出，过分求奇的作品中充斥着男女易妆、装神弄鬼等一类关目，大大偏离了出"奇"的正常轨道。

"幻"，相对于"奇"而言，可做两个层面的内容归纳。第一，有悖于生活常理而写"奇"，是为"幻"。凌濛初所言"乌有子虚"之事的翻弄，就是对脱离现实生活而无端进行故事杜撰的叙事倾向之总结。袁于令在晚明曲坛颇负盛名，其作《西楼记》雅俗共赏，脍炙人口。尽管如此，他也受到了逐幻浊流的影响，创作出《合浦珠》这般怪诞之作。袁于令尚且如此，更遑论其他人在创作上的表现了。张岱对此种风气极为排斥，严厉斥责了某些"不顾文理"之作的荒谬。例如，他批评袁于令《合浦珠》，言其："盖郑生关目，亦甚寻常。而狠求奇怪，故使文昌武曲、雷公电母奔走趋跄，热闹之极，反见凄凉。"③"狠求奇怪"，即是对"诞"和"幻"创作现象的综合描摹。其他曲家对此番风气也同样加以严厉批评，并以具体剧本为对象进行说明。以祁彪佳为例，他认为《赛五伦》"此熊概子孙为其祖记

---

① 冯梦龙：《曲律叙》，第二集，第2页。
② 凌濛初：《谭曲杂劄》，第三集，第193页。原文作"今世愈造愈幻，假托寓言，明明看破无论，即真实一事，翻弄作乌有子虚"。
③ 张岱：《答袁箨庵》，第三集，第521页。

复姓事。乃颠倒错乱，无复文理"①；《白蛇》"此记孝友足法，但以救蛇而得果报，反近于诞"②。第二，超越了艺术真实的逻辑，是为"幻"。借助鬼神、梦境等外界力量来创造"奇"境，自有其不可否认的正面意义，但当借助转换成过分依赖，以至于"近来牛鬼蛇神之剧，充塞宇内，使庆贺燕集之家，终日见鬼遇怪，谓非不足悚人视听"③ 之时，传奇也就失去了传"奇"的本质，走到怪诞的路上去了。祁彪佳注意到此类"牛鬼蛇神之剧"抹杀了传"奇"色彩，称《磨忠》"止从草野传闻，杂成一记，即说神说鬼，去本色愈远矣"④，《採真》"传仙鬼者多矣，灵奇怪异"⑤，《平妖》"终是神头鬼脸，景促而趣短"⑥，将批评矛头指向沉溺于神鬼题材的怪诞之作。吕天成则多聚焦曲作中明显不符合生活逻辑的地方，指出它们有违出"奇"宗旨之弊。如其言《合镜》，称"特传乐昌一事，亦畅；但云作越公女，反觉不情"⑦，认为将年轻貌美的乐昌公主作为越公杨素的女儿，有违生活逻辑。又言《玉簪》："第以女贞观而扮尼讲佛，纰缪甚矣"⑧，认为女贞观是道姑的修行之处，妙常却在道观中扮演尼姑讲经，显然不是稀奇，而是谬误了。

依托于以上两点基础，曲论者表现出了敏感的问题意识，并折射出自觉的理论反省之意。王骥德首先认识到戏曲创作由"奇"转"幻"的弊端，严肃地批评了那些"捏造无影响之事，以欺妇人、小儿者"⑨ 的创作时风，积极反对戏曲创作"脱空杜撰"，对不合情理的主观臆造行为进行纠正，并制定出一系列作曲之法。到了明代末期，曲论对尚"奇"逐"幻"的创作弊端已经有了十分中正客观的

---

① 祁彪佳：《远山堂曲品·赛五伦》，第三集，第619页。
② 祁彪佳：《远山堂曲品·白蛇》，第三集，第619页。
③ 朴斋主人：《〈风筝误〉总评》，《中国古代戏曲序跋集》，第378页。朴斋主人，生平不详，清时人。此处所评剧为李渔《风筝误》。因《风筝误》刊于清初康熙年间，距晚明为时未远，故用来形容当时的创作风气也是较为贴切的。
④ 祁彪佳：《远山堂曲品·磨忠》，第三集，第615页。
⑤ 祁彪佳：《远山堂曲品·採真》，第三集，第581页。
⑥ 祁彪佳：《远山堂曲品·平妖》，第三集，第556页。
⑦ 祁彪佳：《远山堂曲品·合镜》，第三集，第154页。
⑧ 吕天成：《曲品·玉簪》，第三集，第140页。
⑨ 王骥德：《曲律·杂论第三十九》，第二集，第107页。

认识。一味求"奇"的创作行为被曲论者认为是一种不甚健康的创作风气，需要有目的地进行矫正与反拨。在明代曲论者的思想主张中，认可传奇求"奇"的审美追求，但坚决反对不顾文理的过度传奇，业已成为一种理论上的共识。凌濛初力主摆脱"以奇事旧闻，不论数种，扭合一家"的逐"幻"之风，提倡在创作实践中不断反省纠偏。他在描摹词坛逐幻现象之余，也提出了相应的解决办法。其诟病沈璟之作喜以奇事旧闻，"更名易姓，改头换面，而又才不足以运棹布置，掣衿露肘，茫无头绪，尤为可怪"①，认为诧异之事并非不可传，主要还有赖于作者的"运棹布置"之才。如若没有高超的处理技巧，好的叙事选题立意也会"一涉仙人荒诞之事，便无好境趣"②，反而沦为失败之作。祁彪佳的主张与凌濛初非常接近，说"近日词场，好传世间诧异之事，自非具高识者不能"③，认为创作者拥有才华，才能够处理好"新奇"与"诧异"之间的关系。季豹氏以《昆仑奴》为例，论证了作者之才对避免逐"幻"创作的重要影响。其称："红绡事，待太一生而后有歌咏之者，其事本奇，固足传，诸君之才，又足以相当而适会，益奇矣"④，指出创作者的才华在构"奇"色彩上有推波助澜之功。王思任总而概之，说"传奇一书，真海内奇观也。事不奇不传，传其奇而词不能肖其奇，传亦不传"⑤，将作者与尚"奇"之间的关系描述为以奇笔写奇事。

如何构造"奇"又不成为"幻"呢？"奇"是"幻"的起点。无奇则无幻，如茅暎所说"事不奇则幻不传"。当然，立足于"奇"基础上的"幻"，也是需要进行技巧处理的。处理好了，"幻"也是"奇"的一部分。李开先认为奇与幻之间的正常关系，应是"蕴藉包含，风流调笑，种种出奇而不失之怪"⑥，声明了"奇"事不是"怪"事的主张。汤显祖虽善写"梦境"之奇，但面对因追求过"奇"而

① 凌濛初：《谭曲杂劄》，第三集，第194页。
② 祁彪佳：《远山堂曲品·玉掌》，第三集，第556页。
③ 祁彪佳：《远山堂曲品·双杯》，第三集，第552页。
④ 季豹氏：《〈昆仑奴〉杂剧题后》，《中国古代戏曲序跋集》，第85页。
⑤ 王思任：《西厢记序》，第三集，第47页。
⑥ 李开先：《乔梦符小令序》，第一集，第404页。

成"幻"的创作现象，也表明了自己的态度。其言"人世之事，非人世所可尽"①，意在指出人世间的事不能以非人世的手段来加以处理。此话虽不是直白地提出反对意见，却表达了他对"奇幻"意义的理解，潜在地表明了他对"神鬼"题材谨慎加以对待的态度。由此可见，曲家在对待传奇求"奇"的态度上，始终是明晰的。在追求戏曲叙事求"奇"的目标上，也始终未改初衷。他们所反对的，只是超越生活常理以及艺术真实逻辑的边界而致使"传奇不奇"的创作弊端。吕天成尽管极力反对"牛鬼蛇神之剧"的充斥，但也并不认为适当地运用传"奇"技巧是十分过分的创作要求。他曾提出"传奇体"这一概念来认可戏曲叙事中"奇"的艺术处理方式。为了渲染"奇"的叙事气氛和色彩，在他看来，适当地借助梦境与神鬼题材来加以传达，不失为传"奇"的技法之一。例如，他认为《霞笺》："此即《心坚金石传》，死者生之，分者合之，是传奇体。"② 为了渲染李彦直和张丽容生死不渝的炽烈爱情，作者（无名氏）设计了"死者生之，分者合之"的情节。"死者生之，分者合之"本非生活中可有之事，但吕天成认为这种艺术化的构"奇"手法，不但没有降低作品的真实性，反而更加渲染了叙事的魅力，故而仍可称之为"传奇体"。他还以相同标准来看待《双环》，称："此木兰从军事，今增出妇翁及夫婿，串插可观。此是传奇法。"③ 对于剧中所增加的夫婿、妇翁情节，吕天成认为这是一种合理的艺术表达技巧，因其有利于进一步渲染"木兰从军"一事之奇。

吕天成之外，茅元仪、梅孝己分别将"意"与"情"的因素也考虑进来。茅元仪在《批点牡丹亭记序》中提出了自己的见解，认为"凡意之所可至，必事之所已至也。则生死变幻，不足以言其怪"④。如他所论，"意"对"事"具有主导作用，"意"到"事"便能到。梅孝己在《〈洒雪堂〉小引》中说："传者之事，何取于真；

---

① 汤显祖：《牡丹亭记题词》，第一集，第602页。
② 吕天成：《曲品·霞笺》，第三集，第155页。
③ 吕天成：《曲品·双环》，第三集，第145页。
④ 茅元仪：《批点牡丹亭记序》，第三集，第447页。

作者之意，岂遂可没。取而奇之，亦传者之情耳"①，强调"作者之意"在于揭示艺术真实，而非陷于真实不能进行艺术发挥，同时也指出对作品之"奇"的认可，在于其中蕴含了"传者之情"。"作者之意"对事件走向具有主导作用，一方面能够促进奇与幻的相融，帮助他们走向良好结合，一方面也有可能由于一己之见的武断偏差，割裂奇与幻之间的融洽关系。这一点在祁彪佳看来，两者之间是有所取舍的。如若感情表达流畅，有内在的真实性和逻辑性，即便事情荒诞，也能够得到他的肯定。他曾将朱京藩《风流院》列入"逸品"之列，云其"演为全本而情畅，畅则流于荒唐，故有所谓窈窕仙子，幽囚落花槛中者"②，认为该剧中"窈窕仙子被囚"一事虽然荒唐，却并未妨碍全剧情感的流畅表达。故而，从此论述中可以看出他因"情畅"而宽容"流于荒唐"的理论重心所在。

（三）"奇"：关注日常生活回归之真

当戏曲一味逐"幻"的现象在讨论与争鸣中逐渐深入，并日渐回归到反"幻"而重新审视"奇"的正轨之上，曲家对"奇"的理解又往前迈进了一步。在以"幻"作为比对的基础上，"奇"的内涵又自觉地增添了一层新的解读——"事真故奇"③。

如果仔细梳理一下曲家对"奇"的认识轨迹，将会发现"奇"的定义在他们的理论主张里，并未处于僵化状态。世俗生活在晚明进行了大肆扩张，随着曲家在身份上日益与世俗大众群体相融，他们的思想观念也随之发生了变化。最为显著的表现是，曲家越来越关注日常生活事件，越来越看重尘世之乐，并且乐于将这些感受融合到戏曲的创作、评论和赏鉴之中去。由是，在逐渐摆正奇与幻关系的理论基础上，明代曲家对"奇"的内涵进行了更为全面的考察。

针对戏曲一味逐"奇"的时风，李贽首先将表面上看来并不出"奇"的叙事题材纳入视野之中，以期纠偏"奇就是幻"的错误理解。其言："世人厌平常而喜新奇，不知言天下之至新奇，莫过于平

---

① 梅孝己：《〈洒雪堂〉小引》，《中国古代戏曲序跋集》，第 266 页。
② 祁彪佳：《远山堂曲品·风流院》，第三集，第 544 页。
③ 吕天成：《曲品·义乳》，第三集，第 124 页。

常也。日月常而千古常新，布帛菽粟常而寒能暖，饥能饱，又何其奇也！是新奇正在于平常。世人不察，反于平常之外觅新奇，是岂得谓之新奇乎？"① 从这两句话可以看出，李贽对"奇"的对象和内涵进行了新的解读。在他看来，奇的题材要将日常生活事件涵括其中。如果说李贽的主张还是一己之见的个人认识，那么在李贽之后，要求写出日常生活之奇的呼声越来越高，并逐渐发展成为一种普遍认识。明末更是不乏对日常生活之奇的推崇者。凌濛初说："语有之：少所见，多所怪"，认可"少见多怪"确实带来了新奇感，但也提出另一种区别于"少见多怪"之奇。他具体描述说："今之人但知耳目之外牛鬼蛇神之为奇。而不知耳目之内日用起居，其为谲诡幻怪非可以常理测者固多也。"② "耳目之内"指日常所见所闻，"日用起居"更是指向寻常的日常生活。凌濛初此番论述的对象虽然指向通俗小说，但也同样适用于与通俗小说并兴于明代的戏曲文体。这是晚明社会赋予"奇"的对象补充，同时也是时代赋予戏曲文人的审美新选择——"平奇"美。《梨花记总评》对"平奇"有所阐述，言："梨花，曲有绝句之工，局无不尽之奇，梨花结构，最为奇幻。欲不假托鬼神，捏名妖怪，一归之敦友谊，重交情，又何平实也。固知舍平实为奇幻者，非奇幻也。"③ 从"敦友谊，重交情"的日常所见中写出平实之美，就是"奇"。正所谓"故夫天下之真奇，在未有不出于庸常者也"④，日常之奇就是"真奇"。曲家在思想观念上的适时变化，实则是曲论更新"奇"之内涵的动态过程。透过曲家对日常事件的注解，审视"奇"之对象的新窗口也随之得以打开。

通俗文学直接面对大众，多以日常生活作为内容的聚焦对象。无论小说还是戏曲，靠近世俗大众的审美需求，是它们获得生命力的源泉。故而，描述日常生活本身自然地成为戏曲叙事传"奇"的内容之一。日常生活本身被曲家描述成一种真实的状态，即合情合理地描

---

① 李贽：《焚书》（上），卷二《复耿侗老书》，《唐宋明清文集》第二辑《明人文集》卷二，郭银星选编，天津古籍出版社 2000 年版，第 1123 页。

② 凌濛初：《初刻拍案惊奇》，华夏出版社 2008 年版，第 4 页"序言"。

③ 佚名：《快活庵批评梨花记·总评》，国家图书馆藏明刻本，第 1 册。

④ 抱瓮老人：《今古奇观·序言》，岳麓书社 2005 年版，第 1 页。

述事情原有面貌，既不夸张变形，亦不贬低浓缩；既不脱离生活逻辑，亦不依托怪力乱神。"戏曲者，有是情且有是事，而词人曲肖之者也"①，戏曲首先要有"是事"，不能随意加以臆造。"岂非真不真之关，固奇不奇之大较也哉"②，写奇要以"真"作为前提。"故曲曰传奇，乃人中之奇，非天外之事"③，传奇又要以描述人世之事作为衡量标准。"传奇无奇于此者……构造自然"④，自然而然地跟随事件走向来构造"奇"之情节，而非刻意追求人为造奇，也是表"奇"的手段之一。部分曲家还将求"真"视角转向史实和圣贤之事，提出在叙述这类事件时更要采取求真的谨慎态度。重大史事是否进行了如实描述，是判断"真"与"奇"关系的重要标准。吕天成强调"事真，故奇"，"事必有据"⑤，故批评《绣被》："此纪东汉王忳事而失其实，不足观也"⑥，诟病《綵楼》："作手平平，稍入酸境，且事全不核实"⑦。汪廷讷也强调"有据"的重要性，提出要"详稽经典，杂引史传，则言皆有据，事非无徵"⑧。屠隆也认为圣贤之事不能以戏视之，称："人以圣贤视登场者，则登场者亦圣贤也，必也。毛发无信心，而直以戏视之，则亵矣。且亵圣贤非余始也。"⑨即便是登场者的演出，也要摆正对圣贤的态度，演出"真"的圣贤者。

"真"的艺术境界，并非要排斥"奇"的存在。在明代曲论者看来，这二者并不产生矛盾。吕天成在提出"事真"的同时，又指出传奇并非"信史"，提倡在不随意主观捏造事情的基础上，可以对事件进行艺术处理。如其所例：《双珠》"王辑事，真。……串合最

---

① 周之标：《吴歈萃雅又题词》，第二集，第419页。
② 凌濛初：《二刻拍案惊奇·序》，石树人校点，北京十月文艺出版社2004年版，第2页。
③ 丁耀亢：《赤松游题辞》，《历代曲话汇编》（清代编）第一集，第91页。
④ 止园居士：《题〈天马媒〉》，《中国古代戏曲序跋集》，第197页。
⑤ 吕天成：《曲品·清风亭》，第三集，第138页。
⑥ 吕天成：《曲品·绣被》，第三集，第153页。
⑦ 吕天成：《曲品·綵楼》，第三集，第113页。
⑧ 汪廷讷：《狮吼记小引》，《日本所藏稀见中国戏曲文献丛刊》第一辑，黄仕忠等编，广西师范大学出版社2006年版，第208页。
⑨ 屠隆：《昙花记序》，第一集，第587页。

巧"①。平常之事亦然，同样也可以展现一个"奇"的世界。周裕度说："尝谬论天下，有愈奇而愈传者，有愈实而愈奇者。奇而传之者，不出之事是也。实而奇者，传事之情是也。"② 将"愈实而愈奇"与"愈奇而愈传"区别开来，并认可"实而奇"传达情感的重要作用，将事"奇"上升到意"奇"、味"奇"和情"奇"的高度。与此相对，"奇"的境界也要以艺术真实作为前提。戏曲情节不是生活上的照搬照抄，而是艺术的真实。李贽在评论《琵琶记·文场选士》一出的情节时说："戏则戏矣，倒须似真；若真者，反不妨为戏也。今戏者太戏，真者亦太真，俱不是。"在他看来，如实描述生活和过分强调艺术处理，就是"戏者太戏，真者亦太真"，二者都不是好的叙"奇"方式。《五伦全备记》在艺术处理上之所以频遭诟病，就在于此剧将厚重的"三纲五常"关系全部加载于一个普通家庭之上，不惜以牺牲客观逻辑来求五伦之全，故而因失真而失奇。祁彪佳称其充满了"迂腐"之臭，慨叹曰："一记中尽述伍伦，非酸则腐矣。"③ 吕天成亦对此表示不满，同称此作"大老巨笔，稍近腐"④。

以上三种解读，围绕"奇"这一主题展开了较为深入的讨论。对"奇"的认可，是明人在戏曲叙事主题上所遵循的一般规则。历史剧题材自不必说，即便如吃饭穿衣等日常生活，也要从中写出一番新意来。由此可见，对"奇"这一要素的多重解读，表明了明代曲论者不仅对其内涵进行了新的审视和认知，而且还梳理出了较为清晰的发展走向：在反对为"奇"而"幻"而"怪"的同时，又形成了为"真"而"实"而"史"的新见；在强调出奇的同时，又不忽视日常的"平奇"。客观而论，明人基本上勾勒出了戏曲叙"奇"的整体面貌。就内涵的理解而言，既全面，又与中、晚明尚奇而媚俗的时代背景相印证。但是，这还不能就此断定明代曲家在戏曲叙"奇"的认识上已经尽善尽美。事实上，由于晚明特殊的时代风气，加上曲家受

---

① 吕天成：《曲品·双珠》，第三集，第 137 页。
② 周裕度：《天马媒题词》，《古本戏曲丛刊初集》。
③ 祁彪佳：《远山堂曲品·五伦》，第三集，第 568 页。
④ 吕天成：《曲品·五伦》，第三集，第 118 页。

到个人才华及其他客观因素，例如经济、家庭背景等的影响，一味求"奇"的创作者并不少。有的曲家甚至在批评求"奇"创作弊端的同时，仍然在进行媚俗求奇的创作。这也表明，理论的认识是在不断的辨析与取舍中逐渐走向成熟的。

二 求"奇"：戏曲情节结构的主旨选择

构思一个叙"奇"文本，不仅需要题材之奇，还涉及情节和结构上的谋篇布局之道。所谓"悲欢离合，传奇不可缺一"[①]，而"情节局段能于旧处翻新，板处作活，真擅巧思而新人耳目者"[②]。叙"奇"之戏曲佳作，是指既能将事情叙述得婉转波澜，又能使其充满新颖别致的奇趣。

在明代的叙"奇"理论观念中，戏曲叙事不能总停留在旧题、旧法之上，而要在情节和结构上体现出构思的新颖。情节之趣和结构之波澜，是构"奇"的重要特点。它们融合了文人的才情和市民的需求，是明代文人重"奇"主张在戏曲理论中的表现，也体现出明代以"奇"为美的时代特征。对情节和结构提出求"奇"的要求，反映出明代曲论情节观由重"意"（追求）向重"法"（技巧）的蜕变。这一观念也是明代曲论在叙"奇"认识上的深入。

（一）"脱套"的情节要求

随着对"奇"内涵探讨的逐步深入，明代曲家越来越能够熟练地运用求"奇"技巧，具体表现在：以"脱落皮毛，掀翻窠臼"（冯梦龙）等方法来对"奇"进行艺术构思，从而创作出"脱套"之作。万历以后，明人对"奇"的认识，在认可它日益成为戏曲叙事的普遍选择之时，也对危害叙"奇"的弊端有所总结，并提出了具体主张来对其进行完善和补充。"脱套"成为明代曲论者对戏曲叙事逻辑提出的新标准，既体现了戏曲观念的更新，又涉及戏曲创作中有关情节要求与艺术表现手法的新要求。曲论者在强调选"奇"事的同时，也认识到必要地进行构"奇"的重要性，并借此对叙"奇"的表现

---

① 张凤翼：《新刻合并〈西厢记〉序》，《中国古代戏曲序跋集》，第109页。
② 吕天成《曲品·蕉帕》，第三集，第128页。

手法提出了双重要求："不奇则不传"①，"不贵烂熟而贵新生"②。在主观构"奇"思潮的引导下，明代曲论者纷纷反对因循守旧和落入俗套的创作行为与创作模式。在他们看来，仅仅依靠因袭和蹈旧，已无法使得明代戏曲在情节和结构上继续有所突破。故而，曲家对剧作落套和频翻窠臼的创作现象进行了否定，体现在故事情节上，主要表现为：一方面总结落入窠臼的情节表现，另一方面又在总结经验的基础上进一步探讨"脱套"的具体主张。

所谓"套"，明代曲论指的是一种照样描画或无变化模仿的创作方法。但凡创作中出现对已有题材、情节或者结构安排等的模仿痕迹，则称之为"落套"。在明代曲家身上，奇特地映射着商品经济萌芽与发展之际的时代文化特征。他们既流连于世俗社会的求奇享乐，又无法脱离文人身份带来的反思意识。面对层出不穷的戏曲文本，有意识地针对时风进行理论批评，成为曲家文人理论意识觉醒的表现之一。对戏曲作品中出现的"落套"情节进行现象总结和理论矫正，需要建立在丰富的剧本阅读基础上。就此而言，吕天成和祁彪佳在戏曲品评上做出的巨大理论贡献绝对不可忽视。以大量戏曲剧本作为品评对象的三"品"（《曲品》《远山堂曲品》《远山堂剧品》）之作，在品评、分类剧作的基础上，也对明代戏曲叙事的落套表现进行了总结和评论。

吕天成在《曲品》中多处提到戏曲情节的"落套"表现。他将传奇创作中曲家惯用的某些情节定义为"套"，比如妇人在情感受阻之后，常常落发为尼，与青灯古佛相伴；又例如，痴男怨女暗生情愫后私定终身即遭遇家长阻碍，等等。前者如《绿绮》："至于投庵，则套矣"③，《庱廖》："叙事颇达，第嫌其用禅寺为套耳"④。后者如《双烈》："但前段梁国之母作梗，近套，亦无味"⑤，等等。情节一旦落入俗套，既造成戏曲创作上的不断重复，也带来阅读上的乏味。吕

---

① 谭元春：《批点想当然序》，第三集，第360页。
② 张琦：《衡曲麈谭·填词训》，第三集，第349页。
③ 吕天成：《曲品·绿绮》，第三集，第142页。
④ 吕天成：《曲品·庱廖》，第三集，第144页。
⑤ 吕天成：《曲品·双烈》，第三集，第142页。

天成对此有所体会，故称《玉鱼》："但前半摹仿《琵琶》，近套，可厌。"① 对某些剧本情节或故事全然模仿的行为，吕天成更是表达出非常明确的否定态度，如其评《合钗》，称："内《游月宫》一折，全钞《彩毫记》，可笑。"② 虽极力反对情节上的落套行为，但对落入俗套的情节，吕天成又始终保持着身为品评者的谨慎、客观态度。例如，他认为《葛衣》："妇人入庵似落套，然无可奈何"③，意即承认《葛衣》有落套情节，虽算不上成功的情节安排，但实属一种情节安排上的必要。

相对于吕天成对情节落"套"的重视，祁彪佳虽然同样论述"蹈袭"之弊，但具有更开阔的理论视野，对戏曲叙事的题材、立意、情节和结构均进行了总结，并提出了不俗的反落"套"见解。他认为，立意之"套"易使作品落入鄙俗和庸腐之境。如《余庆》："以《余庆》名其记，想见作者一副谐媚肺肠，不觉入于鄙俗，故传奇烂套，不收尽不已。"④ 又如《鸾绦》："记王爽、韩琦自为诸生时，各狎一妓，牵缠到底。吾不知作者何所取义，而蹈袭庸腐至此也。"⑤ 他也认为，题材落套容易流于人云亦云之"俗"，如《金花》一作，"其事大类木兰女，以女伪男，不免涉近日之俗套"⑥。他还认为，情节和结构上的雷同容易抹杀叙事新意，助长"蹈袭"风气。例如，其称《锦带》："中如乔招讨之背约，马当户之夺婚，即作者或以意创，终似近于蹈袭。"⑦《题扇》中"俞柳园之狎妓，作者自谓巧创，实不能出《西楼》、《霞笺》之范"⑧。《十全》中"王玉门欲创一家之言，诡为富长春作记，而记中乃节节沿袭"⑨。又称《纨扇》："阖

① 吕天成：《曲品·玉鱼》，第三集，第143页。
② 吕天成：《曲品·合钗》，第三集，第151页。
③ 吕天成：《曲品·葛衣》，第三集，第124页。
④ 祁彪佳：《远山堂曲品·余庆》，第三集，第603页。
⑤ 祁彪佳：《远山堂曲品·鸾绦》，第三集，第606页。
⑥ 祁彪佳：《远山堂曲品·金花》，第三集，第557页。
⑦ 祁彪佳：《远山堂曲品·锦带》，第三集，第573页。
⑧ 祁彪佳：《远山堂曲品·题扇》，第三集，第592页。
⑨ 祁彪佳：《远山堂曲品·十全》，第三集，第601页。

辟离合之法，全是瞆瞆"①，《玉鱼》："传郭令公，前半全袭《琵琶》"②，将批评矛头指向不思创新的情节创作弊端。针对此类蹈袭现象，祁彪佳毫不掩饰他在态度上的鄙夷，例如评《征蛮》："传裴忠庆重赘卢氏，致妻琐尾流离。拾各传奇恶套，聊以塞白，不足言曲也。"③ 一定意义上来说，祁彪佳的批评态度也代表了晚明时期多数曲家对蹈袭之风的否定。

指出"落套"不可取的同时，曲家又指出了"脱套"的可能。与"落套"相对应，"脱套"则意味着结构意义上的某些创新。以"脱套"表现而论，大抵反映为：其一，以主旨翻新为"脱套"。屠隆赞《昙花》立意新，称："此记虽本旧闻，多创新意，并不用俗套。"④ 徐复祚则对《西厢记》的结尾立意提出质疑，诘问："何必金榜题名，洞房花烛而后乃愉快也？"⑤ 祁彪佳对婚姻安排的常见桥段同样心存疑问，斥曰："若合父、母、兄、妹、门生、故友，尽人而商量一纱，虽奇姻巧凑，不无反为情累乎？"⑥ 其二，以脱形似求神似为"脱套"。曲家并不排斥借鉴与参照，但强调写出新意，让人可以产生读来眼前一亮的感觉。例如，《双环》"记木兰从军事，全不蹈袭徐文长一语。铺叙战功，烂然声色"⑦；《永团圆》"中间《投江遇救》近《荆钗》，《都府捱婚》近《琵琶》，而能脱落皮毛，掀翻窠臼，令观者耳目一新，舞蹈不已"⑧ 等，都是其中的代表作品。

冯梦龙所论"脱落皮毛，掀翻窠臼"，是对"脱套"较为准确的描述定义。综合各曲家提出的具体主张要求，它主要体现在以下几个方面。

其一，脱套意味着语言上的求新用巧。在戏曲创作中，语言作为传达情节的载体，具有非常重要的叙事作用。明人首先在语言上提出

---

① 祁彪佳：《远山堂曲品·纨扇》，第三集，第550页。
② 祁彪佳：《远山堂曲品·玉鱼》，第三集，第607页。
③ 祁彪佳：《远山堂曲品·征蛮》，第三集，第623页。
④ 屠隆：《昙花记凡例》，第一集，第588页。
⑤ 徐复祚：《三家村老曲谈〈关汉卿补《西厢记》后四出〉》，第二集，第265页。
⑥ 祁彪佳：《远山堂曲品·合纱》，第三集，第566页。
⑦ 祁彪佳：《远山堂曲品·双环》，第三集，第572页。
⑧ 冯梦龙：《永团圆叙》，第三集，第42页。

了"脱窠臼"的要求。何良俊如此发声："夫语关闺阁，已是秾艳，须得以冷言剩句出之，杂以讪笑，方才有趣"①，认为闺阁题材要写出新意，就要在用语上别出机杼。徐渭更为直接，称："众人所忽，余独详，众人所旨，余独唾"②，意即杂剧创作在语言上不要炒冷饭，而要独树一帜。王骥德指出，正因为"又古新奇事迹，皆为人做过，今日欲作一传奇，毋论好手难遇，即求一典故新采可动人者，正亦不易得耳"③，所以必须倡导"意常则造语贵新，语常则倒换须奇。他人所道，我则用避；他人用拙，我独用巧"④，强调"贵新"与"用巧"的难能可贵。徐复祚则针对语言的求新用巧进行实例评点，例如，其赞《西厢记·月下佳期》一折："'数着脚步儿行'，尤为奇绝"⑤，又将〈长亭送别〉一折用语之奇的感受概括为："奇绝处如登泰岳观日出，光芒射目；又如登峨眉观积雪，斗壁摩崖，插天而上，而灵光照澈，砭人肺腑。"⑥语言在求新用巧上表现出色，就能够将情节的曲折跌宕描摹殆尽，引人入胜，例如《琵琶记》之所以被赞为"绝奇文笔"，就因为在用语上，它体现出了"许多转折，许多参错，揣情决策，纵横变化"⑦。

其二，脱套意味着情节上的化腐为新。戏曲叙事应该避免情节雷同，否则难以写出新的境界。吕天成认为《珠串》之新即在于"写出有境"⑧。除了写出新意之外，还要避免情节平淡，尤忌平铺直叙。祁彪佳指责《狐裘》："记孟尝君事，平铺直叙，详略稍未得法"⑨，从中大致可以看出他对情节出新的重视程度。冯梦龙在前人所论的基础上，总结出了情节表达新意的要求。在《楚江情自序》中，他自

---

① 何良俊：《四友斋丛说·词曲》，第一集，第466页。
② 徐渭：《西厢序》，第一集，第498页。
③ 王骥德：《曲律·杂论第三十九》，第二集，第108页。
④ 王骥德：《曲律·论句法第十七》，第二集，第82页。
⑤ 徐复祚：《南北词广韵选批语·〈西厢记〉[月下佳期]》（辑录），第二集，第321页。
⑥ 徐复祚：《南北词广韵选批语·〈西厢记〉[长亭送别]》（辑录），第二集，第305页。
⑦ 徐复祚：《南北词广韵选批语·〈琵琶记〉》（辑录），第二集，第327页。
⑧ 吕天成：《曲品·珠串》，第三集，第120页。
⑨ 祁彪佳：《远山堂曲品·狐裘》，第三集，第602页。

称:"此记模情布局,种种化腐为新"①,认为自己在叙事中巧妙地避免了掉入"落套"陷阱,有效"脱化"了旧有情节的合理之处。以此作为标准,针对他人之佳作,冯梦龙也大加赞扬,如称《女丈夫》第十一折:"借管家婆发抖,以结之,此作者巧于脱化也。"(第十一折眉批)仔细加以审视可发现,冯梦龙此番主张与他在《墨憨斋传奇》中的创作实践是互相吻合的。

其三,脱套意味着结构上的精巧构思。巧用连贯与串插之法,是构思"脱套"的技巧之一。汤显祖赞串插之妙,如称《焚香记》:"此独妙于串插结构,便不觉文法拖沓"②;又赞一"奇"串插一"奇"的叠加之巧,如称《邯郸梦》:"边功河功,盖古今取奇之二窍矣"③。结构串插之妙,同样备受其他曲家肯定。如吕天成称《高士》:"插入海阇黎一事亦新"④,认为在情节的推进过程中,巧用插入法来完成逻辑上的连贯是值得嘉许的创作技法。又如张岱、王思任盛赞阮大铖《春灯谜》的"十错认"构思,称:"镞镞能新,不落窠臼"⑤,"文笋斗缝,巧轴转关,石破天惊,峰穷境出"⑥,认为剧中父子、兄弟、夫妻、翁婿关系一度全被认错,体现出结构安排之妙。最为推崇"巧思"者,当推祁彪佳。他既赞贯串之妙,如称《三槐》:"王景叔父子功业,搬演殆尽,而能贯串有条,一洗诸作庸陋之习"⑦,又将串插和"摹古"相结合,认为二者俱备可称妙。在他看来,《合衫》一剧"取元人《公孙合衫》剧参错而成,极意摹古,一以淡而真者,写出怨楚之况"⑧,故可归为妙品。而最合他意的构思法,就是看似无意巧合的刻意安排,如称:"向有《钱秀才错配凤鸾俦》一传,奇姻已出人意外。今之错中更错者,则伯彭之巧思耳。"⑨

① 冯梦龙:《楚江情自序》,第三集,第36页。
② 汤显祖:《焚香记总评》,第一集,第607页。
③ 汤显祖:《邯郸梦记题词》,第一集,第604页。
④ 吕天成:《曲品·高士》,第三集,第131页。
⑤ 张岱:《陶庵梦忆·阮圆海戏》,第三集,第519页。
⑥ 王思任:《春灯谜叙》,第三集,第50页。
⑦ 祁彪佳:《远山堂曲品·三槐》,第三集,第614页。
⑧ 祁彪佳:《远山堂曲品·合衫》,第三集,第626页。
⑨ 祁彪佳:《远山堂曲品·鸾书错》,第三集,第564页。

这一点与王思任"天下无有当错，而文章不可不错"①的主张异曲同工。在前人之论的基础上，晚明丁耀亢综而述之，将"串插之法"纳入戏曲七要素之一，言戏曲"六要串插奇，不奇不能动人"②，可谓切中结构求"奇"方法论的肯綮。要之，"串插"之法如"错认""巧合"之类情节的运用，既是"脱套"技巧的摸索和锤炼，又取得了"旧瓶装新酒"的叙事新效果。

善用"伏笔"与"照应"之法，是脱套的手法运用之二。前有伏笔，后有照应，这是明代曲家针对戏曲叙事效果在结构上提出的具体要求。祁彪佳以"联贯法"来加以称谓，如评《中流柱》一剧："传耿朴公强项之节，而点缀崔、魏诸事，俱归之耿公，方得传奇联贯之法。"③徐复祚则以"抟沙"来加以形容，如称王骥德《题红记》"独其结构如抟沙，开阖照应，了无线索"④。冯梦龙言简意赅却又不失精辟，认为"情节关锁紧密无痕"⑤即得照应之妙。他不仅在自己的创作实践中贯彻照应之法，也将"伏""张"技巧的运用看作评点其他剧作的优劣标准之一。略举二例：

江纳嫌婿，借看会以出之，不惟热闹动人。而王宁侯、毕如刀皆与此折会面，又为十八折〈江边解闹〉张本。此等针线，不可不知。(《永团圆》第五折眉批)

春香出家，可谓义婢，便伏小姑姑及认画张本。后来小姐重生、依旧作伴，原稿葛藤一笔都尽矣。(《风流梦》第十六折眉批)

(二)"波澜起伏"的结构要求

戏曲文本编排有"戏"的情节，目的在于让故事性更强，增添一

① 王思任：《春灯谜叙》，第三集，第50页。
② 丁耀亢：《啸台偶著词例数则》，《历代曲话汇编》(清代编)第一集，第93页。
③ 祁彪佳：《远山堂曲品·中流柱》，第三集，第562页。
④ 徐复祚：《王骥德〈题红记〉》，第二集，第260页。
⑤ 冯梦龙：《洒雪堂总评》，第三集，第36页。

波三折、跌宕起伏的叙事效果。故事素材与情节安排之间的巧妙结合，的确能够产生叙事效果上的化学反应。在事件被分解成诸多情节的组合部分之后，原有事件便被拆分开来，经过重新拼贴、杂糅，演变成一个环环相扣且富有戏味的叙事过程。这个叙事过程从创作意义上来说，就是剧作者主观构思的结构安排。它通过情节的细分来实现，但在情节的组合上又进行了合理的统筹安排。若没有结构安排参与叙事的构思过程，事件本身的讲述便显得平淡无奇、波澜不惊。作戏之人想要悬念迭起，充分吸引观众的注意力，看戏之人也想要追问事情的前因后果，弄清楚来龙去脉，而在二者之间架构起沟通桥梁的，就是巧妙的结构安排。将事件向更为细腻的情节推进，并展示情节之间的因果相承关系，是戏曲结构凸显波澜起伏之叙事效果的重要技巧。

明代曲论者十分注重在叙事过程中营造出波澜起伏之感。他们在序跋评论中提及诸多相关概念，如"委曲""波澜""转""曲折""宛转"，等等，均与波澜起伏的结构设置技巧有关。张凤翼言《谭辂》："事迹委曲推荆钗记"①，柴绍煷赞《风流院》："是纪事之幻，写景之真，呼应之周，波澜之巧"②，吕天成称《结发》："情景曲折，便觉一新"③，均与袁宏道所言"必胸中先具一大结构，玲玲珑珑，变变化化"④ 的主张类同，具有明确的结构安排意识。

重视结构安排"波澜之巧"者的曲论者众多，其中又以李贽、汤显祖和祁彪佳为代表。李贽主要推崇"转"带来的叙事效果，具体见解蕴藏在文本的评述中。例如，其评《幽闺记》二十六出〈皇华悲遇〉，曰："此出关目妙极，全在不说出。""不说出"实则有事发生，指的是原本分离的王尚书和夫人事先并不知道彼此会在孟津驿舍奇遇这一具体情节。在李贽看来，此处"不说出"极妙，因创作者有意"不说出"，剧情因此由夫妻不可见之悲反转为不期而遇之喜，掀起了全剧的小高潮。李贽还在多处评点或序跋中提及"转"的重要性，例如：

① 张凤翼：《谭辂》，第一集，第 562 页。
② 柴绍煷：《〈风流院〉叙》，《中国古代戏曲序跋集》，第 187 页。
③ 吕天成：《曲品·结发》，第三集，第 121 页。
④ 袁宏道：《紫钗记总评》，第二集，第 413 页。

　　《琵琶记卷末评》："琵琶更不可及处，每在文章尽头复生一转，神物，神物！"① "转"，转折，意即情节上的起伏转折能产生"柳暗花明又一村"的效果。

　　《玉合》："此记亦有许多曲折，但当要紧处却缓慢，却泛散，是以未尽其美。"② "曲折"言其情节多处转折，并非平直到底。

　　《鸣凤记总评》："凡传奇之胜，乃在结构玲珑，令人不测。……只恨头绪太多，支离破碎，难登作者之堂耳。"③ 结构"不测"，意指情节安排出人意料。

　　《锦笺记总评》："其最妙处是个尽而不尽，委有余姿。"④ "不尽"而有"余姿"，指好的情节架构能够产生余音绕梁、耐人寻味的叙事效果。

　　《李卓吾先生读〈西厢记〉类语》："《西厢》文字，一味以摹索为工如莺张情事，则从红口中摹索之；老夫人及莺意中事，则从张生口中摹索之，且莺张及老夫人未必实有此事也。"⑤ 情节不直接写出，而从第三方口中转述，也能体现出"转"的叙事效果。

　　"转"之具体主张，对后来的戏曲情节观产生了非常重要的影响。例如，汤显祖在评点中也多次提及情节转折之妙。其赞《红梅记》："境界纡回宛转，绝处逢生，极尽剧场之变。……下卷如曹悦种种波澜，悉妙于点缀"⑥，所言"纡回宛转，绝处逢生"即指剧情的波澜迭起。在汤显祖看来，结构"波澜"之妙，在于最终能够达到"一线索到底，宛转变化，妙不可言"⑦ 的境界。在评点《焚香记》时，他充分强调了"转"的重要性。如称第三十四出〈虚报〉："此转妙绝，文人之变幻真令人不可思议如此"；第三十五出〈雪恨〉："此转更奇，文人之思，愈出愈奇如此"；第三十九出〈途中〉："此转更不

---

① 李贽：《琵琶记卷末评》，第一集，第548页。
② 李贽：《玉合》，第一集，第539页。
③ 李贽：《鸣凤记总评》，第一集，第550页。
④ 李贽：《锦笺记总评》，第一集，第551页。
⑤ 李贽：《李卓吾先生读〈西厢记〉类语》，第一集，第542页。
⑥ 汤显祖：《〈红梅记〉总评》，《中国古代戏曲序跋集》，第94页。
⑦ 汤显祖：《玉茗堂批评焚香记·第四十出〈会合〉总评》，《古典戏曲美学资料集》，隗芾、吴毓华编，文化艺术出版社1992年版，第132页。

可思议"。除了以"转"作为重要概念来指称结构安排的巧妙之外，汤显祖还以其他同义词来指称"波澜"与"转"。例如，以"婉转"评《人兽关》第三折："卖妻非小事，必如此婉转撺成，不得直遂。"以"纡回"评《异梦记》："而有吴学士复送云蓉于范夫人处，李中丞复向范夫人说琼琼亲事，遂觉关目交错，情致纡回，而妙在千丝一缕毫无零乱之病。至后又有入宫一折，如山尽处转一坡峦，正与辇真选女照应。又见云容侠烈，虽愈出愈奇，不觉其多也。"① 以"波澜""之巧"评《种玉记》〈促晤〉一出："妙在书停使去，转出子夫力挽仲孺逼赴塞。晤此变中又变！错中更错，生出几许峦峰，弄出几许波澜，提放之巧若此。"②

祁彪佳的关注焦点则集中在描述结构因波澜起伏产生的回味无穷之上。他强调在安排情节时，要多设置"婉转"之处，使人从中产生期待和回味。对结构安排上的巧合、叠奇之法，祁彪佳表示十分欣赏，称赞之意溢于言表，如赞《红渠》："记中有十巧合，而情致淋漓，不啻百转。"③《题燕》："此记插入妓女夜来，而二刘颠连之状，层叠点缀，令观者转入而转见其巧。"④ 当然，曲折也不能过度，否则便令人不得其解。祁彪佳曾指出《翡翠钿》有过多转折之弊："迩来词人每喜多其转折，以见顿挫抑扬之趣。不知转折太多，令观者索一解未尽，更索一解，便不得自然之致矣。如此记'择婿'一段，自饶雅韵；而韦详之夺婚，头绪过繁，大有可删削处。"⑤ 可见，他对刻意设置的为转折而转折之令人费解的行为进行了否定。值得注意的是，祁彪佳在点评戏曲结构之时，始终保持一种不偏不倚、褒贬俱备的态度。即使考察的是同一剧中的情节，品评态度也有褒有贬。例如，其评《梨花》："此记结构稍幻，而三婆说鬼一段，情趣少减；惟后之再遇金莲，觉有无限波澜。"⑥ 既点明不足，又指出妙处，反

① 汤显祖：《〈异梦记〉总评》，《中国古代戏曲序跋集》，第95页。
② 汤显祖：《玉茗堂曲批评种玉记》，《古典戏曲美学资料集》，第132页。
③ 祁彪佳：《远山堂曲品·艳品·红渠》，第三集，第546页。
④ 祁彪佳：《远山堂曲品·能品·题燕》，第三集，第563页。
⑤ 祁彪佳：《远山堂曲品·能品·翡翠钿》，第三集，第577页。
⑥ 祁彪佳：《远山堂曲品·能品·梨花》，第三集，第564页。

映出他在叙事结构技巧认识上的成熟和全面。

　　虽然以上所述对"奇"的题材、情节和结构进行了分类论述，但事实上，戏曲叙事乃是一个整体，不能离开其中的任何一个部分来单独彰显"奇"的重要性。明代实则不乏将立意之奇、取事之奇、情节之奇、结构之奇综而论之者，体现出对"奇"内涵理解的全面性。无疾子《〈情邮〉小引》所论，可看作明代曲论对情节求"奇"观的整体论述：

> 　　此记香阁中有两能诗女子，一奇也。先后居停，一诗两和，二奇也。邮亭何地，婚姻何事，咏于斯，梦于斯，证果于斯，三奇也。情深联和，一而二，三而四，竞秀争妍，各极其至，四奇也。甚而枢府之金屋不克藏娃，运使之镇肠不堪留息，婉转作合，双缔良姻，五奇也。①

其中"一奇"论事奇，"二奇""三奇"论情节之奇，"四奇""五奇"论结构之奇。无独有偶，茧室主人在《〈想当然〉传奇成书杂记》中，也有如此论述：

> 　　独先生兹本，取事未尝不奇，而回峰过峡，引水归源，恣意横敏，欢肠袍舌，更妙在嵌空着步、缠绵幽曲，必欲节节尽情，台上，案头共珍名作。②

以比喻之笔传神地再现了事、情节和结构之"奇"的叙事魅力。

第三节　明代曲论情节观的发展
分期及理论举隅

　　进入明中叶以后，戏曲传奇大兴，由于大批文人学士积极参与其

---

①　无疾子：《〈情邮〉小引》，《中国古代戏曲序跋集》，第195—196页。
②　茧室主人：《〈想当然〉传奇成书杂记》，《中国古代戏曲序跋集》，第264页。

中，戏曲创作与戏曲评论呈现出双面繁荣之象。随着传奇创作热潮一浪高过一浪，探讨剧本何以叙事的问题由此日渐成为理论之重。对剧本的文学性要求越高，理论家也越来越体悟到，优秀的戏曲创作并非凭借曲律工整和文辞优美就能成就，情节之佳与结构之妙，也是体现戏曲叙事之美不可或缺的部分。实际上，明代曲论对于情节与结构的探讨，笔墨多、分量足、比例大、认识全面，从粗略寂寥到逐步系统完整，历经了一个较为漫长的发展过程。

元杂剧的重点在"曲"，以"曲"为基础而生成的表演艺术极为精湛。相对于音律和表演的受重视程度来说，元代对戏曲情节的关注力度则要小得多，故而在戏曲"关目"的设计上，还存在较大的提高空间。针对元杂剧在情节构思上的不足，王骥德曾做如此批评："元人杂剧，其体变幻者固多，一涉丽情，便关节大略相同，亦是一短"①，可谓一语中的。清人梁廷枏也说："元人杂剧多演吕仙度世事，叠见重出，头面强半雷同。……不惟事迹相似，即其中关目、线索，亦大同小异，彼此可以移换。"② 李渔也指出："然传奇一事也，其中义理分为三项：曲也，白也，串插联络之关目也。元人所长者，止居其一，曲是也；白与关目，皆其所短。"③ 近代王国维又说："元剧最佳之处，不在其思想、结构，而在其文章"，故"元剧关目之拙，固不待言"④。以上所论，批判的都是元杂剧在关目设计上的不足之处。

明杂剧尽管在体制上较元杂剧灵活，但整体而言，与元杂剧"其境促"的状态一样⑤，难以在有限的篇幅里对一件事情进行细致描摹。与元、明杂剧相比，明传奇"其味长"，一则剧中生旦双线叙事的方式有利于设计更为复杂的情节，二则篇幅长的体制特点也有利于

---

① 王骥德：《曲律·杂论第三十九上》，第二集，第108页。
② 梁廷枏：《曲话》卷二，《历代曲话汇编》（清代）第四集，第24页。
③ 李渔：《闲情偶寄·词曲部·结构第一·密针线》，杜书瀛译注，中华书局2014年版，第55页。
④ 王国维：《元剧之文章》，《宋元戏曲史》，叶长海导读，上海古籍出版社1998年版，第99页。
⑤ 吕天成：《曲品卷上》，第三集，第84页。原文为"杂剧但摅一事颠末，其境促；传奇备述一人始终，其味长"。

详细周密地交代事件的发展过程。但与此同时，篇幅长也是传奇的一把"双刃剑"，虽能够容纳更具体复杂的情节，但也更容易产生拖沓烦冗之弊。因而如何卓有成效地安排情节设置，便成为明人首先进行重点探讨的叙事问题。

以情节要素进入明人理论视野的时间为标准，可以将明代曲论关于情节的探讨划分为三个时期：第一个时期称之为萌芽期，情节观在戏曲评论中初露端倪。第二个时期称之为发展期，随着戏曲评点和戏曲理论著作的繁荣，情节观也得以从创作、阅读和接受等不同角度展开广泛探讨。第三个时期称之为全盛期，逐步构建了关于情节的创作观和审美论。在明代曲论中，就情节观展开论述的曲家非常多，他们以简略篇幅或提出、或阐释了自己的观点。下文将在综述这一轨迹的过程中，列举一些重要曲家的理论主张，以帮助勾勒明代曲论情节观的全貌。

一　萌芽期的情节观

以时间加以界定，此一时期指元末明初的洪武至宣德年间。

之所以称为萌芽期，主要因为这一时期内的戏曲理论还处于相对沉寂的阶段。在曲论著作和戏曲剧本的品评中，关于情节观的论述，不仅着墨甚少，而且零星散乱，宛如小荷刚露出尖尖角。明初朱权评点前人王实甫《西厢记》，称其"铺叙委婉，深得骚人之趣"[1]，其中"铺叙委婉"即指在情节安排上缓慢有序，已经涉及戏曲叙事性的要素。朱有燉也曾自评《贞姬身后团圆梦》："中间关目详细，词语整齐，且能曲尽贞姬态度，所谓诗人之赋，丽以则也，观之者鉴兹"[2]，其中"关目详细"即指情节叙述具体详尽。因此，着墨甚少也意味着有所着墨，零星散乱也意味着零星地存在。这也表明，情节因素自此时开始，已经进入戏曲品评标准的视野之内。从戏曲品评标准的调整来看，也意味着戏曲观念发生了微妙的变化。学者俞为民将此一阶段的理论现象描述为："仅仅是论及了情节的具体内容，还没有对戏

---

[1]　朱权：《太和正音谱》，《中国古典戏曲论著集成》（三），第17页。
[2]　朱有燉：《贞姬身后团圆梦引》，第一集，第200页。

曲情节在戏曲创作中的特殊性加以探讨和论述"①，应该是比较符合
实际的。

钟嗣成、贾仲明、朱有燉将"关目"用做说明、鉴赏与批评。

钟嗣成（1279—1360），元代戏曲家。字继先，号丑斋，大梁
（今开封）人。其在《录鬼簿》中最早使用"关目"一词，尽管并非
明人，但言及戏曲"关目"的理论开端，须得从此溯源。《录鬼簿》
一书，记载了金元曲家共 152 人，收录作品名目共 400 余种，不仅是
介绍杂剧作家籍贯、生平及著述情况的文献资料，也是进行作品、作
家品评的戏曲批评之作。《录鬼簿》中的小传、吊词、自序和后记，
反映了钟嗣成对戏曲创作的看法："记其出处才能于其前，度以音律
乐章于其后。"② 其筚路蓝缕的草创，开辟了古典戏剧文学批评学的
新天地。

"关目"二字，仅出现于钟嗣成评点李寿卿《辜负吕无双》③ 处。
对比"度以音律乐章"的品评文字，此处"关目"应该看作一种对
故事情节的说明。综观其书，《录鬼簿》中对作品情节的提及与解
读，仅此一条，但值得注意的是，《录鬼簿》中已经蕴含有情节理念
的萌芽。尽管语焉不详，但是就戏曲作家作品的品评标准而言，已经
囊括了戏曲中的情节和结构技巧，这一点应该是没有疑问的。首先，
他以"新奇"来反对因循守旧和蹈袭不前，如称周文质："学问该
博，资性工巧，文笔新奇。"④ 其次，他粗略涉及了情节安排之法，
如叙与鲍天佑论剧："余与之谈论节要，至今得其良法"⑤，"节要"
一词，当以剧本情节结构的方法来看待。又如，评郑光祖："惜乎所
作，贪于俳谑，未免多于斧凿"⑥，认为他的作品太过于偏重插科打
诨的逗笑，因而使得戏谑性的穿插显得过于生硬。

贾仲明（1343—1422），元末明初杂剧作家。亦作贾仲名，自号

① 俞为民：《古代曲论中的情节论》，《中华戏曲》1996 年第 1 期。
② 邵元长：《录鬼簿后序》，《中国古典戏曲论著集成》（二），第 139 页。
③ 钟嗣成：《录鬼簿》，《中国古典戏曲论著集成》（二），第 111 页。原文标注"与
《远波亭》关目同"。
④ 钟嗣成：《录鬼簿》，《中国古典戏曲论著集成》（二），第 128 页。
⑤ 钟嗣成：《录鬼簿》，《中国古典戏曲论著集成》（二），第 122 页。
⑥ 钟嗣成：《录鬼簿》，《中国古典戏曲论著集成》（二），第 119 页。

云水散人，淄川（今山东淄博）人。其接力《录鬼簿》，"拾其遗而补其缺"①，撰《录鬼簿续编》，共补录 82 位元代曲家进簿，并对他们的创作予以梳理和评论。《录鬼簿续编》中多处运用"关目"一词来评论剧本情节的技巧或风格，如评陈宁甫《两无功》"关目奇"，郑廷玉《因祸致福》"关目冷"，武汉臣《老生儿》"关目真"，王伯成《贬夜郎》"关目风骚"，等等。"奇""冷""真""风骚"，既是对元杂剧作品情节特点的概括，也暗含着对情节的多样化提出了要求。从忽视关目到强调关目，且将情节视为品评元杂剧优劣的标准之一，是中国古典戏剧学的一大进步，也是一大突破。这也标志着针对情节叙事和结构技巧的探讨已经登堂入室，进入戏曲批评者的理论视野之中。

朱有燉（1397—1439），明初杂剧作家。号诚斋，安徽凤阳人。在朱有燉的剧作小引中，有两处提到"关目"一词。第一处出现在《继母大贤》引语中，朱有燉自述因"偶观前人无名氏……关目不明，引事不当"，故"不揣老拙，另制《继母大贤》传奇一帙"。在这里，朱有燉以"关目"作为标准来判断旧作失佳之处，并进一步强调"关目详细，用韵稳当，音律和畅，对偶整齐，韵少重复，为识者珍"②，将情节与当时曲学观颇为注重的用韵、音律、语言（对偶）等相并列，认为情节布置的详尽，也是一部剧作"为识者珍"的前提之一。另一处"关目"出现在《贞姬身后团圆梦引》中，因此剧"关目详细"，故而朱有燉大加溢美，并提倡"观之者鉴兹"③。整体言之，朱有燉对"关目"标准的体认，给明代后世曲家提供了巨大的启发意义。曲家臧懋循、吕天成等，不仅延续了朱有燉融史料和评论于一书的著作特点，而且又在他奠定的理论基础上，就"关目"主张进行了深入探讨，例如强调"关目紧凑"，主张情节分类等。

朱有燉的戏曲创作可谓丰厚，共著有杂剧作品 31 种，是明初艺术成就较高的戏曲作家。就其创作实践而言，非常明显地与他提出的

---

① 贾仲明：《书〈录鬼簿〉后》，《中国古代戏曲序跋集》，第 19 页。
② 朱有燉：《清河县继母大贤引》，第一集，第 200 页。
③ 朱有燉：《贞姬身后团圆梦引》，第一集，第 200 页。

戏曲主张形成了呼应。观其作品情节，虽然朱有燉的宗旨是为推崇
"风化"服务，如其所称："予因为制传奇，名之曰《香囊怨》，以表
其节操"①，"因评其事实，编作传奇，用寿诸梓，庶不泯其贞操，以
为劝善之一端云"②，但在艺术表现上，他也对作品中的情节安排进
行了精心处理。以颇受后人关注的杂剧《义勇辞金》为例：这部四
折一楔子的末本杂剧，选取的故事背景跨度很小，仅从关羽下邳失守
后携两位皇嫂受困于曹操写起，到关云长挂印封金踏上寻兄之路就结
束了。全剧以情节集中为妙，丝毫不见拖沓，曲学大师吴梅曾评之
曰："杂剧结构，辄伤冗杂，此作布局，实为简净矣"③，可证此剧结
构布局之巧。另外，朱有燉杂剧对关目的布置方式也呈现出多样化的
特点，学者曾永义将其概括为探子出关目、赞叹出关目、邀请出关
目、赋咏出关目四大类④，大抵总结了朱有燉剧作在情节安排上的类
型特点。

二 发展期的情节观

明代正统至万历前期，戏曲理论得到了长足的发展，其典型特点
体现为，在戏曲论争中产生了戏曲评点的新理论形态。论争，是明代
戏曲理论一步一步走向深入的催化剂。从论争中可以产生针锋相对，
例如本色与当行之争；从论争中也可求取融通，例如王骥德"双美"
论等。学者郭绍虞在《明代文学批评的特征》中有一段精彩论述，
也可用来概括彼时曲坛现象：

> 什么是明代文学批评的特征？那是颇带有一些"法西斯式"
> 的作风，偏胜，走极端，自以为是，不容异己。……这种作风，
> 形成了明代文坛的纠纷；同时，也助长了明代文坛的热闹。……
> 因其如此，所以只成为偏胜的主张；而因其偏胜，所以又需要劫

---

① 朱有燉：《刘盼春守志香囊怨传奇引》，第一集，第 36 页。
② 朱有燉：《李妙清花里悟真如引》，《中国古代戏曲序跋集》，第 33 页。
③ 吴梅：《读曲记·悟真记》，《吴梅全集·理论卷》（中），河北教育出版社 2002 年
版，第 766 页。
④ 参见曾永义《明杂剧概论》，台湾学海出版社 1999 年版，第 257—277 页。

持的力量；这二者是互为因果的。……我们统观明代的文学批评史，差不多全是这些此起彼伏的现象。①

"此起彼伏"意味着明代曲论是在不停的论争探讨中螺旋式发展前行的。若以理论贡献进行区分，并辅之以时间界限，发展时期的情节观又可划分为三个阶段。

第一阶段指正统至正德年间。因为受到明初戏曲禁令的影响，这一阶段的戏曲理论呈现出萧条之象，大抵延续了明前期朱权、朱有燉的旧论旧说，并未发展出新的理论。情节观亦沉寂不兴，仍然局限在以"关目"好坏判断剧作优劣与否的标准之内。从理论价值来看，这一时期的代表曲家邱濬（1420—1495）、邵璨（生卒年不详）等提出的曲学主张，远不如二朱突出。

第二阶段指正德至嘉靖年间。这一时期是明代曲论情节观发展的破土期。"土木之变"②后，伴随着文化政策的松动，文学创作逐渐欣欣向荣，不断萌发出新的生命力。与前期"保守派"进行论争的结果，就是反教化、求革新的新风也同时吹向了戏曲领域。李开先、何良俊、王世贞和徐渭等戏曲文人，既是这股革新力量的先行者，也是其中的佼佼者。本着革新的原则，他们对南戏进行了崭新的理论探索，例如提倡"本色""当行"以反道学之气，主张以新的标准来衡量元杂剧的成就等。关于戏曲情节的探讨，混杂于他们的革新主张之内，虽无明晰的概念表达，却能够在曲家论述的字里行间进行捕捉和总结。其中，宾白作为推动戏曲情节演进的方式之一，其所具有的叙事重要性，在曲家所论中多有揭示。

何良俊（1506—1573），字元朗，号柘湖居士，松江华亭人。其曲学主张以"填词须用本色语，方是作家"③为核心，推崇戏曲语言

---

① 郭绍虞：《明代文学批评的特征》，《照隅室古典文学论集》（上），上海古籍出版社 1983 年版，第 513 页。

② 正统十四年（1449）七月，在瓦剌的军事威胁下，宦官王振挟明英宗朱祁镇御驾亲征，明军辗转大同、蔚州、宣化，兵未交锋就于土木堡为瓦剌所袭，英宗被俘，明军全军覆灭，是谓"土木之变"。"土木之变"被认为是明代由盛转衰的转折事件，此后统治者所采取的政治、文化政策相对于洪武年间的禁锢来说，有较大松动。

③ 何良俊：《四友斋丛说·词曲》，第一集，第 464 页。

的清新自然。视宾白为情节推动的载体,是何良俊重要的叙事观体现,如称《拜月亭》:"'走雨'、'错认'、'上路'、'馆驿中相逢'数折,彼此问答,皆不须宾白;而叙说情事,宛转详尽,全不费词,可谓妙绝"①,意即戏曲情节蕴藏于曲辞的表达之中。

王世贞(1526—1590),字元美,号凤洲,太仓(今江苏太仓)人。其曲学著作《曲藻》提倡情节"动人",以此为准则,他认为《琵琶记》:"其体贴人情,委曲必尽;描写物态,仿佛如生;问答之际,了不见扭造:所以佳耳。"②又以"动人"为尺度,指出《拜月亭》的其中一段,即表现于"歌演终场,不能使人堕泪"③。在这些论述中,"体贴人情""描写物态""不见捏造"指出的都是以宾白推动情节发展的叙事特征,"使人堕泪"强调的则是情节曲折生动对于舞台演出的重要性。

第三阶段指隆庆至万历这一段时期。戏曲叙事观中的情节观从此时才真正得以发展,表现为:第一,戏曲理论扩大并深化了"情节"概念的内涵,同时也对戏曲"结构"的认知有所拓展;第二,前人未曾涉及的戏曲特殊性问题,例如情节和结构设置中关于虚与实的艺术处理问题等,在此一时期开始受到普遍关注。当然,由于曲论主张和戏曲评点仍处于零星和分散的状态,从理论意义来说,还存在着深度上的欠缺。此外,情节中的具体问题虽被提出,但也还未得到更深层次的探讨,例如,提出某些具体剧本具有关目涣散、头绪繁多的弊病,那么如何才能在情节安排和结构框架上对其进行解决?这一问题是在万历后,由理论意识更为深厚的王骥德、吕天成等人来回答的。

(一)徐渭:宾白"摹情"

徐渭(1521—1593),字文长,号天池山人,绍兴府山阴(今浙江绍兴)人。其曲学主张,最通俗地说,就是崇尚情真之本色。这与他"尚俗"的文学整体主张是一致的。徐渭认为宾白在戏曲叙事

---

① 何良俊:《四友斋丛说·词曲》,第一集,第470页。
② 王世贞:《艺苑卮言》(辑录),第一集,第518页。
③ 王世贞:《艺苑卮言》(辑录),第一集,第519页。

中具有重要作用，故以语言作为推崇情真主张的观察切入点。在
《南词叙录》中，他指出："唱为主，白为宾，故曰宾白，言其明白
易晓也。"① 因宾白具有"明白易晓"的特点，所以适合用来交代
剧情、叙述事件。在徐渭看来，宾白的最佳运用途径，便是自然且
自如地运用典故。徐渭自谓"最喜用事当家，最忌用事重沓及不着
题"②，并强调"不可着一文字，与扭捏一典故事"③，认为宾白在
运用典故时，不可以牵强附会、文不对题，而要切合剧情、为人所
熟悉并容易被人理解。据此，他批评《香囊记》之弊，言："宾白
亦是文语，又好用故事作对子，最为害事"④，对宾白在戏曲创作中
的大量不当使用现象深恶痛绝。徐渭也着重指出，宾白要为传达作
品的真情实感服务，认为创作者笔端流露出的情感越真实自然，作
品产生的艺术效果就越感人，如其所说，"令人读之喜而颐解，愤
而皆裂，哀而鼻酸，恍若与其人即席挥尘，嬉笑悼唁于数千百载之
上者，无他，摹情弥真则动人弥易，传世亦弥远。"⑤ 这是语言作为
叙事载体本身所具备的魅力，也是语言传达情感所产生的"动人"
力量。

　　徐渭的曲论贡献，还在于他开辟了一种全新的论曲形式——戏曲
评点，因而被认为是戏曲评点的第一人。戏曲评点以具体剧本为基
础，就剧本本身的内容展开批评。以《西厢记》评点发端，徐渭针
对《西厢记》的剧情、语言等叙事要素发表自己的见解，提出了自
己的相关经验，以期据此指明戏曲创作的未来方向。这一方式深刻地
影响了有明一代的重要戏曲家。明代最重要的戏曲现象之一，就是形
成了庞大的戏曲评点队伍，也产生了重要的系列评点成果，例如《西
厢记》评点系统、《牡丹亭》评点系统等。

　　（二）李贽："关目"求奇，结构求"转"
　　李贽（1527—1602），字宏甫，号卓吾，福建泉州府人。其留存

① 徐渭：《南词叙录》，第一集，第490页。
② 徐渭：《南词叙录》，第一集，第487页。
③ 徐渭：《题昆仑奴杂剧后》，第一集，第500页。
④ 徐渭：《南词叙录》，第一集，第486页。
⑤ 徐渭：《〈选古今南北剧〉序》，《中国古代戏曲序跋集》，第67页。

下来的情节观，以戏曲评点作为主要理论形态。据统计，现署名为
"李卓吾"评点的戏曲剧本共有 16 种之多①，其中多有假托本。凌濛
初在《琵琶记凡例十则》中提到"至近时有赝李卓吾批点本。夫真
卓吾且不解曲，况效颦拾唾者，益不足论矣"②。意即，李贽评点对
曲律关注不多，而这一点可作为真假之评的依据。综而观之，李贽的
情节观，主要集中在《焚书卷四·杂说》对《玉合计》《拜月亭》和
《红拂记》三剧所作的评论之中，其他则散见于《西厢记》《绣襦记》
《荆钗记》等各剧评论内。虽未及系统高度，但足可从中提炼出主要
论点。

其一，以奇为"关目"之美。李贽评《玉簪记》，序曰："余瞩
拜月、西厢、红拂，其事大相类，曾为宇内传奇矣"③，可见其对
"关目"的首要要求就在于揭示奇人奇事。此外，李贽也注重"关
目"情节之奇。例如，他认为《红拂》"关目好"。联系红拂夜奔的
剧情来看，此处"关目好"实则指的是"夜奔"情节有出人意料之
奇。另，其评《拜月》，称："此记关目好，说得好，曲亦好，真元
人手笔也。首似散漫，终致奇绝"④，先认定《拜月亭》情节之奇引
人注意，其后又强调情节在结尾处有"末折生波"⑤ 之妙。

---

① 参见郑蒇玉《"李卓吾"小说、戏曲评点研究》，博士学位论文，复旦大学，2005
年。论文对李卓吾评点本进行了整理，言整体存有 16 种，即：1."李评"《西厢记》系统，
其中包括容与堂本《李卓吾先生批评北西厢记》、凤馆本《元本出相北西厢记》《三先生合
评元本北西厢记》、明万历间游敬泉刻本《李卓吾批评合像北西厢记》、西陵天章阁本《李
卓吾先生批点西厢记真本》等。2."李评"《琵琶记》系统。其中包括容与堂本《李卓吾
先生批评琵琶记》《三先生合评元本琵琶记》《元本出相南琵琶记》。3. 容与堂本《李卓吾
先生批评幽闺记》。4. 容与堂本《李卓吾先生批评红拂记》。5. 容与堂本《李卓吾先生批
评玉合记》。6.《李卓吾先生批评荆钗记》。7.《李卓吾先生批评金印记》。8.《李卓吾先
生批评锦笺记》。9.《李卓吾先生批评香囊记》。10.《李卓吾先生批评鸣凤记》。11.《李
卓吾先生批评浣纱记》。12.《李卓吾先生批评玉簪记》。13.《李卓吾先生批评无双传明珠
记》。14.《李卓吾先生批评绣襦记》。15.《李卓吾先生批评玉玦记》。16.《李卓吾先生批
评焚香记》。
② 凌濛初：《琵琶记凡例十则》，第三集，第 329 页。
③ 李贽：《玉簪记序》，第一集，第 551 页。
④ 李贽：《拜月》，第一集，第 541 页。
⑤ "末折生波"为凌濛初对《拜月亭》的评价。具体情节：王瑞兰和蒋世隆互相指责
负心，殊不知，蒋世隆及第后，接下官媒之丝鞭，但不知其婚姻对象就是王瑞兰，而王瑞
兰遵父命屈从许嫁，也并不知所嫁对象就是蒋世隆。

其二，以结构建构为叙事之重。李贽在《焚书·杂说》有一段提纲挈领之语，可看作他对戏曲叙事观的综述："若夫结构之密，偶对之切，依于理道，合乎法度，首尾相应，虚实相生，种种禅病，皆所以语文，而皆不可以语于天下之至文也。"① 在这段话中，李贽将"结构之密"放在首位，表明了他对戏曲结构安排的重视。同时，在具体文本的点评中，李贽也有意强调结构因素的重要性，例如其《荆钗记总评》云："传奇第一关楔子全在结构……一部死活只系乎此。如《荆钗》之结构，今人所不及也"②，提及《荆钗》结构对于剧本成功的重要性。此外，李贽还主张情节结构应繁简适当，叙事节奏应流畅连贯等，并据此对冗繁之作提出了批评，如评《琵琶记》第三出："这出太烦，可删"，评《玉合记》第四出："太烦，此等处白宜简"，等等。

其三，"关目"结构以"转"为佳，力求巧妙曲折。此一特点，前文已有论及，不再赘述。

（三）汤显祖："因情成梦，因梦成戏"

汤显祖（1550—1616），字义仍，号海若，又号若士，别署清远道人，临川（今属江西）人。其曲学主张来源于各剧本题词、书信、评点以及戏曲专论，内容涉及戏剧史观、创作论、表演论诸方面的内容。关于戏曲情节和结构的相关论述是其中内容之一。据统计，署名汤显祖评点的戏曲刊本多达 14 种③，它们与《玉茗堂四梦》题词、《宜黄县戏神清源师庙记》《与宜伶罗章二》《答凌初成书》等，共同构建了汤显祖"至情论"的戏曲理念。

汤显祖崇尚"至情"，以"情"作为其创作和评鉴戏曲的核心主张。其有言："人生而有情，思欢怒愁，感于幽微，流乎啸歌，形诸

---

① 李贽：《杂说》，第一集，第 535 页。

② 李贽：《荆钗记总评》，第一集，第 543 页。

③ 分别为《玉茗堂批评焚香记》《玉茗堂批评新著续西厢升仙记》《浣纱记》《玉茗堂批评异梦记》《玉茗堂批评节侠记》《玉茗堂批评红梅记》《临川玉茗堂批评西楼记》《宝晋斋明珠记》《宝晋斋鸣凤记》《汤海若先生批评西厢记》《汤海若先生批评红拂记》《玉茗堂批评锦笺记》《汤海若先生批评琵琶记》，另据张棣华《善本剧曲经眼录》收入有《新镌全像昙花记》，署名"汤海若先生批评昙花记"和《怀远堂批点燕子笺》。参见涂育珍《试论明代汤评本的戏曲评点特色》，《戏剧文学》2007 年第 10 期。

动摇"①，指出因为人已将感情凝注于曲作之中，故而需以是否"有情"来看待和衡量戏曲创作题材和情节的成功与否。《牡丹亭》因书写"至情"，问世后引起了极大轰动，几乎"家传户诵，几令《西厢》减价"②。为弘扬"至情"，汤显祖在叙述杜丽娘生而死、死而复生的感情历程中，彰显并阐释了"因情成梦，因梦成戏"（《复甘义麓》）之叙事模式。

何以"因情成梦，因梦成戏"？第一，崇尚情节之奇。至情即至奇，至情之事因至奇之感而产生出巨大的能量，如汤显祖所说："情不知所起，一往而深，生者可以死，死者可以生。"（《牡丹亭记题词》）从"奇情"出发，汤显祖十分看重"奇事"造梦的效果，认为《旗亭记》"伉俪之义甚奇"③，《玉合记》"事如章台柳者，可胜道哉"④！且据此评《异梦记》第七出〈窥看〉："谁曰梦无根、此折是也，惟此处种下奇情，才有异梦。"评《西楼记》第十九出〈错梦〉："越奇越幻，出神入化，不可思议，不可名言，真戏也？真梦也？"尚"奇"之心可见一斑。在创作实践上，《临川四梦》也充分证实了汤显祖尚"奇"主张带来的叙事效果——说鬼说梦，说杜丽娘之忽生忽死，霍小玉李益姻缘之起伏跌宕，既在意料之外，又在情理之中。因汤显祖力图构建"有情"之梦，故而也能发出"兄以'二梦'破梦，梦竟得破耶？"⑤的诘问。第二，注重情节的紧凑严密。汤显祖对情节紧凑之剧抱有一种赞扬肯定态度，反之则加以诟病批判。如其赞《种玉记》第三出〈园遘〉："曲、白、关目，最为真致、紧簇。"赞第十九出〈荐甥〉："关笋愈紧愈捷。"以此为参照，他又诟病《红梅记》有"关目松懈"之病，并因此提醒要注意剧本"细笋斗接"之处。第三，主张剧情设置"波澜"，以求成戏之"妙"。汤显祖首先肯定了结构之重要，称："结构串插，可称传奇家从来第一。"⑥ 其

① 汤显祖：《宜黄县戏神清源师庙记》，第一集，第608页。
② 沈德符：《顾曲杂言·填词名手》，第三集，第63页。
③ 汤显祖：《旗亭记题词》，第一集，第604页。
④ 汤显祖：《玉合记题词》，第一集，第606页。
⑤ 汤显祖：《答孙俟居》，第一集，第610页。
⑥ 汤显祖：《玉茗堂批评焚香记》，《中国古典编剧理论资料汇辑》，秦学人、侯作卿编，中国戏剧出版社1984年版，第77页。

后也揭示了结构串插之妙，主要在于展示剧中"波澜"之处。《焚香记》即是其中典例之一，表现为："独金垒换书，及登程，及招婿，及传报王魁凶信，颇类常套，而星相占祷之事亦多。然此等波澜，又氍毹上不可少者。此独妙于串插结构，便不觉文法沓拖，真寻常院本中不可多得。"①

（四）臧懋循："关目紧凑"，"布格圆而整"

臧懋循（1550—1620），字晋叔，号顾渚山人，浙江长兴人。其在《元曲选·序》中论及戏曲创作"情词稳称之难""关目紧凑之难"和"音律谐协之难"三难，将关目与曲辞、音乐的地位相并列。臧懋循强调关目之"事"要符合真实、切合逻辑，尤为强调"事"的铺设要避免烦冗芜杂，主张"填词者必须人习其方言，事肖其本色，境无旁溢，语无外假，此则关目紧凑之难"②。对于"增溢""外假"之作，臧懋循一面指出不足，如称："琵琶诸曲，颇为合调，而铺叙无当"③，又称《邯郸记》："临川作传奇，常怪其头绪太多"④，一面则作增、删、改之举，以行动来践行曲论主张。以改编《牡丹亭》为例，臧懋循共计删去原著十四出，合并了五出与主题关系不大的场次。⑤ 具体针对的是以下几种情况：其一，删掉、增加或移换情理不符的情节。例如，删掉〈悼殇〉一出末尾石道姑和陈最良科诨的情节，因为从逻辑上来说，在杜丽娘刚刚去世之际，"那得工夫打闲诨"。其二，让情节更加细密集中。如〈耽试〉一出删去老枢密之科白，改由宣旨黄门交代。〈冥判〉之四男犯由明场转为暗场处理，只"题鬼簿定罪"。整体上说，臧懋循的删、加、改行为，实则是针对关目情节的结构安排作出的调整，十分切合其"构调工而稳，运思

---

① 汤显祖：《焚香记总评》，第一集，第607页。
② 臧懋循：《元曲选后集序》，第一集，第620页。
③ 臧懋循：《玉茗堂传奇引》，第一集，第622页。
④ 闵光瑜：《邯郸记总评》，第三集，第438页。原文作："臧晋叔云：临川作传奇，常怪其头绪太多。"
⑤ 删去篇目为《怅眺》《肃苑》《慈戒》《诀谒》《虏谍》《道觋》《旁疑》《欢挠》《诇药》《淮警》《仆侦》《御淮》《淮泊》《索元》，合并篇目即将《腐叹》《闺塾》并入《延师》，《诊祟》并入《写真》，《拾画》并入《玩真》，《秘议》并入《回生》。

婉而匝，用事雅而切，布格圆而整"①的曲学主张。至于删改是否合理或偏离原作主旨，此处就不作评论了。

（五）徐复祚："情节关目胜"，"吃紧要旨"

徐复祚（1560—1630），字阳初，后改讷川，别署阳初子、三家村老，江苏常熟人。其论戏曲情节以及剧戏结构之法，可概括为如下几个方面：第一，肯定剧戏（指传奇）情节可进行虚构。其言："要之传奇皆是寓言，未有无所为者，正不必求其人与事以实之也"②，意即传奇情节可不必为真，因为任何传奇的创作都有虚构成分，无须用现实中的人和事来对创作进行核实。有如《琵琶记》的广为流传，并不是因为现实中确有如此人事，而是因为好的创作效果而导致"传其词耳"③。又有如《西厢记》中，张生所指"谓元微之通于姑之子而托名"，因此"不必核"④。第二，情节虽可虚构，但不可荒唐，不可偏离生活客观常识而致"欲谬悠而亡根"。例如，徐复祚言《琵琶记》第四阕"柳阴中忽噪新蝉，见流萤飞来庭院"细节处有失常识，因"蝉声不应与萤火并出"⑤。第三，"大率作传奇，于本传吃紧要旨，须一步一回头"⑥，意即传奇创作要有中心情节意识，并要注意前后照应。徐复祚极为欣赏《西厢记》一出处处埋伏之妙，云："故篇中处处埋伏后十五折情节，如'粉墙'句便为跳墙张本，'透骨髓'句便为问病送方张本。"⑦ 在徐复祚看来，如若中心情节处理不好，就会产生头绪纷杂之弊病。如其评《红拂记》："惜其增出徐德言合境一段，遂成两家门，头脑太多"⑧；评孙柚"其所著《琴心记》，极有佳句，第头脑太乱，脚色太多"⑨。前者"头脑太多"，指

---

① 臧懋循：《荆钗记引》，第一集，第 623 页。
② 徐复祚：《三家村老曲谈·高明〈琵琶记〉》，第二集，第 253—254 页。
③ 徐复祚：《三家村老曲谈·高明〈琵琶记〉》，第二集，第 254 页。
④ 徐复祚：《三家村老曲谈·关汉卿补〈西厢记〉后四出》，第二集，第 265 页。原文作："谓元微之通于姑之子而托名张生，是不必核。"
⑤ 徐复祚：《三家村老曲谈·高明〈琵琶记〉》，第二集，第 255 页。
⑥ 徐复祚：《南北词广韵选·红渠记》，第二集，第 346—347 页。
⑦ 徐复祚：《南北词广韵选·西厢记》，第二集，第 339 页。
⑧ 徐复祚：《三家村老曲谈·张伯起传奇》，第二集，第 258 页。
⑨ 徐复祚：《三家村老曲谈·孙先生》，第二集，第 269 页。

张凤翼创作《红拂记》糅合了唐传奇小说红拂夜奔李靖以及乐昌公主"破镜重圆"的故事；后者"头脑太乱"，指剧中卓文君和司马相如的主线消失于其他情节线之内。第四，传奇结构勿落俗套。徐复祚认为《埋剑记》即有落套之处："独增出一珊瑚鞭，后用卖鞭得信，如卖香囊故事，未免拾人剩唾耳。"① 第五，重视中心情节及结构安排。"关目"成为徐复祚品评戏曲优劣的标准，被其纳入剧作品评范畴之内。在他看来，最符合理想的标杆之作是"《西厢》之草桥，《拜月》之拜月"，因"二记之精神，悉萃于此。其才力钧，结构钧，用韵亦钧"②。依托如上情节观为理论支撑，徐复祚自作传奇《红梨记》，以"三错认"为线索来设置故事情节，巧妙运用了误会、巧合等手法来增加叙事效果。此剧结构安排之巧，被吴梅赞为"自出机局"③。

三　全盛期的情节观

从万历至明末 80 余年，是明代曲论发展最为迅速的时期，也是明代曲论逐步系统化，取得最大成绩的时期。当然，称之为全盛期，仅仅是相对于明代曲论而言。中国古代曲论的集大成时期出现在清代，戏曲叙事论亦然。相对于萌芽期和发展期的主张来说，全盛期的情节观开始具有非常明显的理论意识。

首先，自万历年间以来，戏曲家的戏曲批评活动非常活跃，其中一个突出的表现是，形成了蔚为壮观的戏曲评点热潮，并呈现出百家争鸣的态势。例如，汤显祖"四梦"问世以后，就有臧懋循、茅暎、王思任、袁宏道、冯梦龙、沈际飞等多人评点"四梦"现象的出现，并由此形成了成熟的《牡丹亭》评点系统。在这一时期，曲家纷纷各抒己见，致使戏曲批评的技巧也在不断走向成熟。以前人所写所论为基石，这一时期的曲家在情节设置和结构技巧等具体层面，进行了比较客观的总结，同时也提出了较为中肯的批评。

---

① 徐复祚：《南北词广韵选批语·〈埋剑记〉》，第二集，第 291 页。
② 徐复祚：《南北词广韵选批语·〈拜月记〉》，第二集，第 366 页。
③ 吴梅：《中国戏曲概论》，中国人民大学出版社 2004 年版，第 178 页。

所谓客观，意即有肯定，也有批判。

第一，肯定"事不奇不传"（王思任《西厢记序》）之倾向，但纠偏"但要出奇，不顾文理"（张岱《答袁箨庵》）之弊端。吕天成对传奇之作兴致盎然，每每在集市上看见新的传奇著作，都要买回家阅读。其以鬼仙事件为奇，言《牡丹亭》"杜丽娘事，果奇"①，并评价《诗扇记》："木生拾扇而得佳偶，其事固奇；海上遇仙，玉壶起死，尤出人意想之外。"② 又以叠奇为奇，如称《凿井记》："事奇，凑泊更好。"③ 祁彪佳对《凿井记》"凑泊更好"这一点表示赞同，认为"'凿井得铜、买奴得翁'，原是古语。今人以'求友得妇、依主得兄'一股，遂成佳传"④，将事件巧合作为"奇"的认定标准之一。冯梦龙则以"为奇事立传"为目标，几乎每一篇改本序言里都对此进行了说明。例如，他认为李燮之事实奇，由此称"存孤奇事。胡可无传？"⑤ 并因此作《酒家佣》以记之。孟称舜与冯梦龙亦属同道中人，曾因慨叹贞文祠"遗迹之奇，不被诸管弦，不能广传而征信，因撰传奇布之"⑥。以上诸人并其他曲家，对涉奇之作均予以肯定。反之，对虽奇但不合情理、逻辑之作，同样也进行了批评与诟病。祁彪佳批评《双合》之弊即以此为标准，曰："女殇在崔舍人从戎先，及其凯旋，自云已历半载，而情感复生，乃其死方三日之内，是其粗处。"⑦ 凌濛初对"今世愈造愈幻"蹈袭杜撰之风大为不满，认为此风将导致"人情所不近，人理所必无"⑧。冯梦龙对"造幻"现象亦多有批评，如称"旧有《精忠记》，俚而失实，识者恨之"⑨。

第二，强调情节之"奇"，既反对过于求"奇"，又主张不落窠臼。上节已有所论，不复赘述。

---

① 吕天成：《曲品·还魂》，第三集，第122页。
② 吕天成：《曲品·诗扇》，第三集，第133页。
③ 吕天成：《曲品·凿井》，第三集，第120页。
④ 祁彪佳：《远山堂曲品·凿井》，第三集，第627页。
⑤ 冯梦龙：《酒家佣叙》，第三集，第32页。
⑥ 孟称舜：《贞文记题词》，第三集，第502页。
⑦ 祁彪佳：《远山堂曲品·双合》，第三集，第549页。
⑧ 凌濛初：《谭曲杂劄》，第三集，第194页。
⑨ 冯梦龙：《精忠旗叙》，第三集，第35页。

第三，重视情节的主题集中、流畅连贯，避免头绪众多、结构松懈。"凡传奇最忌支离"①，曲家及曲论者在共识基础上对此一主张又各有见解，如王骥德强调"毋令一人无着落，毋令一折不照应"②，冯梦龙认为情节之间要紧密无痕，祁彪佳提出情节要先后贯串，吕天成倡导情节布局要局面严谨等。同时，曲论者也对情节安排进行了技巧总结，并以此作为具体文本的品评标准之一。例如，祁彪佳主张"删繁就简"，称《五福》："韩忠宪事功甚盛，此独取其还妾一事。先后贯串，颇得构词之局"③；又称《鹔钗》："柳沃若桃斗一段，大有逸趣；但韦安石之构国香，境界叠见，其中宜删繁就简"④，均是例证。又例如冯梦龙倡导有"伏"有"张"，指出《酒家佣》第三折"文姬是传中第一要紧人，故独提出伏案"，又指出《永团圆》第三折"展玩女史，为后折守节及题诗张本"。除祁、冯二人之外，在其他曲家、曲论家的戏曲评点中也能找到相类观点。

其次，针对前人之作进行的戏曲改编成为引人注目的戏曲现象。情节改编成为音律"窜正"之外的另一个焦点。从改编来源来看，存在两种情况：第一，改编前人现有剧作。例如，冯梦龙《风流梦》改自汤显祖《牡丹亭》，《楚江情》改自袁于令《西楼记》；袁于令《红梅记》改自周朝俊《红梅记》；凌濛初《乔合衫襟记》改自高濂《玉簪记》等。详列两大名剧《西厢记》和《牡丹亭》改本情况，可以更清晰地展示这一改编现象：《西厢记》现存明代改本包括李日华《南调西厢记》、陆采《南西厢记》、徐奋鹏《槃薖硕人增改定本西厢记》、黄粹吾《续西厢升仙记》和周公鲁《锦西厢》五种。《牡丹亭》现存明人改本包括沈璟《同梦记》、臧懋循《还魂记》、徐肃颖《丹青记》（删润）、硕园居士（徐日旵）《还魂记》、冯梦龙《风流梦》五种，其中后四种改本主要以情节上的改编为主。第二，改编源自唐代传奇小说、民间故事中的相关事迹，例如包公戏、水浒戏等。从改编特点来看，主要表现在三个方面：其一，关注戏曲情节的前后

---

① 冯梦龙：《风流梦总评》，第三集，第38页。
② 王骥德：《曲律·论剧戏第三十》，第二集，第96页。
③ 祁彪佳：《远山堂曲品·五福》，第三集，第555页。
④ 祁彪佳：《远山堂曲品·鹔钗》，第三集，第566页。

连贯与先后照应，并据此对原著进行"折"与"出"之间的增删与位移调整。例如，臧懋循《还魂记》对原作即进行了大幅度调整。其二，强调情节合乎情理逻辑，尤为重视细节出入，对不合情理和违背逻辑的地方进行删改。例如，李日华《南西厢》第二十出"琴心写恨"，即改动了"王西厢"中的"听琴"细节，将原来的红娘自言自语改为由莺莺猜说、红娘回答，以确定张生在西厢弹琴这一事实，用以增强情节的流动感。其三，满足戏曲的"场上"演出需求。从改编原因来看，盘点与戏曲改编相关的因素，主要归于曲家"场上"观念的意识增强，从而导致了"剧论"思维的迅速提升。改本也因此更加注重情节的集中和主次安排，此为一；二是进入中晚明时期，"士人"与"商人"之间的界限逐渐消融，身份上的二重属性致使文人创作呈现出世俗化特征，主要表现为曲家对"俗"事多加关注，为迎合市民尚奇需求而对不达己意的曲作进行情节改编。三是万历以来，伴随着印刷出版业的发达，在明代江浙一带，戏曲刊刻广为流行。戏曲家很多也是私刻藏书家，自身即藏有诸多戏曲刻本，而文人间又以关注刻本流通作为彼此交游的方式之一，从而造成了戏曲改本盛行的现象。例如祁彪佳曾写信向冯梦龙求取《太霞新奏》刻本，并许以自作与之进行交换："《太霞新奏》敢乞一部，外家刻与坊刻数种奉供清览。"① 四是家乐家班的普遍出现，导致了戏曲创作与表演技艺上的不断切磋和竞争，曲家因此更加热衷于改动戏曲情节，以打造更为成熟的戏曲精品。

最后，在热闹纷呈的戏曲评点基础上，形成了较为系统、明晰的情节结构观。此一时期的情节结构论，可以说是萌芽和发展期的总结和拓展。萌芽期经验初生，发展期争鸣花开，至全盛期自然就瓜熟蒂落。万历以后，曲家和曲论在情节的选取与设置上，具有更加成熟完善的想法，并试图通过全方位的总结提出高屋建瓴的理论指导观。一方面，曲论者在面对针锋相对的理论争鸣时，考虑到兼收争鸣双方的主张，力求"兼美"，有的甚至呈现出折中主义的倾向。例如，冯梦

---

① 祁彪佳：《与冯犹龙》，转引自徐朔方《晚明曲家年谱·冯梦龙年谱》，浙江古籍出版社1993年版，第429页。

龙的"情教"观：于情，不及李贽、汤显祖之张扬；于理，又不及
"存天理，灭人欲"观之尖锐。另一方面，理论著作或者称之为专论
（专篇）的相继问世，体现出了曲家理论意识的增强，也表现出曲家
转向曲论家的理论自觉。《曲律》《曲品》《远山堂曲品》《远山堂剧
品》等一系列曲论专著，已经明确注意到如何合理安排戏曲结构和设
置戏曲情节的编剧问题。这些关于方法论的探讨，为清代李渔和金圣
叹的剧本叙事分析，奠定了厚实的理论基础，由此成为清代曲论叙事
体系得以构建的理论前提。

下文选取此一阶段内具有突出理论价值的曲家情节观加以阐释。

（一）王骥德："贵剪裁，贵锻炼"

王骥德（？—1623），字伯良，号方诸生，会稽（今浙江绍兴）
人。其专著《曲律》是中国古代戏曲史上第一本理论专著，有着完
整而严密的论曲体系，其中也严谨而细致地思索了如何推进情节发展
的问题。

先提出整体结构意识，见《论章法第十六》：

> 作曲，犹造宫室者然。……作曲者，亦必先分段数，以何意
> 起，何意接，何意作中段敷衍，何意作后段收煞，整整在目，而
> 后可施结撰。①

意即情节在具体组合之前要先进行起、节、承、收等构思上的整体
把握。

再谈及戏剧情节的技巧安排问题，见《论剧戏第三十》：

> 剧之与戏……贵剪裁、贵锻炼；以全帙为大间架，以每折为
> 折落，以曲白为粉垩、为丹艧；勿落套、勿不经，勿太蔓，蔓则
> 局懈，而优人多删削；勿太促，促则气迫，而节奏不畅达，毋令
> 一人无着落，毋令一折不照应。传中紧要处，须着重精神，极力
> 发挥使透。……若无紧要处，只管敷衍，又多惹人厌憎，皆不审

---

① 王骥德：《曲律·论章法第十六》，第二集，第81页。

轻重之故也。①

无论"剧"（杂剧）或"戏"（南戏、传奇），均要重视情节安排。"剪裁"指情节之取舍，主次之安排；"锻炼"指结构之完整、整体之布局。整体观之，这一段话非常具有概括性，其中包含三层意思，正如余秋雨在《中国明代的戏剧理论》中指出的："从三个角度周密地论述了戏曲结构问题。其一是讲面上的间架布局问题，其二是讲线（情节推进线）上的行进速律问题，其三是讲线上前后艺术因素之间轻重关系问题。尽管还嫌过于简略，但在理论骨架上已近于疏而不漏的地步。"② 在处理情节如何具体展开的过程中，王骥德尤为看重情节首尾的处理技巧，提出：

> 使一折之事头，先以数语该括尽之，勿晦勿泛，此是上谛。（《论引子第三十一》）

> 尾声以结束一篇之曲，须是愈着精神。（《论尾声第三十三》）③

王骥德确立"剪裁"标准后，又借此对当世剧作进行了品评。既有批判，如其评《坠钗》有"无着落"之处，"盖因《牡丹亭记》而兴起者，中转折尽佳，特何兴娘鬼魂别后，更不一见，至末折忽以成仙会合，似缺针线。"④ 又评《浣纱》缺少"紧要处"，因"遗了越王尝胆及夫人采葛事，红拂私奔、如姬窃符，皆本传大头脑，如何草草放过！"⑤ 也有肯定，如认为"《琵琶》引子，首首皆佳，所谓开门

---

① 王骥德：《曲律·论剧戏第三十》，第二集，第 96 页。
② 余秋雨：《中国明代的戏剧理论》，《戏剧理论史稿》，上海文艺出版社 1983 年版，第 85—86 页。
③ 王骥德：《曲律·论引子第三十一》《曲律·论尾声第三十三》，第二集，第 97、98 页。
④ 王骥德：《曲律·杂论第三十九》，第二集，第 126 页。
⑤ 王骥德：《曲律·论剧戏第三十》，第二集，第 96 页。

见山手段"①。客观地说，王骥德的评曲标准与其曲论主张是一致的，所评之论也较为中肯。

王骥德论情节虽然未能单独成章，但思想内涵极具深度，对后世戏曲叙事论产生了重大影响。李渔在此基础上加以继承发挥，并提炼出了"脱窠臼""密针线""减头绪""戒荒唐"等成熟的叙事编剧概念。

（二）冯梦龙："情节可观……稍加审正"

冯梦龙（1574—1646），字犹龙，又字子犹，号墨憨斋主人等，苏州府长洲县（今江苏苏州）人。其戏曲创作有《双雄记》《万事足》两种，另编有《墨憨斋定本传奇》和散曲《太霞新奏》。冯梦龙在戏曲方面的主要成绩以戏曲改编最为突出，尤其是剧本改订。《墨憨斋定本传奇》编有改本十四种②，体现于其中的情节主张，主要围绕两个关键词展开：一为"俗文学"观，一为"情教"观。

万历年间，大批文人受传奇创作热潮的影响，或为宣泄才情，或为附庸风雅，虽创作出大量作品，但其中不乏草率之作。王骥德曾曰："今人胸中空洞，曾无数百字，便欲摇笔作曲，难矣哉!"③ 冯梦龙也称："迩来新剧充栋，率多戏笔，不成佳话"④，并因此立志"墨憨笔削非多事，要与词场立楷模"⑤，意欲通过树立传奇典范来确定传奇创作的标准。

> 因搜戏曲中情节可观而不甚妨律者，稍为审正，年来积数十种，将次第行之，以授知音。他不及格者，悉罢去。（《双雄记序》）

> 量江事奇，聿云氏才情更奇。间有微疵纤瑕，余为疵而缝

① 王骥德：《曲律·论引子第三十一》，第二集，第97页。
② 这十四种传奇是：《新灌园》《酒家佣》《女丈夫》《量江记》《精忠旗》《梦磊记》《洒雪堂》《楚江情》《风流梦》《邯郸梦》《人兽关》《永团圆》《杀狗记》《三报恩》。
③ 王骥德：《西厢记评语十六则》，《中国历代剧论选注》，陈多、叶长海选注，上海古籍出版社2010年版，第177页。
④ 冯梦龙：《永团圆叙》，第三集，第42页。
⑤ 冯梦龙：《新灌园》下场诗。

之。(《量江记序》)

　　上卷精彩焕发，下卷颇有草草速成之意。余改窜，独于此篇最多，诚乐与相成，不敢为佞。(《永团圆叙》)①

　　从以上所列可见冯梦龙"窜定""窜正"的动机所在，即为树立典范。就"窜正"情节而论，冯梦龙明言择戏重编的基本标准是"情节可观"者，针对的是其中"未妥""草草速成""微疵纤瑕"等不足之处。

　　第一，重新调整结构形式，以利情节更为集中。"折"原本是元杂剧的结构单元概念，传奇则多用"出"来进行情节的划分。冯梦龙改本却改"出"为"折"，并"酌短长而铸"，进行结构形式上的重新调整。其言："梅柳一段姻缘，全在互梦"②，又言："两梦不约而符，所以为奇，原来生出场，便道破因梦改名，只三、四折后旦始入梦，二梦悬截，索然无味，今以改名紧随旦梦之后，方见情缘之感"③，故将汤显祖《牡丹亭》中旦梦生、生梦旦的结构模式改为旦梦生、生梦旦、生旦合梦，使得情节安排更加紧凑。在《酒家佣》的改编上，为突出中心关目，冯梦龙也别出新意，将几种著述并在一起剪裁后重新加以合成。其言："先辈陆天池、钦虹江各有著述。……余酌短长而铸焉"④，意即自己要对陆、钦各自所长之处加以组合相融，使之成为一部新结构之作，以弥补原剧"情节亦支蔓且失实"的不足。

　　第二，"窜正"情节主旨、细节等的不合理处。改定《灌园记》是冯梦龙"窜正"情节主旨的实践典例。《新灌园》是其《墨憨斋定本传奇》的第一篇，改自张凤翼《灌园记》。冯梦龙认为原作存有较多弊病："夫法章以亡国之余，父死人手，身为人奴，此正孝子枕戈、志士卧薪之日。不务愤悱忧思，而汲汲焉一妇人之是获，少有心肝，

①　冯梦龙：《双雄记序》《量江记序》《永团圆叙》，第三集，第29、34、42页。
②　冯梦龙：《风流梦小引》，第三集，第38页。
③　冯梦龙：《风流梦总评》，第三集，第38页。
④　冯梦龙：《酒家佣叙》，第三集，第32页。

必不乃尔"①，原因在于"张伯起作《灌园记》传奇，只谱私欢，而于王孙母子忠义不录，不失轻重"②，故而兴起了"改订"意图。针对"旧记惟王蠋死节、田单不肯自立二事"③，为纠正"亡国""父死人手"仍执着于儿女情长这类"少有心肝"的道德失常，冯梦龙将原作"灌园而已，私偶而已"④ 的主旨进行了重新设置，改为"新《记》法章念念不忘君国，而夜祭之孝、讨贼之忠，皆是本传绝大关目"⑤，以凸显道德合理性。"窜正"细节的实践在冯梦龙改本中较为多见。略举一例：在《永团圆总评》中，冯梦龙阐明了自己改订《永团圆》的目的："余所补凡二折，一为〈登堂劝驾〉，盖王晋登堂拜母，及蔡生辞亲赴试，皆本传血脉，必不可缺；又一为〈江纳劝女〉，盖抚公捱婚，事出非常，先任夫人，岂能为揖让之事？必得亲父从中调停一番，助姑慰解，庶乎强可。"⑥ 一方面顾及主要情节的必不可缺，另一方面也考虑到了细节处的自然过渡。

第三，删、加情节为使曲作前后照应，流畅贯串。《新灌园总评》云："田将军迎立，在世子不无突然。今添〈臧儿途遇〉一折，前后血脉俱通，且于下折夜深归，茕茕荷锄，亦有照应。"⑦《人兽关总评》云："今移〈大士〉折于〈赠金设誓〉之后，为〈冥中证誓〉张本，线索始为贯串。"⑧《女丈夫总评》亦云："删去原〈越公赏月〉一折（因其只为过文），而增入〈炀帝南巡〉一折，以隋帝慌乱，唐兵始兴也。"⑨ 以上所论，其意一也，如其所强调，"凡传奇最忌支离"。

冯梦龙的戏曲改本颇有特点可循，即，长于将改编与评点合二为

---

① 冯梦龙：《新灌园序》，第三集，第 31 页。
② 冯梦龙：《王孙贾母激儿报国》评语，《智囊全集》（下），柯继铭编译，北方文艺出版社 2015 年版，第 895 页。
③ 冯梦龙：《新灌园总评》，第三集，第 31—32 页。
④ 冯梦龙：《新灌园序》，第三集，第 31 页。
⑤ 冯梦龙：《新灌园总评》，第三集，第 32 页。
⑥ 冯梦龙：《永团圆总评》，第三集，第 43 页。
⑦ 冯梦龙：《新灌园总评》，第三集，第 32 页。
⑧ 冯梦龙：《人兽关总评》，第三集，第 41 页。
⑨ 冯梦龙：《女丈夫总评》，第三集，第 34 页。

一，也即一边以序、小引、总评的评点方式解释改编原作之理由，一边为使案头之作便于登场演出又付诸改编行动。两相兼顾，既做到了与原作者对话，也落实了自己的曲论主张，可谓一种诠释戏曲创作理论的全新方式。

（三）吕天成："炼局""谨严"

吕天成（1580—1618），字勤之，号棘津，别号郁蓝生，余姚人。《曲品》是其评论明代戏曲作家作品的重要著作，上卷品评传奇作家，下卷品评传奇作品。其中有关品评情节、结构的见解，颇有独到之处。

品评，原本用作诗文、书法和绘画类的品鉴。吕天成首次将它运用到明代戏曲批评领域。其《曲品自序》云：

> 传奇侈盛，作者争衡，从无操柄而进退之者。矧今词学大明，妍媸毕照，黄钟瓦缶，不容混陈，白雪、巴人，奈何并进？子慎名器，予且作糊涂试官，冬烘头脑，开曲场，张曲榜，以快予意。①

通俗而言，吕天成"开曲场，张曲榜"，是意在从蔚为大观的传奇作品中分清黄钟瓦缶，定出妍媸高低。依据《曲品》卷下小序所言，可以看到其评定标准：

> 我舅祖孙司马公谓予曰：凡南剧，第一要事佳，第二要关目好，第三要搬出来好，第四要按宫调、协音律，第五要使人易晓，第六要词采，第七要善敷衍——淡处作得浓，闲处作得热闹，第八要各角色分得匀妥，第九要脱套，第十要合世情、关风化。持此十要以横传奇。靡不当矣。②

在此十要标准内，其中第一、第二、第七、第八、第九均言及情节取

---

① 吕天成：《曲品自序》，第三集，第81页。
② 吕天成：《曲品卷下》，第三集，第110页。

舍和情节结构安排的问题。显然，这种品曲方式已经超越了单纯臧否词采音律的模式，逐渐从传统的品"曲"重心向品"剧"重心发生了转移。

"事佳"之评，主要讨论题材的选择问题。如其评《金印》：季子事，佳；《千金》：韩信事，佳；《还带》：裴晋公事，佳；《投笔》：但以事佳而传耳；《窃符》：选事极佳；《旗亭》：董元卿遇侠事，佳①，等等。

"关目好""要善敷衍"，则是讨论戏曲结构的问题。吕天成多用"关节""布局""局段""炼局"等概念来对明代传奇的结构安排加以评判。在传奇虽兴，创作却仍处于"当行之手不多遇，本色之义未讲明"的状态时，他已觉察到：

> 当行兼论作法，本色只指填词。当行不在组织短订学问，此中自有关节局段，一毫增损不得；若组织，正以盖当行。②

认为戏曲"当行"中包含了情节结构的问题。"当行"并不在于堆砌辞藻，而在于"自有关节局概"，也即要求处理好戏曲结构的技巧问题，尤其强调结构要严谨，做到"一毫增损不得"。《曲品》卷上评"乌镇王雨舟"，其云："颇知炼局之法，半寂半喧；更通琢句之方，或庄或逸。"③ 以"炼局"与"琢句"相对应，吕天成强调的是结构安排技巧的重要性。以此为理论基础，吕天成在《曲品》卷下品评中，也多处提及"局段""布局"等概念：

> 《琵琶》：串插甚合局段，苦乐相错，具见体裁。
> 《龙泉》：情节正大而局不紧。
> 《明珠》：乃其布局运思，是词坛一大将也。
> 《金门大隐》：萝月道人诸传，严守松陵之法程，而布局摘词

---

① 吕天成：《曲品卷下》，第三集，第 113、115、117、123、132 页。
② 吕天成：《曲品·卷上·右具品》，第三集，第 86 页。
③ 吕天成：《曲品·卷上·右神品》，第三集，第 85 页。

尽脱俗套，予心赏之。

《锦笺》：此记炼局遣词，机锋甚迅，巧警会心。

《纨扇》：局段未见谨严。

《鹦鹉洲》：第局段甚杂，演之觉懈。①

从这些评语可以看出，吕天成认为情节"布局"十足重要，可以通过多样化的技巧达成，如"串插""谨严""脱俗套""严谨"等。此外，有些品评吕天成虽未以"局""段"进行明示，但实则也与情节结构的安排技巧有关，或言其弊，或言其佳，或言其繁，或言其巧。举例如下：

《灌园》：有风致而不蔓，节侠具在。

《祝发》：伯起以之寿母，境趣凄楚逼真，布置安插，段段恰好。

《高士》：插入海阇黎一事亦新。

《诗扇》：海上遇仙，玉壶起死，尤出人意想之外。

《双珠》：情节极苦，串合最巧，观之惨然。

《义侠》：武松有妻，似赘；叶子盈添出，无紧要。②

如以上所列，吕天成"当行"言及炼局，重点是要阐述结构如何安排的问题，其中强调的具体技巧运用，涉及了严谨、新奇、紧凑、删繁就简、详略得当、布局新颖、不落窠臼、合情合理等多方面。

（四）祁彪佳："联贯得法"，"不啻百转"

祁彪佳（1602—1645），字虎子，一字幼文，又字宏吉，号世培，别号远山堂主人，山阴（今浙江绍兴）人。其"见吕郁蓝《曲品》而会心焉"③，因受吕天成《曲品》启发，著有戏曲批评专著《远山堂曲品》《远山堂剧品》两种。所收剧目其后又都附有简短评论，内容涉及

① 吕天成：《曲品卷下》，第三集，第 111、117、122、132、136、138、183 页。
② 吕天成：《曲品卷下》，第三集，第 123、131、133、137、119 页。
③ 祁彪佳：《远山堂曲品叙》，第三集，第 537 页。

戏曲语言、音律、结构等，从中可归纳出祁彪佳的一些重要论曲主张。

祁彪佳称"作南传奇者，构局为难，曲白次之"①，认为在传奇创作中，若比较音律、语言、戏曲结构三者，以构建戏曲格局为最难。戏曲结构的优劣成为其品评剧作优劣得失的标准。他不吝表达对结构佳作的赞颂，如：评《四豪》："构局颇佳"②；《将无同》："匠心独构"③；《冰山》："传时事而不牵蔓，正是炼局之法"④。反之，对不满构局不足之处也不加掩饰，如：批评《宝剑》："不识炼局之法，故重复处颇多"⑤；《赐剑》："头绪纷如，全不识构局之法，安得以畅达许之"；《普化》："不知运局构思"⑥，等等。在他看来，要使戏曲格局达到最优，就要费心构思，步步为营，让读者能够回味不已，正如其评《轩辕》所说："构局之妙，令人且惊且疑，渐入佳境，所谓深味之而无穷者。"⑦

祁彪佳论格局强调了两个关键：第一，格局要"联贯"，不得"头绪纷如"。他常用"贯串""畅达"等词来表达"联贯"之意。称呼不同，意思却无异。例如，其评《空缄》："此记贯串如无缝天衣。"⑧ 评《金牌》："《精忠》简洁有古色，而详核终推此本；且其联贯得法，武穆事功，发挥殆尽。"⑨ 又评《朱履》："但菊花庄杀仇已后，头绪太繁。"⑩ 祁彪佳不仅得出一个笼统标准，指出戏曲结构要"联贯得法"，而且也认为"联贯"之法要在具体技巧上进行区分。其中最为重要的一点要求是，情节联贯要讲究情节组合上的详略得当。太过于详细，容易让人觉得枯燥冗长。如其称《合剑》："载唐、隋事，一味铺叙，详略失宜"⑪；称《骊山》："牵演冗长，殊无

① 祁彪佳：《远山堂曲品·玉丸》，第三集，第 610 页。
② 祁彪佳：《远山堂曲品·四豪》，第三集，第 553 页。
③ 祁彪佳：《远山堂曲品·将无同》，第三集，第 561 页。
④ 祁彪佳：《远山堂曲品·冰山》，第三集，第 614 页。
⑤ 祁彪佳：《远山堂曲品·宝剑》，第三集，第 568 页。
⑥ 祁彪佳：《远山堂曲品·普化》，第三集，第 611 页。
⑦ 祁彪佳：《远山堂曲品·轩辕》，第三集，第 577 页。
⑧ 祁彪佳：《远山堂曲品·空缄》，第三集，第 564 页。
⑨ 祁彪佳：《远山堂曲品·金牌》，第三集，第 589 页。
⑩ 祁彪佳：《远山堂曲品·朱履》，第三集，第 566 页。
⑪ 祁彪佳：《远山堂曲品·合剑》，第三集，第 574 页。

节奏"①。但是，太过简单则又令人觉得缺少情趣和生动。如称《高士》："仅能敷衍，殊无曲折之趣"②；《保主》："但曲有繁简之宜，未必一简便属胜场"③。因此，他推崇详略适宜、恰到好处之法，尤其倡导要简洁明了地进行情节设置。如其大赞《赤松》："全以简练为胜，遂使一折之中无余景，一语之中无余情。"④"无余景"和"无余情"意味着不枝不蔓，在祁彪佳看来，正是经过精心构局之后才能营造出的理想效果。第二，情节贯串要"渐入佳境"，令人"深味无穷"。换而言之，情节安排不能平铺直叙，而要设置诸多"婉转"之处，慢慢展开，让人产生期待和回味之感。

（五）凌濛初："戏曲搭架，亦是要事"

凌濛初（1580—1644），字玄房，号初成，亦名凌波，别号即空观主人，浙江乌程（今浙江湖州）人。其曲论专著《谭曲杂劄》附刻于《南音三籁》书首，既品评作品和臧否人物，又结合个人创作实践，提出的一些理论见解颇有独到之处。

在论及情节和戏曲结构时，《谭曲杂劄》有一段精彩之论：

> 戏曲搭架，亦是要事，不妥则全传可憎矣。旧戏无扭捏巧造之弊，稍有牵强，略附神鬼作用而已，故都大雅可观；今世愈造愈幻，假托寓言，明明看破无论，即真实一事，翻弄作乌有子虚。总之，人情所不近，人理所必无，世法既自不通，鬼谋亦所不料，兼以照管不来。动犯驳议，演者手忙脚乱，观者眼暗头昏，大可笑也。⑤

"搭架"之意，即结构的安排。凌濛初认为戏曲结构的安排是一件"要事"，因为它关系到戏曲的演出成败。他首先看到了传奇创作的当下之弊，认为大受曲家重视的情节之"奇"，在当下已经因猎奇

---

① 祁彪佳：《远山堂曲品·骊山》，第三集，第604页。
② 祁彪佳：《远山堂曲品·高士》，第三集，第600页。
③ 祁彪佳：《远山堂曲品·保主》，第三集，第578页。
④ 祁彪佳：《远山堂曲品·赤松》，第三集，第553页。
⑤ 凌濛初：《谭曲杂劄》，第三集，第193—194页。

过度而走向了"幻"。事情的真实外衣被脱下同时又被过度变形后，不仅让人在感情上无法接受，也让人无法在常理上进行理解。由此，真与幻的关系处理成为情节构思的关键问题。如若无法处理好二者的关系，也就无法于"案头""场上"呈现合乎情理的情节，招致观众"大可笑也"。凌濛初生活于明末，此时正值传奇创作一味求"奇"已成盛行风潮，甚至还出现了过度求"奇"的荒谬局面，导致了黄钟和瓦缶无法加以区分。凌濛初尽管也提倡求"奇"，但也极力诟病刻意求奇而导致的荒诞之"幻"。例如，他认为曲家沈璟在处理情节之奇时，就犯了过度求"奇"之病，也即盲目地将各种奇事旧闻不加选择地一味"扭合"，以至于无法进行合理安排，最终导致了全剧"茫无头绪"，顾此失彼。①

　　何以能够合情、合理、合世法，但又不排斥情节之奇？凌濛初认为，戏曲的"大雅可观"与情节真实的创作安排大有关系。若是情节合乎人之常情，合乎人的心理期待，合乎生活常理，也合乎社会法则，即便事情是虚构出来的，"稍有牵强"也无妨，同样也能取得理想的叙事和演出效果。与此相对，即使戏曲情节真实无虚构，但若在编排时有悖于常理，成为戏曲创作家笔下的"乌有子虚"，则会犯下"扭捏巧造之弊"，读来、赏来美感顿失。由此可见，凌濛初对于艺术真实与生活真实的区分，是极具真知灼见的。这既针对剧坛弊病提出了批评，又推动了戏曲创作由"事"而"剧"的理念转变。

　　在凌濛初前后，曲论家大多重视戏曲结构的创作技巧，如王骥德言"剪裁""锻炼"，吕天成言"炼局"，祁彪佳言"联贯"等。凌濛初却以演出效果为重，认为戏曲结构的安排要为登台演出服务，这也是他在戏曲理论主张上的独到之处。明末清初之际，李渔提出"观众本位论"，显然受到了凌濛初的启发与影响。

---

　　① 凌濛初：《谭曲杂劄》，第三集，第194页。原文："沈伯英构极多，最喜以奇事旧闻，不论数种，扭合一家，更名易性，改头换面，而又才不足以运棹布置，制衿露肘，茫无头绪，尤为可观。"

第三章　人物观

　　一个完整的戏曲剧本会在情节的推进中塑造出若干个人物形象，例如生的形象、旦的形象以及情节所需要的其他形象等。人物塑造，由此成为戏曲叙事的中心内容之一。如果说情节结构是戏曲叙事的骨架，那么人物的形象塑造就是丰满骨架的血肉。既有骨架又有血肉，作品才能鲜活起来，具体地说，才能再现活灵活现的人物，才能在跌宕起伏的戏剧冲突里上演悲欢离合的故事，最终达到阅读、搬演俱佳的艺术效果。

　　明代中叶以前，长篇叙事文学未能得到长足发展，相应地，对叙事文学中的人物探讨也相对较少。有关如何进行人物塑造的理论探讨，多体现在以塑造人物为重点的绘画理论之中。长篇叙事文学在明代崛起并兴盛后，文学理论对文学现象的适时变化做出了敏感的理论回应，表现为曲家和曲论者开始对人物塑造广加关注，不仅全面论述了人物塑造的方法技巧，而且也针对创作实践中的人物形象进行了审美评鉴，由此推动了戏曲人物观的快速发展。

　　以明代曲论为范畴，梳理散见于在曲论中的人物理论主张，阐述其中的人物创作技法，同时揭示人物塑造的批评视域，是本章将要重点进行论述的内容。

第一节　人物创作观

　　如何在戏曲创作中对人物进行塑造，是明代曲家特别是晚明曲家热衷于探讨的一个理论问题。关于戏曲人物塑造的理论主张，频繁出现在明代的各种戏曲文献之中，是曲论叙事观中广受关注的中心论题之一。在明代曲家的理论意识里，创作出成功的人物形象，既可传达自己的创作意图，又能够以之作为情感载体推动情节发展，满足读者的阅读之需。他们在创作之时，将人物的形象构思阐述出来，将构筑理想人物的技巧经验总结出来，并且针对创作时出现的一些问题或某种不良创作现象，也提出一些自己的见解和争鸣。将这些内容进行汇总并加以分类，统称为广泛意义上的人物创作论。

一般说来，所谓人物创作论，即指塑造人物的理念主张以及具体的技巧方法。明代曲家和曲论者对戏曲人物展开探讨，从理论到实践，从争鸣到共鸣，既是他们顺应戏曲叙事文学长足发展潮流的一种时代回应，也是他们理论意识提升后顺理成章发展而成的一种理论自觉。

一　"传神写照"：明代曲论的人物塑造意识

"戏剧作品是一种摹拟，说得确切些，它是人类行为的肖像；肖像越与原形相像，它便越完美。这是不容置疑的。"[1] 这一说法是关于戏曲叙事特征的通论，不论中外，也不分古今。戏曲作品描摹人物形象，与戏曲文体的出现相呼应。中国古代自"优孟衣冠"（司马迁《史记滑稽列传》）的戏曲萌芽开始，就已经出现了人物塑造的创作行为。但真正从理论上来加以探讨，则要晚得多。戏曲演出要求演得像，戏曲的创作自然也要模拟得像。戏曲剧本乃是戏曲表演的基础，也是戏曲人物形象塑造的载体。明代曲家一向重视戏曲剧本与戏曲演出之间的联系，对架构二者沟通桥梁的戏曲人物形象塑造表达出日渐浓厚的理论兴趣。

早在明初，曲家朱有燉就主张"形容模写曲尽其态"，已经提及戏曲文本中人物形象的塑造问题。徐渭、王世贞也相继表达出相同的看法。徐渭曰："摹情弥真则动人弥易"[2]，指出除模拟人物外形之外还要模拟人物的真实情感。王世贞认为高则诚《琵琶记》中的人物

---

① ［法］毕尔·高乃依：《论剧》（摘要），《戏剧理论译文集》第八辑，孙伟译，中国戏剧出版社 1960 年版，第 264 页。

② 徐渭：《〈选古今南北剧〉序》，《中国古代戏曲序跋集》，第 67 页。

做到了"体贴人情，委曲必尽"①，既贴近人的真实情感，又能道尽其中情感宣发的曲折过程，正是曲家在人物创作上的态度注解。万历年间，臧懋循又以模拟为标准，分辨出"行家"和"名家"的区别，强调"行家者，随所妆演，无不模拟曲尽，宛若身当其处，而几忘其事之无有"②。至明代中后期，大批曲家和戏曲理论者也相继加入人物塑造的探讨队伍之中，从人物形象的体现，到人物神情、神态、精神的揭示，再到人物形神促成人物情感的表达等多方面，提出了颇为详细的理论主张。

（一）"肖""像""似"的形似要求

戏曲理论中的形、神概念源自绘画理论。绘画与戏曲，看似是互不相交的两大艺术分类，实则在艺术表现的手段方面，存在着共通之处。其中最重要的两个方面，一是艺术创作理念，二是艺术创作技巧，二者之间呈现出相似的风貌。例如，它们都是再现的艺术形式，都具有造型需求，都作用于人的视觉感官（就戏曲演出而言），都致力于达到模仿的目的，以及都具有程式化的特点。③

戏曲创作是多种艺术手法的综合。在描摹人物的层面，尤与绘画联系密切。例如，明代著名画家如仇英、唐寅、陈洪绶等都曾以《西厢记》为题材，倾注了大量的精力和心血来绘画文本人物。在人物创作论基本趋于成熟的清代，孔尚任曾说："传奇虽小道，凡诗赋、词曲、四六、小说家，无体不备。至于摹写须眉，点染景物，乃兼画苑矣"④，认为戏曲中的人物摹写兼具绘画技巧的应用。焦循《剧说》也引用了类似阐述："吾友叶霜林尝云'古人往矣，而赖以传者有四：一、叙事文，一、画，一、评话，一、演剧。道虽不同，而所以摹神绘色、造微入妙者，实出一辙。'"⑤ 认为就"摹神"而论，剧与画尽管表现手法相异，本质上却如出一辙，并无区别。

形似是绘画提出的最基础和最根本的要求。《韩非子·外储说》：

① 王世贞：《艺苑卮言》（辑录），第一集，第518页。
② 臧懋循：《〈元曲选〉序》，《中国古代戏曲序跋集》，第150页。
③ 参见徐燕琳《明代剧论与画论》，广东高等教育出版社2007年版，第1—20页。
④ 孔尚任：《〈桃花扇〉小引》，《中国古代戏曲序跋集》，第439页。
⑤ 焦循：《剧说》卷六，《历代曲话汇编》（清代编）第三集，第465页。

"客有为齐王画者。齐王问曰：画，孰最难者？对曰：'犬马难'。孰易者？曰：'鬼魅最易'。"① 此段论述为绘画的形似要求进行了正名。那么，如何才能绘好"犬马"之形？在绘画批评中，画家对形象模拟提出了具体的要求。宗炳（晋）主张要"以形写形""以色貌色"（《画山水序》），韩琦（宋）则要求"观画之术，唯逼真而已"（《稚圭论画》），王延寿（东汉）强调要"写载其状，托之丹青"和"随色象类，曲得其情"（《文选》卷十一），谢赫（南朝齐）则提倡"应物象形，随类赋彩"（《六画论》）……无论"写形""逼真"，还是"象类""应物"，均可看作对"形似"主张的同义解读。

戏曲理论针对人物创作，也提出了"形似"的基本要求。明代曲家和曲论者在"形似"的框架前提下，继续推动人物创作观向前发展。

曲家、曲论者从代言体的戏曲属性角度探讨了形似的必要性，要求人物形象根据所定角色进行刻画，外形上"肖似"角色。戏曲作品所塑造出来的人物，面对"场上"演出的潜在要求，外形要与角色匹配，这与戏曲是造型艺术的限定有关。就叙事作品而言，就是要求所塑造的人物具有形象上的可感性。"像"还是"不像"，是人物形象定位成功与否的评断标准。这也意味着，在创作人物之时，曲家要有意识地根据所表达的内容"因事而造形，随物而赋象"②。"形似"意识的持有，促使曲家在人物与原型之间架构起一座真实再现的桥梁。

"造形"，指塑造外形逼真的人物形象。明代曲论多使用"肖""像""似"等近义词来对形似概念进行阐释。《说文解字》："肖，骨肉相似也。从肉，小声。不似其先，故曰'不肖'也。"故"肖"者，象之意。王思任解"象"，称："《易》者，象也。象也者，像也"③，所谓"拟诸形容，象其物宜，是谓之象"④，认为"杜丽娘之

---

① 《韩非子·外储说·左上第三十二》，《韩非子译注》，张觉等译，上海古籍出版社2016年版，第472页。

② 孟称舜：《〈古今名剧合选〉序》，《中国古代戏曲序跋集》，第198页。

③ 王思任：《〈批点玉茗堂牡丹亭〉叙》，《中国古代戏曲序跋集》，第167页。

④ 王弼：《周易正义》，中华书局1980年影印本，第83页。

妖也，柳梦梅之痴也，老夫人之软也"，皆指"此犹若士之形似也"①。王世贞以"肖"来解读"形似"，言："各色的人，各色的话头，拳脚眉眼，各肖其人，好丑浓淡，毫不出入"②，强调戏曲人物的外在特征要与现实的人相一致。祁彪佳在戏曲评点中，也常常运用"肖""似""像"等概念来强调外在形象的相似。如称《耍风情》（南北四折）之人物"描写已逼肖矣"③；称《寒衣记》（北四折）中人物"能宛宛逼肖"④，等等。孟称舜则总结曰："文章之妙，在因物赋形，矧词曲尤为其人写照者"⑤，十分明确地表达出他对人物创作形似的肯定态度。"因物赋形"是指按照原来的样子进行描画，"物"样如何，就赋予它如何模样；"为其人写照"是指就特定对象进行真实描摹，如同绘画一样进行如实反映。

"赋象"，指赋予人物形象以丰富内容。明中期以后，曲论者更加注重从人物语言、性格、身份等自身定位的角度来探讨人物形象。戏曲剧本以摹写人物为重点内容，人物在剧本中又是活生生的、动态化的角色，因而，除了在外形上提出形似要求，人物怎样说话，拥有怎样的性格，如何展开行动，也都需要进一步生动地加以补充和丰富。言为心声，首先，人物创作在人物语言上提出了惟妙惟肖的再现要求。受传统重"曲"观念的影响，人物语言在曲论中得到了较大比重的探讨。臧懋循要求"填词者必须人习其方言，事肖其本色"⑥，认为创作者在描写情节贴近事物的本来面目之外，还要展示出人物语言的个性化。陈洪绶认为语言能够反映出形象之间的不同，因"各人说话，便为各人写照"⑦，所以在创作人物形象之时，要履行角色的语言再现任务，"各人还他口气，一字不滥用"⑧。程羽文则指出"曲

---

① 王思任：《批点玉茗堂牡丹亭叙》，第三集，第49页。
② 王世贞：《琵琶记前贤评语》，《琵琶记资料汇编》，侯百朋编，书目文献出版社1989年版，第288页。
③ 祁彪佳：《远山堂剧品·耍风情（南北四折）》，第三集，第651页。
④ 祁彪佳：《远山堂剧品·寒衣记（北四折）》，第三集，第643页。
⑤ 孟称舜：《燕青博鱼》〈楔子〉眉批，《古本戏曲丛刊四集》。
⑥ 臧懋循：《〈元曲选〉后集序》，《中国古代戏曲序跋集》，第149页。
⑦ 陈洪绶：《节义鸳鸯冢娇红记》第二十四出〈媒复〉眉批，《古本戏曲丛刊二集》。
⑧ 陈洪绶：《节义鸳鸯冢娇红记》第五十出〈仙圆〉眉批，《古本戏曲丛刊二集》。

以诠释情性之微"①，认为人物语言还能展现人物内心世界的细微之处。

其次，赋予人物鲜明的性格也是形似要求的重要内容之一。明代曲论认为，集中笔力来塑造人物的主要性格特征，能够快速帮助人物形成自己的标识。"凡角色先认主意，如越王、田世子，无刻可忘复国；如李燮、蔡邕，无刻可忘思亲。"②"主意"，即构思人物的主要性格特征。冯梦龙以马融形象的塑造为例，称："演马融要还他个儒者架子，方是水墨高手"③，认为马融的"儒者"性格要加以重点突出。同时，鲜明的人物性格还要在文本叙事过程中做到前后如一。"其人也，始终玉之，婉转就之"④，如此才能渲染并突出人物的主要性格特征，让人物形象呼之欲出，从而为叙事效果锦上添花。汤显祖摹写陈最良，主要强调其"迂腐"面目，王思任曾加以评价说："陈教授满口塾书，一身襕气，小要便宜，大经险怪"⑤，可谓抓住了其"迂腐"性格的主要特征。徐石麒《拈花笑》中有关于妒妻形象的描述："女子最弱，到妒时，扛金鼎，举石臼，丈二将军不能过也；女子最愚，到妒时，放大光明，无幽不察，可谓极巧穷工；女子最爱修洁，到妒时，虽汙池在前，溷厕在后，举身投之，略无所恤。"⑥ 在他看来，妒妇之"妒"，需经多层渲染，才可集中得到表现。

最后，人物形象体现在语言、性格上的鲜明特点，还要与人物身份相一致。人物身份决定了人物形象刻画的角度，或者说，身份意识的持有奠定了人物是否形似的设定框架。卓人月言：

> 神仙道化者之宜飘逸滉漾也，隐居乐道者之宜陶写冷笑也，被袍秉笏者之宜富贵缠绵也，忠臣烈士者之宜惆怅雄壮也，孝义廉节者之宜典雅沈重也，弃妇逐子者之宜呜咽悠扬也，狭斜粉黛

① 程羽文：《〈盛明杂剧三十种〉序》，《中国古代戏曲序跋集》，第189页。
② 冯梦龙：《酒家佣》第二十七折《卜肆授经》眉批，《古代戏曲丛刊二集》。
③ 冯梦龙：《酒家佣》眉批，《古典戏曲美学资料集》，第178页。
④ 玉蟾道人：《题〈红梨花〉传奇》，《中国古代戏曲序跋集》，第252页。
⑤ 王思任：《批点玉茗堂〈牡丹亭〉叙》，《中国古代戏曲序跋集》，第168页。
⑥ 徐石麒：《〈拈花笑〉引》，《中国古代戏曲序跋集》，第923页。

者之宜风流蕴藉也，神头鬼面者之宜高下闪赚也，风花雪月者之
宜旖旎妩媚也，谐谑讥诃者之宜健捷激枭也。①

张琦也称：

> 长门之咏，宜于官样而带岑寂；香闺之语，宜于暗藏而饶绮
> 丽。倚门噉笑之声，务求纤媚而顾盼生姿；学士骚人之赋，须其
> 慷慨而啸歌不俗。②

二人所论，以人物身份作为区分，对人物语言和性格塑造提出了具体
的取舍要求，意在表明，人物因身份、地位的不同，在说话用语上的
选择就应该有所不同。比如道学者、忠臣、学士、闺秀等人物群体分
别有他们独特的语言表达方式，要与其他的人物身份互相区别开来。

（二）"传神写照"的神似境界

形似是戏曲创作人物最基本的要求，却不是最高要求和最终目
的。凡人有音容和笑貌，亦有精神和灵魂。张琦有云："人之有生也，
眉宇现乎外，血性注乎内"③，前者是形，通常指人物的外在表象；
后者是神，指人物的精神和灵魂。形与神俱不缺失，人物才是一个完
整的整体。处理好二者之间的关系，对于刻画人物形象、描摹人物特
征有着重要意义。

早在先秦时期，荀子就提出："天职既立，天功既成，形具而神
生，好恶、喜怒、哀乐臧焉，夫是之谓天情。"④ 荀子之意，在于说
明拘泥于形似只能传人物皮毛，而要表达更生动的人物情感，就还需
在形似的基础上生发出神似的意义。形神二者，孰重孰轻，自此也成
为探讨形神关系的一个重要内容。在艺术领域，最先探讨二者关系的
是绘画。西汉刘安曾以对比手法来表达两者之间的关系，其《淮南
子·说山训》说："画西施之面，美而不可说，规孟贲之目，大而不

---

① 卓人月：《〈盛明杂剧二集〉序》，《中国古代戏曲序跋集》，第 300 页。
② 张琦：《衡曲麈谭·填词训》，第三集，第 348 页。
③ 张琦：《情痴㿪言》，第三集，第 353 页。
④ 《荀子第十七·天论》，《荀子通译》，焦子栋译，齐鲁书社 2016 年版，第 235 页。

可畏，君形者亡焉"，描述的就是得西施、孟贲之形而不得西施、孟贲之神的审美体验。唐、宋以后，与绘画在早期阶段注重形似的逼真感相比较，崇尚意、气、韵之"神"，逐渐在形神论关系的探讨中占据了上风。就侧重点而言，重神轻形的趋向越来越明显。例如，宋代袁文《论形神》称："作画形易而神难。形者，其形体也。神者，其神采也。"（《瓮牖闲评》卷五）苏东坡亦强调："论画以形似，见与儿童邻。"（《书鄢陵王主簿所画折枝二首》）元代杨维桢《画绘宝鉴序》也说："故论画之高下者，有传形，有传神。传神者，气韵生动是也。"前人对形神关系的充分探讨，既影响了明人，又给明人留下了进一步发挥的空间。明人在承继重神轻形的基础上，又继续进行了新的观点补充。形似肖其貌，神似传其神，在形、神的二者关系之中，他们看重"神似"的表达，强调"传神写照"，并以写意和气韵生动作为衡量二者孰低孰高的标准。在他们看来，站在表现理想人物的审美高度，神似的内涵要比形似更加丰富和深厚。徐渭曾说："山人写竹略形似，只取叶底潇潇意"（《写竹与李长公》），又说："不求形似求生韵，根拔皆吾五指栽"（《画百花卷与史甥题曰漱老谑墨》），意在阐明他超越形似而追求"意"与"韵"之神似境界的主张。王世贞也说："人物以形模为先，气韵超乎其表"（《艺苑卮言·论画》），主张要在"形模"的基础上刻画出"气韵"的意境来。这些身兼画家和曲家双重身份的明代文人，又将神、气、韵、意等绘画概念引至戏曲领域，对戏曲中的人物创作也提出了"神似"的更高要求。

作为人物创作的一个重要意识，"神似"主张一直贯穿在整个明代戏曲创作的过程之中。论及神似论重要意义的曲家和曲论者数目众多，他们的见解虽各有侧重，但也不乏共同之处。在这个队伍之内，徐渭的影响力不可不提。

徐渭是身处时代转折期的重要人物，彼时，他所面对的社会环境，一方面是继《香囊》以来戏曲创作的时文风气还在继续，另一方面是崇尚复古的文艺号角也已吹响。为反对时文风气，革新戏曲实践，他由此提出了"本色论"的戏曲创作要求，以崇真尚俗作为其核心曲学主张。就人物创作而言，"本色"即指"传神"。其言："作

《西厢》者，妙在竭力描写莺之娇痴，张之笨趣，方为传神。"① 娇痴、笨趣是莺莺和张生的主要"传神"之处，原因在于他们性格上的"本色"得到了很好的展现，没有偏离到"淫妇人"和"风浪子"的队列之中。徐渭对"本色"与"传神"的推崇，无论就戏曲创作来说，还是就曲论研究而言，对明代的众多曲论者都产生了重要影响。在后来者汤显祖、何良俊、王世贞，以及明代末期的冯梦龙、孟称舜等人的理论主张中，都可以找到徐渭重"情"尚"真"精神的影响痕迹。万历年间的汤显祖和李贽，就分别承继了徐渭求真和求俗的精神并加以发挥。汤显祖强调人物塑造的真情实性，将徐渭之"真"理解为"至情"之心。李贽求俗，从重视人物创作的童心出发，提出要抓住人物的真实神情特征。汤显祖曾赞董西厢以传神之笔刻画出传神人物，称："何物董郎，传神写照，道人意中事若是。"②亦称："予谓文章之妙不在步趋形似之间……故夫笔墨小技，可以入神通圣。"③ 李贽也以"传神写照"来表达对人物神似的赞美，认为体现出人物的生气才有"传神"之感。例如，他提出："传神写照于阿堵物之中，目睛既点，则其人凛凛自有生气；益三毛，更觉有神。"④ 又针对《西厢记》第十出〈妆台窥简〉，总批曰："常言吴道子、顾虎头，只画得有形象的，至如相思情状，无形无象，《西厢记》画来的的逼真，跃跃欲有，吴道子、顾虎头又退数十舍矣。千古来第一神物，千古来第一神物。"⑤ 汤、李二人离形求神的创作意识，也为后来的冯梦龙、阮大铖、孟称舜等曲家所效法。例如，孟称舜是人物创作论的重要代表人物，主旨亦注重"传神"之意。他有画马之喻，称："其说如画者之画马也，当其画马也，所见无非马者。人

① 徐渭：《徐文长批评虚受斋绘图精镌本〈西厢记〉》第三折第三套［乘夜踰墙］眉批，《古典戏曲美学资料集》，第 104 页。

② 汤显祖：《玉茗堂批定〈董西厢〉序》，《中国古代戏曲序跋集》，第 91 页。

③ 汤显祖：《合奇序》，《汤显祖全集》，徐朔方笺校，上海古籍出版社 1992 年版，第 1138 页。

④ 李贽：《李贽文集·初潭集》，张业整理，燕山出版社 1998 年版，第 6 页。

⑤ 李贽：《李卓吾先生批评北西厢记》第十出〈妆台窥简〉总批，《〈西厢记〉注释汇评》（中），周锡山编，上海人民出版社 2013 年版，第 499 页。

视其学为马之状，筋骸骨节，宛然马也。而后所画为马者，乃真马也。"① 如此言论，可谓与汤显祖、李贽"心有灵犀一点通"。

经由徐渭的倡导以及他在创作实践上的推动，"本色论"的曲学主张惠及了明代诸多后辈曲论者，尤其以"越中"曲家为主，王骥德、叶宪祖、吕天成、祁彪佳、孟称舜等都在这个行列之中。他们在曲论实践上有着相似之处，例如都在曲论建设上作出了重要贡献，著有《曲律》《曲品》《远山堂曲品》等重要曲论专著传世。此外，他们在戏曲主张上也体现出一脉相承、相映成趣的特点。王骥德判断"描写者远摄风神，而雕镂者深次骨貌"②，吕天成提出"化工肖物无心，大冶之铸金有式"③，祁彪佳认为"烟姿玉骨，隐跃词中；香色声光，缊缊言外"④，均认可人物形象在呈现本来面貌之时，更应该刻画一种内在的灵魂和生气。如潘之恒所宣告，"所谓以神求者，以神告，不在声音笑貌之间"⑤，意即人物内在精神的表达要超越言谈和外部表情等皮相范畴，直达"神似"的境界。由此可见，从徐渭开始，一直延续到明末孟称舜，注重人物塑造之"本色"与"传神"，成为明代戏曲创作的重要特色之一。

（三）形、神、情的兼备与融合

在对客观对象——人物形象提出要求的同时，另外，在创作主体的角色代言、情感投入等方面，曲家和曲论者也提出了一些真知灼见，这些都成为系统阐述人物创作论的重要内容。曲论者提出，创作主体首先要有设身处地的创作意识，将自己融入戏曲人物的角色感中去，与之共呼吸、同经历。也就是说，"要求处在同一时间和空间的有限创作环境中的剧作者，必须超越主体，甚至分解主体，使之化入剧本所需要的各个对象客体和各种情感及境遇中，作多元艺术想象"⑥。王骥德将这个过程概括为"须以自己之肾肠，代他人之口

---

① 孟称舜：《〈古今名剧合选〉序》，《中国古代戏曲序跋集》，第 198 页。
② 王骥德：《〈新校注古本西厢记〉自序》，《中国古代戏曲序跋集》，第 127 页。
③ 吕天成：《曲品·卷上》，第三集，第 85 页。
④ 祁彪佳：《远山堂曲品·玉麈》，第三集，第 541 页。
⑤ 潘之恒：《鸾啸小品·神合》，《古典戏曲美学资料集》，第 134 页。
⑥ 陈竹：《古代剧作学史》，武汉出版社 1999 年版，第 374 页。

吻。……我设以身处其境，模写其似"（《曲律论引子第三十一》），主张将"我"身代入"他人"之"境"，以获取"模写其似"的效果。孟称舜对此有相同看法。因为戏曲要塑造各色各样、面目俱异的人物，所以剧作家要"忽为之男女焉，忽为之苦乐焉，忽为之君主、仆妾、金夫、端士焉"①，因此他认为，创作主体在戏曲创作之时，"不化其身为曲中之人，则不能为曲"②，也就不能真实地去感受人物的悲欢离合、喜怒哀乐。两人从戏曲代言体叙事的角度出发，提倡创作主体在模拟人物时，须得在身心上进行双重投入。同时，曲论者还提出，创作主体自身要以充沛的情感去浇注人物，才能让人物成为"情感"传达的媒介和载体。以"情"写人的宗旨，既被认为是对时代主旋律的积极响应，也被认为是创作主体在创作人物之时应该具备的前提条件。徐渭"本色"论强调"曲本取于感发人心，歌之使奴、童、妇、女皆喻"③，认为创作者本人要"宜俗宜真"，标举以真心为核心来进行人物塑造。李贽弘扬"童心"，反对创作者把人物概念化、道学化，提倡只有从"童心"出发，才能在人物身上铭刻情感标记。王骥德倡导以"情"写人，如其所言："持一'情'字，摸索洗发，方抱之不尽，写之不穷。"④ 汤显祖、冯梦龙、孟称舜等曲家也对创作主体之"情"同样无上推崇，并身体力行地以创作实践来加以验证。例如，孟称舜在鲜明地提出"因事而造形，随物而赋象"理论主张的同时，也进行了丰富的创作实践，因既"能道深情委折曲奥，一一若身涉之"⑤，又能在人物创作之时"使其形态活现、惊魂不死"⑥，故而成为明代论曲人物中的熠熠翘楚。

在明代的众多论曲主张中，以孟称舜对人物论的看法和论述最为全面。针对人物形象与创作主体之间的关系，他曾做过一段精彩论述：

① 孟称舜：《〈古今名剧合选〉序》，《中国古代戏曲序跋集》，第 198 页。
② 孟称舜：《〈古今名剧合选〉序》，《中国古代戏曲序跋集》，第 198—199 页。
③ 徐渭：《南词叙录》，第一集，第 486 页。
④ 王骥德：《曲律·杂论第三十九下》，第二集，第 119 页。
⑤ 马权奇：《〈鸳鸯冢〉题词》，《中国古代戏曲序跋集》，第 215 页。
⑥ 陈洪绶：《〈节义鸳鸯冢娇红记〉序》，《中国古代戏曲序跋集》，第 223 页。

　　盖诗辞之妙，归之乎传情写景。顾其所为情与景者，不过烟
云花鸟之变态，悲喜愤乐之异致而已。境尽于目前，而感触于偶
尔，工辞者皆能道之。迨夫曲之为妙，极古今好丑、贵贱、离
合、死生，因事以造形，随物而赋象。时而庄言，时而谐诨，狐
末靓狙，合傀儡于一场，而征事类于千载。笑则有声，啼则有
泪，喜则有神，叹则有气。非作者身处于百物云为之际，而心通
乎七情生动之窍，曲则恶能工哉！①

　　这段话的论述非常凝练，若加以概括，可以综述为：作曲之妙在于
形、神、情的兼备。其观点分述了几个具体的方面：先论戏曲与诗词
在叙事层面有所区分：诗词重视抒情写景，戏曲则要展现复杂的人生
百态和鲜活的人物形象。再论戏曲如何塑造人物形象：一求形似，要
根据情节发展来进行"造形"和"赋象"；二求神似，无论好人坏
人、美者丑者、贵人穷人，都要从古今形象中加以提炼升华；三求情
似，在叙事文本中，人物要凝集情感于身，笑要带有笑的感情，哭要
带有哭的情绪。最后论述创作主体描写人物要进入人心深处，让人物
能够传情达意。

　　孟称舜的戏曲评点行为与其理论主张十分契合。他常常从"形
似"切入，强调人物形象的鲜明性。如评木兰所唱【六幺序】一曲：
"虽则英雄，终带儿女口角，可为宛肖。"（徐渭《雌木兰》第一折）
评窦娥所唱【贺新郎】一曲："妙，妙，逼真，烈孝女口气。"（关汉
卿《窦娥冤》第二折）同时，他也注重人物内在神情的传达，如评
《青衫泪》第一折【油葫芦】："说虔婆神情都出"②；评《李逵负荆》
第一折："至其摹象李山儿，半粗半细，似呆似慧，形景如见，世无
此巧丹青也"③。此外，他还认为人物塑造不应该忽视情感的传达，
而应以情来奏响创作与阅读之间的共鸣，将"传神写照"之说进一
步发展为"传情写照"之论。在《古今名剧合选》第八集《桃源三

---

①　孟称舜：《〈古今名剧合选〉序》，《中国古代戏曲序跋集》，第 198 页。
②　孟称舜：《古今名剧合选评语·青衫泪》（辑录），第三集，第 473 页。
③　孟称舜：《古今名剧合选》第十二集《李逵负荆》第一折眉批，《古典戏曲美学资
料集》，第 233 页。

访》中，孟称舜曾作如此批点："传情写照，句抉空蒙，语含香润，能令旧日诸人嘘之欲生，后来读者对之愁死，可为王、郑之极（绝）笔矣。"① 又认为《诤范叔》中范雎的唱词传达了英雄无奈的情感，评曰："极热心人偏说出极冷淡话，正是英雄失路无聊之语。"②

明末陈洪绶对孟称舜"心通乎七情生动之窍"这一主张颇为认可，在他看来，戏曲人物的塑造在追求形神兼备之时，继续加注情感于其中，更能获得感同身受的体验。其言："古今具有性情之至者，娇与申生也。能言娇与申生性情之至，而使其形态活现，精魂不死者，子塞也"③，对孟称舜"传情写照"之作大加称赞。

另有晚明陈继儒在戏曲评点中亦体现出较为系统的人物创作观。署名为陈继儒的戏曲评点多达十多种，由于身处晚明时期，前人的各种主张和看法在他这里都有所吸收和体现。很多重要的理论问题，在他这里得到了响应，人物问题就是其中之一。例如，其称："莺莺喜处成嗔，红娘回嗔作喜，千种翻复，万般风流"（第十出〈妆台窥简〉总批)④，就是对生动描摹人物性格这一主张的认可。又例如，其言《西厢记》中崔、张的人物行为，"摹出多娇态度，点出狂痴行模，令人恍惚亲睹"（第一出〈佛殿奇逢〉总批)⑤，突出的是"传神写照"的叙事效果。再例如，其称徐渭《昆仑奴》："暗使梅郎舌头有骨，徐老子笔头有眼，更喜得刘秀才手中有刀，重向剑侠场中轰爆一声霹雳"⑥，无疑是神、情俱备的佳作。

综合以上形神论的主张可以看出：第一，明代戏曲人物创作观受到了绘画创作理论的深刻影响。关于戏曲人物创作的一些具体主张，直接传承了绘画创作的理念，或者是受到了绘画创作理念的启发。例

---

① 孟称舜：《古今名剧合选评语·桃源三访》（辑录），第三集，第491页。

② 《诤范叔》第一折中有【醉扶归】一曲，原文为："俺则待手把着严陵钓，耳洗着许由瓢，不图他顶冠束带立于朝，但得个身安乐。"主角范雎在文本中的整体形象定位是，尽管满腹才华未能得以重用，却始终从未丧失斗志。这首唱词出现于范雎跟随须贾出使齐国之时，为范雎在接受齐国大夫邹衍款待时所唱。

③ 陈洪绶：《〈节义鸳鸯冢娇红记〉序》，《中国古代戏曲序跋集》，第223页。

④ 陈继儒：《陈眉公先生批评西厢记》，《古典戏曲美学资料集》，第158页。

⑤ 陈继儒：《陈眉公先生批评西厢记》，《古典戏曲美学资料集》，第158页。

⑥ 陈继儒：《〈昆仑奴〉序》，《中国古代戏曲序跋集》，第159页。

如，南朝谢赫在《绘画六论》中提出要"应物象形，随类赋彩"，这一主张也是孟称舜"随物赋形"曲学主张的直接来源。从艺术相通的角度来说，戏曲与绘画在概念和批评角度上的重合，体现出文体之间审美的共通性。第二，明代曲家积极投身于人物创作关于形与神的关系探讨之中。曲家和曲论者在各自的批评视野里，往往利用画论中"形""神"的重要概念来品评戏曲剧本。个体曲家、曲论者在观点与创作实践上的贡献，为明代曲论的整体面貌提供了具体而丰富的材料。随着理论认识的不断深入，形与神的探讨也在逐步走向成熟与系统。

二 "借客形主""摹索"等：明代曲论的人物塑造技法

戏曲剧本在叙事过程中如何进行人物勾勒，从明初至明末，这个问题就一直处于曲家和曲论者的探索与审视之中。从严格意义上的叙事学角度来说，人物形象的塑造技巧直到清初才结出成熟的理论果实。在此之前，明代曲家和曲论者的理论与实践探索，为戏曲人物塑造技巧积累下了许多宝贵的经验。虽然未达清代曲论高度，概念上不够系统、明晰，也未能得到众多曲家的集中性探讨，但在各种理论形态中也不乏找到散金碎玉般的技巧主张，吉光片羽，却无法掩盖其中的光芒。明代曲论广泛吸收了其他文体例如诗、绘画中的人物塑造概念，形成了戏曲文体关于人物塑造的一些相关技巧。以体现明代叙事观的各种戏曲理论形态作为来源，以明代曲家作为考量对象，本节试图概述出几种主要的关于人物塑造的创作技法。

（一）"借客形主"

汤显祖曾说，"文章之妙，全在借客形主。"这一说法针对的具体对象，指的是诸宫调《董西厢》。在这一剧本的评点中，他有眉批曰："文章之妙，全在借客形主。若只写崔之奇艳、张之疯狂，人皆能之。此却把众和尚闹闹攘攘处极力指画，正为张生张本。"① 前一句是其理论主张，后一句是针对该曲学主张所进行的具体阐释。要全

---

① 汤显祖：《评〈董解元西厢〉卷一［越调·雪里梅］曲》眉批，《古典戏曲美学资料集》，第130页。

面理解汤显祖眉批之意，此处需要就背景略作一下说明。汤氏眉批在《西厢记》中所对应的情节，指的是：张生在普救寺夜遇莺莺，被其美貌所惊艳，以至于辗转反侧，夜不能寐。第二日，普救寺按相国夫人请求，为相国公亡灵作清谯，相国夫人携莺莺在法事上露面。如同张生一样，在见到莺莺后，庙里众和尚均被其美貌所吸引。《董西厢》卷一中有众和尚乍见莺莺的场面描写：

【雪里梅】诸僧与看人惊晃，瞥见一齐都望。住了念经，罢了随喜，忘了上香。〇选甚士农工商，一地里闹闹攘攘。折莫老的、小的，俏的、村的，满坛里热荒。〇老和尚也眼狂心痒，小和尚每挼头缩项。立挣了法堂，九伯了法宝，软瘫了智广。

【尾】添香侍者似风狂，执磬的头陀呆了半晌，作法的阇黎神魂荡扬。不顾那本师和尚，聒起那法堂。怎遮当！贪看莺莺，闹了道场。

《董西厢》中叙写莺莺有倾国之美，此处即是体现之一。此外，卷一还描写了张生夜遇莺莺的情景，又从张生视角描绘出莺莺倾城之貌：

【中吕调】【尾】脸儿稔色百媚生，出得门儿来慢慢地行，便是月殿里姮娥也没忒地撑。

青天莹洁，瑞云都向鬓边来；碧落澄晖，秀色并颦眉上长。料想春娇厌拘束，等闲飞出广寒宫。容分一捻，体露半襟。亸罗袖以无言，垂湘裙而不语。似湘陵妃子，斜偎舜庙朱扉；如月殿姮娥，微现蟾宫玉户。

莺莺之美貌，以语言出现在文本中，看不见、摸不着，只能凭想象来描摹。然而，仅仅通过语言的描述，也只能勾画出一个大致轮廓。一般说来，美貌虽可以在文本中进行描写，却很难构成视觉上的冲击感。但若借助参照映衬的方式，从张生视角切入，继续描述一个由喧嚣转为寂静的场景，就能够以由动到静的转折来凸显美貌所产生的强烈视觉冲击感。莺莺的美貌，以张生的惊艳作为参照是其一，又以和尚们的异常行为作为映衬是其二，双管齐下，就将莺莺的国艳之美"传神"地表达出来。如此读来，画面是动感的，视线是集中的，映衬的效果也就变得更加瞩目。众和尚的目瞪口呆既是莺莺美貌的参照，又是张生为莺莺"疯狂"的同义解读。相比正面勾勒，侧面映衬的技巧让人对莺莺美貌产生了更具生动画面感的印象。此番参照和映衬之法，汤显祖称之为"借客形主"，并认为"借客形主"的技巧运用能够体现出文章之"妙"。从叙事学角度来看，"借客形主"作为一种人物形象的塑造技巧，既能够突出人物形象的主要特征，又能够承载创作主体的审美体验。

"借客形主"一词出自明人王嗣奭《杜臆》。王嗣奭在研究杜甫《丹青引》一诗时说："韩幹亦非凡手，'早入室''穷殊相'已极形容矣，而借以形曹，非抑韩也。如孟子借古圣人百世师，而形容孔子之生民未有。此借客形主之法。"① 正确加以理解，在于把握其中的两个重要关键词："主"与"客"。所谓主，指主角（主要人物），也指剧本中的主要人物形象。相应地，"客"之义也对应两种概念，一指配角（陪衬人物），二指主要性格之外的其他辅助性格。"借客形主"即指以配角来映衬主角，以及用辅助性格来映衬主要性格。除此之外，还要透彻理解"借"在其中的重要作用。"借"之意，是将属于他人的东西拿来为自己服务。"借客"指从"客"之对象处拿东西为"主"所用。汤显祖说"借客形主"，是借"客"的反应来映衬"主"的形象。"借"在此处即如王嗣奭所说，它不仅不是抑制，反而是一种烘托。因为已达莺莺"奇艳"形容之极，故而依靠和尚们的反应来进行烘托，再次增加形象的"奇艳"力度。

李贽评点《北西厢》（王实甫），同样领会了"借客形主"之妙。虽未提出明确的概念，但其意与汤显祖有呼应之巧。

【得胜令】［生唱］恰便似檀口点樱桃，粉鼻倚琼瑶。淡白梨花面，轻盈杨柳腰。妖娆，满面儿扑堆着俏；苗条，一团儿衠

① 王嗣奭：《杜臆》卷六，台湾"中华"书局1970年版，第199—200页。

是娇。(《北西厢》第四出〈斋坛闹会〉)

李贽眉批曰：莺莺小像。又：

　　【乔牌儿】大师年纪老，法座上也凝眺；举名的班首真呆
傍，觑着法聪头作金磬敲。

　　【甜水令】老的小的，村的俏的，没颠没倒，胜似闹元宵。
稔色人儿，可意冤家，怕人知道，看时节泪眼偷瞧。

李贽于此两处分别眉批曰：好一班志诚和尚。妙。① 对比《董西厢》
和《北西厢》之剧本描述，以及汤显祖和李贽批语，其中透露出一
个事实：在"借客形主"的表达上，剧本之间有所沿袭，且其中的
妙处、佳处也被后世戏曲创作者所认可。

　　汤显祖既领悟、品评他作"借客形主"之妙，又拿来为己所用。
对《董西厢》中人物塑造技法的分析评价，表明他继承了自《董西
厢》以来戏曲叙事倡导塑造主要人物形象的观念。他盛赞"借客形
主"在刻画人物中的重要作用，称"文章之妙，全在借客形主"，并
从审美的高度赞扬了塑造典型人物的巨大价值。杜丽娘"情绝"形
象的塑造就是汤显祖人物创作中的典型代表。其自称"人生而有
情"②，"如丽娘者，乃可谓之有情人耳"③，如王思任所说："《牡丹
亭》，情也。……情莫有深于阿丽者矣。"④ 从认识论的总体来看，汤
显祖所谓"借客形主"法虽然仅作为他塑造人物的方法论之一，但
其中所包含的合理内容却是非常引人注目的。戏曲文本因为要在有限
的时间里描述一件事情的始末，也因为角色体例的限制，为配合情节
的推进，人物性格常常要求"一眼见底"，具有较强的透明度。戏曲

---

① 李贽：《李卓吾先生批评北西厢记·第四出〈斋坛闹会〉》，《〈西厢记〉注释汇评》
（中），第490页。
② 汤显祖：《宜黄县戏神清源师庙记》，第一集，第608页。
③ 汤显祖：《〈牡丹亭还魂记〉题词》，《中国古代戏曲序跋集》，第88页。
④ 王思任：《〈批点玉茗堂牡丹亭〉叙》，《中国古代戏曲序跋集》，第167页。

剧本中的人物形象，经常可用一句话或一个关键词来进行概括。许多
人物形象或者人物性格的定位，往往随着情节的推进和戏剧冲突的展
开而不断强化，尤其是其中最具鲜明特征之处。因而，创作主体在塑
造人物之时，既要围绕主要人物的形象特征去安排其他人物的活动，
又要根据人物的主要形象从其他相关方面去进行特征的叠加。《牡丹
亭》中的人物描写即是如此。汤显祖并没有平均地去使用笔力，作泛
泛而谈，而是着重渲染了杜丽娘、柳梦梅两个主要人物形象。并且，
在杜丽娘和柳梦梅两人的形象塑造中，也不是一视同仁，而是有所侧
重。从剧本中的全部人物来看，柳、杜是主要人物，其他人物是陪衬
人物；而从柳、杜二人来看，又以杜为主，柳处于相对次要的位置。
这即是他对"借客形主"之法的践行。此法之妙在于，汤显祖并没
有孤立地强调塑造杜丽娘的重要性，而是从各路人物的形象刻画中透
露出一个精湛的见解，即要聚焦主要人物，必须要以写好陪衬人物作
为辐射内容。人物与人物之间既要安排主次，又要写出各自的特点。
沈际飞深谙其中之妙，对汤显祖如此刻画人物形象的方法大加赞扬。
其认为《牡丹亭》中的人物各有形象特征可抓："柳生骏绝，杜女妖
绝，杜翁方绝，陈老迂绝，甄母愁绝，春香韵绝，石姑之妥，老驼之
勚，小癞之密，使君之识，牝贼之机，非临川飞神吹气为之，而其人
遁矣。"① 亦认为《紫钗记》中各人物各具鲜明性格："小玉愚，李郎
怯，薛家姬勤，黄衫人敢，卢太尉莽，崔韦二子忠，笔笔实，笔笔浑
成。"② 两处所论，可见其深深领悟了汤显祖刻画人物形象的艺术
真谛。

"借客形主"之法的成功之处，还在于能够通过主要人物和陪衬
人物的形象塑造，从中揭示出不同人物之间的微妙关系。《牡丹亭》
叙写杜丽娘之"至情"，借用杜宝"拘束身心"的家训与老夫人的
"女儿经"来侧面映衬，将其性格中因"闺深珮冷魂销"而"一点幽
情动早"的情感萌芽与冲破父母束缚的动因联系起来。杜丽娘的行
为，恰好走向父母主观出发点的反面，正是人物与环境之间的关系表

---

① 沈际飞：《〈牡丹亭〉题词》，《中国古代戏曲序跋集》，第 251 页。
② 沈际飞：《题〈紫钗记〉》，《中国古代戏曲序跋集》，第 249 页。

现。再者，柳梦梅在功名上的庸庸碌碌与他为追求爱情表现出来的烂漫无邪，也形成人物性格上的两相对比。功名让位于情感，从侧面烘托出了杜丽娘有色有情的魅力。尤其〈惊梦〉〈寻梦〉〈写真〉〈闹殇〉各出刻画的杜丽娘之种种情深，与剧本中各色人物的表现形成了情感共鸣。她与他们的组合，共同谱写出一曲"至情"故事，共同讴歌了一个"至情"境界。从《牡丹亭》的整体叙事来看，所有人物均有机地联系在一起，为突出同一个形象和同一个主题服务。因有杜丽娘之痴，才有柳梦梅之情；因有父母之阻挠，才有杜柳之深情。网状关系的展开，为人物"至情"形象的刻画进行了烘托，王思任赞其效："情深一叙，读未三行，人已魂销肌栗；而安顿出字，亦自确妙不易。其款置数人，笑者真笑，笑即有声；啼者真啼，啼即有泪；叹者真叹，叹即有气"①，无愧于是品味《牡丹亭》人物的知音。

不仅汤显祖如此，明代的戏曲创作大都采用"借客形主"的手法，尤其在爱情题材的戏曲创作之中。例如《题红记》《红梅记》《焚香记》等剧本，都塑造有一个类似杜丽娘的旦角人物。她们貌美才高、重情重义的形象特征，通过各种陪衬人物的形象、行动等映衬出来。历史剧、公案剧的创作在人物形象塑造层面，也多看重"借客形主"技巧的合理运用。反之亦然，若有不妥、不恰当运用之处，则容易遭到诟病。祁彪佳认为《溉园》中"客胜于主"的运用就是反面典例，原因在于："此以王孙贾为生，插入'齐世子灌园'一段。于覆齐、复齐处，言之独详，而贾绩之可纪者，转觉寥寥，是为客胜于主。"② 依他之见，在人物行动的安排上，若太过于倾向陪衬人物的描写，而少于对主要人物进行刻画，就会喧宾夺主，走向"借客形主"的反面。

由此可见，人物形象既是创作实践的输出，也是人物审美的产物。"借客形主"的技巧手法经由明代曲家的不断累积与总结，于清代发展成为一种成熟的人物刻画手段。金圣叹形容为："欲画月也，月不可画，因而画云。画云者，意不在于云也。意不在于云者，意固

---

① 王思任：《〈批点玉茗堂牡丹亭〉叙》，《中国古代戏曲序跋集》，第168页。
② 祁彪佳：《远山堂曲品·溉园》，第三集，第575页。

在于月也"①，在"借客形主"的曲学主张基础上，将之提炼为"烘云托月"的概念。从理论主张前后承继的意义来说，汤显祖等人的探索对金圣叹、毛声山等人多有启发。

（二）"摹索"

"摹索"即"模索"，意指揣摩、推测。作为一种表现人物形象和刻画人物性格的技巧方法，始于徐渭。徐渭在《西厢记》评点中说道："西厢文字一味以模写为工，如莺、张情事，只从红口中模索之，老夫人及莺意中事，则从张口中模索之，且莺、张及老夫人未必实有此事也。"②"模索"即作揣测、揣摩之意解，原因如徐渭所说，莺莺和张生间的情事是从红娘口中得知的，当事人之间未必有此事发生；而老夫人和莺莺之间达成的共识，也只是通过张生之口表达出来，很可能实际上并未有共识达成。陈继儒也发出"全在红娘口中描写莺莺娇痴、张生狂兴"③之叹，其意与徐渭相同。《西厢记》摹写崔张形象，而借助他人之口进行表现的技巧——"摹索"，在徐渭等人看来，对展示人物形象和体现人物性格具有重要作用。

在叙事学意义层面，"摹索"是叙事表达的一种技巧手段，更具体地说，它是一种叙事视角的转换，即从旁观者的视角来渲染主要人物形象、人物行动、人物性格和人物精神，用来补充主要人物的全貌。汤显祖评点《西厢记》（《北西厢》）④时就有类似表达，如评第一折第三套〈联吟〉："张生痴绝，莺娘媚绝，红娘慧绝，全凭着王生巧绝之舌，描摹几绝。"王生作为旁观者，从他的口中来描摹张生、莺莺和红娘，就从侧面增加了一个审视视角，为主要人物的主要形象特征的表达增加了可信度。以旁观者的叙事视角而论，汤显祖"描摹"之称与李贽"摹索"之意相差无几。李贽在《西厢记》等评点中也多处提到"摹索"之法。例如，第三出〈牛氏归奴〉中有此眉

---

① 金圣叹：《贯华堂第六才子书西厢记》第一本第一折〈惊艳〉总批，《历代曲话汇编》（清代编）第一集，第141页。
② 徐渭：《徐文长批评虚受斋绘图精镌本〈北西厢记〉》第三折第三套［乘夜踰墙］眉批，《古典戏曲美学资料集》，第103—104页。
③ 陈继儒：《陈眉公先生批评西厢记》第十一出〈乘夜踰墙〉总评，《古典戏曲美学资料集》，第158页。
④ 此处版本参见《三先生合评西厢记》汤若士总评，明天章阁刻本。

批："院子不合及此，或出老姥姥，惜春姐之口则不妨，大抵赞牛氏的白，合在女子口中出。"① 第九出〈锦字传情〉亦有总批："曲白妙处尽在红口中摹索两家，两家反不有实际，神矣。"② 祁彪佳、陈继儒也效用李贽"摹索"概念来对剧本中的人物形象进行评鉴。祁彪佳称《独乐园》（北四折）："妙在从君实口角中讨出神情。此于移商换羽外，别具锤炉。"③ 陈继儒在评《琵琶记》第二十五出〈祝发买葬〉时，同又总批曰："两人真容，一生行境俱在五娘口中画出，绝妙传神文字"④，认为从旁人之口"摹索"出人物行动，能够体现出人物形象的真实感（"真容"）。虽然汤显祖、李贽、陈继儒等人指出了"摹索"之妙，但令人遗憾的是，却未能在此基础上进行理论深入，继续思索怎么"摹索"的理论问题。直到清代金圣叹对前人之说加以理论综合，才以对比参照的方式继续深入人物创作的艺术审美层面。其称："与其张生申诉，何如红娘觑出。与其入门后觑出，何如隔窗先觑出。盖张生申诉便是恶笔，虽入门觑出，犹是庸笔也"⑤，认为由何人"摹索"，如何进行"摹索"有成和败的区别，处理不好就容易流入"庸笔"之列。

为展示人物形象，揭示人物行为乃至内心的活动，除唱词外，某些道白也承担起"摹索"任务。前者例如《西厢记》第三本第一折【油葫芦】一曲：

　　　　憔悴潘郎鬓有丝，杜韦娘不似旧时。带围宽清减了瘦腰肢。一个睡昏昏不待观经史，一个意悬悬懒去拈针指；一个丝桐上调弄出离恨谱，一个花笺上删抹成断肠诗；一个笔下写幽情，一个

①　李贽：《李卓吾先生批评琵琶记》第三出〈牛氏规奴〉眉批，《〈琵琶记〉资料汇编》，侯百朋编，书目文献出版社 1989 年版，第 215 页。
②　李贽：《李卓吾先生批评北西厢记》第九出〈锦字传情〉总批，《〈西厢记〉注释汇评》（中），第 497 页。
③　祁彪佳：《远山堂剧品·独乐园（北四折）》，第三集，第 634 页。
④　陈继儒：《陈眉公先生批评音释琵琶记》第二十九出〈乞丐寻夫〉总批，《古典戏曲美学资料集》，第 159 页。
⑤　金圣叹：《贯华堂第六才子书西厢记》，付晓航点校，甘肃人民出版社 1985 年版，第 187 页。

弦上传心事：两下里都一样害相思。

这段曲词就是"揣索"手法的运用，通过红娘之口"揣索"出崔莺莺、张生"两下里都一样害相思"的情状。又例，《娇红记》文本第三出〈会娇〉中有申纯一段唱词：

> 【前腔】可人模样，天生就，春风艳妆。他妹妹，我哥哥，则是侧身偷眼低低望。想他是年少娇娘，蓦然间翠靥红生两颊旁。怕道不关情，怎便把春情扬？猛教我神飞醉乡，猛教我魂飞翠乡。

孟称舜从申纯之眼来"揣索"娇娘美貌，透过"他人"视角从侧面描绘出娇娘之美以及娇娘初见新客的娇羞姿态。陈洪绶对孟氏此一"揣索"之法表示赞许，称娇娘描摹的成功，在于"都在别人口中写出娇态"①。

道白"揣索"人物行为，还可见李卓吾批评《北西厢记》第十二出〈倩红问病〉。本出总批曰："妙在白中述莺语"②，意即原文通过红娘与张生之间的道白，生动描摹出了莺莺对张生之病的牵挂之情。道白"揣索"在小说评点中也有体现。明人睡乡居士《〈二刻拍案惊奇〉序》曰："然据其所载，师弟四人各一性情，各一动止，试摘取一言一事，遂使暗中揣索，亦知其出自何人，则正以幻中有真，乃为传神阿堵"③，极为准确地道出了"揣索"传神之效。事实上，戏曲创作与小说创作在人物塑造上原本具有相似和相通之处，有的戏曲创作者本身也是小说评点人，如徐渭曾批点《隋唐演义》、李贽曾评点《水浒传》、陈继儒曾评点《列国志传》等。他们不仅在戏曲创作中仔细琢磨如何通过"揣索"之法塑造人物，同时也在小说评点

---

① 陈洪绶：《节义鸳鸯冢娇红记》第三出〈会娇〉眉批，《古本戏曲丛刊二集》。

② 李贽：《李卓吾先生批评北西厢记》第十二出〈倩红问病〉总批，《〈西厢记〉注释汇评》（中），第502页。

③ 凌濛初：《〈二刻拍案惊奇〉序》，王古鲁收录编注，古典文学出版社1957年版，第1页。

中就人物塑造表达自己的见解。戏曲与小说中"摹索"之法的运用，实际上是彼此交叉、互相借鉴的。小说人物"摹索"技巧的成熟对促进戏曲"摹索"技巧的提升无疑大有裨益。

从旁观者视角体现主要人物的心理活动，这正是"摹索"手法的高超之处，也是汤显祖、李卓吾、陈继儒等人称其"妙处"的内在含义所在。在理论意义层面，"摹索"之法的运用，是中国古代戏曲在人物创作论上的一大特色。学者朱万曙即认为："李卓吾所指出的'摹索'手法不仅概括了《西厢记》的创作特点，实际上也在相当程度上概括了中国戏曲的创作特点。因此，'摹索'概念的提出，实际上不仅是对《西厢记》的评价，也是对中国戏曲创作特点的理论总结。"① 这一阐述，在两个层面表述了"摹索"方法的重要性：其一，更新了一种戏曲叙事进行人物创作的视角，从主体视角、旁观视角两个方面揭示了人物形象的完整与真实；其二，中国戏曲作品中有大量"摹索"手法的运用，它们建立在艺术创作实践的基础上，以此提供了一种重新思索人物创作的理论反思。

由以上分析可见，"摹索"手法在戏曲叙事中的运用，一方面，它构成人物形象审美要素的一大补充，体现出叙事视角多元化的特点；另一方面，随着戏曲叙事对社会生活的广泛关注，社会生活也大量进入创作者的视野，使得人物的审美标准得到了丰富和扩充。当人物形象注重反映社会生活的复杂关系，人物也就会在体现社会生活的关系中折射出文学和审美意义的双重价值。若认为"借客形主"反映了创作者将主观情志的映射视为人物塑造的内在参照，并在创作过程中赋予人物以主要形象特征来整合各种人物之间的性格、行动与心理活动，那么人物"摹索"则意味着创作者理论视野的扩充，从多重视角参与到叙事过程之中。从主观情志的有限投射转向旁观视角的无限审视，可以说是中国古典叙事学人物创作方法的一大突破。

（三）其他技巧

明代曲家和曲论者还总结出一些其他人物塑造技法。这些技法大

---

① 朱万曙：《〈西厢记〉的"摹索"手法——答蒋星煜先生》，《艺术百家》2003年第4期。

多缺乏概念上的名称，随意性也比较大，有些只在评点或序跋中匆匆一现，有些甚至需要进行理解概括才能显出其"真身"，故而未能形成较大的影响力。但是，这些技法的总结从理论意义上来说，同样也为人物塑造提供了有效的方法，具有一定的理论价值。下面选取几种方法简略进行介绍。

"增减朽塑"，是王思任在《批点玉茗堂牡丹亭叙》中评论杜丽娘、柳梦梅、老夫人、杜安、陈最良、春香等人物时提出的人物塑造见解。王思任在论述了如上各人物之典型特征后，总结曰："如此等人，皆若士玄空中增减朽塑，而以毫风吹气生活之者也。然此犹若士之形似也，而其立言神指，《邯郸》，仙也；《南柯》，佛也；《紫钗》，侠也；《牡丹亭》，情也。"①意指柳、杜、春香等人的传神描写，在于汤显祖能够正确处理人物与艺术构思以及生活之间的复杂关系。首先，它是汤显祖为塑造人物形象开展的艺术构思，如王思任所言，汤显祖要在"玄空"（思想）中预先进行关于人物形象、活动和心理等特征的提炼，用来增强典型性的一面，减去普遍化的一方；其次，汤显祖"以毫风吹气生活"在现实生活的基础上，用艺术笔墨来进行刻画与提升，使人物既达到"形似"，又以传神抒"情"为旨归。"增减朽塑"的技巧建立在人物的具体分析之上②，无论是细节描写，还是心理描写，均以塑造具有典型性格的人物形象为描摹目的。祁彪佳对此技巧也有所悟，其称《蕉帕》："龙骧、弱妹诸人，以毫锋吹削之，遂令活脱生动"③，此中，"吹削"即与"增减"同义，皆可理解为夸张典型，削弱普遍化。

"情自我生，境由他转"，语出王光鲁《〈想当然〉本叙》，意指人物塑造要求创作主体拥有自主情感，并能让情感得到自如发挥，但

———————————

　① 王思任：《批点玉茗堂牡丹亭叙》，第三集，第49页。
　② 王思任：《批点玉茗堂牡丹亭叙》，第三集，第48—49页。原文描述了具体人物形象："杜丽娘隽过言鸟，触似羚羊，月可沉，天可瘦，泉台可暝，獠牙判发可狎而处。而'梅'、'柳'二字，一灵咬住，必不肯使劫灰烧失。柳生见鬼见神，痛叫顽纸，满心满意，只要插花。老夫人智是血描，肠邻断草，拾得珠还，蔗不陪檗。杜安抚摇头山屹，强笑河清，一味做官，半言难人。陈教授满口塾书，一身襕气，小要便宜，大经险怪。春香眨眼即知，锥心必尽，亦文亦史，亦败亦成。"
　③ 祁彪佳：《远山堂曲品·蕉帕》，第三集，第543页。

同时情感又必须跟随人物性格的自我发展而转移。他说，"然有纳茶瓮者，有书赫蹏者，有呀帛侧理、楷书粘壁上者，杂举子业稿中者，传歌人板拍上者。一日纂汇成帙，润以宾白，胸中数人始出，而拱揖笑啼于纸上"①，认为各色人物形象首先要在心中成型，待到时机成熟，"胸中数人始出"，才能生动地"纂汇成帙"而"拱揖笑啼于纸上"。此意与汤显祖"增减枏塑"观有相似之处，但也有不同。谭元春将之理解为："一经才人手笔，以文代辞，以理遡事，合众人之喜怒，当日之情事，以观其行径，虽言谈拼凑，不必尽然，而要不可移之于他人者，则人之想专而味出也"②，认为人物"不可移之于他人者"之处，才是人物的典型特征所在，即"人之想专而味出"。换而言之，王光鲁强调了"境"的存在，认为在进行人物塑造之时，既要体现作者之情，又要顾及人物本身情感的流动。创作者要根据人物情境、环境的变化来调整本身情意，达成二者之间的和谐一致。

　　"全类"与"迥别"。孟称舜对郑光祖《翰林风月》一剧极为推崇，认为"此剧科目全类《西厢》，而填词迥别，亦犹李白之追拟崔灏也"③，赞叹此剧"后出愈奇"之处就在于人物塑造极其精彩。祁彪佳言："作手能开辟者，自于寻常科臼翻出新彩"④，此论不仅针对戏曲情节的脱窠臼，同样也针对人物塑造技法上的破旧求新。两人所论，焦点主要集中在人物创作要如何处理守旧与翻新的技巧问题之上。清代毛声山在批评《琵琶记》时提出了"犯者避之"的人物塑造技巧，曰："作文之难，非善避之难，而以犯而避之之难；又非能犯之难，而以避者犯之之难"⑤，明白地表达了人物创作应如何处理求同和存异之间的关系。明代曲论人物塑造的技巧也有类似表达，但在表述上未能如此明晰。孟称舜所称"类"与"别"的技法概念，意思与"犯""避"相类。所谓"全类"即"犯"，"迥别"即

---

　　① 王光鲁：《〈想当然〉本叙》，《中国古代戏曲序跋集》，第260页。
　　② 谭元春：《批点〈想当然〉序》，《中国古代戏曲序跋集》，第261页。
　　③ 孟称舜：《古今名剧合选评语·翰林风月》（辑录），第三集，第470页。
　　④ 祁彪佳：《远山堂剧品·三度小桃红（北四折）》，第三集，第635页。
　　⑤ 毛声山：《琵琶记》第三十九出〈散发归林〉总批，《中国古典编剧理论资料汇辑》，第299页。

"避"。就人物形象而言，人物与人物之间，共同之处为"类"，不同之处为"别"。这就要求在进行人物创作之时，要以脱窠臼、求新奇作为技巧体现，力求在相同类型的人物形象之中写出不同的性格特征来。

"描一段……光景。"冯梦龙认为，戏曲叙事要在一段完整的情节中刻画出一个个性格鲜明的人物形象，且人物形象要因人的身份不同而定位出不同性格。其举例云："演李固，要描一段忠愤的光景；演文姬、王成、李燮，要描一段忧思的光景；演吴祐、郭亮，要描一段激烈的光景。"①"光景"之意，即指主要性格，如李固以忠愤为主要性格，文姬、王成、李燮则以忧思为性格特征。人物的性格特征需要在人物行动中体现出来，故而要描述一个具体的过程。称之为主要，还要求人物在性格刻画时进行连贯与突出。"描写一段……光景"技巧的提出，从理论意义来说，一是规定了人物性格的刻画需要一个过程，二是说明了这个过程要不断叠加人物性格的主要方面，进行连续不间断的主题渲染。

人物形象的成功塑造，除了创作主体对技巧方法的挖掘，演员的扮演也是展示人物形象的表现手段。如王光鲁所论："要以心想取之，染作墨云，绣为声谱，按拍观坊，呜呜作弥大王有驴耳尔。"② 就戏曲叙事的整个链条而言，演人物也是塑造人物形象的过程之一。程羽文论人物搬演，融"真"与"传神"于一体，提出要"状忠孝而神钦，状奸佞而色骇，状困窭而心如灰，状荣显而肠似火，状蝉脱羽化，飘飘有凌云之思，状玉窃偷香，逐逐若随波之荡。可兴可观，可惩可劝，此皆才人韵士以游戏作佛事，现身而为说法也"③。既提出要以人物身份作为形似、神似、情似之扮演前提，又强调在扮演之时要传达人物身上的教化力量。

整体而言，这些人物塑造技巧的提出，促进了人物创作在认识论上的成熟。随着叙事文学的长足发展，曲论者开始广泛关注人物创作

---

① 冯梦龙：《酒家佣总评》，第三集，第33页。
② 王光鲁：《想当然叙》，《古典戏曲美学资料集》，第272页。
③ 程羽文：《〈盛明杂剧三十种〉序》，《中国古代戏曲序跋集》，第189页。

的技巧方法，并在分析现有人物形象得失的基础上，对人物塑造提出了一些具体要求，试图确立人物作为叙事要素之一在明代曲论中的重要地位。

第二节 人物批评观

人物创作在戏曲叙事中的地位非常重要，这是不容否认的事实。创作之外，叙事维度的另一极——评鉴，作为人物叙事论的内容组成部分，具有同样重要的分量。面对戏曲文本中的鲜活人物，曲家和曲论者就如何评价和鉴赏他们提出了精彩见解。将各家所论进行综合、汇聚，就形成了人物批评的重要内容。

明代曲论中的人物批评是从两种模式切入的：一是以元、明两代的曲家及其著作中的人物形象作为批评对象，在研究对象的个体累积之中，勾勒出一条人物塑造论的发展线索；二是力图将人物与外围因素进行交叉结合，从中梳理出人物与社会背景、创作主体以及受众之间的复杂关系，同时揭示出这种复杂关系给人物带来的影响。这两种批评模式在研究对象和研究视角上存在着相同之处：都以戏曲家或戏曲剧本作为批评对象，又都站在旁观鉴赏者的视角来针砭曲家及戏曲剧本在人物形象塑造上的优劣、成败。前者注重的是文本鉴赏，以人物是否合乎叙事作品的各种体制作为评判标准，包含人物形象是否真实，是否符合生活逻辑，是否与情节发展相一致等。概括而言，是就人物形象而谈人物形象的成败得失。后者注重的是审美意义，以人物是否体现价值取向作为批评尺度，包含人物形象是否传达创作意图、是否承载道德意义等内容。总结来说，是就人物的思想感情来探寻它的社会意义。两种模式的融合演进构成了明代曲论人物批评观的总貌。

一 明代戏曲人物批评观的理论意识

人物有角色行当之分，是戏曲文体的独有特征。角色行当虽然是针对戏曲演出所进行的人物设定，但它与戏曲创作之间也存在着密切关系。在古代戏曲的人物创作中，它具有同样重要的限制力。创作者在塑造人物之时，必须遵循角色设定的框架，做到心中存有舞台和观众。剧本是剧演的前提，故而剧本中人物的面貌、性格、语言等要素，也必须以行当作为基准，在"类型"的框架中进行塑造。与此相应，开展戏曲人物批评，首先也需要在角色行当的前提框架下进行，并以此作为依据来确立具体的批评标准。

西方叙事学理论提出了"角色模式"这一概念，并进行了"角色"和"人物"的区分。① 所谓的"角色"，即"行动者"，指故事行动的一个因素。代表人物之一格雷玛斯认为，任何事件都离不开行动者。中国戏曲的行当区分，实际上和叙事学理论中的"角色"理论有异曲同工之处，但又有微妙区别，体现出了自身特色。

中国古代戏曲剧本中的"人物"以"人"和"拟人物"（例如"中山狼"、信物道具等）作为塑造对象②，就人物是戏曲情节的活动者而言，"人物"与西方的"角色"概念有重合之处。不同的是，在单一戏曲作品中，戏曲中的每一个人物都有"角色"来对应，也都承担着叙事功能。同一角色在不同的戏曲作品中由不同的人物形象来丰富，从不同的创作者笔端汇集到一起。由此可见，中国古代戏曲作品中的人物既是戏曲"角色"的文字表现，也是创作者主观体验的投射，同时它又是剧本情节的推动者。一个或一群人物在通过戏曲作品呈现出来的过程中，大体受到了三个因素的制约：第一，角色行当的体例对人物提出了合乎角色的客观要求。第二，创作者在创作之时于人物身上投射了自我情感和个体审美体验。第三，人物形象随着情节的推进具有自我塑造的发展要求。可以说，在一个完整的戏曲作品中，任何一个人物的形象塑造都带有这三个因素的印迹。

明代曲论形成了明确的角色区分意识。明初时，朱权对人物的角色分工已进行了理论意义上的认识划分。在《太和正音谱》中，他

---

① 罗钢具体指出："角色与人物的区别在于，有的人物在故事结构中没有功能作用，因为它们并不引发或经历功能性事件，这种人物便不能称之为角色。"参见罗钢《叙事学导论》，云南人民出版社1994年版，第101页。

② 参见李志远《明清戏曲序跋之人物塑造论研究》，《四川戏剧》2010年第2期。此文认为主体有"人"和"拟人"之分。

将杂剧分为"十二科"①，从不同题材内容和人物角色划分出戏曲剧种。经历了嘉靖、万历年间戏曲观念的缓慢更替，在由曲学到事学的转变过程中，戏曲的角色意识在不断得到强化，并形成了相关的理论概述。徐渭《南戏叙录》针对南戏角色进行了扮相、源流等的详细论述，如称："生，即男子之称。……旦，宋伎上场，皆以乐器之类置篮中，担之以出，号曰'花旦'。……"② 王世贞认为，角色意识须得始终贯穿在创作主体的脑海之中，要使"各色的人，各色的话头，拳脚、眉眼，各肖其人。好丑浓淡，毫不出入"③。王骥德也明确主张："作曲如生人耳目口鼻，非不犁然各具，然西施、嫫母，妍丑殊观，王公、厮养，贵贱异等，堕地以来，根器区别，欲勉强一分，几而及之，必不可得也。"④ 意在表明，生即是生，旦即是旦，忠为忠，奸为奸，小姐不是丫头，丫头也非小姐，不同的角色之间要有"根器区别"。到明末，戏曲批评观在探索进而争鸣中逐渐走向自我完善，角色意识也相应发展成为理论自觉。凌濛初分析了元杂剧的角色体制，云："北体脚色，有正末、副末、狚、狐、靓、鸨、猱、捷讯、引戏共九色。然实末、旦、外、净四人换妆，其更须多人者，则增副末（亦称冲末）、旦俫（亦称冲旦）、副净（女妆者曰花旦），总之不出四色名"，并提醒创作者和批评者"急拈出以俟知者，耳食辈勿反生疑也"⑤。以此作为理论依据，凌濛初校注《西厢记》，在剧本和体例上进行了大量修正，对曲中人物的角色称呼、上下场安排等也做了较为详细的修订。程羽文《盛明杂剧序》有一段话，集中展示了角色意识的理论自觉。他说：

---

① "十二科"具体为：一曰"神仙道化"，二曰"隐居乐道"（又曰"林泉丘壑"），三曰"披袍秉笏"（即"君臣"杂剧），四曰"忠臣烈士"，五曰"孝义廉节"，六曰"叱奸骂谗"，七曰"逐臣孤子"，八曰"铍刀赶棒"（即"脱膊"杂剧），九曰"风花雪月"，十曰"悲欢离合"，十一曰"烟花粉黛"（即"花旦"杂剧），十二曰"神头鬼面"（即"神佛"杂剧）。

② 徐渭：《南词叙录》，第一集，第489页。

③ 王世贞：《成裕堂绘像第七才子琵琶记》卷一"前贤评语"，《中国古典戏曲序跋汇编》，蔡毅编著，齐鲁书社1989年版，第598页。

④ 王骥德：《曲律·杂论第三十九上》，第二集，第115页。

⑤ 凌濛初：《西厢记凡例十则》，第三集，第324页。

战国、秦、汉，始创优伶，唐作梨园教坊，王右垂以此得解颐，而庄宗自号李天下。厥后流风大畅，变歌之五音以成声，变舞之八佾以成数，曰外、曰末、曰净、曰丑、曰生、曰旦六人者出焉。凡天地间，知愚、贤否、贵贱、寿夭、男女、华夷，有一事可传，有一节可录，新陈言于赎中，活死迹于场上。谁真谁假，是夜是年，总不出六人搬弄。①

"六人"指外、末、净、丑、生、旦六大角色，是戏曲文体所固定下来的体制。六大角色行当的分类，对人物形象的塑造提出了方向上的要求，因而也就固定了"知愚、贤否、贵贱"等行当人物形象。以"行当"作为标准，角色与人物之间的对应就形成了一些硬性要求，它们构成批评者审视人物形象的重要内容，成为明代人物创作和批评的审美范畴。清代焦循在《剧说》中清晰地将正旦与正末的形象描述为："其为正旦、正末者，必取义夫、贞妇、忠臣、孝子，他宵小市井，不得而于之"②，指出角色要传达道德教化的内容，并强调戏曲人物塑造要依据行当划分，彰显其类型性格特征。

角色意识一旦生成和确立，就成为戏曲文体的独特特征，具有独立的理论价值。所以，研究人物角色意识的理论价值，也成为探讨明代曲论人物批评观的内容之一。明代人物批评观的内容表达，从具体形态来看，主要有三种方式。

方式之一：感悟赏评。曲论者以戏曲作品作为感悟对象，针对"人物"形象进行赏评，并从中提炼出人物角色分工的不同，辨析人物形象在角色分工下的各种差异特征。吕天成《曲品》、祁彪佳《远山堂剧品》等即为此类。

方式之二：戏曲评点。人物评点大多来自创作者的经验总结和阅读者的阅读感受，以记录创作或阅读时的即时感受为主。与作品融为一体的表达方式，直观、简洁而生动，但又不乏理性思考的介入。从理论形态来看，人物评鉴存在于多样的理论形态之中，但以序跋和评

---

① 程羽文：《〈盛明杂剧三十种〉序》，《中国古代戏曲序跋集》，第188—189页。
② 焦循：《剧说》，《中国古典戏曲论著集成》（八），第96页。

点最为常见。不论何种理论形态，但凡涉及人物评鉴的曲论者，广泛意义上来说，都可统称为"评点者"。但凡提及人物评鉴的内容，也都可笼统地称之为"评点"。由于评点形式灵活，能够结合具体的戏曲剧本来阐述评点者的见解和主张，如李贽所言"能通作者之意，开览者之心"①，因此架构起了作者和读者之间的沟通桥梁，将作者的创作观、审美观解读给读者，助其理解和赏析。

明代戏曲作品中的人物评点始终与具体的戏曲剧本结合在一起。曲论者对具体剧本中的人物进行赏评，并提出自己的意见看法，从中透露出曲论者的人物批评观，形成戏曲叙事的人物批评视域。李卓吾、汤显祖等评点系统即是典型代表。何谓批评视域？张曙光认为："叙事文学评点视域，关系到评点家评点作品的文学标准与思想标准，是指在某种评判尺度下所形成的看待周围世界的境界和眼光。"② 这一论断同样适合戏曲叙事文学中的人物评点。通俗而言，戏曲人物的评点视域有文学视域和思想视域之分。笼统地说："评点者在阅读和评点的自然流程中，在进入作品的叙事情境中，不由得要去关注作品中的人物，随时感受人物的情感，随时体察人物的性格力量，并进而对作品中的人物及其塑造方法加以批评或作出理论上的总结。"③ 例如，李贽往往能够在剧本阅读中，抓住人物性格和人物语言等文学要素来加以评点，同时注意到人物身上所传递的"载道"之义，将文学视域和思想视域统一起来。

此外，在评点中，还有一类评点——对人物评点展开的再次或多次评点，同样应该纳入人物批评视域。就批评对象而论，初次评点者仍然属于创作者的范畴，其创作的内容对象不再是人物形象，而是替换成了关于人物形象何以形成的看法。在后继评点者的评点范畴里，这些看法又再次成为被评点对象，从而形成立足于原有评点基础上的再次评点。例如，孟称舜刻画有"情"王娇娘，其自评曰："必如玉

---

① 李贽：《出像评点忠义水浒全传》发凡，《李贽研究参考资料——李贽与〈水浒传〉资料专辑》，福建人民出版社1976年版，第6页。

② 张曙光：《叙事文学评点理论的现代阐释》，山东人民出版社2012年版，第19页。

③ 朱万曙：《明代戏曲评点——批评话语的转换》，《文艺研究》2007年第10期。

娘者而后可以言情"①，陈洪绶针对孟氏自评，继续阐述说："子塞此辞所以言乎其性情之至也，而亦犹之乎体明天子之广励教化之意而行之也。"② 所论内容，即是以孟称舜的自评作为对象而形成的二次评点。

方式之三：理论专著或者称理论专篇。曲家和曲论者在专著的某个具体章节中就人物塑造（脚色）提出自己的看法，内容涉及人物形象的各个方面。例如，王骥德《曲律》中就有专篇"论引子"，提及语言的个性化对不同人物角色的塑造具有重要作用。又例如，《荆钗记》卷首录有李卓吾人物论五篇，即《合论五生》《合论五旦》《合论诸从人》《合论诸从旦》《合论五家亲戚》，从人物的角色体例出发来谈论人物塑造的成败，确立了典型的人物批评标准。

从具体理论形态中的内容来管窥明代戏曲人物批评的全貌，不难发现人物对象包含角色、人物和创作者三个部分，并且三者之间呈现出一种互相交叉、彼此影响的关系。具体可做如此阐述：戏曲角色体制的规定对人物和创作者具有形象设置的导向作用，为人物和创作者规定一个塑造框架；人物是连接角色和创作者的纽带，由创作者所构思和塑造，但它又受到角色的限制；创作者是角色和人物的支配者，在形象塑造上具有主动作用，但同时他又受限于角色体制以及人物形象自我发展轨迹的要求。角色体制不可变动，创作者和剧中人物却是变量因素。也就是说，角色体制是一个框架，但不是一个藩篱。同一角色行当可以在多个文本中塑造出不同的人物形象，拥有各自不同的身份、性格与情感，例如"旦"之杜丽娘、王娇娘等形象的不同。尽管三者之间互为交叉关系，聚焦中心却很统一，即都注重文本中的人物形象传达。如何来衡量角色、人物和创作者三方之间的平衡关系？人物塑造好坏的评定标准又是什么？这两个问题的回答，正好成为明代曲论人物批评观的叙事内容。

具体而言，角色和人物的关系是人物批评观考察的第一个内容，衡量的是二者之间是否肖似与传神；角色和创作者之间的关系考察是

---

① 孟称舜：《〈贞文记〉题词》，《中国古代戏曲序跋集》，第203页。
② 陈洪绶：《〈节义鸳鸯冢娇红记〉序》，《中国古代戏曲序跋集》，第224页。

第二个内容，权衡的是角色是否合乎行当的要求。第三个内容聚焦于考察创作者和人物之间的关系，且批评标准呈现出双重化的特征。以创作者作为考量对象，辨析的是人物的语言、性格与身份是否与人物形象相符。以人物本身作为评鉴对象，则意味着人物形象之外的表达手段得到了关注，注重的是人物情感和审美观的加载是否得到了理想化的表达。

学者焦菊隐曾将戏曲人物的形象分成两种："一种是外貌的形象，一种是思想感情的形象"①，这个划分较为准确地抓住了人物塑造的主旨和特征。戏曲人物形象同时蕴含有双重内容：第一，它是戏曲剧本的形象主体，也是活动主体，通过它（们）来推进情节发展，展示情节冲突。这个形象是角色人物的本来形象，人物为自己"说话"，具有各自的外貌、性格等特征。第二，它是内含于剧本中的无形形象，即人物身上加载着情感、意义等丰富内容，为"他人"代言。人物自己"说话"，主要体现出形象的文学特征；人物为他人"代言"，主要折射出形象的思想价值。

由此可见，明代人物批评观的具体内容，就整体对象而言，它与今人焦菊隐的形象划分大体上具有一致性。角色与人物、创作者之间的关系呼应人物形象的文学特征表现，创作者与人物之间的关系又与人物形象的思想价值体现相契合。下文综述明代两种主要的人物批评视域，既以人物批评观的内容对象作为基础，又以人物外形和思想感情的形象划分标准作为参考。

二 明代戏曲人物批评观的文学视域

当评点者在阅读戏曲剧本时，他也就进入了创作者所表达和构思的世界之中，即，似乎不是人物在表达和行动，而是自己在体验人物的所有行动和精神世界。在这一体验过程中，评点者依托自身的文学素养，初步形成了对于人物的大致印象，以及对创作者人物塑造思路的整体把握。当他从阅读状态中走出来，成为一个旁观者而不是体验者，这些印象和把握又转换为评点者细细品评和思索的审美对象。他

---

① 焦菊隐：《中国戏曲艺术特征的探索》，《戏剧艺术》1979 年第 Z1 期。

以或冷静或激烈，或客观或主观，或细致或粗略的视角，去辨析和看待其中的成功与不足之处。以文学性作为评判尺度，以人物体现出来的自身文学特征作为评判对象，评点者站在审美的高度进行观照，从而形成一个人物批评的文学视域。

明代是戏曲叙事文学的繁荣时代，丰富的创作经验促使文人的批评意识也从觉醒走向自觉。曲论者往往能够抓住人物语言、性格等叙事要素来进行批评，表现出明显的文学性审美意识。例如，孟称舜眉批《春风庆朔堂》第三折，曰："他剧骂虔婆处也太狠，太似厮闹语，此只家常淡语，写出恶景苦境，皆绝高手笔"①，认为通过顾玉香之家常淡语口揭示出了虔婆之"恶"，从文字表达的艺术性道出了人物形象的逼真感。陈继儒也说："《西厢》、《琵琶》俱是传神文字，然读《西厢》令人解颐，读《琵琶》令人醉鼻"②，着眼于表达文字阅读后的审美体验。范文若描述读《鸳鸯棒》感受，称："前廿四出，每出令人卒啼、卒骂、卒詈，起掷砂砾。后十出，又莫不令人道快"③，在他看来，剧中人物薛季衡在穷困潦倒与入仕发达之后，对待妻子的态度迥然相异，十足就是一个势利、薄幸的伪君子形象。这一评述，表达的就是他在审视人物时所产生的愤怒、痛快等直观感受。

在戏曲评点形式出现后，曲论者的评点不但成为曲论发展的一个重要标志，而且也成为曲论者彰显人物观的独特批评方式。从批评家的评点活动年代来看，嘉靖、隆庆年间已出现王世贞、李卓吾和徐渭等评点家，万历年间又有王骥德、汤显祖、沈璟等戏曲巨擘加入其中。万历之后，王思任、陈继儒等继续接力文学评判的传统，在戏曲评点中提出许多有关人物塑造和评鉴的具体看法。戏曲评点的繁荣和戏曲评点队伍的壮大，标志着戏曲评点形态的基本形成。众多的讨论和争鸣交织交叉，形成了热闹非凡的文学现象，更重要的是，构成了人物批评的文学视域。主要内容包含如下三个方面。

---

① 孟称舜：《古今名剧合选评语》（辑录）《春风庆朔堂》第三折【驻马听】眉批，第三集，第489页。
② 陈继儒：《〈琵琶记〉总评》，《中国古代戏曲序跋集》，第160页。
③ 范文若：《〈鸳鸯棒〉序》，《中国古代戏曲序跋集》，第254页。

1. 以肖似和传神来衡量角色与人物之间的匹配度，是人物批评文学视域中的第一个内容。

如前所述，戏曲角色行当的确定，要求人物形象的评点思路体现出一定的思想倾向性。人物是否符合角色行当要求，是曲论者在进行人物批评时予以关注并考量的问题之一。

明初朱有燉《贞姬身后团圆梦引》自评其作"能曲尽贞姬之态"，认为剧中"旦"的角色很好地诠释了贞姬的人物形象。自朱有燉始，考量角色和人物之间的肖似与神似，开始成为明代曲论者评定人物形象的一个既定标准。李贽评点中经常出现"咄咄如见"（《琵琶记》第十一出眉批）、"真，真"（《琵琶记》第十四出、第二十三出、第二十七出眉批）、"不像"（《琵琶记》第二十五出眉批①，《玉合记》第二十七出眉批）、"真"（《玉合记》第二十九出眉批）等评语，从神情、语言、情感等纯粹表达文学性的体验层面，将肖似与否的评点标准推向一个新的高度。

在文学性的体验基础上，李贽视角色与人物之间的相符为衡量人物塑造成功的一个前提。其认为《琵琶记》以"净"的角色来分配蔡婆这个人物是不妥当的安排，云："据蔡婆见识，当是圣母。从来隐士之母，多以此得名，独蔡婆为俗人所辱，竟从净扮，甚冤之。"② 并批判第四出〈蔡公逼试〉"一举首登龙虎榜"，曰：不合净说③，且于不妥处提出合理建议，云："卓老之意，太公太俗，合扮净去。"（夹批）④ 同理，他又诟病第二出〈高堂称庆〉中的角色不当，称："妇人虽无远见，姑息之爱乃人常情，不合以净脚扮蔡婆，易以老旦

---

① 《琵琶记》第二十五出〈祝发卖葬〉原文：五娘唱："看青丝细发，看青丝细发，剪来堪爱，如何卖也没人买。"

② 李贽：《李卓吾先生批评琵琶记》第四出〈蔡公逼试〉眉批，《〈琵琶记〉资料汇编》，第 217 页。

③ 李贽：《李卓吾先生批评琵琶记》第四出〈蔡公逼试〉夹批，《〈琵琶记〉资料汇编》，第 218 页。

④ 李贽：《李卓吾先生批评琵琶记》第四出〈蔡公逼试〉眉批，《〈琵琶记〉资料汇编》，第 217 页。剧本原文：蔡婆骂丈夫道："老贼，你如今眼又昏，耳又聋，又走动不得。你教他去后，倘有些个差池，教兀谁来看顾你。真个没饭吃便饿死你，没衣穿便冻死你。你知道么？"

为是。"① 从中可以看出，李贽强调的是人物的身份要与行当角色相一致。

李贽之后，大多数曲论者都相继坚持人物的语言、性格、品性、气质等要与角色相应，不可错乱。例如，吕天成称《玉簪记》："以女贞观而扮尼讲佛"，"纰缪甚矣"②，称《溉园》："此以王孙贾为生者，然是庸笔"③，认为人物外形与角色之间的偏离"谬甚矣"，"是庸笔"。冯梦龙也认为《万事足》以"俗优扮宰尠极其猥屑，全无大臣体面，便是不善体无处"④。在明清昆曲的行当体制中，气格略显卑微的人要由副末来充当，体现在人物形象的表达上，就需要少些肃穆端庄。这即是清人李斗所说"卑小处如副末"⑤ 之意，也与清人孔尚任所说"脚色所以分别君子小人，亦有时正色不足，借用丑净者"⑥ 其意相类。关于角色与人物之间的合理关系，明末清初李渔对此有所总结："无论生为衣冠、仕宦，旦为小姐、夫人，出言吐词，当有隽雅春容之度。即使生为仆从，旦作梅香，亦须择言而发，不与净、丑同声。以生、旦有生、旦之体，净、丑有净、丑之腔故也。"⑦ 这一论断也是李渔建立在明代人物批评观基础上的睿智总结。略举一例：祁彪佳曾称《四异》："净、丑白用苏人乡语，谐笑杂出，口角逼肖"⑧，其中"口角逼肖"的认定，反映出晚明曲论者已经具备了较为明确的人物批评意识。

在角色的划分层面，每一角色的安排，都要考虑其年龄、身份、容貌与角色相符合的标准，如王世贞所言，要使各色的人各肖其人，也即，让各色的人在形象和行动上一一对应，毫无出入。例如，若在

---

① 李贽：《李卓吾先生批评琵琶记》第二出〈高堂称庆〉眉批，《〈琵琶记〉资料汇编》，第213页。

② 吕天成：《曲品·玉簪》，第三集，第140页。

③ 吕天成：《曲品·溉园》，第三集，第149页。

④ 冯梦龙：《万事足》眉批，《古本戏曲丛刊二集》。

⑤ 李斗：《扬州画舫录》，学苑出版社2001年版，第86页。

⑥ 孔尚任：《〈桃花扇〉凡例》，《中国古代戏曲序跋汇编》，第1606页。

⑦ 李渔：《闲情偶寄·词采第二·戒浮之》，《历代曲话汇编》（清代编）第一集，第252页。

⑧ 祁彪佳：《远山堂曲品·四异》，第三集，第540页。

剧本中描摹崔莺莺等才貌双全之大家闺秀，就要描摹其美丽与聪颖，如徐渭所说"作《西厢者》，妙在竭力描写莺之娇痴"①，而不应将莺莺刻画成又老又丑的形象，否则就与宰相之女的身份以及二八年华的年龄不相符合了，也必定因此受到批评者的大肆批判。写红娘，因她非正旦，不是剧本刻画最重要的人物，对她的塑造则要符合她作为婢女的身份，无论语言和性格的表达，都不得进行超越婢女高度的描写与烘托。徐渭对此有清晰的认识，在《西厢记》〈拷红〉一出中，肯定了红娘反驳老夫人赖婚时的粗通文墨与人物身份的贴合："记中红娘诸曲大都掉弄文词，而文理虽不妥帖，正以模写婢子情态"②，认为红娘的语言虽然在文理上读来不通，但正与其婢女身份相符合。王骥德师承徐渭，其《新校注古本西厢记》对红娘曲辞的品赏已达精密入微之程度，同样认为这些曲辞一一验证和强化了红娘的婢女身份。同时，西厢各色人物的曲辞在其中也被细细加以品评，他们作为不同角色行当的内心状态，均得到了关注和揭示。

考虑到各行当在戏曲作品中的作用各不相同，角色与人物之间的对应也被要求在人物行动、思想上有所体现。谭元春较为准确地传达了此中之意，云："生、旦两人合为一传，则两人有两人之想。净丑外末，嬉笑怒骂，种种诅祝怜惜之人，则亦有净丑外末嬉笑怒骂之想。"③ 其意表明，生旦、净丑等人物因角色的不同而有思想和行动的不同，也有内心之"想"的不同。此外，批评家在评定剧本时，也会针对剧本人物构成进行整体考量，充分考虑角色的分派问题，衡量它们是否做到了"各角色分得匀妥"④。吕天成曾批评张凤翼《窃符记》中有角色的多余安排，称："百里奚之母，蛇足耳。"⑤ 亦批评《千金》："且旦是增出，只入虞姬、漂母，亦何不可？"⑥ 冯梦龙自评《新灌园》第九折〈齐王出亡〉，也有同样标准："以净扮齐王，以小

---

① 徐渭：《徐文长批评虚受斋绘图精镌本〈北西厢记〉》第三折第三套［乘夜踰墙］眉批，《古典戏曲美学资料集》，第104页。

② 徐渭：《西厢记》第三套一折曲后批语，《中国古典编剧理论资料汇辑》，第41页。

③ 谭元春：《批点〈想当然〉序》，《中国古代戏曲序跋集》，第261页。

④ 吕天成《曲品》卷下，第三集，第110页。

⑤ 吕天成：《曲品·窃符》，第三集，第124页。

⑥ 吕天成：《曲品·千金》，第三集，第115页。

净扮王孙贾",表明这样的安排做到了角色间的分派均匀,是基于"用小净者亦取脚色之匀也"的考虑。

由以上所论可见,在大量的明代评点中,渗透着丰富的人物角色观思想,至少从一个侧面映射了曲论者的角色自觉和文学趣味。韦佩居士有言:"介处,白处,有字处,无字处,皆有情有文,有声有态,以至眉轮眼角,衣痕袖褶,茗椀香烟,无非神情,无非关锁,此亦未易与不细心人道也。"① 在他看来,优秀剧作中的人物描摹与角色定位是和谐一致的,展示的是一个完美契合角色行当体制的人物大观园。

2. 以合乎"角色行当"的标准来界定创作者是否遵循了角色体制的要求,是人物批评文学视域的第二个内容。

创作者在构建戏曲作品中的人物之时,总要抓住人物的容貌体态特征,或繁或简地进行特征化的描摹。在人物出场进行活动之时,又要对其性格和气质特征进行主题性的概括强调。角色行当的要求,促成了创作者群体形成以塑造"行当"人物为目的的集体创作意识。"行当"既是一种角色体制,又是一种人物特征的体现。人物批评观称"行当",即将它作为一种人物特征来进行界定。在戏曲剧本中,人物形象总是呈现出高度浓缩化的特征,例如美丑、忠奸、善恶、优劣等性格的单向性和品性的鲜明性。具体地说,"行当"的特征表现是,创作者常用仰视的手法来塑造正面人物,使其形象与品质达到尽可能完美;反之,则从俯视角度来塑造反面人物,使其尽量能够作为正面人物的反衬。

不仅创作者要以"行当"要求作为创作前提,批评者亦同样不能在"行当"的标准之外来谈论人物形象的成功与好坏。"行当"标准成为批评者核对创作者在人物塑造之时是否合乎"行当"体制的集体评定意识。概而言之,明代曲论从两个方面对创作者塑造人物的行为进行了评定。

其一,批评者从"行当"标准出发,考量创作者的主体行为与角色塑造之间的对应关系。明中叶以后,文人逐渐沉浸于心学高扬的精神自由世界,纷纷高举"我"之大旗来加以响应。徐渭、李贽、汤

① 韦佩居士:《〈燕子笺〉序》,《中国古代戏曲序跋集》,第228—229页。

显祖、王骥德、屠隆、袁宏道、孟称舜等作为吹响时代号角的先锋人物，自然也不例外，竞相在创作主体"我"之层面来谈论人物塑造问题，推动人物批评观进一步增添了新的理论内涵。徐渭强调，创作主体要合情考虑剧中人物本身的角色类型特征，不可张冠李戴，并以此断定"婢作夫人"的刻画行为即是非本色的创作行为。王骥德亦提及，创作主体本身的情感也要与角色的行当性格相一致，称："摹欢则令人神荡，写怨则令人断肠，不在快人，而在动人"①，认为创作主体的充沛情感能够催发行当人物带来"动人"的情感力量。臧懋循也认为，创作主体在角色体制的规定下，应该尽可能地发散想象思维，创作更加鲜活贴切的角色人物，使受众能够从中收获情感体验，如其所言："宇内贵贱、妍媸、幽明、离合之故，奚啻千百其状……能使人快者掀髯，愤者扼腕，悲者掩泣，羡者色飞，是惟优孟衣冠，然后可与于此。"②孟称舜的认识又向前迈出了一步，认为创作主体的人物创作行为要受到角色行当中类型性格的引导。依他所说，创作主体必须具备角色感才能化身为曲中人，继而描画出好的人物形象。对于创作主体要如何才能将"我"与角色相联系起来这一问题，他也做出了有针对性的回答，言："极古今好丑、贵贱、离合、生死，因事以造形，随物而赋象"（《古今名剧合选序》），认为创作主体首先要构思人物的全貌，再将构思中的人物与角色之间进行一一对应，让"造形"和"赋象"变成一种针对人物刻画的具体行为。整体言之，"行当"是人物创作的宗旨，也是人物批评的"眼目"。追求人物合乎行当特征的叙事效果，是明代曲论叙事观的重要组成部分。更为重要的是，创作主体的主动追求和批评者的自觉迎合，共同体现出了明代曲论进行人物"行当"塑造的诉求与趣味。

其二，批评者聚焦戏曲剧本中的"行当"角色，于其中融会个人主观意向，并基于审美理念揭示出角色行当的艺术特色。批评者往往根据创作者的立意宗旨，通过过滤、选择和视点的不断变换、转移来审视创作者的塑造标准，并就"行当"形象进行言行、心理、动机、

---

① 王骥德：《曲律·论套数第二十四》，第二集，第91页。
② 臧懋循：《元曲选后集序》，第一集，第620—621页。

情感预设等的审美感知和判断，以此来辨析和评判人物的某种道德品质和性格特征是否合乎角色行当标准的要求。

戏曲人物归属不同的角色行当，是戏曲人物论形成集体认知的客观标准。批评者面对创作主体塑造的角色人物，合行当规定则予以肯定，不合则予以否定并加以修正。明代曲论者从多个方面确立了人物形象的行当标准。首先，"肖"作为角色人物的第一印象，需要明确加以体认。如前所述，生角人物要拥有正面能量，正旦也必然是美好的化身。例如，祁彪佳称《孝感》："但为许君作传，欲尽传其生平，而并以贡谀，自不能有一段凌空出奇之妙矣"①，称《弹指清平》："珠娘、檀娘婉媚之态，令人魂消"②，认为创作者在人物体态和神情方面的成功刻画，能够引起读者的心理共鸣。其次，人物的言谈举止映射着角色的精神面貌和性格特征，由于各人说话的语气、情态和措辞风格各不相同，因此也能鲜明地表现出各自不同的行当特征。映射在人物的性格上，因主题鲜明，所以辨识度非常高。例如，《五鼎》中主父偃得吕天成赞曰："主父偃恩仇分明，写出最肖。"③ 又例如，祁彪佳称《运甓》："陶士行之忠孝，凛然当场。"④ 沈际飞也用"愚""怯""勤""敢"等极富概括性的字词，描述出汤显祖《紫钗记》中各路人物的性格特点。性格"行当"的成功刻画被戏曲批评者加以赞美，反之，即便性格鲜明，但人物明显与角色的"行当"性格不相匹配，那么创作主体的失误也会被批评者所指责。祁彪佳在品评《四义》中的郭元振形象之时，对创作者所塑造出来的人物性格特征表示出不解，称："此亦述其生平，而饰以酒、色、财、气四蘖，是何见解！"⑤ 认为此传奇中，郭元振身上所体现出来的气质，与创作者对其"义"的形象定位是相背离的。

从戏曲批评者看待创作主体刻画角色"行当"的行为来看，可以

① 祁彪佳：《远山堂曲品·孝感》，第三集，第558页。
② 祁彪佳：《远山堂曲品·弹指清平》，第三集，第545页。
③ 吕天成：《曲品·五鼎》，第三集，第135页。
④ 祁彪佳：《远山堂曲品·运甓》，第三集，第556页。
⑤ 祁彪佳：《远山堂曲品·四义》，第三集，第603页。

发现一个固定的模式。正如谭帆、陆炜所指出："古典戏剧人物理论对戏剧人物的表现形态有着颇为独特的追求，这种追求在理论指向上无疑使戏剧人物呈现出比较浓烈的'类型化'的审美风姿。"① 在明代戏曲批评者看来，人物性格中的某一方面被抽取出来加以强调，其他方面则进行弱化处理，如此才能被认为是合乎角色行当的成功形象。例如，吕天成认为《忠孝完备》中包龙图秉公断案的公正性格得到了好的塑造，以至于"村夫巷妇无不谈包龙图，以《龙图公案》所载忠孝事，最能动俗也"②；《禁烟》中"介子推忠而隐者也，人品最高"③，也是人物形象刻画成功的典例。祁彪佳亦称《断发》中"李德武妇节孝，可以垂之彤管"④，认为"节孝"性格渲染的成功具有巨大的情感力量。将此类评论加以合并与提炼就可发现，"行当"被认为是性格的鲜明化、主题的概括化和形象的直观化。典型如关羽之忠义、红拂之侠义，蔡伯喈之背信弃义，中山狼之忘恩负义等，都是戏曲作品中行当人物的"类型化"特征。

尽管人物形象存在着"行当"的客观框架，但是"行当"并不是僵化的教条。这主要归因于两个因素的影响：其一，不同的创作者具有不同的创作情思，所表达的内容和情感也各不相同，故而即使是"类型化"的行当人物，在不同作品中也具有不同的行动和思想表现。其二，创作者的主观情思是复杂的、多面的，体现在"行当"的特征表达上，就好像在"行当"的大主流里分散出多条支流，虽然方向各异，但最后都能汇合而成一个整体化的"行当"特征。以"水浒戏"为例：明代"水浒戏"现存杂剧三种（不计佚本、无名本）以及传奇六种⑤，在这些戏曲剧本中，可见莽侠李逵、儒侠宋

---

① 谭帆、陆炜：《中国古典戏剧理论史》，华东师范大学出版社 2005 年版，第 196—197 页。

② 吕天成：《曲品·忠孝完备》，第三集，第 131 页。

③ 吕天成：《曲品·禁烟》，第三集，第 143 页。

④ 祁彪佳：《远山堂曲品·断发》，第三集，第 552 页。

⑤ 分别是：朱有燉《黑旋风仗义疏财》（李逵）、《豹子和尚自还俗》（鲁智深）和凌濛初《宋公明闹元宵》（宋江）；李开先《宝剑记》（林冲）、陈与郊《灵宝刀》（宋江）、沈璟《义侠记》（武松）、许自昌《水浒记》（宋江等）、沈自晋《翠屏山》（石秀等）和李素甫《元宵闹》（卢俊义）。

江、勇侠武松、忠侠林冲，女侠孙二娘、扈三娘等各路侠士人物，他们虽然形象各异，但在主题提炼上却呈现出一致性。尽管各人物各显其"侠"，在主题特征的表达上各有侧重，但依然都可用"侠义"作为中心词来对所有侠士加以精神概括。

客观而论，"行当"作为戏曲文体属性的重要标准之一，在人物批评中的地位是不可轻视的。明代戏曲批评者的批评方向大致沿着"行当"的标准进行延伸和辐射，提出了一些富有启发性的论点。然而，在要求"行当"设定的框架里，也具有多种不同的表现手法，存在多种"类型化"性格的分支，故而戏曲作品中的人物也并不总是"千人一面"，而是呈现出丰富多彩的个性特征来。

3. 以文学性的叙事因素来衡量戏曲文本中人物形象刻画的成功与否，是明代人物批评文学视域的第三个内容。

戏曲人物的形象首先是文学性的剧本形象，之后才能转换成舞台上的演出形象。在戏曲作品中，文学性因素与人物形象的关系是水乳交融的。具体地说，明代批评者极力挖掘剧本中人物形象的文学性因素，从形象本身来书写文学性的审美体验。为此，他们或从人物形象的语言、性格和行动表现，或从情理和生活逻辑的推断等方面，寻找批评的切入口。

其一，分析人物语言。具体地说，明代曲论者长于通过分析人物语言与人物身份、环境等之间的关系，来评判并品鉴人物形象的真实性与生动性。

徐渭尽管不是人物批评阵营中的典型代表，却为人物批评在语言上的文学性评定提供了理论上的指导。其倡导"本色论"，认为戏曲曲辞要进行通俗化、口语化的提升，以营造真实的生活气息，其中也包含人物道白和唱词在内。他有一段论述非常具有代表性，经常性地被研究者所引用，原因就在于它指出了戏曲语言的创作方向，扩充了人物形象真实性的表达空间。这段论述如下：

世事莫不有本色，有相色。本色犹言正身也，相色，替身也。替身者，即书评中"婢作夫人终觉羞涩"之谓也。婢作夫人者，欲涂抹成主母而多插带，反掩其素之谓也。①

徐渭将通俗与"真"作为曲辞标准，视为"本色"，而称不恰当的言辞为"相色"，认为其表达会折损人物形象的真实性，有如"婢作夫人"，失去了人物语言本身的感人力量。其作《八仙庆寿》被祁彪佳认为较好地处理了语言的运用，因"仙人各自有口角，从口角中各自现神情"②，其中本色之语和相色之言都恰如其分地体现出了客观真实性。李贽响应徐渭"重俗尚真"的态度，通过一系列的戏曲评点，从"童心说"出发，主张人物语言要与人物身份及所处情境相符合，以彰显人物形象的真实性。例如：

> 《琵琶记》第九出〈临妆感叹〉：［前腔］既受托了蘋蘩，有甚推辞。索性做个孝妇贤妻，也落得名标青史。……俺这里自支吾，休得污了他的名儿，左右与他相回护。

> 《琵琶记》第二出〈高堂称庆〉：［前腔］（旦）辐辏，获配鸾俦。深惭燕尔，持杯自觉娇羞，怕难主蘋蘩，不看侍奉箕帚。惟愿取偕老夫妻，长侍奉暮年姑舅。

李贽分别于两处眉批曰："'索性做个'、'左右与他'都是传神妙语，读之情状如现"③，"像个两月的新妇"④。前一处认为赵五娘口出此言与她重情重义的形象是匹配的，后一处肯定赵五娘此番言语非常符合她在新婚燕尔时对婚姻充满期待的娇羞形象。

明中叶以后，曲家和曲论者尽管受到了商业经济发展和"心学"思潮盛行的双重浸染，越来越呈现出商业媚俗的特征，但他们对戏曲

---

① 徐渭：《西厢序》，第一集，第 498 页。
② 祁彪佳：《远山堂剧品·八仙庆寿（北四折）》，第三集，第 635 页。
③ 李贽：《李卓吾先生批评琵琶记》第九出〈临妆感叹〉眉批，《琵琶记资料汇编》，第 222 页。
④ 李贽：《李卓吾先生批评琵琶记》第二出〈高堂称庆〉眉批，《琵琶记资料汇编》，第 214 页。

剧本中人物的语言批评却依然延续了"本色论"的特色，并较之徐渭、李贽等人更为执着。晚明曲家兼曲论者的参与和推动，让戏曲人物语言在综合考虑其他因素的氛围下，更加贴近人物形象的本来面貌。王骥德坚持语言要与人物所处环境等相协调，不可作失真表达。其在《曲律》卷三《杂论》中举例论述："又蔡别后，赵氏寂寥可想矣，而曰'翠减祥鸾罗幌，香消宝鸭金炉，楚馆云闲，秦楼月冷'，后又曰'宝瑟尘埋，锦被羞铺，寂寞琼窗，萧条朱户'等语，皆过富贵，非赵所宜"①，认为《琵琶记》中赵氏所说言语在表达上有所失"真"，因此番描述太过于锦绣，与其实际所处的窘迫状态不合。祁彪佳则多强调人物语言与人物身份之间的切合度，如称元杂剧《豫让吞炭》："此剧极肖口吻，遂使神情逼现"②，看到了家臣豫让为报主人智伯之仇，装疯前后在语言表达上的不同；又称汪廷讷《狮吼》："曲肖以儿女子絮语口角，遂无境不入趣也"③，认为正是从柳氏与陈季常的日常化语言中体现出惧妻这一市井主题的趣味性。事实上，《狮吼》中如〈梳妆〉，〈游春〉，〈跪池〉，〈三怕〉诸出，一直常演于昆曲舞台上，令观者捧腹绝倒的正是语言的趣味性。由此看来，至少"肖"口角是人物语言得到贴切呈现的重要途径之一。晚明陈继儒又从另一视角切入，认为人物语言要与人物情态相一致，反对表述时的文不对题现象。其言《昆仑奴》中"但恨虬髯翁插入南词，闷杀英雄，如雷霆作婴儿啼相似"④，认为虬髯翁的语言表达太过阴柔，与其粗犷的英雄形象有所出入。祁彪佳又以一"恨"字道出了陈继儒心中所感："眉公常恨以南曲传髯客，如雷霆作婴儿啼。"⑤ 在祁彪佳、陈继儒等人的推动下，晚明曲论者重视人物语言的得体表达成为一种曲学潮流，表现为注重从更加微观的视角去考察语言的运用效果。王思任即是其中代表之一，对前人的语言运用主张进行了高度响应。他以汤显祖剧作为基础，就贴切表达人物语言这一

---

① 王骥德：《曲律·杂论》，第二集，第 110 页。
② 祁彪佳：《远山堂曲品·豫让吞炭》，第三集，第 639 页。
③ 祁彪佳：《远山堂曲品·狮吼》，第三集，第 543 页。
④ 陈继儒：《〈昆仑奴〉序》，《中国古代戏曲序跋集》，第 159 页。
⑤ 祁彪佳：《远山堂剧品·莽择配（北四折）》，第三集，第 634 页。

问题提出了很多具体见解，内容涉及各色人物在身份、性格、性别等语言表达层面的不同区分。如其认为汤显祖对杜丽娘的语言进行了性别区分，是"声声女儿香口"①，故而让人读来既真实又生动，极具人物美感。

其二，评点人物性格。具体地说，明代戏曲批评者注重通过确定与认可人物身份来评定人物的主要性格有无得到彰显，以及人物形象的表达与身份设置有无前后出入。

从明初一直到晚明，历经长时期的摸索与探寻，明代曲论者已经接受了"角色行当"的人物创作标准，并在批评领域积累了一定的品评经验。其中最重要的内容，便是衡量人物身上是不是体现出了鲜明的性格特征，或者说，衡量戏曲剧作有没有对人物形象进行主要性格的提纯。提纯是一个化学术语，指进行高度凝练和浓缩的过程，用来形容曲论批评者对剧作中人物性格进行的高度概括，可谓非常贴切。汤显祖对此所做出的理论贡献不可不提。他既注重塑造性格人物，例如描摹"至情"杜丽娘、"迂腐"陈最良等，而且也重视以性格是否鲜明来评判他作中的人物形象。其评《异梦记》，称："若云容之贞烈，琼琼之贤淑，范夫人之慈爱，吴学士之恻隐，李中丞之气谊，种种使人动心豁目"②，认为"贞烈""贤淑""慈爱""恻隐"等即是云容、琼琼、范夫人、吴学士剧中性格的主要方面，并且此番性格刻画得非常成功，无一不让读者"动心豁目"，感受到审美的愉悦。如此体会，与王思任赞《牡丹亭》人物性格之"慧绝""骏绝"有不谋而合之妙。祁彪佳在认可典型性格之余，还将典型性格的地位从叙事表达上升到审美高度，例如他将《四友》中的人物性格提炼成审美意义上的表达，称："罗畴老之兰，周茂叔之莲，陶渊明之菊、林和靖之梅，合之为四友"③，以兰、莲、竹、梅的比喻来彰显"四友"性格之题中义，既有文学性"提纯"，又结合了审美性欣赏。袁

---

① 王思任：《批点玉茗堂牡丹亭》第十出〈惊梦〉［绕阳台］曲眉批，《古典戏曲美学资料集》第 172 页。

② 汤显祖：《〈异梦记〉总评》，《中国古代戏曲序跋集》，第 95 页。

③ 祁彪佳：《远山堂曲品·四友》，第三集，第 554 页。

晋亦在探讨视角上有所延伸，认为反面人物性格的提炼同样也可为彰显人物形象锦上添花，如其称《焚香记》中"金垒之好色，谢妈之爱财，无一不真"①，以"真"来概括阅读时对于"好色"和"爱财"的审美体验，并将其作为人物性格刻画成败的例证之一。陈继儒更进一步，认为主要性格的提纯同时具有双重或多重化的内容表现，如《红拂记》，其称："杨正果是妙人，不究红拂，又卖破镜。不究见量之弘，又卖处，见恩之广"②，将"弘"和"广"作为杨正果主题性格的两个表现，认为二者并列地、同时地、准确地表达出了人物形象的双重主题。

　　人物性格的不同与人物身份具有密切联系，这一点也得到了明代戏曲批评者的多重发掘。何种身份说何种话，表现出何种性格，彼此之间不能产生错乱。首先，人物性格与身份设置要一一对应，如祁彪佳所说"一人尽一人之情状，一事具一事之形容"③，由个体身份的确立直接决定人物以何种性格面目出场。换而言之，人物性格要与人物的身份设定相符合，是"随物赋形"的通俗注解。孟称舜评梁辰鱼《红线女》之第二、三折，曰："俱善形容，无酸雾气，亦无鲁莽气，极似女侠声口。"④他以品味人物"女侠"身份的感受为例，来说明红侠女不酸、不鲁莽的性格与其"侠女"的身份是相契合的，认为如此"声口"刻画出了恰当妥帖的"侠女"形象。据此立论，孟称舜又称《窦娥冤》臧懋循改本第二折【贺新郎】一曲在语言表达上与窦娥身份不相符合，原因即在于"似非媳妇说阿婆语"⑤。在孟称舜之前，徐渭、李贽就已经注意到性格与身份之间的匹配问题。徐渭称人物身份定位的失误乃为"相色"，将产生"婢作夫人""反掩其素"（《西厢序》）的反面效果。李贽也作如是观，其评《琵琶

① 袁晋：《玉茗堂批评〈焚香记〉序》，《古典戏曲美学资料集》，第 224 页。
② 陈继儒：《陈眉公批评〈红拂记〉》第十七出〈物色陈姻〉总批，《不登大雅文库珍本戏曲丛刊》（十二），学苑出版社 2003 年版，第 279 页。
③ 祁彪佳：《孟子塞五种曲序》，第三集，第 676 页。
④ 孟称舜：《红线女》第二折眉批，《古本戏曲丛刊四集》。
⑤ 孟称舜：《窦娥冤》第二折眉批，《古本戏曲丛刊四集》。原曲：【贺新郎】这婆娘心如风刮絮，那里肯身化望夫石。

记·临妆感叹》一出，不由遗憾慨叹："填词太富贵，不像穷秀才人家"①，认为对蔡伯喈形象的背景铺垫超出了人物"穷秀才"的身份设定。"李评"《荆钗记》在第四出批中，还据此标准指出了钱玉莲形象的失真，称："模写玉莲处亦嫌过于老练，不似个不出阁女子"，意即人物性格万不可与其身份相矛盾。再者，人物性格又受限于周遭背景的预设，既要符合观众的审美期待，又要与生活和情理逻辑相吻合。在刻画人物的主要性格时，戏曲批评者认为，创作者"主意"的选定要参考其他相关因素来进行交叉考虑。例如，塑包公不能写他有徇私舞弊的行为，写才子佳人不能描述他们有朝三暮四之嫌，描侠义之士也不可将自私自利、见利忘义等行为作为中心主题，否则不符合观众对人物形象的期待。此外，情理与生活逻辑也是性格刻画需要考虑的问题之一。人物性格特征的确立要经得起逻辑推敲，也要与具体的语境相符合，不然就成了粗描而非细刻，势必会在性格刻画上失却严谨。明末徐石麒《拈花笑》详细描述了妒妻这一形象，十分具体地列举了"妒"之表现，但冯梦龙《万事足》评高谷之妻邝氏之"妒"却有不同看法："净婆大臣之妇，虽吃醋泼妇，却要略存冠冕意思，即如《浣纱记》伯嚭之不可像小丑身段也。"② 其意表明，大臣之妻即便犯妒，但碍于身份脸面，必无法"略无所恤"、不管不顾地大吵大闹。若真如此，此女就成了泼妇小丑，与大臣之妻的身份地位不相符合了。这即是考虑到了身份与性格在情理逻辑关系上的表现。与冯梦龙不同，陈继儒注意到的是生活逻辑对性格表达的限制。在阅读《红梨记》第二十出〈诛奸〉时，他对奸臣王黼回朝时的心态表现提出了质疑，说："奸臣肝胆每是如此。然此言出于复用之时，恐非人情"③，认为在王黼落魄之时还渲染其"奸诈"之面，便成了情理逻辑上的不合时宜。

---

① 李贽：《李卓吾先生批评琵琶记》第九出〈临妆感叹〉眉批，《〈琵琶记〉资料汇编》，第 222 页。

② 冯梦龙：《万事足》第十三折〈姑经同行〉眉批，《古本戏曲丛刊二集》。

③ 原文："懊恨李刚那老头儿，着甚来由，苦死住汴京，不容他每南下，可不是把我一个好官送了。如今虽然取去，知道官爵可能称心。李纲李纲，若得一朝权在手，少不得请下你这颗驴头。"

其三，评判人物行动。人物举止是人物性格的外化表现，明代戏曲批评者主张通过评判人物行为来探究人物性格，以及挖掘人物的内心世界。

在评《田水月山房北西厢藏本》中第一折〈佛殿奇逢〉【赏花时】一曲时，徐渭这样说道：崔家富贵，文王以天子之贵敌之而不可得，但此际亦似寥落矣。况曰："子母孤孀途路穷"，而中间有"软玉屏""珠帘""玉钩"等句，亦当避忌者。① 意在表明，因为"子母孤孀途路穷"背景的限定，故而莺莺母女所处环境预设皆不能太华丽，行动上也不宜太高调。在分析人物行动的真实性时，徐渭善于紧扣人物行动的具体语境来进行说明，由此形成了一个明晰的理论认知：人物行动推进人物形象的刻画。受徐渭影响，王骥德也探讨了人物行动反映人物精神面貌和内心世界的一面。如评《浣纱》引子："越夫人而曰'金井辘轳鸣，上苑笙歌度；帘外忽闻宣召声，忙蹙金莲步。'是一宫人语耳"②，指出"忙蹙金莲步"应是宫人行为，而《浣纱记》中以此来描写越夫人，明显与其身份形象不相符合。

此外，人物行动也能够进一步揭示人物性格。例如，《西厢记》诸人物的行为体现对莺莺和张生的人物形象刻画具有重要烘托作用。汤显祖说："以君瑞之俊俏，割不下崔氏女；以莺莺之娇媚，是独钟一张生。第琴可挑，简可传，围可解，隔墙之花未动也，叙其所以遇合，甚有奇致焉。若不会描写，则莺莺一宣淫妇耳，君瑞一放荡俗子耳，其于崔张佳趣，不望若河汉哉。"③ 在他看来，若无赖简、白马解围等一系列人物行动来营造背景，莺莺与张君瑞的才子佳人形象便荡然无存，甚至有可能转向"淫妇"和"放荡俗子"的反面，难免与王实甫的创作主题南辕北辙。陈继儒也指出"赖简"行为对崔莺莺性格的彰显具有重要作用，称："中紧外宽，亏这美人做出模样来，然亦理合如此，倘一逾即从，趣味便尔索然"④，认为"赖简"行为

---

① 徐渭：《田水月山房北西厢藏本》，《中国古典戏剧编剧理论资料汇辑》，第40页。
② 王骥德：《曲律·论引子第三十一》，第二集，第97页。
③ 汤显祖：《〈西厢记〉序》，《中国古代戏曲序跋集》，第90—91页。
④ 陈继儒：《陈眉公先生批评西厢记》第十一出〈乘夜踰墙〉总批，《古典戏曲美学资料集》，第158页。

在整剧中是必要存在，若缺失，就会让整剧的意境大打折扣。汤显祖、陈继儒两人之意表明，人物行动与人物性格的表达之间存在着密切的血脉联系，行动构筑性格形成之因，性格则体现出人物行动的必要性和逻辑性。还值得注意的是，汤显祖不仅认为人物行动能体现出人物的主要性格，而且在作品主旨的表达上也能强调人物的"代言"作用。如其认为《焚香记》一剧："作者精神命脉，全在桂英冥诉几折，摹写得九死一生光景，宛转激烈。"①《焚香记》中的《冥诉》几折，指的是二十六出〈陈情〉（阳告）、二十七出〈明怨〉（阴告）、第二十八出〈折证〉以及第三十出〈回生〉等回目，描述了敫桂英自缢前从委曲求全、孤独无助，到婉转激烈、悲愤交加的心路历程。在桂英冥诉行为的渲染下，其"至情"性格得到了最大限度的彰显。由此可见，在此剧中，冥诉既是刻画人物性格的必要环节，又是创作主旨表达的重要载体。

三 明代戏曲人物批评观的思想视域

阐述明代人物批评观的思想视域，需要注目于这样两个问题：人物被塑造和被刻画的意图与目的是什么？人物形象所具备的意义和价值是什么？在回答这两个问题之前，还需要明确一个事实：戏曲人物形象是以现实人物或历史人物为原型，通过创作者的主观想象和客观技巧所创作出来的。人物形象既投射着它作为行动主体所具有的社会身份、道德品质等内容，同时又寄寓着曲家和曲论者的情感取向和道德评判意识。学者谭帆曾就此作出过如此论述：

> 在中国古典戏剧理论中，人们视戏剧的故事本体为"寓言"，同时又强调戏剧创作要重在表现剧作者的主观情志，故在他们看来，戏剧人物在某种程度上也就是剧作者主观情志的代言人。他们要求人物形象强烈地凝聚剧作家的感性情感和理性褒贬，而由此，戏剧人物在自身的表现形态上也便更多地趋

---

① 汤显祖：《焚香记总评》，第一集，第607页。

向于"类型化"。①

从戏曲剧作是剧作者"代言人"的特征出发，他又挖掘出人物批评指向的"代言"内容：

> 在中国古典剧论史上，剧论家们在分析和评判戏剧人物时，其思维意向常常是指向人物形象的主要特征，这种主要特征有的是从伦理角度着眼的，如"忠、孝、节、义"，有的是指人物的品貌，如"智、愚、贤、丑"等，也有的是指人物性格的某一层次，如"妖、迂、莽、怯"等。②

这两段话的论述可看作中国古代戏曲人物批评的内容纲要。前一段论述指出戏曲人物是"代言人"的独特特征，认为人物身上凝聚着创作者的情、理意识；后一段话概述人物批评的思维方向，认为人物批评要从伦理、品貌和性格层次去一一展开。

学者郭英德也从"代言体"的视角谈及戏曲人物的情感折射效应。如他所言，戏曲人物"所抒之情大多是一种普泛化的感情，是'一类人'的感情而不仅仅是'一个人'的感情，所以也正对应着作家所要抒发的感情。……作家以剧中人物为自我写照，个人的主体精神和审美情趣对象化为人物的性格化语言，使作家主体和人物客体合二为一，犹如血与水一样融合无间"③。其意也在说明，戏曲人物是创作者主体精神和审美情趣的"代言"者，故而人物身上所映射的"自我写照"意识理应得到揭示。

明代戏曲人物批评的内容也未脱离此一框架。自明中叶开始，戏曲"代言体"的独特特征开始得到深入阐发。明初邱濬称："备他时世曲，寓我圣贤言"（《五伦全备记开场词》），明确倡导以戏曲作为道德的"代言"载体。自王骥德开始，戏曲"代言体"的特征则进

---

① 谭帆：《类型化：古典戏剧人物理论的逻辑趋向》，《文学遗产》1992 年第 5 期。
② 谭帆：《类型化：古典戏剧人物理论的逻辑趋向》，《文学遗产》1992 年第 5 期。
③ 郭英德：《独白与对话——论明清传奇戏曲的抒情方式》，《北京师范大学学报》2000 年第 5 期。

一步发展成为明代曲家的集体认识，并上升到理论自觉的高度。王骥德有"肾肠"说；万历年间周之标也指出"骚人以自己笔端，代他人口角"①；孟称舜不仅提出"化为曲中人"一说，并且认为人物能够直接抒发作者的情感，即，"率吾意之所到而言之，言之尽吾意而止矣"②。换言之，以"代言体"观念为指导，就能回答之前所提出的两个问题：人物被塑造和被刻画的目的，主要在于传达创作者的主观感情；人物形象所承载的意义和价值，主要在于揭示创作者所处的现实、环境，加载剧作者的思想意图。在浩瀚的明代曲论理论形态中进行追踪便不难发现，针对人物创作所阐发的意图、目的、意义和价值，大多出现于序跋、题词及凡例之中，一方面是创作者进行的自我阐述，一方面是批评者开展的条分缕析。两个方面的论述综合，形成了明代人物批评的思想视域。以内容进行分类，可以划分为以下两个方面。

（一）道德教化的宣扬工具

明代曲论强调戏曲人物是道义的化身，认为人物身上承载着创作者极力弘扬的道德价值观。这一认识的形成，主要来自两个因素的影响。

一是明代戏曲创作主体的文学素养较高，创作者多受孔孟之道的滋养，十分注重道德观的揭示。孔、孟之学长期以来所建构的封建道德伦理观，已经深深地烙印于明代文人的思想意识之中。孔子有云："君子怀德，小人怀土；君子怀刑，小人怀惠"③，将君子与小人区别开来。体现在戏曲人物身上，即是"道德"内容的映射。道德有善恶之分，故而拥有道德观的主体——"人"，也应该具备劝善惩恶的审美意识。明代戏曲人物的创作与批评受此影响，自觉表现出文以载道的思想倾向。自明初始，曲家邱濬、朱有燉、邵璨等人，已经将"劝善惩恶"的儒学观加载于他们所创作的人物形象上，塑造了众多作为传统道德载体的戏曲人物，例如《琵琶记》中被李贽称为"圣

---

① 周之标：《吴歈萃雅题词》，第二集，第418页。
② 孟称舜：《古今名剧合选自序》，第三集，第465页。
③ 《论语·里仁第四·十一》，《四库全书精华·经部》，林之满主编，中国工人出版社2002年版，第148页。

妇"的赵五娘,《五伦全备记》中被高明描写为"全忠全孝"的蔡伯喈等。进入明中叶以后,这一载道倾向进一步得到延续,始终蕴藏于曲家曲论的曲间律下、文中台上。

　　二是由于创作者、批评者都不是单纯的个体存在,而是身处社会环境中的社会人,他们所塑造出来的人物或者所批评的对象,也因受到社会思潮和社会风气的影响而体现出作者对于生活的思考痕迹。明代处于新旧思想激烈碰撞的转型期,城市经济的发展在更新道德价值观的同时,也带来了一些不良社会风气,到晚明时期更是呈现出世风日下的腐败之象。在此背景前提下,大批戏曲文人均致力于以笔代矛,对不良的社会道德和社会黑暗现象进行口诛笔伐,以期能够扭转现状,使脱轨之象重新回归到道德教化的传统轨道上去。"礼教"的缺失,不仅没有弱化道德伦理的存在感,反而更加激烈地掀起了曲家、曲论者炽热的"救世"情怀。这从多数曲家的曲论主张中可以探寻得知,如祁彪佳《孟子塞五种曲序》提及:"呜呼!今天下之可兴、可观、可群、可怨者,其孰过于曲者哉?盖诗以道性情,而能道性情者,莫如曲。"① 茅暎《题牡丹亭记》同样表明:"有志则有辞,曲者,志也。"② 尚"情"之汤显祖也在《董解元〈西厢〉题词》中说道:"先民所谓发乎情,止乎礼义者是也"③,并反问"第云理之所必无,安知情之所必有耶?"④ 认为"情"也是礼教的感化手段之一。汤显祖的情理教化主张,在冯梦龙那里得到了最为积极热情的响应。冯梦龙试图寻求"情"和"理"的中间平衡点,因此进一步将"礼教"说发展成"情教"观。其称"六经皆以情教也",并强调"世儒但知理为情之范,孰知情为理之维乎?"⑤ 虽曰"情",实则强调的依然是人物身上所加载的道德仁义,以及它们作为"教"之载体的感化力量。

　　以上两点因素,就相同之处而论,就是创作者和批评者将人物评

---

　　① 祁彪佳:《孟子塞五种曲序》,第三集,第 675 页。
　　② 茅暎:《题牡丹亭记》,第三集,第 449 页。
　　③ 汤显祖:《董解元〈西厢〉题词》,《中国古代戏曲序跋集》,第 92 页。
　　④ 汤显祖:《〈牡丹亭还魂记〉题词》,《中国古代戏曲序跋集》,第 88 页。
　　⑤ 冯梦龙:《情史类略·卷一·情贞类》卷末总评,岳麓书社 1984 年版,第 42 页。

判的焦点不约而同地指向了人物形象所具备的教化力量。

综观明代戏曲文本中的人物形象可发现,符合伦理教化的类型化人物在戏曲作品中得到了广泛的刻画,有忠臣、清官、孝子、义妇,也有作为教化对立面出现的奸臣、贪官、不孝子、荡妇等形象。明嘉靖年间,杨悌在《〈洞天玄记〉前序》中指出,"若忠臣烈士、义夫节妇、孝子顺孙,编作戏文,被之声容,悦其耳目,虽曰非俳优末技,而亦有感人之道焉"①,认为传统道德中的忠孝情义可以因"感人"而使人向善。李贽在《童心说》中也称:"诗何必古选,文何必先秦?降而为六朝,变而为近体,又变而为传奇,变而为院本,为杂剧,为《西厢曲》,为《水浒传》,为今之举子业,大贤言圣人之道,皆古今至文,不可得而时势先后论也"②,认为戏曲可言"圣人之道",作用与诗教相同。如称:"红拂智眼无双,虬髯弃家入海,越公并遣双妓,皆可施可法,可敬可羡"③,认为红拂和虬髯翁身上具有"可敬可羡"的道德力量。冯梦龙亦有言:"我欲立情教,教诲诸众生"④,因此改《灌园记》为《新灌园》,称:"自余加改窜,而忠孝志节种种具备,庶几有关风化,而奇可传"⑤,将"风化"作为其改窜新传奇的目标。另有澂道人赞《四声猿》劝惩之旨,称:"抑奸即以扬善,戒淫即以启悟,奖勇即以振懦,怜才即以厉顽,为劝为惩,似有过二十一史。"⑥ 其他如淳斋主人赞人物道义,称《节侠》:"然此传奇之妙,不在于仙先之能谏,而在于老媪之不杀;不在于刘生之死义,而在于闺华之怜才"⑦,对裴仙先这个人物身上所负载的忠贞节侠表示赞扬和认可。由此观之,在这些曲家、曲论者的思想视域里,仁、义、礼、智、信等传统道德观在人物身上的投射,均可看作"圣人之道"的传播途径。

当然,曲家、曲论者也于人物身上浇注"救世"情怀,认为至善

① 杨悌:《〈洞天玄记〉前序》,《中国古代戏曲序跋集》,第45页。
② 李贽:《童心说》,第一集,第538页。
③ 李贽:《红拂》,第一集,第542页。
④ 冯梦龙:《情史·龙子尤序》,岳麓书社2003年版,第1页。
⑤ 冯梦龙:《〈新灌园〉叙》,《中国古代戏曲序跋集》,第277页。
⑥ 澂道人:《〈四声猿〉跋》,《中国古代戏曲序跋集》,第243页。
⑦ 淳斋主人:《题〈节侠记〉》,《中国古代戏曲序跋集》,第253页。

至美的人物可以用来抨击不良社会现象，激发世人的道德救赎意识。《埋剑记》描述了郭飞卿和吴保安两位道德楷模，在批评者看来，他们俱以重情重义的形象出现。例如，徐复祚称："此传笃于友谊，深可为纷纷轻薄者之戒"①，认为这两个人物对友谊的看重可警醒世人勿陷见利忘义之泥坑。祁彪佳对此也有同感，更详细地阐明了其中之因："郭飞卿陷身蛮中，吴永固以不识面之交，百计赎出，可谓不负生友。飞卿千里赴奠，移恤永固之子，可谓不负死友。世有生死交如此，洵足传也。"② 其意在于，借助郭、吴二人彼此之间的坚贞情义来抨击当时见利忘义之风盛行的社会现象。此外，抨击丑陋的社会现实也是明代戏曲人物批评所关注的重点内容。例如，穆道比邱称《橘浦传奇》："中间鼋蛇等颇知感恩，一段真心，奈人为万物之灵，反生忮言，作记者其感于近日人情物态乎？"③ 旨在表达自己对现实生活中恩将仇报现象的憎恶。明末戏曲文本还力图在爱情题材中，于人物身上加载棒喝人世丑态的情感。即便是写儿女情长，也要在人物身上附加一些伦理意义。陈洪绶评《娇红记》，称："申、娇两人，能于儿女婉娈中立节义之标范"，认为"子塞此辞，所以言乎其性情之至也，而亦犹之乎天子广励教化之意而行之者也"④。郑元勋在《〈鸳鸯棒〉题词》中也表明，"人情百端俱假，闺房之爱独真。至此爱复移，无复有性情者矣。览薛季衡、钱媚珠事，使人恨男子不如妇人，达官不如乞儿，文人不如武弁，其重有感也夫？吾安得乞其棒，打尽天下薄幸儿也"⑤，将抨击对象从薄情郎扩展到世间所有的忘恩负义者。

（二）自抒胸臆的情感出口

按照叙事学的观点，人物的阐发与阐释者的现实情境密切相关，因而曲家文人的人物塑造和人物批评自然也刻有情境影响的印记。就明代曲论者所处的现实情境来看，批评者的思想视域受到心学思想的

---

① 徐复祚：《南北词广韵选·卷一·埋剑记》，双调【月上海棠】"我是六郡雄"一曲（第二出〈看剑〉），第二集，第290—291页。

② 祁彪佳：《远山堂曲品·埋剑记》，第三集，第628页。

③ 穆道比邱：《〈橘浦传奇〉叙》，《中国古代戏曲序跋集》，第147页。

④ 陈洪绶：《〈节义鸳鸯冢娇红记〉序》，《中国古代戏曲序跋集》，第223页。

⑤ 郑元勋：《〈鸳鸯棒〉题词》，《中国古代戏曲序跋集》，第256页。

影响，就是表现之一。徐渭、李贽、汤显祖、袁宏道、冯梦龙等一大批倡导写"情"写"性"的曲家文人，均以王氏心学作为他们观世界的准绳。王阳明有言："盖天地万物与人原是一体，其发窍之最精处是人心一点灵明"（《传习录》下），认为人的内省有重大意义。徐渭倡导"本色"，李贽反对假道学而强调真性情，汤显祖将"意之动"发展为"情之动"等，都是王氏心学在曲家文人思想层面的继承和发展。心学旗帜的高扬，既让创作者滋生了从"我"出发并以创作来直抒胸臆的冲动，又打开了批评者各抒己见观"我"审"我"的广阔视界。

在人物批评领域进行思想视域的区分，可知"我"有"大""小"之分。"大我"言伦理教化，"小我"述自我情怀。人物批评在为教化"立言"之余，还观照个人情感宣泄的内容，二者共同形成"我"之思想视域，具体表现为创作者于人物身上映射"我"之遭遇，宣泄"我"之情怀，借此写出许多锦心绣口之剧。这些内容往往又引起批评者的注意，引导他们竞相从人物与创作者之间的关系来获知双方的胸中内蕴。

创作者将自身的生活经历投射于人物之上，从而将人物的内心世界与自我胸臆联系起来，传达出一种有关自我的生命体悟和人生经验。李贽将此一行为称为"泄愤"和"不平则鸣"，云："一旦见景生情，触目兴叹；夺他人之酒杯，浇自己之块垒；诉心中之不平，感数奇于千载。"① 王骥德对李贽的这一看法表示赞成，说："李卓吾至目为其人必有大不得意于君臣朋友之间，而借以发其端。"② 为什么戏曲人物能够折射出个体的生命体验？创作者在描述人物之时，又为什么会在其身上投射自我经历与遭遇，借他人酒杯以浇自我块垒？李贽以他读《西厢》时的感受进行了回答："读他文字，精神尚在文字里面，读至《西厢》曲、《水浒传》，便只见精神，并不见文字。"③

---

① 李贽：《杂说》，第一集，第 536 页。

② 王骥德：《〈新校注古本西厢记〉附评语十六则》，《中国古典编剧理论资料汇辑》，第 168 页。

③ 李贽：《李卓吾先生批评北西厢记》，容与堂刊本第二十出又批，《〈西厢记〉资料汇编》（上），黄山书社 2012 年版，第 151 页。

汤显祖也说："吾尝取而读之，其文反反复复、重重叠叠，见精神而不见文字，即所称千古第一神物，豈其然乎。"① 二人之意表明，剧本在实有世界之外还蕴含着丰富的"精神"，意在言外，意也在文外，需要进一步去深入挖掘。沈泰《盛明杂剧》评王衡《郁轮袍》，于剧首眉批曰："辰玉满腔愤懑，借摩诘作题目，故能言一己所欲言，畅世人所未畅。"按清人金圣叹之意，即为："无所附丽，则不能以空中抒写，故不得已旁托古人生死离合之事，借题作文，彼其意期于后世之文。"② 因"主人公的行动，总受到思想观念的烛照"③，所以人物的思想、行动必然铭刻着创作者的自我意识和审美体验。在"不平则鸣""言在意外""借题作文"等诸种合力的推动下，作者在刻画人物时，就很容易移情于人物，将自我的情感倾向、自身的经历和生活体验与人物思想、性格以及人物行动关联起来。他们在戏曲人物身上寄予自己的喜悦、赞美、憧憬之情，同时也为自己的不幸、痛苦、失望之感大放悲声。

　　人物为自己"代言"，替自我说话，与其说他们是形象和性格的展示，不如说他们是创作者自我情怀的凝聚。更进一步来说，与其说他们是个体情感的抒发，不如说他们是文人群体总结的普遍经验。因为不同的创作者一直在延续塑造同类、同倾向的人物，而阅读者也总是能在戏曲人物身上读出他们背后所蕴含的情感和旨意，并且使其与作者的情感和自我遭遇对号入座。在批评者的思想视域里，戏曲作品中的人物既加载了创作者的褒贬、善恶、美丑等情感评价，又反映出一种被大家所普遍认知的社会现象。

　　于戏曲人物身上寻找寄托者大有人在，明代曲家几乎都有此类"寓愤"④ 或称"自况"创作。吕天成称《纨扇》："记中申伯湘事，

---

　　① 汤显祖：《汤海若先生批评西厢记序》，《古典戏曲美学资料集》，第130页。
　　② 金圣叹：《金圣叹读批〈水浒传〉》第三十三出回评，《金圣叹诗文评选》，张国光选编，岳麓书社1986年版，第339页。
　　③ ［苏］巴赫金：《巴赫金全集》第三卷，河北教育出版社1998年版，第121页。巴赫金认为小说叙事中，只要人物有思想和行动，文本就不会成为纯粹文本，必然包含道义、伦理等审美思想。
　　④ 参见朱万曙《戏曲评点与晚明士人精神》，《复旦学报》2012年第3期。

似自况也"①，又称《玉丸》："即此君自况也"②，认为二作均是作曲者个人经历的复现。徐翙《盛明杂剧序》亦曰："他若康对山、汪南溟、梁伯龙、王辰玉诸君子，脑中各有磊磊者，故借长啸以发舒其不平，应自不可磨灭。"③ 认为康海、汪道昆、梁辰渔、王衡诸人均脑有"磊磊"，由此借戏曲人物来抒发自我心中的不平。以徐渭为例：坎坷至极这一极具悲剧色彩的词汇用来形容他的人生遭遇可谓毫不过分，其人才华横溢，奈何仕途不顺，一直处于希冀施展抱负却始终不得重用的失意状态中。在《四声猿》中，他塑造了花木兰、黄崇嘏等多个人物形象以自况，借此展示心中不平之气。徐渭如此自述其悲其痛："要知猿叫肠堪断，除是依身自做猿"④，意在激发他人的感同身受。众多曲论批评者"物伤其类"，对徐渭自抒胸臆的行为颇为认同。例如，钟人杰认为花、黄等人的确可看作徐渭情感宣泄的代言人，说："文长终老缝掖，蹈死狱，负奇穷，不可遏灭之气，得此四剧而少舒，所谓峡猿啼夜、声寒神泣。"⑤ 西陵澂道人也为徐渭掬一把同情泪，于《四声猿跋》言："猿啸之哀，即三声已足堕泪，而况益以四声耶！其托意可知已"⑥，同样认为徐渭创作同类人物形象乃"托意"而为，映射的是徐渭本人的自我遭遇和情感体验。当然，徐渭仅仅是明代曲家文人遭遇的一个缩影。从整个文人群体来看，批评者所关注的内容，不仅仅着眼于揭示个人遭遇，更在于透视整个社会现象。他们从戏曲人物的形象、性格和行动诸方面来审视社会现状，以审视视角而论，主要集中在两个方面。

其一，痛斥党争之害。明代的党争是一大社会现象，并且在晚明愈演愈烈。《明史·阉党传》有所记载："迨神宗末年，讹言朋兴，群相敌仇，门户之争，固结而不可解"⑦，描述出了党争将党派门下

---

① 吕天成：《曲品·纨扇》，第三集，第 138 页。
② 吕天成：《曲品·玉丸》，第三集，第 148 页。
③ 徐翙：《〈盛明杂剧三十种〉序》，《中国古代戏曲序跋集》，第 190 页。
④ 徐渭：《倪某别有三绝见遗》，《徐渭集》，中华书局 1983 年版，第 854 页。
⑤ 钟人杰：《〈四声猿〉引》，《中国古代戏曲序跋集》，第 241 页。
⑥ 澂道人：《〈四声猿〉跋》，《中国古代戏曲序跋集》，第 243 页。
⑦ 张廷玉：《明史·阉党传》卷三百六列传一百九十四，岳麓书社 1996 年版，第 4460 页。

文人陆续卷入其中的惨烈状况。一些文人因处于党争的旋涡之中而无法脱身，深受其害，例如徐渭就是党争中的牺牲品。严嵩在党争中的失败波及其核心成员胡宗宪，也直接导致了身为胡宗宪门人徐渭出仕之途的坎坷挫折。在戏曲创作及批评者看来，党派之争中，人物因有忠奸之别，故而就会产生道德褒贬的取舍。李贽在评《鸣凤记》第二十四出〈首祭〉中怒曰："奸佞之头如此得市，牛头猪头羊头不及也。然牛头猪头羊头亦奸佞漏网之头也，不可不知"（二十四出出批），将矛头直接指向奸佞之臣严嵩的所作所为，语气中满含斥责之意。其又评《浣纱记》："伍忠伯否佞，隐见笔墨之中，妙手也"（第四出出批），认为创作者在字里行间于人物身上加载了关于价值观的取向。吕天成、祁彪佳也有类似感悟。如吕天成称《义烈》："此以张俭为生，备写陈、窦之厄，党锢之祸。读之令人且悲且恨"①；称《赐环》："此记描写权佞奸态、丑态毕尽"②。祁彪佳亦称屠隆作《昙花》，是意在"其中唾骂奸雄，直以消其块垒"③。又认为王衡作《沽酒游春》，是"王太史作此痛骂李林甫，盖以讥刺时相李文正者"④。

其二，直陈科举之弊。明代洪武十七年（1384），八股科举取士制确立，太祖朱元璋规定八股科举考试要以朱熹等的章句和其弟子所作注解为基准，不允许士子们自由论述，而是要求他们代圣贤立言。王氏心学兴起之后，科举制的弊端日渐暴露。首先八股取士的制度限制了士人才华的发挥，一些才华横溢之人囿于八股之僵化规定，无法自由、灵活地施展自己独特的才气；其次随着考场贿赂之风的盛行，科举制也逐渐失去了当初公平取士的初衷。大批文人在科举弊端的钳制下，仕途之路变得十分坎坷凄惨，因而借笔端表露人物失望之意，并对八股取士造成的社会危害予以严厉抨击和讽刺。徐渭就毫不客气地揭示了科举制给人带来的精神创伤，其称："《琵琶》一书，纯是写怨。蔡母怨蔡公，蔡公怨儿子，赵氏怨夫婿，牛氏怨严亲，伯喈怨

① 吕天成：《曲品·义烈》，第三集，第 130 页。
② 吕天成：《曲品·赐环》，第三集，第 133 页。
③ 祁彪佳：《远山堂曲品·昙花》，第三集，第 548 页。
④ 祁彪佳：《远山堂曲品·沽酒游春》，第三集，第 638—639 页。

试、怨婚、怨及第，殆极乎怨之致矣"①，精辟地以"怨"字来加以痛诉。在《樱桃园》一剧中，创作者亦借曲中人魏闻道之口表明科举出仕之难："埋怨杀一领青袍，把光阴误了"，得评点者新安如道人于此处痛批曰："儒冠误人，我亦怨杀"，矛头直指科举误人之弊。由抨击所激发的痛快淋漓之感，有如祁彪佳读徐渭《骂曹》后所言："第觉纸上渊渊有金石声。"②

此外，明代人物批评在思想视域还反映出儒、佛、道教等多种思想的综合。略举几例：吕天成称《南柯梦》证佛，言："酒色武夫，乃从梦境证佛，此先生妙旨也。"③ 又称《修文》涉仙："赤水晚年好仙。……然以一家夫妇子女托名演之，以穷其幻妄之趣"④；《邯郸梦》亦如是："穷士得意，兴尽可仙，先生提醒普天下措大，功德不浅。"⑤ 祁彪佳也有如此看法，称《同升》："偕潘太史习林居之乐，悟三教合一之理"⑥；又称《禅真》："此以澹然三弟子为主，而终以禅语证入。"⑦ 道学思想的反映则多体现在关于目连等"劝善"人物的批评中，如陈澜汝即认为，《劝善记》中有关目连形象的刻画，"志于劝善是第一家。故其爱敬君亲，崇尚节义，层见叠出。其与高则诚君伯皆劝孝，丘文庄公五伦辅治，同一心也"⑧。此类作品为数不少，不再赘述。由此可见，明代人物批评思想视域的形成不仅受到心学影响，同时也是各种现实因素和多种思想综合影响的结果。

---

① 徐渭：《成裕堂绘像第七才子书琵琶记》卷一"前贤评语"，《中国古典编剧理论资料汇辑》，第42页。
② 祁彪佳：《远山堂剧品·渔阳三弄（北四折）》，第三集，第632页。
③ 吕天成：《曲品·南柯梦》，第三集，第122页。
④ 吕天成：《曲品·修文》，第三集，第129页。
⑤ 吕天成：《曲品·邯郸梦》，第三集，第122页。
⑥ 祁彪佳：《远山堂曲品·同升》，第三集，第560页。
⑦ 祁彪佳：《远山堂曲品·禅真》，第三集，第586页。
⑧ 陈澜汝：《〈劝善记〉评》，《中国古代戏曲序跋集》，第81页。

第四章　审美观

面对元、明两代繁荣丰富的戏曲创作现象，曲家和论曲者就如何甄别叙事剧本的好坏，针砭戏曲叙事情节设置的优劣，评判人物塑造技巧的成败，提出了较为具体的看法。此外，鉴于戏曲叙事又与剧本表象以及曲家、曲论者的情感、想象、理解等心理功能融合在一起，他们也将理论目光投射到戏曲叙事的审美领域之中。戏曲叙事的审美究竟是创作者投射于叙事中的审美心理体现，还是阅读者、批评者在感悟戏曲叙事时所获得的审美体验，抑或仅仅是戏曲剧本自身所蕴含的审美内涵？在这些不断的思索与追问之中，明代曲家和曲论者逐渐形成了他们自己的认识，于自觉不自觉中阐发了一些审美体验，并对这些令人困惑的问题作出了尝试性的回答。

第一节　明前"本色论"的理论铺垫

"本色"论源自诗文理论而盛行于戏曲理论，在明代，它是曲论中最为重要的内容，体现在曲学、事学与剧演的各项主张中。明代戏曲理论的发展史，可以说就是一部关于"本色"概念发生、发展、变化、完善、提高，并在其影响下所进行的多重范畴（如当行、雅俗、意趣等）相互整合的演变史。从纵向演进来看，它经历了一个由诸多曲论家参与讨论、发展完善的过程。自明初朱权《太和正音谱》探求戏曲的内在体制规范发轫，中经明中期李开先倡导并实践，何良俊、徐渭、王世贞等阐发与深化，至沈璟与汤显祖提炼发挥后，由王骥德集大成，吕天成、祁彪佳、冯梦龙等继续深入，构建出了"可解""可演""可传"的完整戏曲"本色"说体系。从横向关联来

看，"本色"论的拓展，在明代经历了诸多层次不一、大小有别的论
争辩驳，形成了关于戏曲语言文质关系的"名剧之争"和关于戏曲
形式与制度的"意法之争"。明代曲论中的"本色"说在论争之后，
成为一个具有多重审美内涵的美学范畴，具备语言上文俗相济、叙述
上意法双美，同时又兼具舞台与案头叙事的双重审美属性。

　　明代戏曲"本色"说几乎囊括了曲论中所有富含美学意义的命
题。从审美角度来看，明代"本色论"的动态发展，体现的是精神
主旨由"名教"向"人情"转向，语言由"俗"变"雅"，音律由
诸腔竞呈到共域化，体制由重"曲"向重"戏"演进等的拓新
进程。

一　明前文学批评中的"本色"内涵

　　在阐述明代曲论中"本色论"的内涵之前，有必要梳理一下明代
以前出现于文学批评中的"本色"概念脉络，以便于阐明它在文学
性主张上的主要内涵。

　　"本色"一词，原意为本来的颜色，从文学的引申角度来说，
多指文体的体制要求。将"本色"引入中国古代文学批评领域，刘
勰有重要贡献。在《文心雕龙》中，他就此进行了集中论述。大致
说来，首先有文体之辩，《诠赋》有言："文虽新而有质，色虽糅而
有本，此立赋之大体也"①，认为文采和文饰之"雅""丽"可新，
但作为文体特征辨识的"本"和"质"不可随"情""物"变动。
继而，他还认为文辞虽有"通变"，文随世移，但"体"之"常"
不可本末倒置。究其因，主要源于彼时存在过分追求文采的现象，
即，"体情之制日疏，逐文之篇日盛"（《情采》），"俪采百字之偶，
争价一句之奇"（《明诗》），以至于"雕缛成体"（《序志》）。刘勰
在辨认"文"与"质"的关系基础上，指出唯有在朴素之"质"
和文采之"文"之间斟酌尽善，在雅正与庸俗之间考虑恰当，才可
去恰当理解"文"的继承与革新。由此可见，刘勰所论"本色"，

---

① 刘勰：《文心雕龙·诠赋第八》，周振甫注，人民文学出版社 1981 年版，第 81
页。

焦点在于辨明文学的本体特征，如朱东润所指出："彦和所言者仅藉以说明文体应尔而已"①。

入唐以后，唐人漫无拘束地在多种文体上进行大胆融通，破体创新，至宋代已成惯常现象："在两宋文坛上，'破体为文'的种种尝试，如以文为诗、以赋为诗、以古入律、以诗为词、以文为词、以赋为文、以文为赋、以文为四六等，令人目不暇接，其风气日益炽盛。"② 从文学发展的历史来看，唐以前关于文体体制的拘束较少，是尽情表现与创造的激情时代。宋以后，当激情蜕变成理性，加之文体日益繁多，文体间的差别也就出现了辨识上的需要。另外，随着文体领域的扩展，文类的原有特征也随之被"淡化"，出现了许多四不像、僵硬融通的失败之作。宋人对此种风气进行了反思，企图对泛滥的"破体"之风作出规范，因而提出了"尊体"主张，以期廓清文体之间各自不同的"本色"特征。

北宋陈师道《后山诗话》云："退之以文为诗，子瞻以诗为词，如教坊雷大使之舞，虽极天下之工，要非本色。"③ 在他看来，"本色"依然是文体的特殊性，尽管"以文为诗"和"以诗为词"两类创作中有斐然文采，但依然不是诗和词的原本真身（"本色"）。换而言之，特定的文体应该遵守它固有的文学体性与审美特征，否则就无以言"本色"。"本色说"也是南宋刘克庄"词学"思想的核心。刘克庄《韩隐君诗序》曰："古诗出于情性，发必善；今诗出于记闻而已，自杜子美未免此病"④，强调词的"本色"不仅要延续"缘情"传统；又称"然长短句当使雪儿、啭春莺辈可歌，方是本色"⑤，认为"长短句"（词）还要具有合乐可歌的音乐性。既"协律可歌"⑥

---

① 朱东润：《中国文学批评史大纲》，上海古籍出版社 2001 年版，第 53—54 页。

② 王水照：《宋代文学通论·文体篇》，河南大学出版社 1997 年版，第 67 页。

③ 陈师道：《后山诗话》，《历代诗话》（上），何文焕辑，中华书局 2006 年版，第 309 页。

④ 刘克庄：《韩隐君诗序》，《后村先生大全集》卷九十六，四川大学出版社 2008 年版，第 2472 页。

⑤ 刘克庄：《翁应星乐府序》，《后村先生大全集》卷九十七，第 2499 页。

⑥ 刘克庄：《跋刘澜乐府》，《后村先生大全集》卷一〇九，第 2831 页。原文作："词当叶律，使雪儿春莺辈可歌，不可以气为也。"

又"裱迁绵密"①，乃是"本色"。相比较前人，刘克庄论"本色"，包含了词情，又涵括词律和结构在内，较为明确地辨认出"词"的文体特征。另一文论家严羽又从文学文体的审美特征切入，其《沧浪诗话》视"悟"为诗之"本色"，云："大抵禅道惟在妙悟，诗道亦在妙悟。……故其妙处，透彻妙悟而已。惟悟乃为当行，乃为本色。"② 在谈及"本色"的概念时，他以"当行"来进行阐释。"当行"之意，指本行。严羽称"悟"为诗之"当行"，一则强调"妙悟"在诗歌文体中的重要作用，二则指出"本色"之意即为本行，例如诗歌不是实录，不是论述，而是感悟。至张炎，"本色"又与语言审美紧密地联系起来。在文学批评中，他多使用"本色"一词来品评词的语言风格。《词源》中有对"本色"语言的定义："句法中有字面，盖词中一个生硬字用不得。须是深加锻炼，字字敲打得响，歌诵妥溜，方为本色语"③，认为词这一文体在语言的使用上要用熟、用精，且朗朗上口，唯有如此，才是"本色"，才能与其他文体形成区分。

进入元代，随着元杂剧的创作成为时代文学的主流，"本色"概念也被引入曲论之中。胡祗遹当推为论曲之"本色"的第一人。元代戏曲是舞台的艺术，以唱和表演作为重要传播途径。在《优伶赵文益诗序》中，胡祗遹云："人知优伶发新巧之笑，极下之欢，反有同于教坊之本色者。于斯时也，为优伶者亦难矣哉。"④ 从表演论的角度，胡祗遹认为优伶（演员）的逗笑和娱人行为才是戏曲作为表演文体的"本色"，并称赞演员在表演时的栩栩如生、形神兼备即是行家的表现。顾瑛则直接将张炎"感悟"之论引入曲论中，在张炎所称"须是深加锻炼，字字敲打得响，歌诵妥溜，方为本色语"后附加"制曲者当作此观"⑤ 一语，意在强调戏曲语言必须要

---

① 刘克庄：《再题黄孝迈长短句》，《后村先生大全集》卷一〇八，第2796页。原文作："其清丽，叔原、方回不能加；其绵密，骎骎秦郎、和天也瘦"之作矣。

② 严羽：《沧浪诗话·诗辨》，《沧浪诗话校释》，郭绍虞校释，人民文学出版社1983年版，第10页。

③ 张炎：《词源》（下）《字面》，中华书局1991年版，第47页。

④ 胡祗遹：《优伶赵文益诗序》，《中国古代戏曲序跋集》，第5页。

⑤ 顾瑛：《迦陵音指迷·制曲十六观》，《古典戏曲美学资料集》，第74页。

遵循曲体的审美规范，方为"本色"。臧懋循所称"人习其方言，事肖其本色"（《元曲选序》），即是针对元曲之"本色"要求而发出的赞叹。

由以上所述可见，"本色"一词在文学批评中的意义约有三项：一项是特定文体所固有的文体特征和审美规范；一项是语言表达特征的朴实通俗；一项是优伶行业的熟谙技艺。在"辨体"意识的基础上，"本色"概念的内涵渐趋明朗化、具体化。

与前人所持观点相类，明人也以"本色"概念来"辨认"曲体特征。在前后七子主张复古、从事模拟的文学背景下，明代文人纷纷投身"文必秦汉，诗必盛唐"（《明史·李梦阳传》）的复古潮流之中，前代的文体被当作样板，成为反对越界、变体的标杆。"嘉靖八才子"之一的李开先与北宋陈师道站在同一认识立场，称："词与诗，意同而体异，诗宜悠远而有余味，词宜明白而不难知。以词为诗，诗斯劣矣；以诗为词，词斯乖矣。"① 稍晚一些的王世贞也说："之诗而词，非词也；之词而诗，非诗也"（《艺苑卮言·论词》），对文体越界进行了严格限制。王世贞之弟王世懋也响应说："词曲家非当家本色，虽丽语博学无用，况此道乎？"② 认为词的当家本色排斥过分藻绘和频繁使用学问。胡应麟在前人所论基础上进行了总结："文章自有体裁，凡为某体，务须寻其本色，庶几当行"③，继续强调"本色"辨识在文体创作中的重要作用。在诸多曲论者关于"本色"的阐述中，戏曲本体的特征得以勾勒，与其他文体特征的不同之处也得到了区分。

"本色"论进入明代曲论批评视域之后，成为一个极为重要的理论概念，贯穿在明代曲论的整个发展过程之中。就具体内容而言，它的内涵在变动不居的外围关系中不断得以拓展。以风格作为区别界限，从中可以看到它的演变痕迹以及它所带来的审美流变倾向。

---

① 李开先：《〈西野春游词〉序》，《中国古代戏曲序跋集》，第 54 页。
② 王世懋：《艺圃撷余》，《历代诗话》（下），何文焕辑，中华书局 2006 年版，第 775 页。
③ 胡应麟：《诗薮·内编》卷一，《明诗话全编·胡应麟诗话》第五册，吴文治主编，凤凰出版社 1997 年版，第 5452 页。

二 明初戏曲批评中的"本色"逻辑

明初的戏曲创作主要是元末戏曲创作的余音和延续，戏曲理论同样也深受元代曲论的影响。高明《琵琶记》的影响力，在明初甚至整个明代曲坛都是不可忽略的存在。在《琵琶记·副末开场》一出中，高明曾就戏曲的特征、功用以及形式等表达出自己的思考。

> 【水调歌头】秋灯明翠幕，夜案览芸编，今来古往，其间故事几多般。少甚佳人才子，也有神仙幽怪，琐碎不堪观。正是不关风化体，纵好也徒然。
>
> 论传奇，乐人易，动人难。知音君子，这般另作眼儿看。休论插科打诨，也不寻宫数调，只看子孝共妻贤。骅骝方独步，万马敢争先。

（《琵琶记·副末开场》）

这段"副末开场"提出了三大观点：其一，"正是不关风化体，纵好也徒然"，提及戏曲功用；其二，"论传奇，乐人易，动人难"，提及戏曲审美；其三，"只看子孝共妻贤"，提及戏曲的题材选择。三大观点的提出，基本上奠定了明初乃至有明一代戏曲本色理论的重要理论基石。

由元入明后，相对于元代繁荣的戏曲创作而言，明初的戏曲创作则要沉寂得多，几乎可以称得上是萧条了。从原因来看，主要因为自上而下的文化政策大大束缚了戏曲创作的前行脚步。明太祖朱元璋坐稳天下之后，政治上奉行嗜杀文人政策以巩固政权，文化上则采用八股取士来宣扬程朱之学。在政治和文化氛围的双重钳制之下，朝廷所培育出来的文人精英，主要是一批居庙堂而脱离民间的知识群体。他们虽爱好戏曲，但大多局限于以曲会友或者以曲佐樽的娱乐范畴。就其创作目的而言，主要在于满足两个娱乐性或称之为"陶情悦性"的需求：一是宴飨知音，二是寄托闲情逸趣。长此以往，明初剧坛的戏曲创作不免也染上了"台阁"风气，尤其是案头之作，迅速走上了藻绘之路。加之明初推行"禁戏"① 令，使得可供戏曲创作的视域和题材选择范围越来越狭窄，明初的戏曲创作和戏曲批评由是呈现出萎靡不振之态。"高皇雄猜，诛戮勋臣，波及文士；再经靖难之阪，海内英流，仅有存者"②，《明诗纪事》曾就文化高压政策下的负面反馈作出如此描述。在《曲论》中，何良俊也描述了这一现象："祖宗开国，尊崇儒术，士大夫耻留心辞曲，杂剧与旧戏文本皆不传，世人不得尽见"③，一定程度上道出了戏曲创作不兴的原因。

在严苛的禁令下，统治者仅给戏曲留下了一丝生存的夹缝。洪武三十年五月刊本《御制大明律》称："其神仙道扮，及义夫节妇，孝子顺孙，劝人为善者，不在禁限。"但前提是要在创作和扮演上合乎规定，达到朱元璋所提出的要求："惟务明达易晓"和"皆寓讽谏之意"④。究其因，在于以朱元璋为中心的统治阶层看到了礼乐在规范道德行为、整饬社会风气中的作用，也觉察到了戏曲作为通俗文学所具备的社会教化功能，尤其是意识到对于文化素养不高的普通民众而言，戏曲所承载的教化意义更显巨大。徐渭《南词叙录》有此记载：时有以《琵琶记》进呈者，高皇笑曰："五经、四书，布、帛、菽、粟也，家家皆有；高明《琵琶记》，如山珍、海错，贵富家不可无"⑤，从中可见朱元璋对此剧价值的认可，且大有推崇之意。

明初的戏曲创作就在政令的夹缝中顽强挣扎，缓慢地甚至偏向于停滞性地向前迈步。为顺应时代潮流，迎合统治阶级在文化政策上的要求，这一时期，戏曲创作的重点，在于突出戏曲感动人心的教化功

---

① 《御制大明律》云："凡乐人搬做杂剧戏文，不许妆扮历代帝王后妃、忠臣烈士、先圣先贤神像，违者杖一百；官民之家，客令妆扮者与同罪。"参见王利器《元明清三代禁毁小说戏曲史料》，上海古籍出版社1981年版，第13页。

② 陈田：《明诗纪事》乙签序，上海古籍出版社1993年版，第581页。

③ 何良俊：《曲论》，《古典戏曲美学资料集》，第96页。

④ 《明史·乐志一》，第1507—1508页。原文："当太祖时……尝谕礼臣曰：'古乐之诗，章和而正。后世之诗，意淫以夸。故一切谀词艳曲皆弃不取。'尝命儒臣撰回銮乐歌。所奏《神降样》、《神觑》、《酣酒》、《色荒》、《禽荒》诸曲……皆寓讽谏之意。然当时作者，惟务明达易晓，非能如汉、晋间诗歌，铿锵雅健，可录而诵也。殿中韶乐，其词出于教坊徘优，多乖雅道。十二月乐歌，按月律以奏，及进膳、迎膳等曲，皆用乐府、小令、杂剧为娱戏。"

⑤ 徐渭：《南词叙录》，第一集，第483页。

用。邱濬在《五伦全备忠孝记·副末开场》中说:

【鹧鸪天】书会谁将杂曲编,南腔北曲两皆全。若于伦理无关紧,纵是新奇不足传。

风月好,物华鲜,万方人乐太平年。今宵搬演新编记,要使人心忽惕然。

【西江月】……近世以来,做成南北戏文,用人搬演,虽非古礼,然人人观看,皆能通晓。尤易感动人心,使人手舞足踏,亦不自觉。……《五伦全备》,发乎性情,生乎义理,盖因人所易晓者,以感动之。……善者可以感发人之善心,恶者可以惩创人之逸志,劝化世人,使他有则改之,无则加勉。……虽是一场假托之言,实万世纲常之理,其于出出教人,不无小补云。

邱濬此两段论述意思极为集中鲜明,直接沿袭了高明"正是风化体"的功用主张。与此同时,他又强调了戏曲叙事的感化力量,认为戏曲的教育审美功用可通过"惕然""感动人心"与"有则改之,无则加勉"来实现。因此在时代背景的浸染下,邱濬将戏曲功用定位于兼顾"名教"与"人情"两个方面。从创作内容来看,邱濬多写风花雪月、神仙道化之事,若论文学价值,实则并不能称得上有多高,但其中彰显出来的理论价值却有三点值得注意:一是他突出了戏曲在教化层面的社会功用;二是他意识到戏曲是一种可进行虚拟表达的创作文体,如其所言,"是一场假托之言";三是他看到了戏曲的剧演特征,认为"戏场无笑不成欢,用此竦人观看"①,将审美视角延伸至观众的心理接受层面。这三个方面的内容主张,在后来的明代曲论发展进程中不停地被探讨、被反驳、被修正、被扩充,成为曲论"本色"内涵中的内容组成部分之一。

同样强调戏曲"教化"功能及"动人"力量的还有曲家邵璨,

----

① 邱濬:《五伦全备忠孝记·副末开场》【西江月】,《古典戏曲美学资料集》,第87页。

其作《香囊记·副末开场》有言：

> 【鹧鸪天】今即古，假为真。从教感起坐间人，传奇莫作寻
> 常看，识义由来可立身。

"教感起坐"及"识义由来可立身"的曲学主张，依然是对教化功能的肯定，正由于此，戏曲传奇才不能作为一个寻常的文学现象来看待。邵璨的曲学主张虽在功用选择上与主流"教化"价值观相一致，但就戏曲作品本身而论，因受到诗文台阁体风气的影响，《香囊》也集典雅、骈俪和八股风气于一体，呈现出秾丽稠艳之风格特征。徐渭对此大为不满，称《香囊》之后"三吴俗子，以为文雅，翕然以教其奴婢，遂至盛行"，此乃"南戏之厄"①，认为《香囊》体现出来的"时文"风气之弊要远超它在"教化"主张上的影响力。这一点也被后世众多曲家和曲论者所认可。就明代"本色"范畴的构建来说，《香囊》的地位确实非常重要，但绝大多时候都是作为反面典例，以"非本色"的面貌而出现。徐复祚《曲论》就严厉批评了它"非本色"这一点，称其"丽语藻句，刺眼夺魄。然愈藻丽，愈远本色"②。

在统治政策的限制以及文人对政策的主动迎合下，明初的戏曲创作可谓单调、枯燥与乏味。从洪武直至弘治年间的相当长一段时期里，戏曲创作和戏曲理论均处于谨慎的观望阶段，并无大的影响之作问世。在一片歌功颂德、歌舞升平的祥和描述中，值得一提的，唯有朱权带来了些许突破。在《太和正音谱》中，朱权尽管仍以论曲作为曲论之重，却针对当时的戏曲创作进行了"杂剧十二科"的题材分类，在戏曲题材的辨识上跨出了一大步。

综合而论，明初戏曲理论鼓吹"风化"，强调戏曲"动人"的精神，对有明一代"本色"范畴"风化论"和"情本论"的二元化形成产生了深远影响。这一时期的曲论更多地关注戏曲通俗易晓、感动

---

① 徐渭：《南词叙录》，第一集，第 486—487 页。
② 徐复祚：《三家村老曲谈·〈香囊记〉以诗语作曲》，第二集，第 275 页。

人心的特征，对戏曲的外在表现例如音律问题并不十分热衷，这也极
大地影响到曲论主题演进的进程，表现为明中期重视戏曲语言，明后
期注重戏曲的叙事和表演。

第二节　明代"本色论"的丰赡与流变

正统十四年（1449）七月，"土木之变"以明英宗被俘告终，对
明王朝整个社会政治、经济都产生了巨大的影响。明朝由此进入社会
转折期，由"海内富庶"① 转向 "国势浸弱"②。社会环境的变化映
射在政治上，即是歌舞升平、雍容典雅的政治祥和之象被打破，开始
呈现衰颓、萎靡之态；体现在思想上，即是程朱理学逐步趋于瓦解，
王氏心学迅速萌发出新芽，尤其是王氏左学的崛起，使得思想禁锢进
一步松动，话语主导权开始下移；体现在文化政策上，即是妆点盛世
升平的台阁体创作之风不再盛行，文人呼吁文化革新，纷纷反对一味
教化的虚伪道学之作，并躬行文学创作的新变。在这一系列社会背景
的大变化下，自明代中叶始，戏曲创作与批评也进入快速发展的阶
段。一方面，戏曲叙事的教化功能有所弱化，娱乐和主情功能有所提
升；另一方面，南戏发展的步伐不断加快，产生了几大声腔的分化和
博弈。昆山腔胜出后，传奇进入创作的繁荣时期。"风声所变，北化
为南。名人才子，踵《琵琶》《拜月》之武，竞以传奇鸣；曲海词
山，于今为烈。"③ 此番盛况，也被吕天成描述为"博观传奇，近时
为盛。"（《曲品序》）

一　承上启下：李开先"本色论"的先导价值

尽管明初期的曲家和论曲者提出了一些要求，但并未出现明确的
戏曲"本色"概念。直到嘉靖时期，才由李开先提及并有条理地进
行了阐述。首先，李开先致力于提升"词"的"小道"地位，云：

---

① 《明史》卷十二本纪第十二《英宗后纪》。原文："赞曰：英宗承仁、宣之业，海内
富庶，朝野清宴。"
② 《明史》卷十六《武宗本纪》。原文："赞曰：明自正统以来，国势浸弱。"
③ 沈宠绥：《度曲须知》上卷《曲运隆衰》，第二集，第616—617页。

　　或以为："词，小技也，君何宅心焉？"嗟哉！是何薄视之而
轻言之也！……由南词而北，由北而诗余，由诗余而唐诗，而汉
乐府，而三百篇，古乐庶几乎可兴。故曰"今之乐，犹古之乐
也。"呜呼，扩今词之真传，而复古乐之绝响，其在文明之
世乎！①

将曲与诗、词同样看作"古乐"之真传，认为不可对曲有"薄视而
轻言"之行为。在提升戏曲地位之时，他亦不忘尊体之论，不忘指出
戏曲文体的特征所在。称：

　　学诗者，初则恐其不顾，久则恐其不淡；学文者，初则恐其
不奇，久则恐其不平；学书、词者，初则恐其不劲、不文，久则
恐其不软、不俗。②

认为曲之文体，在表达上要"软"要"俗"，初步定位出戏曲的"本
色"特征。
　　其次，他又阐明了何以提出"本色"一说的原因。如其所论：

　　国初诗文，犹质直浑厚，至成化、弘治间，而衰靡极矣。自
李西涯为相，诗文取絮烂者，人材取软滑者，不推诗文趋下，而
人材亦随之失。③

在他看来，成化、弘治年间，文风由质朴浑厚转变成"衰靡"，给文
学创作带来了不良的创作弊端，导致诗文创作出现了华而不实之风。
为整饬这一"衰靡"文风，李开先响应此一时期的文学复古号召，

---

　　① 李开先：《〈西野春游词〉序》，《中国古代戏曲序跋集》，第55页。
　　② 李开先：《〈市井艳词〉又序》，《古典戏曲美学资料集》，第94页。
　　③ 李开先：《对山康修撰传》，《明诗话全编·李开先诗话》，吴文治主编，凤凰出版
社1997年版，第3380页。

提出戏曲创作也要复归本色传统，"俱以金元为准，犹之诗以唐为极也"①。

从其生平来看，李开先经历了弘治、正德、嘉靖、隆庆四朝的时代变迁，在他身上可以找到文学思潮更替所留下的印记。从弘治到隆庆期间，正是文学复古之风盛行之时，以李梦阳、王世贞为首的前、后七子成为这一时期文学思潮的领军人物。明初"尚理而不尚辞，入宋人窠臼"（徐𤅢《黄斗塘先生诗集序》）的极朴，成化、弘治间又"衰靡极"的极丽，在文化复古派看来，均是文坛萎靡的表现。为扭转文风，清洗文坛恶习，复古派提出要以"复古"来廓清"台阁"体的流弊，由此强调古法，并倡导亦步亦趋地遵照古法来进行模拟与效仿。对此，李开先表达出积极响应之态，其称"物不古不灵，人不古不名，文不古不行，诗不古不成"②，对复古派借复古手段来达到文学革新目的之初衷表示认可。其编选《改定元贤传奇》即意在"取其辞意高古"，既是对文坛现状不满的力行，也是对复古派主张的正面回应。此外，李开先与前、后七子之间也有颇为频繁的交游活动，尤其与前七子中的康海、王九思来往密切。他曾自述康、王思想对自己的重大影响，曰："予初碌碌，赖二翁称扬有名，鄙作亦赖之得进"③，以尊师态度对康、王二人表达出崇敬之情。

李开先响应复古，但又并不拘泥于复古。复古派虽然提出要重新审视文学现状，确立文学的独立地位，一定程度上对纠正馆阁之风有所裨益，但是复古派又一味强调模拟因袭，导致文学主张与文学实践相互背离，又随之带来了另一种"剽窃云扰"④ 的不良弊端。针对此一现象，李开先也坚决予以反对，云："君子不作凤鸣，而学言如鹦鹉，何其陋也"⑤，对不思改进的模拟风气表示不满。以此为前提，

① 李开先：《〈西野春游词〉序》，《中国古代戏曲序跋集》，第53页。
② 李开先：《昆仑张诗人传》，《李开先全集》（修订本）中，卜键笺校，上海古籍出版社2014年版，第899页。
③ 李开先：《渼陂王王检讨传》，《李开先全集》，卜健笺校，文化艺术出版社2004年版，第767页。
④ 钱谦益：《列朝诗集（丁集）·卷一·唐金都顺之》，清顺治九年毛氏汲古阁刻本。
⑤ 李开先：《对山康修撰传》，《李开先全集》（修订本），第916页。

他转而认可唐宋派的革新主张，对唐宋派矫正李、何复古之弊的行为表示肯定。从师古切入，又从师古走出，主张写出反映真情实感的作品，这是"唐宋派"比"前七子"进步的地方。作为唐宋派的代表人物之一，唐顺之十分看重真情的流露，认为"真情"即"本色"，其云："近来觉得诗文一事，只是直写胸臆，如谚语所谓开口见喉咙者，使后人读之，如真见其面目，瑜瑕俱不容掩，所谓本色，此为上乘文字。"① 这一主张深得李开先的赞同，他认为自己的作品"皆随笔随心，不复刻苦"（《〈李中麓闲居集〉后序》），与唐顺之"直写胸臆"的"本色"观，本质上是大体一致的。

　　在取复古与革新两派之长的基础上，李开先提出了自己的"本色"主张，其中的内涵主要有三个方面。

　　其一，"风教"功用。李开先认为"本色"之作首要以劝善惩恶为目的，具备教化功用，有益于社会与民众，即"要之激劝人心，感移风化，非徒作，非苟作，非无益而作之者"②。

　　其二，语言本色。李开先崇尚通俗自然，倡导"以金元为准"的创作风格。其云："传奇戏文，难分南北，套词小令，虽有短长，其微妙则一而已。悟入之功，存乎作者之天资学力耳。然俱以金元为准，犹之诗以唐为极也。"③ 他以金元时期的杂剧创作为圭臬，将其作为标准用来区分金元和明代作品的不同："国初如刘东生、王子一、李直夫诸名家，尚有金元风格。迤后分而两之，用本色者为词人之词，否则为文人之词矣。"④ 在他看来，今人所作"文人之词"已不复金元的"质直"风格，故难称"本色"。作为补充，李开先在俗文学中发现了一股生命的原动力，从民间文学的群芳中提炼出了关于朴素、本色的元素，并以此作为"词人之词"和"文人之词"划分的逻辑起点。

　　其三，情性本色。因"夫以是人而居卑秩，宜其歌曲多不平之

---

　　① 唐顺之：《与洪方洲书》，《唐宋明清文集·明人文集》卷二，郭银星选编，天津古籍出版社 2000 年版，第 670 页。

　　② 李开先：《〈改定元贤传奇〉后序》，《中国古代戏曲序跋集》，第 52 页。

　　③ 李开先：《〈西野春游词〉序》，《中国古代戏曲序跋集》，第 54 页。

　　④ 李开先：《〈西野春游词〉序》，《中国古代戏曲序跋集》，第 54 页。

鸣"①，戏曲创作乃"发其悲泣慷慨抑郁不平之衷"②，故而要求"语意则直出肺肝，不加雕刻"③。李开先十分看重"情性"产生的力量，表现之一是，他提出戏曲表演要在情感上与观众产生共鸣。其在《词乐》中记载：

> （颜容）尝与众扮《赵氏孤儿》戏文，客为公孙杵臼，见听者无戚容，归即作手捋须，右手打其两颊尽赤，取一穿衣镜，抱一木雕孤儿，说一番，唱一番，哭一番，其孤苦感怆，真有可怜之色，难已之情。异日复为此戏，千百人哭皆失声。归，又至镜前，含笑深揖曰："颜容，真可观矣！"④

在此番描述中，李开先提出"可观"说，详细地列出了戏曲表演的动机、行为效果以及感情表达等诸因素，认为表演者与观众的神交能够提升戏曲的情感力量。后来王世贞提出戏曲"可传"，王骥德提出"可演可传"均受到了这一思路的启发。表现之二是，李开先对戏曲结构等的设定安排也提出了"情性"要求，认为戏曲情节的推进要有结构意识，尤其戏曲结尾要彰显"余韵"之趣："世称诗头曲尾，又称豹尾。必须急并响亮，含有余不尽之意。"⑤

从以上三个特征来谈论何谓"本色"，并具理论意识地指出了"本色"所具有的鲜明特征，李开先实则将"本色"概念指向了戏曲的功能、语言及情感要求等多层面，使其呈现出综合性的特点。

从创作实践来看，李开先遵循创作与曲学主张的一致性。其《改定元贤传奇》所取，除"辞意高古，音调和谐"之外，主要肯定的是传奇作品"与人心风教俱有激劝感移之功"⑥。他还明确倡导以俗为美，认为来自民间的通俗文学才具备戏曲的"本色"风格，称：

---

① 李开先：《〈张小山小令〉序》，《中国古代戏曲序跋集》，第 53 页。
② 李开先：《中麓小令跋语》，第一集，第 431 页。
③ 李开先：《〈市井艳词〉序》，《中国古代戏曲序跋集》，第 50 页。
④ 李开先：《词乐》，第一集，第 392 页。
⑤ 李开先：《词尾》，第一集，第 394 页。
⑥ 李开先：《〈改定元贤传奇〉后序》，《中国古代戏曲序跋集》，第 52 页。

"故风出谣口，真诗只在民间。"① 又自述其创作特征，表明自己近俗近真之心："予词散见者勿论，已行世者，辛卯春有《赠对山》，秋有《卧病江皋》，甲辰有《南吕小令》，《登坛》及《宝剑记》，脱稿于丁未夏，皆俗以渐加，而文随俗远。至于《市井艳词》，鄙俚甚矣，而予安之，远近传之。"② 因其"独恶其日趋于文，而无用于世"，故而将创作宗旨定位于"物无巨细，各具妙理，是皆出乎玄化之自然，而非矫揉造作焉者"③。

从理论价值来说，李开先的"本色"观具有为明代"本色"论的丰赡"导夫先路"的价值。作为身处于复古文艺思潮未去，市民文学方兴这一时代转折期的曲学代表，李开先的"本色"说也呈现出承上启下的特点。承前而言，他强调戏曲要"辞意高古"，"词宜明白而不难知"④，且教化功能不可缺；启下而论，其倡导戏曲"本色"乃为真情"直出心肝"，所作"随笔随心"，开启了明代戏曲"主情说"的基调。最为重要的是，李开先对"蕴藉出奇，俗而不文"⑤ 的强烈倡导，深刻影响了何良俊、徐渭、徐复祚、王骥德等一大批曲家和论曲者，尤其是关于"文随俗远"的"本色"主张，在各位曲家的曲论主张中留下了明显的印记。综合而论，"有意识地向当代民歌学习，从而为陷于尊古拟古泥潭的明代诗文创作找到了一条新的发展途径，这是李开先对明代文学的主要贡献"⑥。李开先之后，明代曲家和论曲者对戏曲"本色"的探讨日趋丰赡。李开先所涉及的"本色"三大内涵，在后来的探讨中都得到更为深入的阐释。何谓戏曲"本色"，成为明代最为集中的曲学观探讨话题之一。

二 自俗而雅：中晚明"本色论"的审美流变

李开先提出的"本色"说具有明显的通俗崇真倾向，明中叶以

---

① 李开先：《〈市井艳词〉序》，《中国古代戏曲序跋集》，第 50 页。
② 李开先：《市井艳词又序》，第一集，第 410—411 页。
③ 李开先：《〈画品〉序》，《古典戏曲美学资料集》，第 95 页。
④ 李开先：《〈西野春游词〉序》，《中国古代戏曲序跋集》，第 54 页。
⑤ 李开先：《乔梦符小令序》，第一集，第 404 页。原文：蕴藉包含，风流调笑，种种出奇而不失之怪；多多益善而不失之繁；句句用俗而不失其为文。
⑥ 黄洽：《李开先与通俗文学》，《烟台师范学院学报》1998 年第 3 期。

后，曲家文人受此影响，十分重视"俗"在"本色"论中的重要地位。再者，变化着的社会现实也向"本色"论的内涵提出了新的挑战。随着城市和商品经济的发展，明代文人在创作、品评、阐释、与著书立说等方面都体现出浓厚的商业化趣味，表现于为迎合市场化背景下的市民阅读需求，曲家和论曲者适时调整了创作方向，格外关注戏曲创作的世俗化立场。选择抒写世俗生活，品评世俗趣味，发展戏曲来自民间的通俗特性，成为明代戏曲尚俗的普遍现象。通俗文学的勃勃生机冲击了道学的虚伪，挑战了理学的僵化，带来了叙事创作审美趣味的转变。在此过程中，文人士大夫的审美倾向与世俗大众的审美方向逐渐向相同的方向靠拢。一方面，市民俚俗、质朴的审美观念受到文人化、雅致化的浸染；另一方面，文人也开始自觉导入世俗大众的审美趣味。双方在审美主题和审美趣味上渐趋相融，最终生成一种新的审美风向标：俗中带雅，雅中含俗，既与时代的节奏合拍，亦与通俗文学发展的思想主潮合流。

　　"本色"源于诗学范畴，本意是针对"言"与"意"的关系而言。当将它引入戏曲领域中，它又被泛化到其他的修辞关系上。在戏曲中，有两个"言"的层面，一是文字，二是音乐语言。因本书只探讨戏曲叙事，故而音乐语言的"本色"不在探讨范围之列。准确地说，除却音律内容，明代戏曲"本色"论主要阐述的是戏曲语言上的问题，包括文辞以及与文辞相关或者延伸的问题，例如语言与艺术个性的塑造，语言与艺术情感的体现等。曲家和论曲者在"本色"的见解和阐述上各有侧重，但有一点是相通的，那就是共同倡导从宋元传统中寻找反对语言过于雕琢堆垛的武器。如叶长海先生所言："不管持论的角度相距多远，也不管对戏曲作品理解的程度相差多大，凡是提倡'本色'的，总是以反对'雕琢堆垛'之风为目的。"① 正因为曲家和论曲者都致力于挖掘不同于其他"本色论"的戏曲特征，明代戏曲本色论才得以迅速发展，造成了剧坛"本色论"的繁盛局面。在尊体方面，戏曲"本色"作为代言的、叙事的演唱文学这一文体特征，也因此得到了进一步的发掘和肯定。以时间分段，"嘉靖

---

① 叶长海：《曲学与戏剧学》，学林出版社 1999 年版，第 376 页。

时代，它主要在于抵制典雅风气的腐蚀；万历以后，它重点注意了对戏曲所特有的语言方法的探讨"①。以风格而论，明中叶以后的"本色"论大军，也即倡导"本色"的代表性曲家，大体上可以划分出三大阵营。

第一，何良俊、沈璟等偏重以"俚俗"来定义"本色"。

俚俗之"本色"观，指的是曲家和论曲者倡导朴素地进行"说话"，认为在戏曲创作过程中无须刻意地对文字进行华丽的修饰，也无须以"用事""典故"等来进行学问的有意堆砌。从严格意义来说，以何、沈为代表的"俚俗"本色派也并非排斥对戏曲语言进行提炼，但是更为偏好文辞的俚俗和朴拙，故而强调"本色"的原本之意——不事雕琢。何良俊有言："余最喜白太傅诗，正以其不事雕绘，直写性情。夫《三百篇》何尝以雕绘为工耶？"② 认为语言的美在于天然状态下的不事雕饰，以及从中透露出来的真实和自然韵味，"若美女涤去铅华而丰腴艳冶，天然一国色也"③，不带有一丝脂粉气。如果说何良俊所崇尚的"本色"还留有自然美的印记，那么沈璟在"自然"美的路上则走得更远。他推崇的是戏曲语言的朴实美，甚至于是不带有任何雕饰的口语式俚俗美。其自谓："鄙意僻好本色"④，并于《南九宫十三调曲谱》中将"本色"定义为自然之俗的通俗易晓。如其眉批《琵琶记》［雁鱼锦］："或作'不睹亲'，非也。'不撑达'、'不睹事'，皆词家本色语。"⑤ 又批《散曲》［桂花偏南枝］："'勤儿'、'特故'俱是词家本色字面，妙甚。"⑥ 王骥德

①　王小盾：《明曲本色论的渊源和它在嘉靖时代的兴起》，《云南艺术学院学报》2001年第4期。

②　何良俊：《四友斋丛说·卷二十五·诗二》，《历代笔记小说大观·四友斋丛说》，李剑雄校点，上海古籍出版社2012年版，第164页。

③　何良俊：《四友斋丛说·卷二十三·文》，《历代笔记小说大观·四友斋丛说》，第152页。

④　沈璟：《新校注古本西厢记》附《词隐先生手札而二通》，《古典戏曲美学资料集》，第121页。

⑤　原文：这壁厢难道咱是个不撑达害羞的乔相识，那壁厢骂咱是个不睹事负心薄幸郎。

⑥　沈璟：《南曲全谱·卷二十·［桂花偏南枝］评语》，《古典戏曲美学资料集》，第122页。原文：勤儿捱磨，好似飞蛾扑火，你特故将哑谜包笼，我手里登时猜破。

对他赞美"庸拙俚俗"的行为颇有微词，称："至庸拙俚俗之曲，如
《卧冰记》【古皂罗袍】'理合敬我哥哥'一曲，而曰'质古之极，
可爱可爱'，《王焕》传奇【黄蔷薇】'三十哥央你不来'一引，而
曰'大有元人遗意，可爱'。此皆打油之最者，而极口赞美，其认路
头一差"①。凌濛初与王骥德的看法相似，对沈璟不尚文采的看法也
表现出轻视之意，批评他"直以浅言俚句，掤拽牵凑"，并斥责其走
向"以鄙俚可笑为不施脂粉，以生梗雉率为出之天然"②的极端。王
骥德、凌濛初虽以批评立场发声，但其中所论，足可见证沈璟对"俚
俗"甚至是"打油"风格的极力推崇。

何、沈二人偏重语言上的俚俗，一方面是自我的主观爱好，另一
方面也是受到了客观环境的影响。嘉靖、万历年间，正值昆曲勃兴之
时，大批文人纷纷染指传奇创作，但其中一些人并未对创作抱有严肃
态度，或因附庸风雅，或因宣泄才情而作。有些文人不熟悉戏曲的音
律体制，也不熟悉舞台演唱的规定，故而留存下来的作品多难登台演
出。南曲传奇创作规范化走到了一个势在必行的阶段，急需"嗟曲流
之泛滥，表音韵以立防；痛词法之蓁芜，订《全谱》以辟路"③。在
此意义上，何、沈的"本色"主张，无疑也是客观环境下的现象映
射和思想选择。有意于拨正文风，曲家文人因此推崇自然乃至俚俗的
"本色"风格，旨在规范戏曲创作中的音律不调。何良俊对当世传奇
作品脱离舞台的倾向大加针砭，称："夫既谓之辞，宁声叶而辞不工，
无宁辞工而声不叶。"④从辞与律的关系来看，显然地，何良俊侧重
的是"声"的表达。

从同样的目的出发，作为吴江派的曲学代表，沈璟对戏曲语言提
出了更为严格的"合律依腔"要求。其言"宁律协而词不工，读之
不成句，而讴之始叶，是曲中之工巧"⑤。沿袭何良俊的主张，他又
进一步发挥，着意强调音律至上的准则：

---

① 王骥德：《曲律·杂论第三十九下》，第二集，第120页。
② 凌濛初：《谭曲杂劄》，第三集，第189—190页。
③ 吕天成：《曲品》卷上，第三集，第87页。
④ 何良俊：《四友斋丛说·词曲》，第一集，第470页。
⑤ 吕天成：《曲品》卷上《右具品》，第三集，第88页。

【二郎神】何元朗，一言儿启词宗宝藏，道欲度新声休走样。名为乐府，须教合律依腔。宁使时人不鉴赏，无使人挠喉捩嗓。说不得才长，越有才越当着意斟量。（《词隐先生论曲》）

在声律与文采二者之间，沈璟毫不犹豫地作出了音律为上，文采次之的选择。他说：

【前腔】……纵使词出绣肠，歌称绕梁，倘不协律吕，也难褒奖。耳边厢，讹音俗调，羞问短和长。（《词隐先生论曲》）

认为“不协音律”之作，即便文采斐然，也不值得褒奖。由此可知，沈璟对文辞的要求建立在合律之基准上。因要满足合律标准，所以在他看来，就不能有以文害律的创作行为发生。沈璟提出语言“本色”在于通俗晓畅，实则是文为律服务宗旨的体现。

何、沈二人提出的“本色”主张有共同之处，即，崇尚语言表达的自然朴实，但又同中有异，各具特色。

何良俊以“寻常”与“真切”作为“本色”语的重要特征。如，其赞李直夫《虎头牌》一剧中的曲辞：“此等词，情真语切，正当行家也。”① 在比较《西厢》与《琵琶》二剧的语言风格时，何良俊提出了“本色语”的定义，称：“《西厢》全带脂粉，《琵琶》专弄学问，其本色语少。盖填词须用本色语，方是作家。”② 可见，“本色”之意是作为“脂粉”“学问”的对立面而存在的。在《四友斋丛说》中，何良俊论本色，主要倡导以清淡蕴藉作为特征的韵味，表现在两个方面：其一，“本色语”即是质朴语言，明白晓畅。例如，其称《㑇梅香》第三折【越调】即是代表：“……止是寻常说话，略带讪语，然中间意趣无穷，此便是作家也。”③ 由此，他十分推崇像郑光

① 何良俊：《四友斋丛说·词曲》，第一集，第467页。
② 何良俊：《四友斋丛说·词曲》，第一集，第464页。
③ 何良俊：《四友斋丛说·词曲》，第一集，第466—467页。

祖这样"填词须用本色语"的作家，腻味脂粉气，厌烦学问气。其二，"本色语"也是符合舞台要求动作化和体现人物塑造个性化的语言。在体现戏剧性的意义层面，何良俊评《拜月亭》为："才藻虽不及高，然终是当行。……彼此问答，皆不须宾白，而叙说情事，宛转详尽，全不费词，可谓妙绝。"① 又评郑德辉所作情词，如："【好观音】内'上复你个气咽声丝张京兆，本待要填还你枕剩衾薄'，语不着色相，情意独至，真得词家三昧者也。"② 既认为"当行"的语言"全不费词"而能"叙说情事"，又认为"语不着色相"可动情意、悦听觉，亦即好的词家不仅在于能以语言进行简单的外表描摹，还在于可通过语言刻画出人物的性格和心理。

沈璟论"本色"也有三个方面的重要表现值得重视：其一，追求语言的文理通畅。沈璟虽以"格律"派著称，但尚音律的同时也主张用词的"本色"。在《词隐先生手札两通》中，他说："所寄《南曲全谱》，鄙意僻好本色"③，就提倡本色进行了表态。在《南九宫词谱》中，他同样也表示出对质朴本色文字的欣赏，如卷二十眉批散曲【桂花遍南枝】："'勤儿''特故'，俱是词家本色字面，妙甚"，同时对文理不通的曲辞也一一加以指出，并"当急改之"④。其二，认为传奇的创作要以"场上之曲"为目标，故而戏曲必须恪守固有声律这一审美特征，"宁使时人不鉴赏，无使人挠喉捩嗓"⑤。其三，在"合律依腔"的基础上，寻求多种艺术手法的革新尝试。例如，茗柯生认为沈璟《博笑记》"每一事为几出，合数事为一记"⑥，更新了传奇的传统结构观。整体观之，从表象而论，沈璟"本色论"在格律上有过于偏激之病，但联系当时的理论背景来看，"偏激"之病又需进行重新审视。郑振铎先生曾给予沈璟以客观评价，说：

---

① 何良俊：《四友斋丛说·词曲》，第一集，第 470 页。
② 何良俊：《四友斋丛说·词曲》，第一集，第 465 页。
③ 沈璟：《新校注古本西厢记》附《词隐先生手札两通》，《古典戏曲美学资料集》，第 121 页。
④ 叶长海：《中国戏剧学史稿》，上海文艺出版社 1986 年版，第 152 页。
⑤ 沈璟：《【商调·二郎神】论曲》，第一集，第 726 页。
⑥ 茗柯生：《刻〈博笑记〉题词》，《中国古代戏曲序跋集》，第 172 页。

　　他（沈璟）论文每右本色，以朴质不失真为上品，以夸饰雕研为下。在当时日趋绮丽的曲风中，他确是一位挽救曲运的大师。有了他的提倡，《玉玦》、《玉合》的宗风方才渐息。已走上了死胡同的南剧方才复有了生气。①

　　从理论价值而言，沈璟的"右本色"对遏制骈俪文风的进一步蔓延具有不可忽视的"挽救"之功。叶长海先生也认为，沈璟尚"俗"之说，为万历之后戏曲创作的健康发展指明了方向，因"在批判文辞家从经史中搬取故实的不良倾向后，沈璟又提倡从民间语言中寻找出路，这比同时许多曲学家禁用'俚俗曲'的主张要高明得多"②。

　　第二，以徐渭为祖，李贽为后续代表的化雅为俗之"本色"一派。

　　徐渭云："世事莫不有本色，有相色。本色犹言正身也，相色替身也。替身者，即书评中'婢作夫人终觉羞涩'之谓也。"③"本色"与"相色"相对，代表两种不同的创作态度。"相色"，被徐渭形容为一种非真实（替身）、不相称（婢作夫人）与扭捏（终觉羞涩）的状态，那么与之相反的"本色"，就应该是一种真实、相称与自然的表现。"余……贱相色，贵本色"④，徐渭认可戏曲之"本色"可贵，这一点与李开先、何良俊所论"本色"基本相同。不同的是，徐渭看待"本色"的视角较前人大有进步。经他阐述后，"本色"内涵与前人所论有了更高的标准。在他看来，南戏正是他梦寐以求的"本色"范本，因其"句句是本色语，无今人时文气"，例如《昆仑奴》等可称"真本色"。他的一番论述印证了这一点。其云："南曲固是末技，然作者未易臻其妙。《琵琶》尚矣，其次则《玩江楼》、《江流儿》、《莺燕争春》、《荆钗》、《拜月》数种，稍有可观，其余则俚俗语也；然有一高处，句句是本色语，无今人时文气。"⑤ 在认为"本

----

①　郑振铎：《插图本中国文学史》，中国文联出版社 2009 年版，第 880—881 页。
②　叶长海：《曲学与戏剧学》，学林出版社 1999 年版，第 379 页。
③　徐渭：《西厢序》，第一集，第 498 页。
④　徐渭：《西厢序》，第一集，第 498 页。
⑤　徐渭：《南词叙录》，第一集，第 486 页。

色"必定排斥"时文"气的基础上，徐渭又将"南曲"本色延伸至
"妙"的境界，认为南曲可"臻其妙"。但是，他也认为大多南曲还
未能展示出"妙"的境界，依然停留于"俚俗语"的阶段，可见徐
渭对南曲的"本色"认可还包含着对绝然不加雕饰风格的排斥。其
还言："填词如作唐诗，文既不可，俗又不可，自有一种妙处，要在
人领解妙悟，未可言传"①，主张寻求戏曲创作在文与俗之间的一种
恰当平衡，因为这种平衡妙在其中蕴含着一种韵味，耐人咀嚼。

剧本语言可分两种：曲词和宾白。曲词既彰显剧中人的"心声"，
又可突出剧中人的人物性格和情感。徐渭十分明白地说明了这一点。
下引两段：

> 婢作夫人者，欲涂抹成主母，而多插带，反掩其素之谓也。②

> 语入要紧处，不可着一毫脂粉，越俗越家常越警醒。此才是
> 好水碓，不杂一毫糠衣，真本色。若于此一恧缩打扮，便涉分该
> 婆婆，犹作新妇少年哄趋，所在正不入老眼也。至散白与整白不
> 同，尤宜俗宜真，不可著一文字，与扭捏一典故事，及截多补
> 少，促作整句。锦糊灯笼，玉镶刀口，非不好看，讨一毫明快，
> 不知落在何处矣！此皆本色不足。仗此小做作以媚人，而不知误
> 入野孤，作娇冶也。③

第一段论述提及的"涂抹"与"掩其素"，即是不俗和不真实的
"相色"（非本色）表现。针对这一表现，徐渭做了详细注解。第二
段阐述可看作是徐渭针对"相色"表现进行的语义参证。将两段阐
述联合起来进行理解，即可概括出徐渭"本色"观的真谛。具体地
说："婢作夫人"乃"相色"替身，其"涂抹"与"插带"行为，
指不相宜的"恧缩打扮"，例如"涉分该婆婆，犹作新妇"，意即人

---

① 徐渭：《南词叙录》，第一集，第487页。
② 徐渭：《西厢序》，第一集，第498页。
③ 徐渭：《昆仑奴杂剧后·又》，第一集，第500页。

物与语言不相符合。"著文字"和"扭捏典故",意即着意雕饰和刻意堆砌典故,与"锦糊灯笼,玉镶刀口"一样,俱是"掩其素"之"相色"与"本色"不足的表现。"本色"若可得,在徐渭看来,重点凸显在"散白"的处理上。鉴于"散白"在戏曲叙事中多用作人物对话,故而在"语入要紧处"之时,要"家常",要体现出自然真实之感,达到"不杂一毫糠衣"的"真本色"境界。若一味进行"锦糊灯笼,玉镶刀口"的描述,就会与"家常"相悖,丧失"警醒"与"明快"的叙事效果,反变为"矫治"。

所以,理想的"本色"在徐渭看来应该是这样一种效果。第一,尚俗。首先,用语通俗,不着脂粉,不杂鄙俚之语,不卖弄多余学问,方为"真本色",如其所强调:"与其文而晦,曷若俗而鄙之易晓也?"① 其次,戏曲用语要自然贴切,具体地说,人物身份、性格要与各自的语言相称,不作"恶缩"与"涂抹"式的刻意"打扮"。第二,崇真。首先,戏曲是面对世俗大众的文学,需得浅显真实,贴合生活,"歌之使奴童妇女皆喻,乃为得体"②,而非"《香囊》如教坊雷大使舞,终非本色"③。其次,戏曲要宣泄真情,反对人云亦云、鹦鹉学舌般一味模拟与复古。徐渭反对"敝莫敝于不出乎己而由乎人,尤莫敝于罔乎人而诡乎己之所出"④,且"最忌用事重杳及不着题"⑤,认为唯有从自我真心出发,才能有"情真"的收获,构建一种羚羊挂角的自然美。如其所言:"惟《食糠》、《尝药》、《筑坟》、《写真》诸作,从人心流出,严沧浪言'水中之月,空中之影',最不可到。"⑥

真与俗构成徐渭本色观的两大内容维度,开拓了戏剧理论的新思路。定义二者关系,徐渭认为,"俗"是"真"的艺术提升,"如《十八答》句句是常言俗语,扭作曲子,点铁成金,信是妙手"⑦。而

---

① 徐渭:《南词叙录》,第一集,第486页。
② 徐渭:《南词叙录》,第一集,第486页。
③ 徐渭:《南词叙录》,第一集,第486页。
④ 徐渭:《题张东海草书千字文卷后》,《徐渭集》,中华书局1983年版,第1091页。
⑤ 徐渭:《南词叙录》,第一集,第487页。
⑥ 徐渭:《南词叙录》,第一集,第487页。
⑦ 徐渭:《南词叙录》,第一集,第487页。

"真"最终又须转化成"俗":"故夫诗也者,古《康衢》也,今渐而里之优唱也;《古奋》也,仅渐而里唱者之所谓宾白也。悉时然也,非可不然而故然之也。"① 在他看来,戏曲的通俗化是俗文学发展的必然趋势,南戏之兴即是例证。从艺术发展史来看,南戏取代元杂剧成为一种相生相继的戏剧发展之事实;从地区分布来看,南戏四腔已流播于大江南北。从"俗"出发,又以"俗"作为戏曲发展的最后归宿,徐渭一生都在致力于提升通俗文学的地位。嘉靖三十五年(1556),徐渭在客游福建时,感叹"惟南戏无人选集,亦无表其名目者"②,并质疑"中国村坊之音独不可唱?"③ 的曲学现象,自觉地想要为南戏研究填充空白,故作《南词叙录》来突出南戏的民间特征。当时曲坛较为著名的曲家例如李开先、何良俊等,论曲多有重北轻南的倾向。李开先《改定元贤传奇》多选用北曲,何良俊也有"南人又不知北音,听者即不喜,则习者亦渐少"④ 之论,直至徐渭作《南词叙录》,才将南戏的独立价值展示出来,打破重北曲轻南戏这一倾向。在创作实践上,徐渭作《四声猿》《歌代啸》等,充分贯彻了他尚俗、尚真但又充满文人含蓄之美的审美主张。晚明文坛执牛耳者袁宏道,也称徐渭之作"一扫近代芜秽之习"(《徐文长传》),即是对其崇真尚俗之风格的认可。王骥德也称其师"好谈词曲,每右本色"⑤,看到了徐渭所称"点铁成金者,越俗越雅,越淡薄越滋味,越不扭捏动人越自动人"⑥ 的审美宗旨,认为其"文而不晦""俗而不鄙"的语言风格和崇真尚俗的曲学趣味,引导了明代中后期戏曲创作的审美倾向。

徐渭所倡导的"本色"显然不同于何、沈之论,因其大幅度降低了强调音律的比重,而对真情的推崇力度大有提高。徐渭称本色为"俗",实则此"俗"确为不俗,它是经过精心构思、小心着墨后的

---

① 徐渭:《论中四》,《徐文长全集》下册,上海中央书店 1935 年版,第 22 页。
② 徐渭:《南词叙录》,第一集,第 482 页。
③ 徐渭:《南词叙录》,第一集,第 484 页。
④ 何良俊:《四友斋丛说·词曲》,第一集,第 464 页。
⑤ 王骥德:《曲律·杂论第三十九下》,第二集,第 128 页。
⑥ 徐渭:《题昆仑奴杂剧后·又》,第一集,第 500 页。

返璞归真，也是历经真心洗礼后的语出自然。体现在语言运用上，它主张"繁华落尽见真谆"，欣赏羚羊挂角式的艺术自然美。体现在思想上，它重视民间通俗文学，致力于对通俗文学进行艺术提升，并践行知行合一。如果说李开先是倡导"本色论"的先导，那么徐渭可称得上是"本色论"的奠基者。俗和真二字，精辟地概括出嘉靖年间文学思潮的主要特征，而它们正是徐渭"本色论"主张的集中体现。

事实上，徐渭"本色论"的提出与倡导，对明代后世的本色论思想的确产生了非常重要的影响。李贽所论即是其中之一。在徐渭的影响下，李贽直接发展了他"真"与"俗"的精神，并进一步加以提炼发挥。在区分"化工"与"画工"的基础上，李贽延续了徐渭"真"与"俗"的本色精神，并将其发展成一种"至文"与"真心"的审美境界加以大力弘扬。

概括而言，李贽论"俗"，围绕着"通俗"与"自然"两个主题展开。

明代嘉靖年间推崇世俗生活的重要代表人物当属李贽。"穿衣吃饭，即是人物伦理"（《答邓石阳》），这一振聋发聩的呐喊就出自李贽之口。他关注世俗生活的点点滴滴，日常生活中的细微事件在他的叙事和审美视野中都有所表达。与明初相比，嘉靖、万历年间的政治环境发生了很大的改变，在心学高扬的理论支持下，社会进入一个自我觉醒的时代。映射到文学创作上，一个最显著的特征，便是与普通大众血脉相连的民间文学得到了长足发展。民间文学因来自民间，因此十分重视"通俗"的本色风格，即语言上追求明白晓畅，叙事上体现出大众化的群众趣味，以及艺术审美上强调个性色彩的表达。追寻着通俗文学快速发展的脚步，"本色"风格也成为觉醒时期文人相对自觉的文学选择。李贽的探讨无疑也受到了这一社会思潮的影响，不仅将视线投向日常生活的领域，关注吃喝玩乐等世俗题材，他还尽力推动通俗文学创作朝着"作家"的方向发展。"作家"是李贽衡量文学作品是否具有"通俗"特征的尺度，在他看来，语出自然，非卖弄学问者，乃为"作家"。如其称

《荆钗》："至其曲白之真率，直如家常茶饭，绝无一点文人伎俩，乃所以为作家也。"① 并以同样标准来诟病《琵琶》，称其"短处有二：一是卖弄学问，强生枝节；二是正中带谑，光景不真。此文章家大病也，《琵琶》两有之"②。

何以能够达到"作家"境界？李贽以"画工"和"化工"两个概念进行了阐释。

> 《拜月》、《西厢》，化工也；《琵琶》，画工也。夫所谓画工者，以其能夺天地之化工，而其孰知天地之无工乎？今夫天之所生，地之所长，百卉具在，人见而爱之矣。至觅其工，了不可得，岂其智固不能得之欤！要知造化无工，虽有神圣亦不能识知化工之所在，而其谁能得之？由此观之，画工虽巧，已落二义矣。③

显然，李贽认为戏曲创作体现出两种叙事效果：画工与化工。两相比较，化工与画工又有高下之别。画工，本是对绘画工匠的称谓，李贽在此用它指称一种充满人工痕迹的创作形态。化工，语出东汉贾谊《鹏鸟赋》"且夫天地为炉兮，造化为工"一句，在此被李贽借鉴用以指称一种不事雕琢的天然之美。正因为天然之巧胜过人为之技，故而"化工"高于"画工"，也即无技巧、无意识的自然表现之美高于有人工痕迹的刻意求取之美。李贽认为，"工"的高低之别，不在于形式的精巧，而在于情感的真实。人工刻意为之的精雕细琢必然因失却天然的生动而稍显逊色。若对语言极尽工巧，就会产生"似真非真，所以入人心者不深"④ 的审美效果。在此标准下，李贽指出何良俊所作即显化工太过之弊，虽"其文字高妙，略无一字袭前人，亦未见以前有此文字，但见其一泻千里，委曲详尽"，但"观者不知感

① 李贽：《荆钗记总评》，第一集，第544页。
② 李贽：《琵琶记卷末评》，第一集，第548页。
③ 李贽：《杂说》，第一集，第535页。
④ 李贽：《杂说》，第一集，第535页。

动，吾不知之矣"①。由此，李贽极度推崇一种"自然之境"，言："匪独工而已也，且入自然之境，断称作手无疑"②，将"自然之境"看作完美的"化工"之境，也将创造出"自然之境"的创作者称为"作手"。

因认为技巧有害于自然美，故而李贽又说：

> 追风逐电之足，决不在于牝牡骊黄之间；声应气求之夫，决不在于寻行数墨之士；风行水上之文，决不在于一字一句之奇。若夫结构之密，偶对之切；依于理道，合乎法度；首尾相应，虚实相生；种种禅病皆所以语文，而皆不可以语于天下之至文也。③

从中可见他对"自然"之"化工"的要求甚为苛刻。李贽反对追求工巧，以精细为"禅病"，将创作中"依于理道，合乎法度"，"首尾相应，虚实相生"的技巧处理全都视为"种种禅病"，认为它们在人工的构思下可以称之为"文"，却无法达到"至文"的艺术高度。这与他主张从"童心说"出发的初衷大有关系，论其主要目的，在于强调艺术理应成为情性的自然表现。李贽所论"至文"，指的就是破除形式、反对技巧之"情"，由此亦可知，是否出于"情"，构成了李贽文艺评判的核心准则。下引一段：

> 惟作者穷巧极工，不遗余力，是故语尽而意亦尽，词竭而味索然亦随以竭。……盖虽工巧之极，其气力限量，只可达于皮肤骨血之间，则其感人仅仅如是，何足怪哉？④

可见"情"的真伪及感染力的强弱，成为李贽判断是否"至文"的重要条件。

由此，李贽十分推崇"性情自然"，说："且夫世之真能文者，

---

① 李贽：《与焦漪园太史》，《续焚书》卷一，《焚书·续焚书》，第 307 页。
② 李贽：《三刻五种传奇总评》，第一集，第 549 页。
③ 李贽：《杂说》，第一集，第 535 页。
④ 李贽：《杂说》，第一集，第 535 页。

比其初，皆非有意于为文也"①，又说："盖声色之来，发于情性，由乎自然，是可以牵合矫强而致乎？"② 认为"情"是"为文"的首要前提，它来自自然而然的生发，而非牵强造作。这也与其赫赫有名的"童心说"形成了呼应。

> 夫童心者，绝假纯真，最初一念之本心也。若失却童心，便失却真心；失却真心，便失却真人。人而非真，全不复有初矣。……童心既障，于是发而为言语，则言语不由衷……著而为文辞，则文辞不能达。……天下之至文，未有不出于童心焉者也。③

童心若丧失，则会出现一系列连锁反应，最后的结果是"全不复有初"，无法达到"至文"的"化工"境界。在此意义上，李贽谈"化工"，实则是为"情"作文学辩护并开辟道路进而视之为创作前提的审美主张之体现。

概括而言，李贽论"本色"，在于倡导情真与自然。所谓"根于心，发于言，自时出而不可穷，自然不厌而文且理矣"④，乃能成就"作家"和"至文"的诞生。"至文"出自"真心"，彰显"自然之境"。它不事模拟，乃由心而发，"一旦见景生情，触目兴叹"⑤；又"笃实生辉光"⑥，处处合乎本色；再者，它酝酿出一种"淡则无味，直则无情，宛转有态，则容冶而不雅；沉着可思，则神伤而易弱。欲浅不得，欲深不得"⑦ 的审美境界。"所谓自然者，非有意为自然而遂以为自然也"⑧，戏曲创作经由"画工"的处理后，又转化成"化

---

① 李贽：《焚书·杂说》，《古典戏曲美学资料集》，第 110 页。
② 李贽：《读律肤说》，第一集，第 539 页。
③ 李贽：《童心说》，第一集，第 536—538 页。
④ 李贽：《龙溪先生文录抄序》，《焚书》卷三，《焚书·续焚书》，第 117 页。
⑤ 李贽：《杂说》，第一集，第 536 页。
⑥ 李贽：《童心说》，第一集，第 537 页。
⑦ 李贽：《读律肤说》，第一集，第 538—539 页。
⑧ 李贽：《读律肤说》，第一集，第 539 页。

工"的效果。结合徐渭所说"摩情弥真则动人弥易，传世亦弥远"①，以及"不杂一毫糠衣"的曲学主张来看，可以说，徐渭与李贽之间体现出的是理论承袭与流变的痕迹。

李贽"本色说"的提出，切中了当时已然泛滥成灾的复古主义思潮的要害，为纠正一味模拟的文学风气，起到了一定的矫枉作用。但值得注意的是，李贽强调以"情"为体，因此对艺术形式例如戏曲作品的结构、情节等有所轻视甚至进行了否定，在创作实践上，也体现出一定程度的轻形式而追求"至情"的倾向。这一局限性与明代中后期的极端尚"情"思潮不无关系，同样对明代曲坛产生了巨大影响。例如，张岱所抨击的"但要出奇，不顾文理"的戏曲创作状态，一定程度上就受到了过分尚"情"的影响。当然，李贽关于"化工""画工"的见解及他对世俗生活所投入的关注与热情，给后人带来的冲击更为巨大。在他的影响下，以重情作为主要特征的新文艺美学思潮于明代中后期迅速勃兴，有关"画工""化工"的关系探讨也随之走向深入。例如，祁彪佳找到了一条从"画工"到"化工"的文艺路径，认为"正惟能极艳者方能极淡"②，故而主张从"人工"刻画向自然"天籁"进行过渡。李渔也称，曲作"妙在信手拈来，无心巧合，竟似古人寻我，并非我觅古人"③，同样认可不着痕迹的自然之美。

第三，以王世贞为代表的崇尚藻丽之"本色"一派。

王世贞《曲藻》代表着明代"本色"论的另一种视角。在此视角里，戏曲文辞一角的功用被扩大，而其承载的其他功能例如叙"事"、表"情"则被弱化。整体而言，崇尚辞藻的华丽与典雅，是王世贞一派论述"本色"的重要内容。

王世贞是从辨体的角度来切入戏曲"本色"主张的。其称：

　　曲者，词之变。……所谓宋词、元曲，殆不虚也。……大抵

---

① 徐渭：《〈选古今南北剧〉序》，《中国古代戏曲序跋集》，第67页。
② 祁彪佳：《远山堂曲品·红蕖》，第三集，第546页。
③ 李渔：《闲情偶寄·词曲部词采第二》，《历代曲话汇编》（清代编）第一集，第250页。

> 北主劲切雄丽，南主消峭柔远，虽本才情，务谐俚俗。譬之同一
> 师承，而顿、渐分教；俱为国臣，而文、武异科。今谈曲者往往
> 合而举之，良可笑也。①

认为曲是词的变体，而南曲、北曲又应该有所区分，不能"合而举
之"。同时，他又谈及词的"正宗"风格，认为"故词须宛转绵丽，
浅至儇俏，挟春月烟花于闺幨内奏之，一语之艳，令人魂绝，一字之
工，令人色飞"②，透露出看重曲辞藻丽以及倡导词在原始初创期保
持雅正风格的审美趣味。

王世贞《曲藻》谈论"本色"一词仅有两处：一处出现在评马
致远处："【百岁光阴】放逸宏丽，而不离本色"③；一处出现在评冯
惟敏散曲处："其板眼、务头、撺抢、紧缓、无不曲尽，而才气亦足
发之，止用本色过多，北音太繁，为白璧微额耳。"④ 入明以来，"本
色"是以元曲风格作为标尺的，取其通俗雅致而又不过分藻绘之意。
王世贞以"本色过多，北音太繁"作为判断标准，对与"本色""北
音"相对的另一种藻丽风格表示出赞赏之意。如其赞马致远有"宏
丽"之美，《琵琶》有"琢句之功，使事之美"⑤，并以此断言《拜
月》有三短，更将"无词家大学问"作为其中第一短。在他所评几
大古典名剧的思想中，可以看出他对"骈俪"的偏好。例如，他认
为《西厢》之美，在于其中不乏"骈俪中景语""骈俪中情语"和
"骈俪中诨语"，将"骈俪"作为他所认可的重要审美标准。

因为王世贞持有"撷其华而裁其衷，琢字成辞，属辞成篇，以求
当于古之作者而已"⑥ 的审美态度，与同时代的曲家文人提出了不一
样的曲学主张，因而也遭到了一些"本色"论家的非议。例如，徐
复祚就认为王世贞评《西厢》仅看重其华丽辞藻而不论其他，是一

---

① 王世贞：《艺苑卮言》（辑录），第一集，第 511 页。
② 王世贞：《艺苑卮言·论词》，《词话丛编》，中华书局 1986 年版，第 385 页。
③ 王世贞：《艺苑卮言》（辑录），第一集，第 513 页。
④ 王世贞：《艺苑卮言》（辑录），第一集，第 522 页。
⑤ 王世贞：《艺苑卮言》（辑录），第一集，第 518 页。
⑥ 王世贞：《李于鳞先生传》，《沧溟先生集》，李攀龙著，包敬弟标校，上海古籍出
版社 1992 年版，第 721 页。

种失却"本色"实质的行为，所谓"直取其华艳耳，神髓不在是也"①。此外，他也不满王世贞对"北音"多有微词，故而又站在叶律的角度，批判性地指出："弇洲乃以'无大学问'为一短，不知声律家正不取于弘词博学也"②，认为他的骈俪主张于声律不利。凌濛初也诟病这一点，认为王世贞的骈俪主张与"本色"之家常通俗相悖，宣扬的是"吴中一种恶套"（《谭曲杂劄》）。而王世贞影响最大的三短说，即"无词家大学问""无裨风教""不能使人堕泪"，则被认为是当时倡导用诗文标准来改造戏曲的社会思潮不良倾向之反映。

实际上，王世贞所论"雅"与"丽"并未至如此夸张的程度。他对俗文学的特征有着较为深刻的认识，表现为：其一，尽管他力赞《琵琶》有琢句与使事之美，但紧接着也指出，此剧在"体贴人情"与"描写物态"方面，也具有俗文学"委曲必尽""仿佛如生"以及"了不见捏造"之"佳"。只不过，这一"佳"限制在"雅""丽"的前提下，处于相对次要的地位。他认为《西厢记》即有如此俗"美"，称其俗中见雅："唯吴中人棹歌，虽俚字乡语，不能离俗，而得古风人遗意，其辞亦有可采者。"③ 其二，王世贞还看到了戏曲作品作为叙事文学的"动人"魅力，称："《荆钗》近俗而时动人，《香囊》近雅而不动人，《五伦全备》是文庄老大儒之作，不免腐烂"④，将"动人"作为评价戏曲作品艺术美的理想标准。这一认知实则较为准确地把握了戏曲作为舞台艺术的文体特征。其三，他也认可并赞颂"创作者"的才情，认为"才生思，思生调，调生格。思即才之用，调即思之境，格即调之界"⑤，强调作者的才情可以决定风格的境界。其四，他还提出要全面评价戏曲作品，确定了"不当执末以议本"与"精思以求谐"的评价要求。其五，王世贞所论"骈俪"并非一种绝对意义上的藻绘，而是以"斟酌浅深质文之间""质而不

① 徐复祚：《三家村老曲谈·关汉卿补〈西厢记〉后四出》，第二集，第265页。
② 徐复祚：《三家村老曲谈·何良俊、王世贞论〈拜月亭〉与〈琵琶记〉》，第二集，第256页。
③ 王世贞：《艺苑卮言》卷七，陆洁栋、周明初批注，凤凰出版社1993年版，第119页。
④ 徐朔方：《晚明曲家年谱》卷一，浙江古籍出版社1993年版，第508页。
⑤ 王世贞：《艺苑卮言》卷一，第14页。

俚""在浓淡之间"为特征的一种淡雅,具体地说,比俗更多一些
"骈俪",又比"骈俪"多一些境界。这种境界具有较为自由的灵活
性,很难固定和僵化,也不可强行加以统一。例如,王世贞论《琵
琶》,称"其体贴人情,委曲必尽",其中"人情"一说便产生了理
解上的多层次性。如果这"人"面对的读者是达官贵人、才子佳人,
其"情"所"体贴"的便是一种花间美人式的风格;如果这"人"
面对的是市井细民、贩夫走卒,那么其"情"就很可能"体贴"的
是质朴之俗了。

因为王世贞的"本色"观具有较为复杂的内容,学界也因此产生
了较为不同的看法。李延贺认为王世贞曲论的核心观点可以概括为:
"就作家来说,他强调才情学问;就戏曲文体的特征来说,他以诗为
曲;就戏曲文体的内部要素来说,他重视文辞甚于音律;就文辞来
说,他更倾心于骈绮的风格。"① 陈维昭虽认为戏曲修辞论是王世贞
曲学主张的主要价值,却并不认为他站在俚俗派的对立面。相反,鉴
于明代商人和士人角色转变的关系,他认为王世贞对俗文化在一定程
度上也表现出一种包容性的态度:"实际上,王氏既重本色,又重才
情学问;既重文本,又重'作家';既重学问骈俪,又重本色当
行。"② 敬晓庆则认为王世贞曲论的可贵之处,"正在于其兼顾教化与
言情、中和藻绘与本色、兼举格律与意法而一开综合研究之先河。"③

王世贞之后,戏曲从俗走向淡雅,成为曲坛思潮的一种主流倾
向。淡雅一派所包含的曲家人数众多,像徐复祚、王骥德、吕天成、
凌濛初、祁彪佳、冯梦龙等都是"淡雅"派的拥护者。既曰淡,何
为淡?又称雅,何为雅?

淡雅作为一个整体概念,要分别与"淡"和"雅"区别开来。
徐复祚认为《香囊》"丽语藻句,刺眼夺魄",即是过"雅",意即
过分的藻丽肯定不能称为"本色"。那么,藻丽的反义词——"俚

---

① 李延贺:《王世贞及其反对者:关于晚明戏曲批评范式的建立》,《现代中文学刊》
1999 年第 6 期。

② 陈维昭:《才情学问与本色当行——王世贞的曲学支点》,《中国文学研究》第七
辑,2005 年第 1 期。

③ 敬晓庆:《王世贞〈曲藻〉戏曲理论初探》,《青海师专学报》2004 年第 2 期。

俗", 是否就能称为"本色"呢? 祁彪佳坚决予以否定, 称: "先生 (王骥德) 此后一变为本色, 正惟能极艳者方能极淡; 今之假本色于俚俗, 岂知曲哉!"① 反对曲作中有俚俗之言, 认为戏曲作品虽是通俗文学, 但肯定不是俚俗之语的组合。在他看来, "本色"的理想境界"只是淡淡说去, 自然情与景会, 意与法合"②。这一看法与凌濛初的主张互相契合。凌濛初在《南音三籁凡例》中将"曲"分为天、地、人三等: "其古质自然, 行家本色为天; 其俊逸有思, 时露质地者为地。若但粉饰藻馈, 沿袭靡词者, 虽名重词流, 声传里耳, 概谓之人籁而已"③, 认为"古质自然"为"本色""行家"之最上等, 意在倡导以自然为贵, 反对"粉饰藻馈"。臧懋循则如此理解"本色"之意: "自风、雅变而为乐府, 为词为曲, 无不各臻其至。然其妙总在可解不可解之间而已。"④ "可解"意谓通俗易懂, "不可解"意谓一种境界, 在他看来, 曲之"妙"即在通俗与境界之间寻求一个平衡, 既不过俗, 亦不过深, 是一种恰如其分的感觉。

在淡雅派中占据重要位置的还有王骥德。以王骥德的"本色"观而论, 与其说他推崇的是一种"淡雅"审美观, 不如说他所奉行的是一种中庸主义的审美实践。依其所论, "淡雅"应是各派之间妥协调和的产物。因"俗"和"藻丽"两派之间各有长短, 所以唯有调和兼取才能各取所长。其称: "纯用本色, 易觉寂寥, 纯用文调, 复伤雕缕", 又称: "本色之弊, 易流俚腐", 同时认为"文词之病, 每苦太文", 故而断言"雅俗浅深之辩, 介在微茫, 又在善用才者酌之而已"⑤。一般说来, 王骥德所论"本色"特征可归纳为: 其一, 推崇通俗又不粗鄙的语言风格, 所谓"作剧戏, 亦须令老妪解得, 方入众耳, 此即本色之说也"⑥, 又倡导"其才情在浅深、浓淡和雅俗之

---

① 祁彪佳:《远山堂剧品·红渠》, 第三集, 第 546—547 页。
② 祁彪佳:《远山堂剧品·团圆梦》, 第三集, 第 630 页。
③ 凌濛初:《南音三籁凡例》, 第三集, 第 200 页。
④ 臧懋循:《谈词小序》, 第一集, 第 622 页。
⑤ 王骥德:《曲律·论家数第十四》, 第二集, 第 80 页。三个引号中的内容均出于此。
⑥ 王骥德:《曲律·杂论第三十九上》, 第二集, 第 114 页。

间"①。以此作为理论基础，王骥德并不反对戏曲创作中学问的运用，认为如若"引得的确，用得恰好，明事暗使，隐事显使，务使唱去人人都晓，不须解说"②，就是学问的巧妙之处。他同时也不反对文采在曲作中的使用，称"作曲者用绮丽字面，亦须下得恰好，全不见痕迹碍眼，方为合作"③。④ 其二，雅俗和浅深的辨认，本身就是一个主观行为，而且容易混淆。即使是最细微的差异也可能导致雅俗的易位，故而需要创作者以才情来加以引导，仔细斟酌考量，尤其是在叙述内容的对象上仔细加以区分。王骥德说：

> 《拜月》质之尤者，《琵琶》兼而用之，如小曲语语本色，大曲引子如"翠减祥鸾罗幌"、"梦绕春闺"，过曲如"新篁池阁"、"长空万里"等调，未尝不绮绣满眼，故是正体。《玉玦》大曲，非无佳处，至小曲亦复填垛学问，则第令听者愦愦矣。故作曲者须先认其路头，然后可徐议工拙。⑤

意即"本色"要用在"小曲"上，"大曲"则可酌情视之，用得恰当，"绮绣"也可以是"正体"。他还说："作小令与五七言绝句同法，要蕴藉，要无衬字，要言简而趣味无穷"⑥，同样主张根据创作对象的不同来运用不同的雅俗风格。从整体来看，王骥德倾向的是一种不文不俗的"本色"风格，并认为不文不俗才能让戏曲"奏之场上"。如其所说："大曲宜施文藻，然忌太深；小曲宜用本色，然忌太俚。须奏之场上，不论士人闺妇，以及村童野老，无不通晓，始称通方。"⑦

按照王骥德的观点，戏曲叙事的语言离不开艺术的加工，但也不能失却它作为通俗文学的活力，那么最理想的风格唯有兼美。通俗和

---

① 王骥德：《曲律·杂论第三十九下》，第二集，第131页。
② 王骥德：《曲律·论用事第二十一》，第二集，第86页。
③ 王骥德：《曲律·杂论第三十九上》，第二集，第113页。
④ 此段可参见潘莉《明清曲论中的"本色"论》，《阴山学刊》2000年第4期。
⑤ 王骥德：《曲律·论家数第十四》，第二集，第80页。
⑥ 王骥德：《曲律·论小令第二十五》，第二集，第92页。
⑦ 王骥德：《曲律·论过曲第三十二》，第二集，第97—98页。

文雅的统一，即为"本色"。这一论断直接影响到后世冯梦龙"本色"主张在内涵上的取舍。冯梦龙称："词家有当行、本色二种。当行者，组织藻绘而不涉于诗赋；本色者，常谈口语而不涉于粗俗"①，又说："当行也，语或近于学究；本色也，腔或近于打油"②，认为"本色"和词采之间可以进行统一，也即，不学究又不打油的风格就是"本色"和"当行"。同时，冯梦龙也认为，并不是所有的华美词句都只在"雕章琢句"，而是担负着提升审美境界的责任。他称赞王骥德所作乃"字字本色，却又字字文采"③，认为在叙事写情中进行适度的文采点染，正是所谓的当行本色，例如其赞"春辞须芳华灿烂，即点染正不失当行"④。基于这一认识，冯梦龙在其改本中也充分考虑到了这一点。例如，汤显祖《邯郸记》〈东巡〉一出，叙写的是这样一个情节：卢生好不容易完成了运河的开道工程，正为能够回家与妻团聚满心欢喜，却又在此时收到了吐蕃侵犯边境、大将王君焕战死在沙场的军报。在宇文融的设计陷害下，他连家都不得回转，就不得不挂帅出征，直接赶往边境御敌。冯梦龙认为卢生这种有点无奈却又急立军功的心情，不是原作"昔日饥寒驱我去，今朝富贵逼人来"⑤ 两句诗可以简单概括，故而批曰："原本只用诗四句（实仅二句）诗，少情。"⑥ 基于弥补"少情"之考虑，由此增加了【出队子】一曲来渲染卢生此刻的心情：

> 【出队子】烽烟警骤，玉关失守，利门庭御寇，天语叮咛恭受。统貔貅万骑，载星疾走，管一战取封侯，管一战取封侯。

---

① 冯梦龙：《太霞新奏批语》（辑录），第三集，第24页。

② 冯梦龙：《太霞新奏序》，第三集，第7页。

③ 冯梦龙：《太霞新奏》卷三正宫曲【白练序】王伯良［席上为田姬赋得鞋杯］末后评语，《冯梦龙全集》第十五册，魏同贤主编，上海古籍出版社1993年版，第113页。

④ 冯梦龙：《太霞新奏》卷八黄钟曲【画眉序】套卜大荒（春景）末后评语，《冯梦龙全集》第十五册，第356页。

⑤ 汤显祖：《邯郸记》第十四出〈东巡〉，收录于明毛晋编《六十种曲》第四册，中华书局1958年版，第48页。

⑥ 冯梦龙：《邯郸梦》第十五折〈东巡闻警〉末评，《冯梦龙全集》第十二册，第1215页。

（《邯郸记》第十四出〈东巡〉）

从审美来看，这一曲的确文采斐然，大有"雕章"之美，但在上下文的语境里，就叙情效果而言，却并不显多余，反而以文采作为张扬情绪的依托，更能够从文学性的视角体现心情的急切程度。由此可见，冯梦龙的主张和改本实践既是对王骥德主张的承继，又是对其作出的一种具体注解。不单单是冯梦龙，王骥德所提倡的"不雅不俗"风格，对清代的"本色"论也产生了重要影响。例如，黄图珌、焦循、丁耀亢等，均推崇以"淡雅"作为戏曲语言的"本色"特征。①

直接继承王骥德"本色"主张的，还有吕天成。在吕天成这里，"本色"主张得到了全面阐述：

> 当行兼论作法，本色只指填词。当行不在组织饾饤学问，此中自有关节局段，一毫增损不得。若组织，正以蠹当行。本色不在摹剿家常语言，此中别有机神情趣，一毫妆点不来；若摹剿，正以蚀本色。今人不能融会此旨，传奇之派，遂判而为二：一则工藻缋以拟当行，一则袭朴淡以充本色。甲鄙乙为寡文，此嗤彼为丧质。殊不知果属当行，则句调必多本色矣；果其本色，则境态必是当行。今人窃其似而相敌也，而吾则两收之。即不当行，其华可撷；即不本色，其质可风。②

从这段话来看，吕天成最重要的贡献，是他区分了"当行"与"本色"的不同意义，认为它们之间不是一种同义关系。他不同意只从戏曲语言的角度来看待"当行"的问题，认为还应该纳入戏曲编剧的视角，要求戏曲作家同时掌握戏曲结构、戏曲语言、戏曲人物刻画等的规律和特点，将"本色"含义扩充到戏曲的关目、结构等叙

---

① 黄图珌认为："元人白描，纯是口头言语，化俗为雅。亦不宜过于高远，恐失其旨；又不可过于鄙陋，恐类乎俚下之谈也。其所贵乎清真。"焦循认为："本色出，绮语艳词退避三舍。"丁耀亢指出："勿使辞掩其情，既不伤词之本色，又不背曲之元音，斯为文质之平。"

② 吕天成：《曲品·右具品》，第三集，第86—87页。

事要素的范围之中。吕天成指出，"即不当行，其华而撷；即不本色，其质可风"，将当行与本色视为一体。其强调文华与质朴的互相融合，既批判了文词派偏雅和本色派求俗二者之间的截然对抗，又隐约传达出对当时雅俗兼济观的不满。他以雅俗相融反对雅俗兼济，最终确立了他独具特色的"两收"之审美理想。

总之，"本色"在明代曲论中是一个极为复杂的概念。上述三种不同类型的"本色"观，体现了明人认知雅俗审美的三种不同态度。三种态度之间相对独立而又彼此联系，构建了一条关于"本色"审美的认知脉络：由点到面、由片面到整体、由偏颇到全面，也让明人在不断补充、丰赡"本色论"的内容之时，不自觉地促成了雅俗审美观的变迁。

第三节　明代"虚实论"的审美构建

"中国美学是范畴的体系"[①]，这一论断所言不虚。就明代戏曲叙事美学来说，虚实关系就是其中最为重要的一个范畴。审视明代曲家和曲论者的主张可以发现，明代曲论中关于"虚""实"观的理论形态非常丰富，论断"尚虚""尚实"等虚实关系的态度也很鲜明。众多曲家和论曲者参与到有关虚实关系探讨的进程中，一方面使得虚实问题在曲论叙事观中占据了格外突出的位置，另一方面也进一步突出了戏曲作为叙事文学的重要特征。

一　"本色论"与"虚实论"的审美相通

在明代曲论中，"虚实论"与"本色论"一样，是曲家和曲论者最为关注的研究议题。尤其是明中叶以来，曲论聚焦由"曲学"向"事学"进行转向之后，与戏曲叙事密切相关的虚实问题，无论从创作实践还是从理论总结来看，都变得十分重要。体现于创作上，几乎每一剧作都涉及情节安排和人物塑造的问题；体现于理论上，一些重要剧作的序跋和评点都会结合戏曲叙事的功能、技巧、效果、目的和

---

① 程琦琳：《中国美学是范畴美学》，《学术月刊》1992 年第 3 期。

动机等，对剧作的虚实关系展开探讨。

尚继武在《明清小说虚实观演变与小说创作之互动》一文中曾就小说的"虚实"内涵进行过五种内涵概括：

> 小说领域的"虚"与"实"有五层基本内涵：一是从创作活动与原初文本（故事、传说）的关系看，"实"指实录，"虚"指舛误错讹；二是从作品与现实的关系看，"实"即真实、实有，"虚"指虚假、虚有；三是从选材与加工的关系看，"实"指纪实，指事件真实，故事忠实于现实，"虚"指凭主观臆想创作或搜奇记幻；四是从用笔意图与叙述对象的关系上看，"虚"指侧面描写、间接描写，"实"指正面描写、直接描写；五是从艺术创作方式与作品艺术效果的关系看，"虚"指虚构带给读者情感、情理上的不真实感，"真"指写实带给读者情感、情理上的真实感。①

这一综述十分全面，囊括了虚实关系的全部重要内涵。虽然他以小说作为归纳对象，但同样适合借鉴过来廓清明代戏曲领域的"虚实"内涵。原因在于，明代的曲论与小说理论之间具有非常密切的关系，说它们之间"血脉相连"也不为过。作为明代叙事文学中的通俗文学代表，戏曲和小说具有理论内涵上的相通性。谢肇淛所言"凡为小说及杂剧戏文，须是虚实相半"②，看到的就是它们在虚实观认知上的相通点。

随着"本色论"在明代的丰赡，曲论的叙事观也在发生着新的变化。"本色论"体现的首先是一种审美观念的更新。明代曲家和曲论者将"本色"观应用到创作和批评上，认为"本色"之作应该是真实自然与雅俗共赏的审美融合，从而在弘扬"真实"基准的认识上达成了一致意见，重新定位了戏曲叙事中雅俗、真幻、形神等的关

---

① 尚继武：《明清小说虚实观演变与小说创作之互动》，《江汉论坛》2011 年第 10 期。

② 谢肇淛：《五杂俎》，《古典戏曲美学资料集》，第 149 页。

系；其次它体现的是一种时代思潮的文学特征，标志着作为通俗文学的明代戏曲进入叙事文学的蓬勃发展阶段。以"本色"作为审美特征来关注戏曲创作的曲家和曲论者，如何在创作和批评实践中确立"本色"的重要内容，如何将"本色"观念与戏曲叙事中的人、物进行结合并转化，熔铸成具备"本色"特征的文学形象和文学性事件，这便是"本色论"在戏曲叙事中所要回答的问题。

追寻这些问题的答案可以发现，"本色"与戏曲叙事中的虚实观内涵之间存在着理论意义上的相通之处。

其一，曲家和论曲者用"本色"作为标准来创作和品评剧作，认为戏曲所反映的"本色"内容首先反映的是真实和真情。作为"本色论"的重要倡导者，徐渭在区分"本色"与"相色"的基础上，将生活也进行了真实与虚伪的划分。"本色"指的是生活中的真性自然，"相色"则反之，指被涂抹、插带而编造出来的替身。徐渭倡导"本色"，意在说明戏曲叙事应该反映真实的生活，若创作者矫情造作，就会产生"婢作夫人"的虚假感。"本色"之作，如他所强调，既是真实的反映，也是真情的流露。他所推崇的"真"与"俗"也被后来的曲家和论曲者所继承和发挥。例如，李贽谈"本色"也崇尚"顺乎自然"，但又有推进，认为"本色"不是照搬生活，而是要在"画工"的基础上达到"化工"的境界。汤显祖高扬"真情"之"本色"，认可"梦"的虚构手法能够反映对"至情"的热烈追求。王骥德在其师徐渭的主张基础上，对戏曲"本色"提出了更高的标准。他所认为的"本色"，并非停留在对客观事物进行如实描摹的"形似"层面，而是超越"形似"以求"神似"，即，在就"实"的基准上进行避"实"。其他推崇"本色"的曲家，本着"崇真尚俗"的宗旨，也都提出了各自的曲论主张。概而言之，他们认为戏曲创作必须反映真实生活，揭示真情实感。因此如何看待和对待"真实"，就成为"本色论"曲家和论曲者所共同关注的问题。这一问题恰好也是虚实论所探讨的中心议题之一。戏曲叙事中的虚实观首先探讨的重要内容就是艺术与生活的关系，更具体地说，虚实论首要探讨的是如何处理生活真实与艺术真实之间的关系问题。

其二，明代曲家和论曲者用"本色"来进行戏曲审美，认为戏曲作品应该展示一种"言在意外"①（李开先）、"言尽意未尽"（祁彪佳）等令人回味的意境。推崇"本色"审美，表明曲家和论曲者逐渐意识到戏曲的叙事本质与诗歌有所区别，进一步确立了戏曲叙事文学的文体特征。明代从意境角度论曲的"本色论"者为数众多，作为一个审美概念，意境一说已深入曲家曲论之心。李开先以"悟"作为意境构成的重要表现，称："悟入深而体裁正者，为之本也。"②其在《新编林冲宝剑记》第一出【鹧鸪天】曲词中道出了"提真托假"的编剧原则，目的就在于营造一种耐人寻味、似真非假的叙事意境。汤显祖提倡的是"意趣"之境，其称"凡文以意趣神色为主"③，主张以虚构手法来进行意趣之境的营造，并举例说："《错梦》，梦之似幻实真，似奇实确者也。"④ 汤显祖对想象和意趣神色的大力推崇在晚明又进一步得到了众多曲家的响应。沈际飞主要阐发了汤显祖在编剧上的意趣说，认可其"绘梦境为真境"⑤，绘真境为梦境，外加"当其意得，一往追之，快意而止"⑥ 的"动人"艺术感染力。谢肇淛则言"戏与梦同"，肯定戏曲虚构的叙事效果与"梦境"相同。在他看来，戏曲营造出来的叙事意境与"梦"之缥缈一样，在审美体验上是相通的。吕天成的论述最为接近"意境"的完美状态。其云："果属当行，则句调必多本色矣；果其本色，则境态必是当行"⑦，认为本色之作以造"境"为当行。他还以"境促"和"味长"来区分杂剧和传奇，并主张在戏曲叙事的题材选择上忌"庸俗"而贵"新奇"。例如，其称《牡丹亭》"无境不新"，《鸳衾》"局境颇新"等，认为"新奇"就是一种叙事境界。这一点也被祁彪佳所效法。祁彪佳重视意境的营造和审美效果的体现，认为"传情者，须在想象间，

---

① 李开先：《贤贤续集》，《李开先全集》（上），卜键笺校，文化艺术出版社 2004 年版，第 506 页。原文："欲无言，然有不得不言者；欲有言，然有难直言者。续集之刻，不直言而直在其中，似无言而意在言外矣。"
② 李开先：《〈改定元贤传奇〉后序》，《中国古代戏曲序跋集》，第 52 页。
③ 汤显祖：《答吕姜山》，第一集，第 610 页。
④ 汤显祖：《玉茗堂批评异梦记·总评》，《古典美学资料集》，第 128 页。
⑤ 沈际飞：《题〈邯郸梦〉》，《中国古代戏曲序跋集》，第 250 页。
⑥ 沈际飞：《牡丹亭题词》，第三集，第 444 页。
⑦ 吕天成：《曲品·右具品》，第三集，第 86 页。

故别离之境，每多于合欢。实甫之以〈惊梦〉终《西厢》，不欲境之尽也"①，强调虚构能够产生意境的"不尽"之余味。此外，祁彪佳认为意境也有高低之分，并以此作为评断标准进行戏曲品鉴，如称《僧尼共犯》俗而不乱："本俗境而以雅调写之，字句皆独创者，故刻画之极，渐近自然"②，且在取材上不矫情、不违性、不昧心，明显优越于《耍风情》"传婢仆之私，取境未甚佳"③。概而言之，在曲家和曲论者的共同讨论下，意境成为题材、结构、语言和音律共同组合的审美产物。

以虚构作为特征的戏曲叙事文学，同样十分重视"意境"的表述。作为一门综合性艺术，戏曲论意境较之诗歌、绘画等艺术形式，拥有更为复杂的呈现形态。何处实写，何处虚写，何处写人、景，何处写情、意，也是明代曲家和曲论者所共同考量和审视的内容对象。虚实的安排同有无、心物、情景、空灵与质实等审美概念组合在一起。它们之间横向互渗，纵向交叉，呈现出一种复杂状态。当戏曲叙事以剧本形式出现，它就成为融诗词、音律、事件与人物等几大因素于一体的文学样式。对戏曲叙事的理论形态细加整理可发现，意境是戏曲创作中不可或缺的审美对象，是戏曲叙事观的重要组成部分。例如，明代曲家和曲论者主张运用化幻为真等技巧来营造意境，如李贽所说"虚而实，实而虚，真虚真实，真实真虚"（《虚实论》）；也主张以情景交融来打造意境，如谢肇淛所说："亦要情景造极而止，不必问其有无也"（《五杂俎》），无疑都是虚实论的重要内容体现。

二　明代"虚实论"走向成熟的双重背景

"虚实论"既是一种理论主张，又是一种可运用的技巧手法。自小说和戏曲传奇在明代迅速勃兴之后，与叙事虚构文学唇齿相依的虚实论也逐渐发展成熟。就原因而论，主要受到了两大因素的影响。

（一）"史""诗"传统的影响

中国古代叙事理论在产生和形成的过程中，形成了尚"史"实录

---

① 祁彪佳：《远山堂剧品·崔氏春秋补传》，第三集，第648页。
② 祁彪佳：《远山堂剧品·僧尼共犯》，第三集，第651页。
③ 祁彪佳：《远山堂剧品·耍风情》，第三集，第651页。

和尚"诗"抒情的传统。徐岱称"史""诗"传统是中国古代叙事理论传统的双子星座①，此言确为不虚。文学的发展始终未曾停下它的脚步，在漫长岁月的流逝中，一些具有强大穿透力和深远影响力的共识因素得以传承下来，是谓传统。

在历史传统的浸染下，"尚实"精神成为文学创作的重要指导思想。至明代，兼具叙事和通俗双重"新"身份的戏曲传奇快速发展，但是"尚实"意识仍然深深地影响着曲家和论曲者的精神世界。虽然文学理论中并不缺乏对想象和虚构的描述与阐释，论地位却无法超越实录、考据传统而居上。自明中叶开始，许多剧作者受到"实录"主张的影响，提倡戏曲叙事要表"实"，或者符合历史所彰显出来的"真实"感。戏曲评论也自觉地体现出尚"实"观，例如吕天成评《青莲》："纪太白事，简净而当"②，评《罗囊》："此记出在正德末年，高汉卿忠孝事亦客观"③，就是以"史"与"事"之间的吻合度作为评判标准。曲坛中尚"实"的最典型之例，莫过于针对《琵琶记》所展开的索隐批评。不少剧作家抱着尚"实"之态度，对背离历史人物的真实感到不满，因而指责《琵琶记》是对历史人物蔡伯喈的歪曲，并致力于重新考证蔡伯喈的历史出处。明初邱濬拉开了戏曲叙事尚"真"的序幕，他在《五伦全备》中透露出要为蔡伯喈忠孝之"真"进行翻案的目的，称："【临江仙】每见世人搬演杂剧，无端诬赖前贤，伯喈负屈十朋冤"（第一出副末开场）。王世贞也质疑说："其姓事相同，一至于此，则成何不直举其人，而顾诬蔑贤者至此耶？"④ 在这种强调出处，鄙薄杜撰文学观念的笼罩之下，传奇作家在戏曲创作之时纷纷追求人有所本，事有所据。即便在晚明时期，"情"的高扬也并未杜绝以曲证史的尚"真"尚"实"思潮。胡应麟将这种现象描述为："近为传奇者若良史焉，古意微矣"⑤；谢肇淛也看到了以曲证史的过度倾向："近来作小说，稍涉怪诞，人便笑

---

① 徐岱：《中国古代叙事理论》，《浙江学刊》1990 年第 6 期。
② 吕天成：《远山堂曲品·青莲》，第三集，第 134 页。
③ 吕天成：《远山堂曲品·罗囊》，第三集，第 118 页。
④ 王世贞：《艺苑卮言》（辑录），第一集，第 518 页。
⑤ 胡应麟：《少室山房笔丛·戏文非真》，第一集，第 642 页。

其不经，而新出杂剧，若浣纱、青衫、乂乳、孤儿等作，必事事考之正史，年月不合，姓字不同，不敢作也。"①

历史著述和戏曲传奇，无论从本质、功能还是从表现方法、审美理念来看，都是完全不同的文体。以纪实作为二者的共同要求恰恰混淆了它们之间的区别。以考据和证史的理念来衡量戏曲，势必会阻碍戏曲创作的艺术进步。此外，戏曲文体的自我发展规律也提出了与证"史"不一样的要求，即，它要朝着符合自身发展规律的文学艺术轨道前进。因此，当一部分曲家和曲论者在论断"曲为史观"的时候，明代还出现了另一部分与之对立的尚"虚"论，这就是以谢肇淛、胡应麟、徐复祚、袁于令等为代表强调"虚构"特征而建构的尚"虚"创作论。胡应麟认为："凡传奇以戏文为称也，亡往而非戏也，故其事欲谬悠而亡根也，其名欲颠倒而亡实也，反是而求其当焉，非戏也"②，主张戏曲创作可进行"谬悠"虚构，而不必问其事实出处。谢肇淛同样针对证史倾向表达了反对意见："史传足矣，何名为'戏'？"③ 认为以曲证史的创作实践，混淆了曲与史彼此的文体界限，导致"戏"被"史"的概念所遮蔽。阮大铖在《〈春灯谜记〉自序一》中谈到该剧题材的来源时，也表达了他对戏曲之"实"的看法，并将"实"的内容对象扩展到更大范围。他说："其事臆也，于稗官野说无取焉。盖稗野亦臆也，则吾宁吾臆之愈。"④ 臆者，自编自造也。此说意在表明戏曲创作不必因袭已有本事，不必追求历史真实，不必照搬生活原状。从文学的艺术特征来看，阮大铖所说之"臆"与胡应麟、谢肇淛所说之"戏"都是虚构技巧，正是戏曲创作作为虚构文学应该遵循的艺术规律。

戏曲文学毕竟是虚构的艺术，一味征"实"，则必然束缚戏曲艺术其他功能的发挥。对于这点，酉阳野史曾从解忧消闷的戏曲功能方面进行过思考，其云："世不见传奇戏剧乎，人间日演而不厌，内百无一真，何人悦而众艳也？但不过取悦一时，结尾有成，终始有就

---

① 谢肇淛：《五杂俎》，《古典戏曲美学资料集》，第 149 页。
② 胡应麟：《少室山房笔丛·戏文非真》，第一集，第 642 页。
③ 谢肇淛：《五杂俎》，《古典戏曲美学资料集》，第 149 页。
④ 阮大铖：《〈春灯谜记〉自序一》，《中国古代戏曲序跋集》，第 205 页。

尔，诚所谓乌有先生之乌有者哉。大抵观是书者，宜作小说而览，毋执正史而观，虽不能比翼前书，亦有感追踪前传，以解颐世间一时之通畅，并豁人世之感怀君子云。"① 张琦也从抒情写意的角度出发，提出戏曲的一个主要价值在于"谱曲，期畅血气心知之性，而发喜怒哀乐之常"②。基于这一认识，他对戏曲中常常出现的虚构问题，提出了一个"因戏为戏"的新见解："曲者，末世之音也，必执古以泥今，迂矣！曲者，俳优之事也，因戏以为戏，得矣。"③ 袁于令则认为戏曲与小说是"纪事"的补余部分，是"史"的补充——"逸事"。其云："正史以纪事。纪事者何？传信也。遗史以搜逸。搜逸者何？传奇也"④，站在传"奇"立场对"证史"观进行了修正和补充。此说正如陈继儒所言："循名稽实，亦足以补经史之所未赅。"⑤ "史录"强调纪事性，"解忧"与"补史"则强调的是叙事的艺术性，无论从叙事倾向还是从叙事目的、叙事技巧而言，均有所不同。以上三人所论所贡献的重要理论价值，就在于他们认识到了实录观对戏曲的"史"外美学作用有所忽视。

明代的曲家和曲论者在对待"史"的态度上，并不是截然对立的两极，而是有着较为客观的看法。以题材而论，曲家和论曲者倡导在选择重大历史题材之时坚持尚"实"的态度，但主张在具体细节以及情境设置的过程中可进行艺术的虚构。因此，在论证"史"与"曲"的关系中，曲家和论曲者很自然地转向对同一问题即历史生活与戏曲创作二者关系的思索，提出了如何处理历史真实与艺术真实的问题。这是曲论在审美领域中的进一步深入，标志着曲论叙事观内容的又一次拓宽。

在"史"之传统外，"诗骚"传统对戏曲叙事的虚实观也产生了

---

① 酉阳野史：《新刻续编三国志引》，《三国志后传》，孔祥义校点，上海古籍出版社2007年版，第1页。

② 张琦：《衡曲麈谭》，《古代戏曲美学资料集》，第216页。

③ 张琦：《衡曲麈谭》，《古代戏曲美学资料集》，第216页。

④ 袁于令：《隋史遗文序》，《隋史遗文》附录，冉休丹点校，中华书局1996年版，第407页。

⑤ 陈继儒：《叙列国传》，《中国历代论著选》（上），黄霖、韩同文选注，江西人民出版社1982年版，第139页。

重大影响。中国文学以诗文传统为正宗，坚守着"兴观群怨"的创作宗旨。宋朝以后，随着话本、杂剧及小说等的兴起，文学形态也随之变得丰富多彩，但是诗文的正宗地位却未曾得到撼动。"诗"的影响蔓延到戏曲文学之中，其结果就是在戏曲创作中出现了以文为曲、以"诗骚"传统论"曲"的行为。"诗骚"传统对曲产生的影响主要表现在两个方面：第一，受到"诗情"的影响，戏曲叙事形成了以感悟、体会等为特征的叙事和评论方式。言志抒情成为戏曲创作主旨的重要组成部分后，"情调"和"意境"也被认为是判定曲作优劣的重要标准。这一点已足见"诗骚"传统的潜在影响。第二，在"抒情"因素得到发挥的同时，"诗文"的身影也钻进了戏曲创作的空隙之中，形成了一些不利于戏曲创作的弊端。在很多曲作之中，可以见到大量的文藻堆砌，有的甚至出现大段诗文入曲的情形，成为卖弄学问的另类场地。此中尤以爱情为题材的剧作表现得最为典型。这类剧作中因常有描写男女双方"互赠诗文"的情节，故而大段的诗文也常被移至曲中，用以作为才子佳人表白爱情和表达才情的见证。元稹《莺莺传》开此先例后，才子佳人"以诗传情"来私定终身的关目，就形成了一种固定的叙事模式。以文展示才情本无可厚非，对于提升才子佳人的形象的确有所裨益，但在某些曲作中，由于曲家并未掌握好这一尺度，过分扩大了诗文比例，导致戏曲叙事的效果也大打折扣。

有学者说，在戏曲文学中，"叙事只是手段，抒情才是目的，叙事是为抒情服务"①。从戏曲叙事的创作动机和叙事效果来看，这一说法存在着合理性。戏曲创作乃是抚慰心灵的良方，所有的现实和心理缺憾都可在其中得到补足和完成。戏曲虽为"小道末技"，与诗文相比，却更适合释压抒怀。其中所表达的内容，也并未失却反思人生和社会的"诗骚"传统。朱有燉称："以文为戏，但欲驰骋于笔端之英华，发泄于胸中之藻思耳。未可求夫至理，而与《原道》等文，同日而语也"②，即为此意。创作者在戏曲叙事之中，可以将自身遭

---

① 朱颖辉：《张庚的"剧诗说"》，《文艺研究》1984 年第 1 期。
② 朱有燉：《〈豹子和尚自还俗〉传奇引》，第一集，第 193 页。

遇及真实情感立为蓝本，有意进行"他人"虚构、巧托，以达宣泄情绪之目的。"人而无情，不至于人矣，曷望其至人乎？"① 正因为创作者心中蕴含着"情"因素，才能在叙事中围绕着"情"之主题进行极力渲染、烘托与肆意虚构，从而使得情感成为戏曲叙事进行虚构的重要载体。

关注戏曲作品怡情悦意的抒情审美功能，汤显祖、李贽等人就此进行了深入探索，并提出了很多精辟见解。汤显祖高扬"至情"之旗帜，追求"有情之天下"（《青莲阁记》），其在创作中对尚"情"主题情有独钟，代表曲作《牡丹亭》即是完全按照他自己的主观情思而构建出的杜丽娘之"至情"世界。"第云理之所必无，安知情之所必有"②，汤显祖以"情"为旨归，寓"情"于剧，以"意"运戏，营造"惊梦""冥判""复活"等情境来宣扬叙事以抒情为旨归这一重要事实。吕天成认可汤显祖所抒之情，称汤显祖其人其作乃"情痴一种，固属天生；才思万端，似挟灵气"③，并据此将其纳入"右具品"之"右二人，上之上"行列。汤显祖还以"情"作为戏曲评判的重要尺度。在看他来，"抒情"不仅是创作者抒发心境的需要，并且也将影响到曲作的阅读者，认为阅读者在感悟、体会剧作中的情节和人物之时，将会跟随创作者的心境来形成相应的审美感受，获得或愉悦、或愤懑、或悲伤、或惬意等审美体验。在《董解元〈西厢〉题词》中，他指出："万物之情各有其志。董以董之情而索崔、张之情于花月徘徊之间，余亦以余之情而索董之情于笔墨烟波之际"④，断定《董西厢》的戏曲叙事有"情动"之志，而他本人的"情动"则在于感受到了董解元作《西厢记》时透露出来的"情动"。这即是吕天成所说，阅读者感受到了创作者"以真切之调，写真切之情，情文相生"⑤ 之力量，进入了审美相通的境界。早在汤显祖高扬"情"之旗帜以前，李贽就将"天下"之至情视为"童心"的重要内

---

① 张琦：《衡曲麈谭·情痴寱言》，第三集，第353页。
② 汤显祖：《牡丹亭记题词》，第一集，第602页。
③ 吕天成：《曲品·右具品》，第三集，第88页。
④ 汤显祖：《董解元〈西厢〉题词》，《古典戏曲美学资料集》，第125页。
⑤ 吕天成：《曲品·荆钗》，第三集，第111页。

容，并将体现"童心"的通俗文学上升到"皆古今至文"①的高度。其称传奇叙事可"小中见大，大中见小"②，并认为传奇同样可履行兴、观、群、怨的叙事功能。从"情"出发，又回归到"人伦物理"，李贽接续的是以"抒情"作为精神内在的诗文传统。

对于诗词充斥于戏曲文本而带来的因袭僵化现象，明代曲家和曲论者也进行了拨正。在崇尚革新的同时，对有碍于戏曲叙事特征得以体现的弊端提出了批评。汤显祖称"填词皆尚真色"③，并认为"文章之妙，不在步趋形似之间"④，表明了他对拘泥"复古"的否定。孟称舜也称："词无定格，要以摹写情态，令人展卷而魂动魄化者为上"⑤，强调的是为"情"而拒绝"定格"固化的曲学叙事主张。反对虚假与守旧，倡导真情与真意，这一点与"本色论"的主张产生了高度的一致性。由此观之，文辞堆砌的创作弊端一方面不利于虚实观的发展，另一方面又使得曲家和曲论者因观弊端而产生了修正不良文学现象的动力。从这个角度来看，文体自身发展的内部因素也成为推动戏曲叙事"虚实观"走向成熟的一个动因。

考察明代戏曲的虚实观念形态可发现，虽然在史诗传统的影响下，曲论者大致可划分为纪事和抒情的两大阵营，但是从创作实践和评论主张来看，又很难将它们划分为壁垒分明的派系。尚实派与尚情派既有彼此独立的发展轨迹，又有相互融汇的交叉脉络。就"虚实"而论，戏曲叙事在"形而下"层面指向叙事性，突出的是戏曲有别于诗文的写"实"特征；在"形而上"层面则指向抒情性，强调的是写"虚"手法的运用。综合而言，明代戏曲叙事虚实论是以"情"为动力，以"事件"为中心，涵盖多种表现手法建构而成的曲论体系。

---

① 李贽：《童心说》，第一集，第538页。原文：诗何必古选，文何必先秦？降而为六朝，变而为近体，又变而为传奇，变而为院本，为杂剧，为《西厢曲》，为《水浒传》，为今之举子业，大贤言圣人之道，皆古今至文，不可得而时势先后论也。

② 李贽：《杂说》，第一集，第536页。

③ 汤显祖：《焚香记总评》，第一集，第607页。

④ 汤显祖：《合奇序》，《古典戏曲美学资料集》，第129页。

⑤ 孟称舜：《古今词统序》，《古典戏曲美学资料集》，第234页。

（二）"尚奇逐幻"社会背景的冲击

学者谭帆、陆炜认为，"一种艺术理论思想的确立通常主要基于三方面的因素：艺术本体特征的规定、传统理论思想的延续和特定时代的审美要求。"① 明代戏曲"虚实论"的确立，与政治、文化思潮与民俗风情等因素有着千丝万缕的联系。在考察文体自我发展规律以及"史""诗"传统影响之余，还要考察时代背景对它的发展成熟所产生的重要影响。

第一，社会政治的变化直接影响到戏曲功用的更替，也影响到戏曲创作中"虚实"运用的比例分配。明初在"禁戏"令的影响之下，"风教"观成为戏曲创作必须遵行的重要准则。综观明初阶段的戏曲创作，可用"道学"与"风教"两个主题来概括创作状况。明初统治者十分重视文艺的风教作用，认为戏曲可达"礼乐之和，自非太平之盛，无以致人心之和也"②，且"今曲亦诗也，但不流入于秾丽淫佚之义，又何损于诗曲之道哉"③。戏曲作为"于风化有益"（王守仁《传习录下》）的文学载体，受到有志于宣扬美善等道德观的曲家和曲论者的关注。在"风教"价值居于内容表现之上的观念影响下，只要满足"有益教化"这一核心价值观念，戏曲创作即使存在虚构因素，也并不会受到严苛的指责。例如，白云散仙认为《琵琶记》的叙事多与蔡邕本事不合，其中甚至存在很多牵强附会的内容，但因其宗旨在于赞蔡邕之"真孝"，故而仍然产生了"动人"的审美效果。其借"客"之口言："散仙曰：'……此戏失真，何以取信于世。'客曰：'必求其真，则凿矣。但取其戏之足以动人，可也。'"④表达出宁"动人"（风教）而不必"求真"（与原事相合）的看法。很多创作者更是借"风教"之名来广用虚构之法，力图在"风教"的框架里，将事件描述得活灵活现，也将人物刻画得栩栩如生。在达成"风教"叙事功用之时，又在审美上追求艺术真实感的实现。因虚构的艺术真实要求达到自然真实的高度，故而虚构技巧在传奇作品

---

① 谭帆、陆炜：《中国古典戏剧理论史》，中国社会科学出版社 1993 年版，第 32 页。
② 朱权：《太和正音谱序》，《古典戏曲美学资料集》，第 80 页。
③ 朱有燉：《【白鹤子】咏秋景引》，《古典戏曲美学资料集》，第 83 页。
④ 白云散仙：《琵琶记序》，《中国古代戏曲序跋集》，第 40 页。

不断问世，曲家不断进行摸索的过程之中得到了长足发展。明中叶以后，商品经济发展加快，追求享乐与自由之风盛行，在物欲和人情的推动之下，大多数戏曲创作者重新审视了戏曲的功能，并以"心学"作为理论支撑，高举起"情"的旗帜来反对理学禁锢、迎合市民阅读的趣味，将戏曲功能拓展到了抒情写意的层面。"发乎情也，宴酣啸傲，可以以翱而以翔"①，在充沛丰盈的情感世界里张开想象的翅膀，戏曲叙事的题材因而得以扩宽，叙事技巧也由此得以丰富。理学让位于"情"的发展，带来的是有关虚实认知的不断成熟。

第二，尚奇逐幻的文学思潮促使戏曲创作的虚构技巧得到快速提升。晚明时期，如前所述，社会一方面进入朋党纷争、阶级矛盾极为突出的动荡阶段；另一方面，追求自由、崇尚人性的"新"思想同时在不断壮大和蔓延。在社会动荡和文化思潮变动的双重冲击下，曲家和曲论者的思想、思维也被烙印上了鲜明的时代印记。他们十分推崇个性的张扬，看重"自我"的表现，于是也表现出好议论、轻礼法、重性情等种种"离经叛道"的行为特征，似乎这些不同于俗常、有悖于规范的言谈举止，能够彰显自身的存在价值。不断追求奇谈怪论和奇思异想，势必汇聚一股尚"奇"力量，形成一股追新逐奇的审美思潮。曲家和论曲者也身处尚"奇"的队伍之中，他们的创作和评论同样相应地体现出尚"奇"倾向。为了取得"奇"的审美效果并吸引观众，曲家在创作时自觉以"奇"作为目标来进行艺术构思。调动一切艺术手法来求"奇"的直接后果，就是无法停下追求新奇、新颖的脚步，并最终走向极端，走入充斥着"幻诞"和"神魔鬼怪"内容的泥潭。从文学意义来说，尚"奇"的理念和行为导致戏曲虚实观在发展、成熟的过程中产生了双重后果。

首先，晚明的戏曲创作以"奇幻"为美，这一追求不仅刺激了虚构技巧的发展，也让创作者充分发挥出主观能动性，在文学创作的天空里尽情挥洒自己的才情。可以说，求"奇"倾向对明代尚"虚"主张和实践的推进有着不可否定的正面意义。如郭英德所言："这种尚奇逐怪的时代风气，体现出传奇作家在近代思潮和市民情趣的激荡

---

① 汤显祖：《董解元西厢题词》，《古典戏曲美学资料集》，第 125 页。

下，对传统的守规范、严法律、套模式、遵典型的美学风范的强烈不满和猛烈冲击，在本质上应予以明确的肯定。"① 再者，以"奇幻"为美的创作风潮在印证时代背景产生的影响之时，也成为审视现实生活的一面明镜，对曲论的革新具有重要意义。曲家和曲论者在反思和纠正"逐幻"风潮的过程中，既提醒戏曲叙事勿要堕入荒唐不经的泥潭，又清晰地区分出"真"和"幻"在创作技巧上的不同维度。经过不断的探索和争鸣，曲家和曲论者在求"奇"尚"真"、反对不合逻辑，以及追求营造艺术真实等"虚实"主张的内涵构成上达成了共识。

三　明代"虚实论"审美构建的两个面向

明代曲论中的虚实论在传统及现实因素双重背景的影响下，快速走向成熟。众多曲家和论曲者的共同探讨为古代戏曲叙事虚实观体系的构建贡献了自己的力量。以小说虚实论的五层内涵作为参考标准，并结合戏曲对象进行整合归纳，明代曲论虚实观的审美构建主要体现在两大层面。

第一，真与假。真与假的问题在虚实论的论述范畴里，就是真实与虚构的处理问题。真指向"实"，假指向"虚"。真是实录，假是虚构；真是真情，假是虚构出来的"真"情。就题材而论，虚实论论述的是如何处理历史真实与艺术真实的关系，也即论述何者为历史真实、何者为虚构真实的问题。就内容而言，虚实论关注的是戏曲创作与心理预期之间的对应关系。"实"指戏曲创作中的事件和人物符合正常的心理预期，"虚"则反之。就审美而论，虚实论体现的是对待真情和非真之"真"情的态度与反思。从明代曲家和曲论者所表达出来的主张来看，虚实论既是一种处理题材与内容的方法论，又是一种衡量艺术价值和思想意蕴的审美态度。概括而言，可以划分为尚"实"、尚"虚"以及"虚实相半"三种模式。

其一，强调"事""人"与"史"相符合的尚"实"观。在尚"实"观的曲家和曲论者看来，戏曲创作要与史实产生吻合，体现出

---

① 郭英德：《明清文人传奇研究》，北京师范大学出版社 1992 年版，第 259 页。

真实性。若进行事实捏造以至于失却原有根据的创作行为，则被认为是"失真"的表现。姚茂良在《双忠记》第一折中自称："典故新奇，事无虚妄，使人观听不舍"①，自觉履行"事无虚妄"的创作原则。戏曲评论中也有同样看法。沈德符在《顾曲杂言》中将剧作所叙与原有人、事一一进行对号入座，称：

> 王渼陂之《杜甫游春》，则指李西涯及杨石斋、贾南坞三相；康对山之《中山狼》，则指李崆峒；李中麓之《宝剑记》，则指分宜父子；近日王辰玉之《哭倒长安街》，则指建言诸公是也。又闻汤义仍之《紫箫》，亦指当时秉国首揆，才成其半，即为人所议，因改为《紫钗》；而屠长卿之《彩毫记》，则意以李青莲自命，第未知果惬物情否耳。②

吕天成也是尚"实"论的重要代表，其剧作品评多以是否尚"实"作为标准来论断情节、关目之优劣，如评《镶环》："蔺相如使秦事，甚壮；与廉颇交，更有味；但云为平原婿，可笑。"③ 对于虚构文学而言，尚"实"论推崇"史""事"比对的主张和实践，在倡导艺术创作符合生活真实和情理逻辑等要求方面具有合理性。但是，戏曲文学毕竟不同于纪实文学，它是一种以虚构为特征的叙事文学样式，理应更多地关注作品的文学和艺术表现，进行审美意义上的文学反思。如果仅仅停留于针对历史进行如实描述，而非提炼和加工，则必然失去文学的艺术魅力，也必定会将创作者限制在非真不写这一画地为牢的束缚里，阻碍创作者的主观能动发挥。创作者成为信息的被动接受者，而非主动加工者，又意味着戏曲创作的叙事效果将大打折扣。而一旦尚"实"论在虚实关系中占据主要位置，就必然导致戏非"戏"，而"虚"之技巧的发展态势也将萎缩。

因此其二，胡应麟、徐复祚等人要求戏曲创作突破史实的限制，

---

① 姚茂良：《双忠记》，《古本戏曲丛刊初集》。
② 沈德符：《顾曲杂言·填词有他意》，《古典戏曲美学资料集》，第263页。
③ 吕天成：《曲品·镶环》，第三集，第156页。

转而强调虚构文学的艺术特征，并因此提出了与尚"实"截然相反的尚"虚"论。胡应麟明白表达了对待历史真实与艺术塑造的态度，称戏曲创作可进行"谬悠亡根"的"虚假"创作——"虚构"。"谬悠"指荒诞不经，"亡根"指无事实根据地进行杜撰，与虚构相比，实则已经大大溢出非写实边界，进入以虚写虚的更深层次。徐复祚对此主张表示认可，称："要之传奇皆是寓言，未有无所为者，正不必求其人与事以实之也。"① 他在强调戏曲作为"寓言"方式的认识基础上，重新审视了历史之"实"与艺术之"虚"二者之间的关系，认为传奇的创作并不需要满足求"实"的要求。吕天成、屠隆也分别提出"有意驾虚，不必与事实合"② 以及"世间万缘皆假，戏又假中之假也"③ 的看法。一人说"有意"，一人说"皆"说"又"，论其实质，都意在说明戏曲叙事即是生活真实和艺术虚构的同一。

　　大体而言，"实"与"虚"的概念被明代曲家定位在两个方面：一是风格，二是手法。就风格而言，实与虚即是倡导戏曲传奇表达非假之"假"意。如袁晋言："传信者贵真，传奇者贵幻"④，亦如沈德符言："填词有寓意讥讪者"⑤；又如梅孝己言："传奇之事，何取其真，亦传者之情耳"⑥。因曲家对传奇叙事功用的定位不同，故而在传奇所要揭示的内容方面表现出不同的见解。就手法而言，曲家和曲论者认为，戏曲创作可以发挥想象力，可以根据各自的主观意图而进行凭空构造。但是，这个过程又必须遵守一个原则，那就是戏曲创作要营造出艺术上的真实感，达到非真之"真"。如李贽所描述："《水浒传》事节都是假的，说来却似逼真，所以为妙。常见近来文集乃有真事说做假者，真钝汉也"⑦，意在指出事件、情节和人物均可虚构，

---

① 徐复祚：《三家村老曲谈·高明〈琵琶记〉》，第二集，第253—254页。
② 吕天成：《曲品》卷上，第三集，第84页。
③ 屠隆：《昙花记序》，第一集，第587页。
④ 袁晋：《隋史遗文序》，《古典戏曲美学资料集》，第222页。
⑤ 沈德符：《顾曲杂言·填词有他意》，《古典戏曲美学资料集》，第263页。
⑥ 梅孝己：《洒雪堂小引》，《古典戏曲美学资料集》，第269页。
⑦ 李贽：《水浒传》第一回总评，明容与堂刻本《李卓吾先生批评忠义水浒传》，《李贽研究参考资料——李贽与〈水浒传〉资料专集》，厦门大学历史系编，福建人民出版社1976年版，第12页。

但必须要以符合生活情理、生活逻辑，符合人物的身份、性格与地位为前提，不能在理解层面产生舛误与荒诞之感。这一点在前文论述情节和人物时已经进行过相关论述，此处就不再赘述了。

　　戏曲在创作之时，"虚"与"实"的运用实则不太容易在比例的安排上进行恰当把握。尚"实"有可能偏离"戏"的文体轨道，阻碍艺术效果的取得；尚"虚"则有可能转化成杜撰，导致曲作内容荒诞不经。既不能尚"实"不"虚"，又不能尚"虚"不"实"，于是明代部分曲家因而提出了"半虚半实"的曲论主张。李贽称戏要"似假似真，令人倘恍"①，认为戏曲创作既要营造出艺术真实的审美感，又不能彻底脱离事件的原本面貌。进入晚明，这一认知收获了更大范围曲家的认可。在这些作曲者和论曲者看来，小说及杂剧、戏文的创作须是"虚实相半"（谢肇淛），既不"为法所拘"（徐复祚），又排斥"思路不幻则少趣"（冯梦龙）。其中又以祁彪佳和王骥德的看法最为全面。祁彪佳对虚实运用表现出一种平衡意义上的公允态度。其批评《孤忠记》失"真"，称："聊述魏珰时事，虽不妨翻实为虚；然如此不伦，终涉恶道。"②又批评《秦宫镜》过"真"，云："传崔、魏者，详核易耳"③，少有韵味。依其之见，最理想的处理方式，就是进行不偏不倚的"避实击虚"，"偏于真人前说假话。"④

　　戏曲作品真中有假、假中有真，意即虚中有实、实中有虚，并且在大多数情况下，真与假，实与虚之间并不存在绝对清晰的界限。那么，如何才能恰当处理其间的关系呢？王骥德有一段论述颇有见地，十分明白地表达了他对"虚实"观的看法：

　　　　剧戏之道，出之贵实，而用之贵虚。《明珠》、《浣纱》、《红拂》、《玉合》，以实而用实者也；《还魂》、"二梦"，以虚而用

---

　　① 李贽：《李卓吾批评琵琶记》第三十七出眉批，《古典戏曲美学资料集》，第112页。
　　② 祁彪佳：《远山堂曲品·孤忠》，第三集，第616页。
　　③ 祁彪佳：《远山堂曲品·秦宫镜》，第三集，第545页。
　　④ 祁彪佳：《远山堂曲品·秦宫镜》，第三集，第545页。

实者也。以实而用实也易，以虚而用实也难。①

作为明代集大成的戏曲理论家，王骥德具有敏锐、全面的理论眼光。在他看来，虚和实的运用包含了两个层次：一是"出之贵实"，即戏曲创作的内容必须要表现和符合历史或者生活真实；二是"用之贵虚"，即在对历史或生活素材进行选择、加工，以及在构思人物、情节以及戏剧冲突的过程中，要充分体现出剧作家的主观性。这种主观性既包括才情、灵感的发挥，又包括经验与技巧的运用，即灵活地以文学的、审美的眼光来对人、事、物、情等进行虚与实的处理。概而言之，人和事若在古籍中有所记载，戏曲创作就不能加以臆造，需要如实描写。但若只是"耳目传闻"之事，则可不做如此限制，可进行虚构手法的充分运用。他还有一段看似中庸实则表达出态度倾向的论述：

> 古戏不论事实，亦不论理之有无可否，于古人事多损益缘饰为之，然尚存梗概。后稍就实，多本古史传杂说略施丹垩，不欲脱恐杜撰。迩始有捏造无影响之事以欺妇人小儿者，然类皆优人及里巷小人所为，大雅之士亦不屑也。②

以古戏"尚存梗概"为因，王骥德驳斥了"脱空杜撰"和"捏造无影响"之行为，认为"欺"乃"大雅之士亦不屑"，在态度上显然偏向于尚"实"一方。这与晚明时期逐幻之风的盛行不无关系，王骥德持此论，应是针对过度杜撰之风而表达出的不满。

第二，情与理。情与理的问题在虚实论的论述范畴里，就是如何看待戏曲功用的态度问题，是确立以何种方式来表述戏曲功用的问题，也是进一步确立戏曲艺术文体特征的问题。综观明代整个戏曲发展史，处于审美考量中心的议题始终围绕着情与理的概念而展开，呈现出的是从理到情再到情理相融的审美脉络。从虚实论的视角来看，

---

① 王骥德：《曲律·杂论第三十九上》，第二集，第114页。
② 王骥德：《曲律·杂论第三十九上》，第二集，第107页。

情理的变化更替实则体现的是一条以实写虚、以虚写实、虚实结合的方法论发展轨迹。因此，要梳理虚实论的内容，就需要对明代戏曲发展的情理演变进行探讨。

戏曲中的艺术形象以何种审美标准来进行评判？它是载道的工具还是情感的媒介？对于戏曲创作者来说，对此进行回答，决定的是两种迥然不同的艺术表现方式。前文已经论述过史诗传统对于戏曲创作的重要影响，概而言之，就是直接导致了戏曲"风教"说的产生。明代最早针对戏曲"风化"问题提出看法的是元末明初的高明。他高唱"不关风化体，纵使新奇不足传"的口号，强调"风化"的力量才是戏曲"动人"的理由。按照他的主张，戏曲创作一定要在内容上合乎道德、规范，对形式则不做过多要求。明初邱濬集中发展了这一点，将"风化"主旨贯彻到戏曲创作的整个过程中。他主张通过构建道德楷模的方式，将道德观加载在曲作中的人、事之上，并透过形象渗透给观众和读者。邱濬之说对当时明代戏曲的创作风向产生了重要影响，甚至说决定了戏曲创作的走向也并不为过。以戏曲作为载道工具，邱濬首开以"理学"作曲的"道学"风气。他不仅作《五伦全备》以响应自己的主张，并以道德作为标准来评价当时的戏曲创作现象。其称"都是淫词艳曲，专说风情闺怨，非惟不足以感化人心，倒反被他破坏了风俗"[1]，对不关风化之作表达出强烈不满，甚至是刻意进行抵制。邱濬之后，邵璨接力，有过之而无不及地大肆宣扬礼教之义。大体来说，邵璨的主张与邱濬并无大的差别，但因倡导骈俪之风，故而在道学的基础上，又加上了"时文"之气。其作《香囊》在整个明代都臭名昭著，不仅因为他一味鼓吹"风教"之力，而且还因为他以诗文入曲、以文为戏，大有卖弄学问之嫌。单纯的道德说教在高扬"情性"的时代本就难以服人，再加上满篇"书袋子"口吻，"近雅而难动人"（王世贞）也是势在必然。随着本色论在明中期及以后的丰赡和发展，《香囊》兼具时文和道学的双重之弊，受到极其猛烈的抨击也并不奇怪。

在"风化"论的号召之下，明初的道学作品层出不穷。炽热的

---

① 邱濬：《五伦全备记·副末开场》，《古典戏曲美学资料集》，第87页。

创作现象引得理学家也来助阵。王阳明即说:"今要民俗返朴还淳,取今之戏之,将妖淫词调去了,只取忠臣孝子故事,使愚俗百姓人人易晓,无意中感激他良知起来,却于风化有益。"① 因戏曲创作者积极践行,理学家热情提倡,明初的戏曲创作由此呈现出一种奇怪的现象:曲家对戏曲承载道德价值有着极大的期望,在宣扬道德的过程中,主动丢弃了戏曲的艺术属性。在戏剧情节构思的过程中,他们表现出一种有悖于艺术创作规律的奇怪行为,即,一直在利用人物而非创造人物。他们不是通过塑造人物形象来揭示道德品质,而是直接从道德概念出发去构思剧本。人物因道德而设,事件因道德而展开。道德的先入为主,决定了戏曲创作中的情感表达必须适应理的存在,或者说,情唯有迎合理,才能在创作中占有一丝地位。《琵琶记》屡次遭到众多曲家尤其是万历以后曲家的无情抨击,原因大体在此。

正因为情要迎合理的存在,它就无法进行充分表达。在心学兴盛之后,"情"开始悄然萌发,并在曲家文人心目中蠢蠢欲动,撩动着他们的创作激情。但彼时,理学思想还以主流之态活跃于曲坛。与理的参天大树相比,情还只是一棵有待成长的小苗。曲家和曲论者唯有进行情与理的争夺,才能为情寻求更高的文坛地位。这可在《西厢》《拜月》《琵琶》三剧的高下之争中看出端倪。就"名剧之争"的内容而言,扬《琵琶》而抑《西厢》和《拜月》,或者抑《琵琶》而扬《西厢》《拜月》的争辩,实则是为"本色"与"真情"开道的行为,体现的是藻丽与本色,风教和风情之间的一较高下。前者聚焦语言而谈,后者则聚焦内容而论。尽管争辩并未得出共识,但有一点却达成了一致,那就是"情"以无法遮盖的姿态站到了理学的旁边,褪去了为理学服务的外衣。在李贽"情真说"和袁弘道"性灵说"提出后,"情"以更加自信的状态行走在文学创作的大道上。汤显祖作剧多写"梦",实则是以梦来倡导"情"的力量,其志不在道学,而在人情。《牡丹亭》开场〈标目〉即唱:【蝶恋花】"白日消磨断

① 王守仁:《王文成公全书·语录·传习录下》,《古典美学戏曲资料集》,第89页。

肠句，世间只有情难诉"，在他看来，情不仅是应该得到渲染的内容，而且还是文艺创作的最初动力。其称"为情所使，劬于伎剧"（《续栖贤莲社求友文》），并直言不讳地宣扬"至情"说，认为"至情"能够重构人间伦理。汤显祖所论，实则提出了一种与"风教"截然不同的美学观。作为写情的一座丰碑，他提供的是一种全新的文艺创作方式，也是一种全新思索人生的方式。汤显祖对"情"的推崇，引起了曲家和曲论者的极大反响。晚明几乎所有的曲家都是"情"的推崇者，就思想主张而论，汤显祖给他们带来了无可置疑的巨大启发和影响。

经由徐渭、李贽、汤显祖等人孜孜不倦的推动，情在万历年间成为一个最为时尚的时代话题，为情而作也成为了最为热烈的创作风潮。情不再是对理的迎合，而是抗衡理的存在。沈际飞总结说："惟情至，可以造立世界。惟情尽，可以不坏虚空。而要非情至之人，未堪语乎情尽也。世人觉中假，故不情，淳于梦中真，故钟情"①，可谓切中"至情"说的内核。可以说，汤显祖等人对"情"的探讨，确立的是一种以"情"为中心的戏曲创作和戏曲批评观，彰显的是作者具有充分主观能动性的主体地位。从戏曲形象来看，道德已经不再是束缚人物形象的枷锁，而是成为附加在人物形象上的意义。人物不为"道"而设，它是实，不是虚；"道"为人物塑造服务，它是虚，不是"常格"之"实"。理寓于情中，这与情在理中是截然不同的文艺方向。当"情"成为文学艺术所要表现的内涵与创作目标，戏曲创作的动机就从"教化"走向剧作者对内在情感的抒发。

对"情"的推崇引发了两种现象的产生。一方面，曲家强调以有情的笔调来"委曲尽致"地写物状态；另一方面又不可抑制地将"情"扩大化。创作主体在极力渲染"情"的过程中，又出现了不顾事实的逐"幻"风潮，由叙写真情之"实"走入渲染"幻情"的过"虚"。进入晚明以后，社会重新进行了秩序上、经济上、文化上等几乎遍及社会方方面面的大洗牌。异族入侵，封建王朝岌岌可危，再

---

① 沈际飞：《题南柯梦》，《中国古代戏曲序跋集》，第 250 页。

加上物欲横流、人各为己，现实一片黑暗。一批曲家和曲论者在"情本论"的呼声中，又针对创作现象和社会现实发出了呼吁理性道德回归的声音。由于人的主体意志与道德行为仅属于自觉性行为，因此它仍然受到理性意识的支配。道德唯有建立于理性层面，才能形成共识之规范。对曲家和曲论者而言，既继续发扬"情"的力量，又阻止它滑向"幻"之深渊，既倡导"理"之规范，又防止它走入"道学"泥潭，成为他们反思的重任。如何才能在情与理之间寻求平衡？冯梦龙提出的"情教说"在此背景之下得以应时提出。他描述了一种现象："自来忠孝节烈之事，从道理上做者必勉强，从至情上出者必真切。夫妇其最近者也，无情之夫，必不能为义夫；无情之妇，必不能为节妇。世儒但知理为情之范，焉知情为理之维乎？"① 并就此提出了一种融合情与理的解决之道，主张将情作为理之维，从而确立以"情"作为主导但又不弃于"理"的创作方式。冯梦龙所说之"理"与道学之"理"具有很大的不同之处。此"理"并不是进行枯燥的道德说教，而是内含在有"情"人的思想之中，化为一种视角来重新看待"情"与社会秩序之前的关系。此"情"也不是毫无顾忌的主观之情，它又包含"风教"之意，引导"至情"走向"情教"方向。王思任则进一步倡导"情正"，云："则不第情之深，而又为情之至正者。今有形一接而即殉夫以死，骨香名永，用表千秋，安在其无知之性，不本于一时之情也"②，从汤显祖"情至"论中析出"正"与"不正"，并引导戏曲创作朝向"正"也即合乎伦理道德的方向发展。王思任之后，孟称舜又在见解上推进，其对汤显祖论性不论理的主张提出了质疑，并在王思任的拨正上继续进行反思。其在《〈娇红记〉题词》中说："天下义夫节妇，所谓至死而不悔者，岂以是为理所当然而为之邪？"③ 又说："情似非正也，不以贫富移，不以妍丑夺，从一而终，之死不二……必如玉娘者而后可以言情"④，将"情"与"贞烈"等观念联系在一起，又将性情视作"理"之根基，以此

① 冯梦龙：《情史类略·卷一·情贞类》卷末总评，岳麓书社 1984 年版，第 42 页。
② 王思任：《〈批点玉茗堂牡丹亭〉叙》，《中国古代戏曲序跋集》，第 168 页。
③ 孟称舜：《〈娇红记〉题词》，《中国古代戏曲序跋集》，第 200 页。
④ 孟称舜：《〈贞文记〉题词》，《中国古代戏曲序跋集》，第 203 页。

确立了情之"正"的情"诚"（情之不移）方向。张岱对此表示认同，既批评创作上的求奇求怪之风，又主张情节设置等应合乎常理，并认为"布帛菽粟"终胜"狠求奇怪"，由此又指明了另一种情"正"的"自然"方向。综而述之，情理与虚实之间的关系，彰显的是戏曲功用与戏曲创作方法之间的双向促进轨迹。

结　　语

　　审视明代曲论叙事观发展的脉络、特征及其与元代曲论的重要差异，很明显可以看到"转型"的印迹，诸如体制从曲学中心向叙事中心的转型、语言风格由俗趋雅的转型、精神主旨由"名教"向"人情"的转型等。转型既是一种有所选择的承继，但更重要的是一种有所发展的拓新，不光是文学发展史的学理问题，也是涉及学理之外与时代发展相联系的文化认同与审美选择问题。

　　换言之，明代曲论叙事观的理论内涵已经从最初的文学领域中溢出，在相当程度上渗透到了明代社会中人的思维方式、感知方式和生活方式中。从传奇文学的长足发展，到坊刻书籍的全面繁荣，再到世俗化审美趣味的更新，明代戏曲的发展样貌都不再是元末明初时代作为诗词附庸的旧貌了，其意义也早已经超出了不登大雅之堂的认知逻辑，因而非常值得对其进行总体性的探究、总结与反思。

一　明代曲论叙事观的建构特征

　　从明代曲论叙事观的转型意识和认知模式的更新来看，可以将问题意识的持有和内容兼容综合性作为其理论建构的重要特征。

　　首先，明代曲论叙事观的理论建构与明代曲家曲论明确秉持的问题意识不无关系。

　　问题意识是明代曲论叙事观从萌芽走向成熟的内在动力，这既归因于文人参与戏曲创作并转变为创作主体后生成的一种文学自觉，又归因于社会环境的变化及文艺思潮的冲击给文人带来的思想变革。一方面，针对戏曲创作中出现的弊端和问题，在矫正、纠偏意图的推动下，曲家进行了试图解答并予以不断修正的实践努力；另一方面，在明代社会商品经济迅速发展，市民阶层扩大化，以及由此导致市民的世俗化审美要求进一步提升后，戏曲创作面对社会现实问题带来的激荡与冲击，又不得不在内容、审美选择、价值取向等方面进行适时的反馈与调整。在一个个具体问题的提出、解答与推进的此消彼长过程中，明代曲家也在不断更新着自身对于戏曲叙事的内容见解及理论主张。

从明代不断变化着的文化现象来看，它呈现出一条较为清晰的因反映现实而顺势变动的发展脉络：理学嬗变提供了心学变革的契机，随着"理学"的式微，彰显个性审美倡导以"情"为本的戏曲叙事开始勃兴；此外，在商品经济繁荣的社会大背景下，世俗化审美趣味的弥漫也促成了通俗文学的长足发展，传"奇"叙"奇"的叙事要求也随时代要求得到了彰显；与此同时，过度溢出的世俗化要求也导致了文学复古运动的兴起，戏曲创作追随文学思潮主流，又因此进行了基于"本色"反思的理论回应。在映射并试图反馈三方现实问题的理论意识指导下，明代戏曲文学创作呈现出欣欣向荣又错落繁杂的全貌，概括而言，主要就两大问题进行了关注。

其一是艺术与生活的关系问题。明代曲家和曲论者的最大理论实践，就是始终致力于寻找戏曲叙事文学创作的动机根源，并尝试在理论层面对此进行回答。由元入明之初，戏曲创作被认为是"理"之教化的承载工具，曲家文人作剧，以传达教化意图为己任，认为艺术要为引导生活服务，故称"不关风化体，纵好也枉然"。明中叶以后，在心学思潮的冲击下，"理"学产生的思想禁锢日渐松动，随着曲家竞相加入反"理"阵营，"情"的萌芽与发展之势已然不可阻挡。在反"理"扬"情"的过程中，曲家和曲论者在进一步辨认曲体属性的基础上，尤为注重戏曲文体抒"情"写"意"的文体特征，将"情"提升为抗"理"的层面，导致"情"与"理"之间的关系产生了蜕变。至晚明，面对过度扬"情"而逐"幻"之风的盛行，曲家和曲论者又意识到，"情"的表达仍需要"理性"的引导，因而又提出了"情教""情正"的叙事主张，倡导情理相融，将艺术与生活的关系以"情"为桥梁统一起来。综观这一发展轨迹，可以说，它既是明代社会各类现实问题体现于戏曲创作上的文学回应，又是曲家和曲论者自觉以文学反映现实之理论意识的彰显。

其二是形式与内容的关系问题。明中叶以来，本色与骈俪、文辞与声律等理论争辩的相继展开，实际上正是曲家就戏曲创作中形式与内容的关系问题进行的理论思考。这一时期的戏曲理论与戏曲批评多以反思者的面貌出现，主要针对当时传奇创作领域存在的语言骈俪化，叙事"子虚乌有"化，以及各种媚俗逐幻的创作风向，进行理论抨击并予以反思拨正。

骈俪与本色之争，是以上理论反思中表现最为激烈的一种文学现象，焦点集中于探讨语言风格何以运用这一问题。何良俊首先定义了戏曲语言的"本色"特征，针对语言脱离舞台的不良倾向进行了抨击，认为朴素地"说话"才是戏曲"本色"的原本之意——不事雕琢。这一主张很快遭到了王世贞的激烈反对。因十分不满戏曲作品"无词家大学问"的弊端，他明确提出戏曲创作要"摭其华而裁其衷，琢字成辞，属辞成篇"（《李于鳞先生传》），流露出追求戏曲语言典雅华丽的审美趣味。然而，王世贞以词论曲这一推崇骈俪辞藻的曲学主张，又受到了明代中后期大批曲家和曲论者例如汤显祖、徐复祚、凌濛初等的非议。王世贞之后，戏曲淡雅派成为一大文坛思潮，曲学大师王骥德、吕天成、祁彪佳、冯梦龙等都是其拥护者。

反俗取雅，弃雅取俗的论争，或者说，无论是倡导"本色"、倡导"骈俪"，还是倡导取二者重合的"淡雅"范畴，实际上反映的问题均指向同一个现象，那就是如何看待明代存在的戏曲创作脱离舞台的不良倾向，也即探讨戏曲叙事应以何种形式来适应舞台演出。因此，"本色论"的争端尽管从戏曲语言的问题切入，但又迅速扩展到戏曲结构、人物塑造等一系列戏曲创作及审美范畴之内。从论争的对象来看，一方面，针对戏曲是否"本色"、何以"本色"等问题，明代曲家从不同的身份立场、审美视角或者创作意图出发，给予了多层次的理论分析和解答；另一方面，他们却又始终停留于分析戏曲"本色"技巧的总结层面，因未能跳出时代局限和超越文人阶层身份，因此也未能提出戏曲"本色"是什么的理论问题，以至于有明一代关于"本色"概念的探讨，一直处于纷呈与混淆交织的矛盾罗网中。

其次，明代曲论叙事观的内容建构也体现出兼容性、综合性的特点。

与转型期的文化特征相对应，明代曲论叙事观的内容建构也经历着同样的转型风暴的洗礼，体现出承上启下的兼容性和综合性特点。如果我们综观整个明代曲论叙事观的理论发展史，再回头看看明代之前的曲论走向，就更容易体会时代变革和文化转型相交汇所导致的理论效果。以"本色"之辩为例。"本色"一词的真正意义在哪里？这是明代曲家曲论一直关注并试图解答的问题。"名剧之争"中，何良俊与王世贞对"名剧"的不同解读，看似对立，实则却带有显而易见的兼容性特点。双方在评判《琵琶》《拜月》《西厢》的高下之时，论争焦点主要集中于辨析戏曲叙事的审美特征及审美效果层面，很显然，这归属于形式的争论范畴。从形式切入，但又未能从形式中走出，双方之争也就注定无法解决矛盾的根本分歧，只能进入各人说各话，看似争锋实则"独白"的争鸣状态。整体观之，明代尽管产生了各种论争，例如"名家之争""行戾之辩""意法之争"等，但严格而论，这些表象上始终处于单一性的、专题性的论争，实际上彼此之间并不存在一个清晰的、理论界限的划分。从论争的内容来看，有的主张实际上仅仅是论争双方针对各自创作实践而进行的一种理论辩护。故而，论争尽管是推动明代戏曲理论发展的一大动力，但是也可以看出，论争的观点始终带有相互兼容的思想成分，以至于呈现出彼此之间既无法分割又混沌杂糅的复杂状态。

由于明代曲论叙事观无法在思想内容上摆脱兼容性的特点，因此兼容性也逐渐变成了一个固定的思维模式，从统合的视角将各曲家的不同曲论主张彼此联系起来。对于敏锐的曲论者而言，兼容性是催生综合性理论思维的一大前提。不难看出，明代戏曲叙事观的理论形态多以直观的感悟方式出现，但随着时间推移带来的积累，到晚明时期，感悟的叠加也由量变产生了质变，逐渐向理性思维进行偏移。曲家对戏曲叙事特征的综合考察越来越全面，基于此而建构的叙事观也由此呈现出浓缩性与概括化的特征。综合性的理论著作出现即是这一思维呈现的事实证明，其中的一个典例，就是王骥德《曲律》的问世。王骥德《曲律》的理论贡献表现于，不仅针对戏曲叙事创作中的各项问题进行了整体思维上的理论总结，而且对元、明两代的戏曲创作经验，例如结构的搭建、情节"关目"的安排、"引子"的主动意识、人物塑造的技巧以及语言的运用等问题，也系统地进行了综合性的分析阐述。其言："论曲，当看其全体力量如何，不得以一二语偶合，而曰某人、某剧、某戏、某句、某句似元人，遂执以概其高下，寸瑜自不掩尺瑕也"①，正是这种综合思维得以发展与呈现的表述。

二 明代曲论叙事观的理论价值

在中国古代戏曲理论史上，明代曲论占据着一个至关重要的位置，具有承上启下的理论价值。站在文学理论的立场来看，作为曲论体系的理论分支之一，关于明代曲论叙事观的梳理与建构，也合理合法地获得了同样重要的理论意义，体现为：其一填补了现有研究的薄弱甚至是空缺之地。古典戏曲理论中的叙事理论非常丰富，但以叙事视角进行的研究仅仅展露了冰山一角，而以明代曲论叙事视角开展的研究更是少之又少。就此意义而论，有所针对性地研究明代曲论叙事观，既具必要性，又具可行性；其二基于整合浩瀚的"有实无名"的零散曲论资料而进行叙事观体系的建构，并使其生发出新的时代意义，是一个十分贴合现实的学术课题；其三关于叙事意图、虚实辨说、人物塑造、情节结构乃至各种叙事技巧的理论表达，作为古代曲论现代转换的重要内容，在相当程度上回应了古代曲论对西方叙事学"他山之石"的启发作用。

明代戏曲创作历经近300年的发展，至晚明已经显露出其无以遮蔽的兴盛之貌。对社会现象及文化变迁极为敏感的文人士大夫，就此现象表现出了十分浓厚的兴趣，在关注变迁现象之余，也十分希望能够于文化兴盛的表象之后找到促使和推动文学勃兴的原因，并有意或无意地在理论层面进行创作、评鉴、赏析与反思，于是就有了像朱权、邱濬、何良俊、王世贞、李开先、汤显祖、沈璟、王骥德、凌濛初、祁彪佳、冯梦龙等众多曲家的深度参与回应。看起来这仅仅是一

---

① 王骥德：《曲律·杂论第三十九上》，第二集，第112页。

种推崇以闲适消遣之心而佐尊的文学书写，其背后潜含的重要文化立场和审美选择，才是这些明代戏曲叙事作品及叙事评点能够经久流传、获得广泛共鸣的原因。换而言之，点燃戏曲叙事观的理论价值，才是今天重新发掘它、研究它并弘扬它的意义所在。

尽管戏曲创作在元代就已经十分繁荣，但戏曲理论的第一个高潮却延缓至明代才得以出现。在这个意义上，明代曲论是对元代丰富创作的经验归纳，体现出曲论自身发展的必然特征：基于观察、分析、审视而成经验与经验之总结。同样地，与清代曲论的集大成特征相比，明代曲论又化身为一个理论基石，成为理论走向更高发展阶段的准备和过渡。综合而言，明代曲论的承上启下意义，即，它既是元、明两代戏曲创作经验的总结和探讨，又是清代曲论形成系统和体系的理论铺垫。

一般认为，明代戏曲叙事对"叙事之法"与"评事之法"两种模式的并行运用，可被视作曲论史和戏曲批评史上从传统的"曲学"中心向"叙事"传统转变的过渡性特征。在叙事观建构的过程中，明人承继了来自史官文化、神话传说和寓言的叙事传统，以戏曲评点作为彰显这一传统的独特方式，从"虚与实""寓言""奇"和"类型"四个方面整体上构建了明代戏曲叙事观的全新面貌，甚至可以说，为古典戏曲理论的叙事研究打开了新视角。另外，经由明代曲家辨析、争鸣、总结与反思之后，有关叙事观的提炼亦成为清代李渔、金圣叹、毛纶及毛宗岗父子、张竹坡那样成熟系统"叙事"体系的理论基石。李昌集先生就这一特点进行了概括，他说："就中国古典戏曲理论演进的内在理路而言，明代戏曲理论处于元代以散曲学为中心之曲学理论向明代以戏曲学为中心之曲学理论的转折阶段，元代北曲学理论向明代南曲学理论的转折阶段。"① 谭帆先生也认为，明代曲论形成了戏曲理论史的三大体系：

（一）从朱权《太和正音谱》到王骥德《曲律》（曲学部分）形成的"曲学体系"。

---

① 李昌集：《中国古代曲学史》，华东师范大学出版社1997年版，第552页。

（二）由王骥德《曲律》（剧戏部分）到李渔《闲情偶记》构成的"剧学体系"。

（三）戏曲评点一脉线索，即从李卓吾起始到金圣叹《第六才子书》集成的"叙事理论体系"。①

在他看来，明代戏曲叙事观的体系是中国古代编剧理论三大体系中的一维。

的确，不可否定的是，中国古代戏曲理论从明代开辟出的这条专论戏曲叙事观的理论之路，对戏曲叙事体系在清代的构建产生了十分重要的影响。明人对于"事"与"剧"之分判，体现出明代曲家尤其是戏曲评点者对于戏曲叙事文体性质的关注，亦彰显出他们对于何为叙"事"、何为"登场"有着自觉的理论认识。值得注意的是，在关于叙事之法的建构中，明代曲论叙事观确立了经典戏曲叙事文本的典范，例如针对《牡丹亭》建构的评点系统，即为明人在戏曲批评意义上作出的重要贡献。正是由于众多这样的关注和发现，才让明代曲论叙事观的理论价值及理论意义在各种小枝节划分中得到了连续而有效的彰显。而这种理论价值又作为一种理论源泉，源源不断地输入后来者的认知领地，灌溉它们，滋养它们，使其成长壮大，助其枝繁叶茂，直至瓜熟蒂落。

如果没有明代曲论叙事观进行的理论铺垫，就无以成就炫彩夺目的清代曲学叙事学体系以及剧学体系的构建。入清以后，作为戏曲叙事观体系的代表人物，李渔、金圣叹、毛声山"三驾马车"即在明代曲论叙事观的滋养下，提出了具有鲜明叙事特征的叙事主张。例如，金圣叹关于"全局在胸""奇恣笔法"主张的论述，以及惯于运用的倒插法、草蛇灰线法、绵针泥刺法、弄引法、獭尾法等，无疑受到了明代王骥德、吕天成等的曲论启发。在启发的基础上继续发挥，金圣叹最终将这些主张郑重地确定为戏曲叙事性的重要内容。又例如，李渔《闲情偶寄》对传奇创作理论的系统总结，同样受益于明代曲论叙事观的铺垫。其中《词曲部》所论主要针对戏曲叙事与编

---

① 谭帆：《中国古代编剧理论的宏观体系》，《戏剧艺术》1986 年第 2 期。

剧经验，故而受到的影响最为明显。王骥德、臧懋循、凌濛初等对戏曲结构的重视，汤显祖、徐渭对于戏曲文辞之"情"的强调，孟称舜、吕天成对人物塑造的关注，以及冯梦龙等对"主脑""中心"等情节的论述，几乎无一例外地成为李渔建构编剧理论的直接来源。不仅如此，在关于舞台表演的理论阐述层面，也能发现李渔深受潘之恒、张琦等理论影响的痕迹。再例如，清代焦循《剧说》、梁廷枏《曲话》中的戏曲批评部分，尤其是关于编剧方法的总结以及戏曲作家作品的得失品评等方面的理论主张，都证明了它们的确是明代曲论叙事观在清代的进一步延续和发展。

　　从理论具有前瞻性这一视角观之，明代曲家曲论对戏曲叙事观的综合论述，在"代言体"特征的衬托之下，也具备了"剧学"的某些内涵。例如，戏曲创作对虚构叙事手法的重视，对戏曲情节和结构的关注，对人物形象和场上表演的强调，对戏曲冲突的彰显等，都突出了戏曲叙事最终面向舞台的文体特征。但不能忽略的是，明代曲论叙事观因以戏曲作品作为主要关注对象，其理论视野还受制于抒"情"写"意"的传统思维，因此也远未跨越叙"事"领域而彻底转向探讨"剧学"命题。也就是说，"剧学"意识在明代还只是一种理论萌芽，并未能实际深入剧学体系理论建构的实践中。明代曲论叙事观处于戏曲理论发展转折期的理论意义也正表现在此。

参考文献

一 戏曲类文献

（明）冯梦龙：《墨憨斋定本传奇》，中国戏剧出版社 1960 年版。

（明）毛晋：《六十种曲》，明崇祯间虞山毛氏汲古阁刻本，中华书局 1992 年版。

（明）潘之恒：《鸾啸小品》，明崇祯二年（1629）刻本。

（明）沈泰：《盛明杂剧》，中国戏剧出版社 1958 年版。

（明）汤显祖：《汤显祖戏曲集》（上、下），钱南扬点校，上海古籍出版社 1987 年版。

（明）汤显祖：《王思任批评本牡丹亭》，凤凰出版社 2014 年版。

（明）臧懋循：《玉茗堂四种传奇》，明万历刻本。

（清）陈同、谈则、钱宜：《吴吴山三妇合评牡丹亭》，上海古籍出版社 2008 年版。

（清）金圣叹：《贯华堂第六才子书西厢记》，付晓航点校，甘肃人民出版社 1985 年版。

蔡毅：《中国古典戏曲序跋汇编》（一、二、三、四），齐鲁书社 1989 年版。

陈乃乾：《曲苑》，古书流通处石印巾箱本 1912 年版。

董康：《诵芬室读曲丛刊》，诵芬室刻本 1918 年版。

傅惜华：《明代传奇全目》，人民文学出版社 1959 年版。

傅惜华：《明代杂剧全目》，作家出版社 1981 年版。

古本戏曲丛刊委员会辑：《古本戏曲丛刊初集》，商务印书馆 1954 年版。

古本戏曲丛刊委员会辑：《古本戏曲丛刊二集》，商务印书馆 1955 年版。

古本戏曲丛刊委员会辑：《古本戏曲丛刊三集》，文学古籍刊行社 1957 年版。

古本戏曲丛刊委员会辑：《古本戏曲丛刊四集》，商务印书馆 1958 年版。

古本戏曲丛刊委员会辑：《古本戏曲丛刊五集》，上海古籍出版社 1986 年版。

古本戏曲丛刊委员会辑：《古本戏曲丛刊九集》，中华书局 1964 年版。

黄文旸：《曲海总目提要》，影印大东书局原刻本，天津古籍书店 1992 年版。

黄仕忠：《日本所藏稀见中国戏曲文献丛刊》，广西师范大学出版社 2006 年版。

隗芾、吴毓华：《古典戏曲美学资料集》，文化艺术出版社 1992 年版。

李修生：《古本戏曲剧目提要》，文化艺术出版社 1997 年版。

廖可斌：《稀见明代戏曲丛刊》（八册），东方出版中心 2018 年版。

陆澹安：《戏曲词语汇释》，上海古籍出版社 1981 年版。

马廉、马隅卿：《不登大雅文库藏珍本戏曲丛刊》，学苑出版社 2003 年版。

齐森华、陈多、叶长海：《中国曲学大辞典》，浙江教育出版社 1997 年版。

任二北：《新曲苑》，中华书局 1940 年版。

宋子俊：《中国古典戏曲理论类钞》，中国社会科学出版社 2016 年版。

王季烈：《孤本元明杂剧》，中国戏剧出版社 1958 年版。

王秋桂：《善本戏曲丛刊》（一、二、三、四、五、六集），台湾学生书局 1984—1987 年版。

王永宽、王钢：《中国戏曲史编年》（元明卷），中州古籍出版社 1994 年版。

吴毓华：《中国古代戏曲序跋集》，中国戏剧出版社 1990 年版。

吴晟：《明人笔记中的戏曲史料》，江西人民出版社 2008 年版。

俞为民、孙蓉蓉：《历代曲话汇编》（明代编），黄山书社 2009 年版。

中国社会科学院文学研究所：《古本戏曲丛刊七集》，国家图书馆出
　　版社 2018 年版。

中央戏曲研究院：《中国古典戏曲论著集成》（一至十集），中国戏剧
　　出版社 2020 年版。

张庚：《中国大百科全书·戏曲曲艺卷》，中国大百科全书出版社
　　1983 年版。

庄一拂：《古典戏曲存目汇考》，上海古籍出版社 1982 年版。

二　其他类古籍文献

（南朝梁）刘勰：《文心雕龙》，周振甫注，人民文学出版社 1981
　　年版。

（明）陈田：《明诗纪事》，上海古籍出版社 1993 年版。

（明）陈献章等：《陈献章集　王阳明集　王廷相集》，李敖选编，天
　　津古籍出版社 2016 年版。

（明）冯梦龙：《情史类略》，岳麓书社 1984 年版。

（明）冯梦龙：《冯梦龙全集》，江苏古籍出版社 1993 年版。

（明）何心隐：《何心隐集》，容肇祖整理，中华书局 1981 年版。

（明）胡应麟：《少室山房集》，文渊阁《四库全书》本。

（明）胡祇遹：《紫山大全集》，文渊阁《四库全书》本。

（明）黄宗羲：《明儒学案》，沈芝盈点校，中华书局 1985 年版。

（明）李斗：《扬州画舫录》，学苑出版社 2001 年版。

（明）李开先：《李开先集》，中华书局 1959 年版。

（明）李贽：《焚书·续焚书》，夏剑钦校点，岳麓书社 1990 年版。

（明）李贽：《李贽文集》，张建业主编，社会科学文献出版社 2000
　　年版。

（明）李贽：《李贽全集注》第十二册，贾奋然等摘编，社会科学文
　　献出版社 2010 年版。

（明）凌濛初：《初刻拍案惊奇》《二刻拍案惊奇》，石昌渝点校，江

苏古籍出版社 1995 年版。

（明）孟称舜：《孟称舜集》，朱颖辉辑校，中华书局 2006 年版。

（明）潘允端：《玉华堂日记》（稿本八册），陈左高编，上海书画出版社 2004 年版。

（明）祁彪佳：《祁忠敏公日记》，书目文献出版社 1996 年版。

（明）沈德符：《万历野获编》，中华书局 1995 年版。

（明）汤显祖：《汤显祖全集》，徐朔方笺校，上海古籍出版社 2016 年版。

（明）王弼：《周易正义》，中华书局 1980 年版。

（明）王锜：《寓圃杂记》，中华书局 1997 年版。

（明）王守仁：《王阳明全集》（上、下），吴光、钱明等编校，上海古籍出版社 1992 年版。

（明）王嗣奭：《杜臆》，台湾"中华"书局 1970 年版。

（明）谢肇淛：《五杂俎》，郭熙途校点，辽宁教育出版社 2001 年版。

（明）徐渭：《徐渭集》，中华书局 1983 年版。

（清）何文焕：《历代诗话》（上、下），中华书局 1981 年版。

（清）李渔：《李渔全集》第三卷，浙江古籍出版社 1991 年版。

（清）李渔：《闲情偶寄》，浙江古籍出版社 2014 年版。

（清）钱谦益：《列朝诗集》（丁集），清顺治九年毛氏汲古阁刻本。

（清）张岱：《张岱诗文集》，夏咸淳校点，上海古籍出版社 1991 年版。

（清）张岱：《陶庵梦忆·西湖梦寻》，上海古籍出版社 2001 年版。

（清）张廷玉等：《明史》，中华书局 1974 年版。

三　编撰、校注类文献

陈多、叶长海：《中国历代剧论选注》，湖南文艺出版社 1987 年版。

陈多、叶长海：《〈曲律〉注释》，上海古籍出版社 2012 年版。

陈广宏、侯荣川：《明人诗话要籍丛编·诗评卷》，复旦大学出版社 2017 年版。

郭绍虞：《中国历代文论选》（一、二、三、四册），上海古籍出版社 1979、1980 年版。

郭绍虞:《沧浪诗话校释》,人民文学出版社 1983 年版。

郭银星:《唐宋明清文集·明人文集》,天津古籍出版社 2000 年版。

郭英德:《明清传奇综录》,河北教育出版社 1997 年版。

侯百朋:《琵琶记资料汇编》,书目文献出版社 1989 年版。

黄霖、韩同文:《中国历代论著选》(上),江西人民出版社 1982
  年版。

黄裳:《远山堂明曲品剧品校录》,上海出版公司 1955 年版。

黄竹三、冯俊杰:《六十种曲评注》,吉林人民出版社 2001 年版。

焦子栋:《荀子通译》,齐鲁书社 2016 年版。

李剑雄:《历代笔记小说大观·四友斋丛说》,上海古籍出版社 2012
  年版。

林之满:《四库全书精华·经部》,中国工人出版社 2002 年版。

毛晓彤:《汤显祖研究资料汇编》,上海古籍出版社 1986 年版。

钱伯城:《袁宏道集笺校》,上海古籍出版社 1981 年版。

秦学人、侯作卿:《中国古典编剧理论资料汇辑》,中国戏剧出版社
  1984 年版。

上海古籍出版社:《明代笔记小说大观》(全四册),上海古籍出版社
  2005 年版。

孙楷第:《戏曲小说书录解题》,人民文学出版社 1990 年版。

唐圭璋:《词话丛编》,中华书局 1986 年版。

王季思:《玉轮轩曲论新编》,中国戏剧出版社 1983 年版。

王季思:《历代咏剧诗歌选注》,书目文献出版社 1988 年版。

王利器:《元明清三代禁毁小说戏曲史料》,上海古籍出版社 1981
  年版。

汪效倚:《潘之恒曲话》,中国戏剧出版社 1988 年版。

吴书荫:《曲品校注》,中华书局 2006 年版。

吴文治:《明诗话全编·胡应麟诗话》,凤凰出版社 1997 年版。

夏燮:《明通鉴》,上海古籍出版社 1990 年版。

徐扶明:《〈牡丹亭〉研究资料考释》,上海古籍出版社 1987 年版。

于民:《中国美学史资料选编》,复旦大学出版社 2008 年版。

曾祖荫、黄清泉等:《中国历代小说序跋选注》,长江文艺出版社

1982 年版。

郑莉:《明代宫廷戏曲编年史》,中国戏剧出版社 2020 年版。

赵景深、张增元等:《方志著录元明清曲家传略》,中华书局 1987 年版。

中华书局:《丛书集成初编》,中华书局 1985 年版。

周锡山:《〈西厢记〉注释汇评》,上海人民出版社 2013 年版。

四　学术专著

蔡钟翔:《中国古典剧论概要》,中国人民大学出版社 1989 年版。

陈大康:《明代商贾与世风》,上海文艺出版社 1996 年版。

陈多:《戏曲美学》,四川人民出版社 2001 年版。

陈竹:《中国古代剧作学史稿》,武汉出版社 1999 年版。

程芸:《汤显祖与晚明戏曲的嬗变》,中华书局 2006 年版。

邓长风:《明清戏曲家考略》(一、二、三编),上海古籍出版社 1994—1999 年版。

董每戡:《说剧》,人民文学出版社 1983 年版。

董每戡:《五大名剧论》(上、下),人民文学出版社 1984 年版。

傅晓航:《戏曲理论史述要》,文化艺术出版社 1994 年版。

顾仲彝:《古典戏曲编剧六论》,中国戏剧出版社 1986 年版。

郭绍虞:《照隅室古典文学论集》,上海古籍出版社 1983 年版。

郭英德:《明清文人传奇研究》,北京师范大学出版社 1992 年版。

郭英德:《明清传奇戏曲与文体研究》,商务印书馆 2004 年版。

胡忌、刘致中:《昆剧发展史》,中国戏剧出版社 1989 年版。

华炜、王瑷玲:《明清戏曲国际研讨会论文集》,台湾"中央"研究院文哲研究所筹备处 1998 年版。

黄霖:《文学评点论稿》,凤凰出版社 2017 年版。

黄仕忠:《〈琵琶记〉研究》,广东高等教育出版社 1996 年版。

黄仕忠:《中国戏曲史研究》,中山大学出版社 1997 年版。

嵇文甫:《晚明思想史论》,东方出版社 1996 年版。

江巨荣:《古代戏曲思想艺术论》,学林出版社 1995 年版。

江巨荣:《明清戏曲:剧目、文本与演出研究》,上海古籍出版社

2014 年版。

蒋星煜：《中国戏曲史钩沉》，中州书画社 1982 年版。

蒋星煜：《中国戏曲史索隐》，齐鲁书社 1988 年版。

金宁芬：《南戏研究变迁》，天津教育出版社 1992 年版。

金宁芬：《明代戏曲史》，社会科学文献出版社 2007 年版。

康宝成：《观念、视野、方法与中国戏剧史研究》，学苑出版社 2017
年版。

李昌集：《中国古代曲学史》，华东师范大学出版社 1997 年版。

李玫：《明清之际苏州作家群研究》，中国社会科学出版社 2000
年版。

李晓：《比较研究：古剧结构原理》，中国戏剧出版社 1989 年版。

李志远：《明清戏曲序跋研究》，知识出版社 2011 年版。

梁晓萍：《中国古典戏曲品评观念研究》，中国社会科学出版社 2014
年版。

廖奔、刘彦君：《中国戏曲发展史》，山西教育出版社 2000 年版。

刘二永：《中国古典剧论中的叙事理论研究》，中国社会科学出版社
2019 年版。

刘奇玉：《古代戏曲理论创作与批评》，中国社会科学出版社 2010
年版。

刘祯、谢雍君：《昆曲与文人文化》，春风文艺出版社 2005 年版。

卢前：《明清戏曲史》，岳麓书社 2011 年版。

罗钢：《叙事学导论》，云南人民出版社 1994 年版。

聂付生：《晚明文人的文化传播研究》，电子科技大学出版社 2014
年版。

宁宗一、陆林、田桂民：《明代戏剧研究概述》，天津教育出版社
1992 年版。

齐森华：《曲论探胜》，华东师范大学出版社 1985 年版。

钱锺书：《七缀集》，上海古籍出版社 1994 年版。

尚学峰、过常宝、郭英德：《中国古典文学接受史》，山东教育出版
社 2000 年版。

施旭升：《中国戏曲审美文化论》，北京广播学院出版社 2002 年版。

宋常立:《瓦舍文化与通俗文体的叙事生成》,人民出版社 2017年版。

孙琴安:《中国评点文学史》,上海社会科学院出版社 1999 年版。

孙伟:《戏剧理论译文集》第八辑,中国戏剧出版社 1960 年版。

孙逊:《董西厢和王西厢》,上海古籍出版社 1983 年版。

索俊才:《王骥德〈曲律〉探微》,内蒙古大学出版社 2004 年版。

谭帆、陆炜:《中国古典戏剧理论史》,华东师范大学出版社 2005年版。

谭坤:《晚明越中曲家群体研究》,上海三联书店 2005 年版。

谭霈生:《论戏剧性》,北京大学出版社 1981 年版。

汪涌豪:《范畴论》,复旦大学出版社 1999 年版。

王国维:《王国维戏剧论文集》,中国戏剧出版社 1986 年版。

王国维:《宋元戏曲史》,华东师范大学出版社 1995 年版。

王昊:《中国古代叙事文学研究》,安徽师范大学出版社 2017 年版。

王水照:《宋代文学通论》,河南大学出版社 1997 年版。

王永恩:《明清才子佳人剧研究》,上海古籍出版社 2014 年版。

吴承学、李光摩:《晚明文学思潮研》,湖北教育出版社 2001 年版。

吴梅:《顾曲麈谈》,商务印书馆 1916 年版。

吴梅:《吴梅全集·理论卷》,河北教育出版社 2002 年版。

吴梅:《中国戏曲概论》,中国人民大学出版社 2004 年版。

吴瑞霞:《中国古代戏曲理论与批评》,社会科学出版社 2012 年版。

吴新雷:《中国戏曲史论》,江苏教育出版社 1996 年版。

吴毓华:《古代戏曲美学史》,文化艺术出版社 1994 年版。

夏写时:《中国戏剧批评的产生和发展》,中国戏剧出版社 1982年版。

萧萐父、许苏民:《明清启蒙学术流变》,人民出版社 2013 年版。

徐扶明:《元明清戏曲探索》,浙江古籍出版社 1986 年版。

徐大军:《中国古代小说与戏曲关系》,人民文学出版社 2010 年版。

徐国华、涂育珍:《临川戏曲评点研究》,中国戏剧出版社 2007年版。

徐朔方:《汤显祖评传》,南京大学出版社 1993 年版。

徐朔方：《晚明曲家年谱》，浙江古籍出版社 1993 年版。

徐朔方：《徐朔方说戏曲》，上海古籍出版社 2000 年版。

徐燕琳：《明代剧论与画论》，广东高等教育出版社 2007 年版。

徐子方：《明杂剧史》，中华书局 2003 年版。

许金榜：《中国戏曲文学史》，中国文学出版社 1994 年版。

杨艳琪：《祁彪佳与〈远山堂曲品·剧品〉研究》，中国戏剧出版社
　2007 年版。

叶长海：《王骥德〈曲律〉研究》，中国戏剧出版社 1983 年版。

叶长海：《曲学与戏剧学》，学林出版社 1999 年版。

叶长海：《中国戏剧学史稿》，中国戏剧出版社 2005 年版。

叶长海：《汤显祖与临川四梦》，上海古籍出版社 2016 年版。

余秋雨：《戏剧理论史稿》，上海文艺出版社 1983 年版。

余秋雨：《观众心理学》，上海教育出版社 2005 年版。

俞为民：《曲体研究》，中华书局 2005 年版。

袁行霈：《中国文学史》第四卷，高等教育出版社 2003 年版。

袁震宇、刘明今：《明代文学批评史》，上海古籍出版社 1991 年版。

曾永义：《中国古典戏剧论集》，台湾联经出版事业公司 1975 年版。

曾永义：《明杂剧概论》，台湾学海出版社 1999 年版。

张伯伟：《中国古代批评方法研究》，中华书局 2002 年版。

张发颖：《中国家乐戏班》，学苑出版社 2002 年版。

张庚：《戏曲艺术论》，中国戏剧出版社 1980 年版。

张庚、郭汉城主编：《中国戏曲通史》，中国戏剧出版社 2006 年版。

张曙光：《叙事文学评点理论的现代阐释》，山东人民出版社 2012
　年版。

张燕瑾：《中国戏曲史论集》，北京燕山出版社 1995 年版。

赵景深：《明清曲谈》，古典文学出版社 1957 年版。

赵景深：《曲论初探》，上海文艺出版社 1980 年版。

赵景深：《曲论探胜》，上海文艺出版社 1980 年版。

赵山林：《中国戏曲观众学》，华东师范大学出版社 1990 年版。

赵山林：《中国戏剧学通论》，安徽教育出版社 1995 年版。

赵山林：《中国古典戏曲论稿》，安徽文艺出版社 1998 年版。

赵山林：《中国戏曲传播接受史》，上海人民出版社 2008 年版。

赵炎秋、陈果安、谭桂林：《明清叙事思想发展研究》，湖南师范大学出版社 2008 年版。

郑振铎：《郑振铎古典文学论文集》，上海古籍出版社 1984 年版。

郑振铎：《中国俗文学》，上海书店出版社 1984 年版。

周明初：《晚明士人心态及文学个案》，东方出版社 1997 年版。

周贻白：《中国剧场史》，商务印书馆 1936 年版。

周贻白：《中国戏剧史发展纲要》，上海古籍出版社 1979 年版。

周贻白：《中国戏剧史长编》，上海书店出版社 2004 年版。

朱东润：《中国文学批评史大纲》，开明书店 1944 年版。

朱万曙：《明代戏曲评点研究》，安徽教育出版社 2004 年版。

祝肇年：《古典戏曲编剧六论》，中国戏剧出版社 1986 年版。

左东岭：《李贽与晚明文学思潮》，天津人民出版社 1997 年版。

［法］布瓦洛：《诗的艺术》（修订版），范希衡译，人民文学出版社 2009 年版。

［日］青木正儿：《中国近史戏曲史》，王古鲁译，上海文艺联合出版社 1956 年版。

［苏］巴赫金：《巴赫金全集》第三卷，河北教育出版社 1998 年版。

五　学位论文

储著炎：《晚明戏曲主情思想研究》，博士学位论文，中央民族大学，2011 年。

胡健生：《中国古典戏剧叙事技巧研究》，博士学位论文，中山大学，2009 年。

敬晓庆：《明代戏曲理论批评论争研究》，博士学位论文，首都师范大学，2007 年。

刘竞：《明中期戏曲研究》，博士学位论文，浙江大学，2006 年。

刘志宏：《明清传奇叙事艺术研究》，博士学位论文，苏州大学，2008 年。

涂育珍：《墨憨斋定本传奇研究》，博士学位论文，华东师范大学，2009 年。

王德兵:《明清戏曲美学范畴研究》,博士学位论文,扬州大学,2014 年。

王琦:《汤显祖戏曲文本叙事研究》,博士学位论文,江西师范大学,2017 年。

王苏生:《古代学人戏曲观的生成和演进》,博士学位论文,山西师范大学,2014 年。

王小岩:《晚明到清初文人传奇改本研究》,博士学位论文,中国社会科学院研究生院,2012 年。

郑小雅:《不惟近情动俗还求融通兼美——晚明曲学范畴演进论》,博士学位论文,福建师范大学,2006 年。

六 学术论文

柴葵珍:《凌濛初戏曲观初探》,《湖州师专学报》1988 年第 1 期。

陈维昭:《才情学问与本色当行——王世贞的曲学支点》,《中国文学研究》2005 年第 1 期。

陈友峰:《古代戏曲本体意识的三种类型及其演变》,《中国戏曲学院学报》2007 年第 4 期。

陈玉强:《明清戏曲批评视域中的"奇"美》,《四川戏剧》2013 年第 9 期。

程琦琳:《中国美学是范畴美学》,《学术月刊》1992 年第 3 期。

程芸:《有无之际——"汤沈之争"与晚明戏曲主潮刍议》,《戏剧》2001 年第 4 期。

程芸:《明代曲学复古与元曲的经典化》,《文艺理论研究》2014 年第 2 期。

邓绍基、史铁良:《二十世纪明代文学研究之走向》,《中国文学研究》2001 年第 1 期。

董乃斌:《论中国文学史抒情和叙事两大传统》,《社会科学》2010 年第 3 期。

皋于厚:《古代小说、戏曲的相互渗透及小说戏剧化手法的演进》,《艺术百家》1999 年第 4 期。

郭庆财:《冯梦龙传奇的双线平行叙事》,《戏曲艺术》2011 年第

3 期。

郭绍虞:《明代文学批评的特征》,《照隅室古典文学论集》（上）
  1983 年。

郭英德:《"剧戏之道,出之贵实,而用之贵虚"——古代戏剧家的
  戏曲虚实论》,《戏曲艺术》1986 年第 2 期。

郭英德:《叙事性——古代小说与戏曲的双向渗透》,《文学遗产》
  1995 年第 4 期。

韩军:《古代戏曲叙事结构的中叙事线索》,《戏曲艺术》1999 年第
  1 期。

胡忌:《从"元曲"谈到戏曲的问题》,《光明日报》"文学遗产"
  1957 年 3 月 3 日第 146 期。

黄洽:《李开先与通俗文学》,《烟台师范学院学报》1998 年第 3 期。

黄仕忠:《明代戏曲的发展与汤沈之争》,《文学遗产》1989 年第
  6 期。

黄贤忠:《从〈西厢记〉的变迁看戏曲叙事艺术的演进》,《戏剧文
  学》2012 年第 10 期。

焦菊隐:《中国戏曲艺术特征的探索》,《戏剧艺术》1979 年第
  Z1 期。

李玫:《明清戏曲中"小戏"和"大戏"概念刍议》,《文学遗产》
  2010 年第 6 期。

李延贺:《王世贞及其反对者:关于晚明戏曲批评范式的建立》,《现
  代中文学刊》1999 年第 6 期。

李有军:《我国古典戏曲"情梦"观叙事艺术略述》,《戏曲艺术》
  2016 年第 1 期。

李志远:《明清戏曲序跋之人物塑造论研究》,《四川戏剧》2010 年第
  2 期。

廖华:《明代坊刻戏曲考述》,《山西师大学报》2014 年第 2 期。

刘二永:《论中国古典戏曲叙事联贯理论》,《中华戏曲》2016 年第
  2 期。

刘二永:《中国古典戏曲叙事理论研究述论》,《中华戏曲》2016 年
  第 4 期。

刘二永:《古典戏曲叙事详略观念探微》,《吉林艺术学院学报》2016
    年第 4 期。

刘君浩:《从"关锁"、"血脉"术语看章法观在明清传奇评点的转
    化》,《中国文学研究》第十辑,2007 年。

刘玲华:《明代戏曲叙事三"奇"刍议》,《中国古代小说戏剧研究》
    第十五辑,2019 年。

刘玲华:《晚明戏曲叙事观走向成熟的四重理论表征》,《中国古代小
    说戏剧研究》第十六辑,2020 年。

刘宁:《中国叙事理论的发展及研究评价》,《西安文理学院学报》
    2005 年第 4 期。

刘奇玉、张红:《明清剧论家的整体性戏曲结构论》,《江西社会科
    学》2011 年第 10 期。

刘志宏:《略论明清昆腔传奇的角色理论模式》,《戏曲艺术》2010 年
    第 4 期。

陆林:《浅谈祁彪佳的戏曲人物论》,《知非集:元明清文学与文献论
    稿》第一辑,2007 年。

吕茹:《叙事时间的一致:话本小说与戏曲的互动》,《浙江学刊》
    2019 年第 4 期。

潘莉:《明清曲论中的"本色"论》,《阴山学刊》2000 年第 4 期。

齐森华、谭帆:《中国古代戏曲理论的逻辑演进》,《社会科学战线》
    1987 年第 3 期。

尚继武:《明清小说虚实观演变与小说创作之互动》,《江汉论坛》
    2011 年第 10 期。

孙秋克:《论戏曲评点的特点、历史发展和理论建树》,《云南艺术学
    院学报》2004 年第 2 期。

孙书磊:《论明清之际戏曲叙事的类型化》,《齐鲁学刊》2004 年第
    6 期。

谭帆:《中国古代编剧理论的宏观体系》,《戏剧艺术》1986 年第
    2 期。

谭帆:《中国戏剧叙事学渊源考析》,《华东师范大学学报》1990 年第
    2 期。

谭帆:《类型化:古典戏剧人物理论的逻辑趋向》,《文学遗产》1992
　年第 5 期。

谭帆:《关于中国古典剧论的两点思考》,《社会科学战线》1993 年第
　6 期。

谭帆:《曲论研究的历史回顾与展望》,《戏剧艺术》1999 年第 6 期。

谭帆:《中国古代曲论研究的历史回顾与展望》,《文艺研究》2000 年
　第 1 期。

谭坤:《明代戏曲品评方法刍议》,《常州工学院学报》2005 年第
　4 期。

田根胜:《戏曲评点与明清文艺思潮》,《艺术百家》2004 年第 3 期。

田守真:《明代曲论概观》,《四川师范大学学报》1988 年第 6 期。

涂育珍:《试论明代汤评本的戏曲评点特色》,《戏剧文学》2007 年第
　10 期。

王小盾:《明曲本色论的渊源和它在嘉靖时代的兴起》,《云南艺术学
　院学报》2001 年第 4 期。

王瑜瑜:《20 世纪中国古代戏曲目录整理与研究综述》,《图书馆理论
　与实践》2009 年第 10 期。

王政:《冯梦龙与中国传统戏曲理论》,《戏曲研究》2001 年第 2 期。

王忠阁:《明代戏剧观念的转变及其原因》,《河南大学学报》2005 年
　第 3 期。

吴冠文:《徐渭的戏曲评点与明代文学思想的新变》,《学术月刊》
　2012 年第 10 期。

吴帼屏:《论中国古典戏剧的"虚"与"实"》,《中国文学研究》
　1997 年第 2 期。

吴新苗:《古代戏曲理论与批评"趣"论发微》,《戏曲研究》2012
　年第 2 期。

吴书荫:《明代戏曲文学史料概述》,《文献》2004 年第 1 期。

夏咸淳:《明代后期文士与商人的关系》,《社会科学》1993 年第
　7 期。

徐岱:《中国古代叙事理论》,《浙江学刊》1990 年第 6 期。

许建平:《古代小说理论不及曲论发达原因初探》,《河北师范大学学

报》1992 年第 1 期。

杨惠玲：《论晚明家班兴盛的原因》，《南京师大学报》2005 年第 1 期。

叶长海：《理无情有说汤翁》，《戏剧艺术》2006 年第 3 期。

叶志良：《中国戏曲的叙事逻辑》，《戏曲研究》2001 年第 1 期。

俞为民：《古代曲论中的情节论》，《中华戏曲》1996 年第 1 期。

俞为民：《论明代戏曲的文人化特征》（上、下），《东南大学学报》 2002 年第 1、2 期。

俞晓红：《论戏曲文本在非线性叙事中的构成——以〈牡丹亭〉为考 察中心》，《戏曲研究》2018 年第 2 期。

张伯伟：《中国文学批评的抒情性传统》，《文学评论》2009 年第 1 期。

张维青：《明代戏曲形态流变》，《齐鲁艺苑》2001 年第 2 期。

张筱梅：《从小众传播走向公众视野——论明末清初的女性戏曲评 点》，《徐州工程学院学报》2012 年第 5 期。

赵山林：《〈牡丹亭〉的评点》，《艺术百家》1998 年第 4 期。

赵炎秋：《中国古代叙事理论研究刍议》，《中国文学研究》1998 年第 1 期。

郑小雅：《论晚明曲学虚实观》，《泉州师范学院学报》2013 年第 1 期。

朱万曙：《明代戏曲评点的形成和发展》，《东南大学学报》2000 年第 4 期。

朱万曙：《〈西厢记〉的“摹索”手法——答蒋星煜先生》，《艺术百 家》2003 年第 4 期。

朱万曙：《明代戏曲评点：批评话语的转换》，《文艺研究》2007 年第 10 期。

朱万曙：《戏曲评点与晚明士人精神》，《复旦学报》2012 年第 3 期。

朱万曙：《明清戏曲理论的建构》，《文艺研究》2012 年第 8 期。

后　记

　　本书是在我博士学位论文的基础上修订而成，也是近十年来本人学术研究的一个阶段性总结。交出这份并不完美的答卷，尽管心中十分忐忑不安，但也终于可以长舒一口气，对自己过去十年的努力做一个交代，开始新的学习征程了。其中凝结的个人体验十分复杂，有汗水和辛苦，也有茫然和失落，但更多的还是从未打过折扣的执着与热爱，各种酸甜苦辣与来自师友的关怀鼓励交织一起，伴我蹒跚前行。回头来看，此书虽仅仅是一点微小的学术收获，但无疑是勉励自己继续向前走的一个巨大动力。

　　因为自己是文艺学出身，所以一直比较关注理论问题。接触到明代戏曲理论这个研究领域后，展现于明代戏曲文本中光怪陆离的文学叙事，深深地感染着我；呈现于明代戏曲理论形态中吉光片羽的理论自觉，深深地触动着我；表达于明代曲家创作与评鉴中各抒己见的探讨争鸣，更一直深深地吸引着我。还有哪个时代通俗文学的发展能够像明代戏曲那样如此繁荣？还有哪部戏曲作品能够像汤显祖《牡丹亭》那样脍炙人口？还有哪种理论探讨能够丰富如明代曲论那样全面绽放？在每一次的文本阅读、文献整理和文论解析中，每一个诸如此类的追问与探寻，都在进一步坚定自己对这个研究课题的选择。

　　选择明代曲论叙事观作为博士论文的研究选题，犹记中间经历了颇多周折。初入李玫老师门下之时，我还是一个初次踏入戏曲研究领域的转专业学生，无论是研究基础还是对研究方向的认知，以一片空白来形容，一点也不夸张。硕士阶段，我学习的是西方文论专业，博士阶段却突兀地转入一个几乎称得上是全然陌生的戏曲研究领域，从心理上来说，紧张不安之余又带有那么一丝兴奋。但是，接触新研究领域的这丝兴奋，很快便在面对大量一无所知的专业文献时消弭尽失。在长达一年多的时间里，我一直在怎么学、怎么读的问题中纠结、徘徊，一路跌跌撞撞地摸索着适合自己的学习与研究方法。非常感谢我的导师李玫教授，她不弃我"半路出家"又资质愚钝，在选题上给予我充分的自由和信任，才使我"胆大无畏"，产生了研究明代戏曲叙事观的研究想法。在经历了迟疑、胆怯、试探、希冀等各项心理活动的交战后，最终将其作为研究对象确定下来。论文写作的过程，无异于一场心灵考验之旅。一次次地艰难调整心态，一次次地勉励自己再坚持一下，再努力一点。是李老师在我十分困惑又急于求成的尴尬时刻，给予鼓励和安慰，并不厌其烦地指点我进行论文方向上的调整与修正。在论文相对成形之时，李老师又精辟地提出修改意见，使我茅塞顿开，获益良多，因此才让我拥有了将这一本并不成熟的文字继续"琢磨"下去的动力。

要感谢的人还有很多。他们是良师：感谢金惠敏、郑永晓等诸位师辈经常询问我的写作进展，并给予关怀鼓励；感谢答辩委员会诸位老师提出的宝贵修改意见。他们也是益友：感谢同门师兄王小岩千里迢迢给我汇来各种文献资料；感谢文学所的众多同事在论文写作过程为我提供各种热情的帮助。更要感谢亲爱的家人：父母、爱人和儿女承受我在论文写作时的各种坏脾气，却毫无保留地给予我爱和信任。有了他们的无私支持，我才可以无后顾之忧地在一个舒适的环境中安心地进行论文写作。本书的顺利出版，还要感谢中国社会科学出版社刘志兵师弟的辛苦工作。我非常感恩自己能够拥有这份幸运，正因为得益于这些帮助、指点与关怀，我才能够有勇气和力量去释放自己的学术热情，督促自己投入这项并不容易胜任的研究课题。现在，我总算能将自己一点微不足道的收获，敬呈诸位师友，聊表感谢之意！

遗憾的是，本书还有太多有待完善之处。无论在内容修订还是在行文表达方面，我都理应更加细致深入地去进一步打磨。对于本书而言，虽称作为研究，其实是有意识地回归文论解析与还原的初级阶段。明代曲论叙事观研究虽开放包容，但并未形成独立的专题研究领域。论文写作中，我最为担心的是还原不力，最后使得文论建构与文学现象形成隔膜。为了最大限度地弱化以概念述文献这一固定研究范式带来的偏见，在写作中，我因此尽量地减少套用那些似乎无所不包的叙事概念，而是基于各类文本理论形态进行理论总结，力图让戏曲叙事观从文献本身中得到意义的自我呈现。尽管这种想法和思路都很简单，自己的研究也做得很肤浅，但仍是知易行难，很难称得上是理想的研究尝试。唯有在以后的研究中继续努力，争取能够离理想的研究状态更近一些。

对于研究者来说，每一个阶段的学术总结，既是回顾也是起点，并将不可避免地要在其间扮演承前启后的角色，承担推陈出新的研究重任。我深知，在接下来的征途中，生活现实和学术本身都将对学术研究提出更为严厉的要求，唯有将真诚而热情的投入、辛勤而无畏的付出看成是学术研究的常态，方能前行一二。

自 2011 年入博学习以来，至今恰好十年。生活中的人生大事都在这十年里得以落定，于我，感恩之余更有憧憬。时光荏苒，人生的下一个十年已经开启，希望努力与耕耘过后，在再一次总结之时，欣喜地发现自己又打开了一扇新的收获之门。

2021 年 1 月